KB274502

뭉
가
밨

몸값

초판 인쇄 | 2006년 9월 25일
초판 발행 | 2006년 9월 30일

지은이 | 최기억
펴낸이 | 한익수
펴낸곳 | 도서출판 큰나무

등록 | 1993년 11월 30일(제5-396호)
주소 | 120-837 서울시 서대문구 충정로 3가 3-95 2층
전화 | 02)365-1845~6 팩스 | 02)365-1847
이메일 | btreepub@chol.com
홈페이지 | www.bigtreepub.co.kr

값 9,000원

ISBN 89-7891-225-7 03810

* 잘못 만들어진 책은 구입하신 서점에서 교환해드립니다.

최기억 장편소설

못할가봇

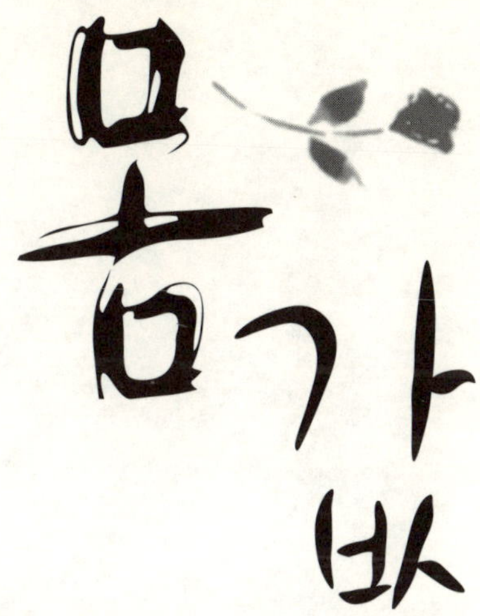

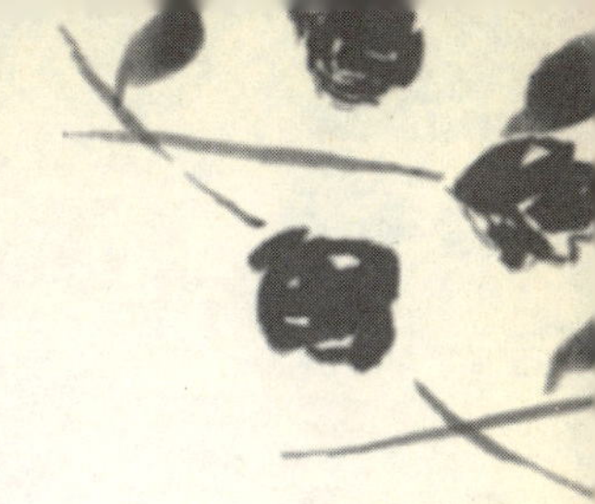

큰나무

프롤로그

　매서운 눈빛을 한 남자가 회의실에 앉아 있는 사람들을 노려보고 있었다.

　혹시라도 자신에게 불똥이 튈까 봐 노심초사하는 그들의 모습에 준영의 눈살이 찌푸려졌다.

　"어떻게 일을 이 따위로 처리할 수가 있습니까?"

　반듯한 이마 아래로 날카로운 눈매를 가진 그가 한심하기 그지없는 이사진들의 모습을 쭉 훑어보며 눈살을 찡그렸다. 오뚝하게 솟은 콧날이 준수한 외모를 한층 더 돋보이게 하고 있었다. 준영의 고함소리에 놀란 이사진들의 얼굴에서 너나할 것 없이 식은땀이 흐르고 있었다.

　"제가 누누이 말씀드렸지 않습니까? 한 치의 실수도 없이 완벽한 상태에서 일을 진행하라고 말씀드렸고, 그렇게 했다고 여러분들께서 말씀하신 걸로 기억합니다."

　신준 빌딩 18층에 위치하고 있는 회의실 안이 쩌렁쩌렁하게 울릴 정도로 고함치는 준영의 목소리에, 이 일에 책임이 가장 많은 기획 이사의 고개가 바닥으로 떨어지고 있었다. 그 모습을 보고 있던 준영의 눈매가 가늘어져갔다.

"지금 호텔 경영이 얼마나 어려운지 누구보다 여기에 앉아 계시는 분들께서 잘 알고 계실 겁니다. 이런 불황 속에서 살아남기 위해서는 누구보다 먼저 고객을 유치해야 하고, 다른 호텔과 차별화된 모습을 보여줌으로써 명성을 잃지 말아야 합니다. 그런데 지금 이 자리에 앉아 계시는 분들께서는 지난 시간 동안 뭘 하셨습니까? 책상에 앉아서 머리만 감싸고 있는다고 해서 경기가 살아나지는 않지요. 머리가 되지 않는다면 차라리 말단사원처럼 발바닥에 땀나도록 뛰도록 하세요. 이 따위 말도 되지 않는 결재는 올리지도 마시란 말입니다."

책상 위를 거세게 내리친 준영은 화를 참지 못하고 기획 이사를 노려보았다. 준영의 서릿발 같은 눈빛에 기획 이사의 얼굴이 붉어져갔다.

"이제 어떻게 하실 겁니까? 기획실, 이 이사님."

정확하게 자신을 딱 집어서 물어오는 준영 때문에 기획 이사의 얼굴이 벌게졌다가 다시 창백해져갔다. 그런 그의 모습에 주위 사람들의 시선에 안타까움이 묻어 있었다.

"그게……."

대답을 하지 못하고 얼버무리자, 준영의 얼굴이 보기에도 무서울 정도로 일그러지고 있었다.

"모두들 제가 어떻게 이 회사를 일으켜 세웠는지 아실 겁니다. 그리고 또 어떻게 이 자리에 앉았는지도 아실 겁니다. 그런 분들이 일을 이 따위로 하십니까?"

또다시 책상 위로 서류를 쾅 치면서 노려보자, 이사진들의 얼굴에서 식은땀이 주르륵 흘러내렸다.

"이렇게 일을 추진하지 못할 거면서 그런 아이템은 왜 내신 겁니까? 제가 여러분들께 독촉하니까 어쩔 수 없이 낸 겁니까? 잘릴 것 같은 불안감에 아무 대책 없이 괜찮다는 느낌만으로 내신 겁니까? 돌처럼 굳어 있지 말고 변명이라도 해보세요!”

평상시에도 상당히 날카로워 보이는 눈매가 오늘따라 더 날카로워 보였다. 일일이 이사진들의 얼굴을 쳐다보는 준영의 눈길이 너무 사나워 모두들 식은땀을 흘러야 했다.

한참 만에 기획실의 이 이사가 무겁게 입을 열었다.

“음, 어떻게 해서든 이번 주 안으로 해결을 보도록 하겠습니다.”

“이번 주 안으로 어떻게 해결을 보실 겁니까?”

“그게, 지금 자리한 매장을 가지고 있는 여일선이라는 사람이 사채 빚을 많이 졌다고 합니다. 그래서 그쪽으로 어떻게든 유도해보겠습니다. 그럼 쉽게 자리를 내어줄 수도 있는 문제고요.”

“그럼 진작 그렇게 하시지 일을 이렇게까지 어렵게 만든 이유가 뭡니까?”

“생각보다 쉽지가 않았습니다. 또 그런 일은 좀 비열한 짓 같기도 하고…….”

기획 이사가 고개를 숙이며 중얼거리자, 준영의 얼굴에 비웃음이 걸렸다.

“후후후, 비열하다고 했습니까? 우리는 몇 천 명의 사람들을 거느리고 있는 사람들입니다. 이번 프로젝트가 실패한다면 그동안 들인 노력과 자본은 어떻게 합니까? 그리고 그 손실은 누가 배상합니까? 이 이사님께서 하시겠습니까?”

준영의 빈정거림에 기획 이사의 얼굴이 창백해져버렸다. 주위에 있던 이사진들의 얼굴 또한 마찬가지였다. 바닥으로 닿을 듯 계속적으로 고개를 숙이는 이사진들의 모습을 보면서 준영은 속으로 혀를 차고 있었다. 이제는 참신한 인재를 등용해야 할 정도로 이사진들의 무능함에 몸서리가 쳐졌다.

“그럼 이번 주 안으로 해결해서 결과를 보고하도록 하세요. 만약에 이번 주 안으로 이번 일을 마무리 짓지 못하신다면 기획 이사님의 자리를 내놓으셔야 할 겁니다. 그럼 좋은 결과를 기대하고 있겠습니다.”

준영이 자리에서 일어나 회의실을 빠져나가자, 그동안 숨을 죽이고 있던 이사진들이 고개를 들면서 숨통을 틔웠다.

“어휴, 죽을 뻔했네.”

홍보실 이사인 정 이사가 흐르는 땀을 손수건으로 닦으며 중얼거렸다.

“그러게 말입니다. 어떻게 된 게 나날이 사람이 저렇게 차가워지는지 원.”

“그러게 말입니다.”

“어디 무서워서 숨이라도 제대로 쉬겠습니까? 만약 이번 일 실패하면 그걸 빌미로 우린 다 모가지일 겁니다. 어휴!”

“그러게.”

그들의 한탄을 뒤로하고 준영은 성큼성큼 회장실로 들어갔다. 치밀어 오르는 화를 삭이기 위해서 자리에 앉아 숨을 고르는 중이었다.

“어떻게 된 게 모두다 저 따위야. 이번에 확실하게 물갈이를 해버려야 겠군. 어디를 봐도 마음에 드는 구석이 없어. 젠장!”

그렇게 중얼거리고 있는데 정 실장이 들어왔다.

“오늘 오후에 삼주 그룹 사장님과 미팅이 잡혀 있습니다.”

정 비서의 말에 준영이 인상을 찌푸리며 쳐다보았다.

“그래? 언제 잡은 약속이지?”

“이틀 되었습니다. 그때 회장님께서 가능하다고 저한테 말씀하셨습니다.”

비서의 말에 준영이 생각을 하는지 턱에 손을 올려놓았다.

“그랬나? 이렇게 정신이 없어서야 원!”

“그렇게 말씀하셨습니다.”

단호한 말투에 준영이 그를 바라보았다.

“알았네. 그렇지 않아도 만나야 할 사람들이니까 필요한 서류 준비해 주게.”

"네, 회장님."

정 실장이 몸을 돌려 나가려고 하자, 준영이 다시 불렀다.

"정 실장!"

"네, 회장님."

"삼주 그룹에 대한 재무 조사를 좀 해주게."

준영의 말에 한 번도 표정이 변한 적이 없는 정 실장이 살짝 인상을 찌푸렸다.

"알겠습니다."

정 실장이 사무실을 나가자, 준영은 의자 등받이에 몸을 기대었다. 피곤함이 물밀듯이 밀려오기 시작했다.

지난 4년 동안 오직 앞만 보고 달려왔다. 자신의 아버지를 그렇게 몰아내고 흔들리는 이 회사를 다시 바로잡기 위해서 죽을 듯이 일한 그였다.

워낙 많은 호텔 체인점을 가지고 있는 회사였지만, 계속되는 경영 부실과 비리 앞에서는 속수무책으로 무너질 수밖에 없었다. 또한 준영이 자신의 아버지를 회장 자리에서 비열하게 끌어내렸다는 비윤리적인 일로 인해서 주가는 바닥을 치기 시작했고, 많은 사람들의 모욕적인 시선을 고스란히 받아야 했다. 하지만 그는 주위 사람들의 시선 따위는 안중에도 없었다. 오직 바닥으로 치닫던 주식과 회사 이미지를 살려야 한다는 생각으로 회사에 이익이 되는 일은 조금의 망설임도 없이 하기 시작했고, 물불을 가리지 않고 한 노력 끝에 지금은 어느 정도 안정권에 들어온 회사였다.

하지만 계속되는 경기 불황으로 인하여 여러 군데의 호텔 쪽에서 다시 손실이 생겨나기 시작했다. 그런 손실을 막기 위해서 우선은 각 지방으로 퍼져 있는 몇 개의 호텔들을 눈물을 머금고 폐쇄했지만, 그런 극단적인 방법으로도 계속되는 손실을 막을 길이 없었다.

이래서는 도저히 안 되겠다는 생각에 다른 호텔과 차별화된 운영으로 고객을 유치한다는 명목 아래 지난 몇 개월 동안 참신한 아이템을 모집한 결과, 호텔과 연계해서 복합 상영관을 설립하는 것이었다. 호텔에서는 아무리 노력을 해도 레저를 즐길 수 있는 범위가 너무 작기 때문에 그런 문제점을 복합 상영관을 건립하면서 보충하자는 말에 준영의 얼굴에 호기심이 생겨났다. 생각하면 할수록 괜찮은 아이템이어서 준영도 많은 고민 끝에 결정을 한 것이었다.

시범적으로 이미 제주도에 있는 호텔에서 그곳 실정에 맞게 보수가 시작되었고, 복합 상영관도 차질 없이 지어지고 있었다. 하지만 이곳 서울에 있는 루즈만 호텔이 바로 문제였다. 워낙 밀집한 곳이라서 대형 복합 상영관이 들어선다는 사실도 굉장히 부담스러운 일이지만, 그것보다 루즈만 호텔 옆에 위치한 소형 마트가 걸림돌이었다. 그곳을 부수고 자신들이 원하는 복합 상영관을 지어야 한다는 것이 문제점이었다. 다른 곳들의 가게들은 이미 다 인수를 해서 터를 닦아놓고 있는 실정인데도, 이 한곳이 버티고 있어 일이 더 이상 진행되지 않고 있는 것이었다.

"휴!"

일 생각을 하는 그의 입에서 연신 한숨이 새어나왔다.

'이번 일을 제대로 하지 못한다면 두고 보라지. 이번 기회를 빌미로 다 잘라버릴 테니까.'

그 생각을 하며 어금니를 지그시 깨물며 멍하게 창문 밖으로 시선을 두었다.

*　　*　　*

반면 기획실 분위기는 살벌하기 그지없었다. 기획 이사의 다그치는 고함소리에 실장까지 자리에서 일어나 발바닥에 땀나도록 뛰어다녀야 할 형편이었다.

어쩔 수 없이 직원 몇 명과 그곳으로 향하는 유 실장의 안색이 그다지 좋지만은 않았다. 계속적으로 좋은 분위기 속에서 그와 거래를 하기를 바랐지만, 어떻게 된 것이 얼마나 고집이 센지 자신도 고개를 흔들 정도였다.

다른 가게에 비해서 손님도 많고, 그리고 깔끔한 내부를 바라보면서 실장은 고개를 저었다. 단호한 표정을 지으며 직원과 함께 사장실로 들어서자, 놀란 그의 얼굴이 보였다.

"오랜만입니다."

기획 실장의 말에 그가 놀란 눈으로 그들을 보았다.

"무슨 일이오?"

"그렇게 적대적으로 우리를 대하지는 말아주시기 바랍니다."

상냥한 실장의 목소리에도 일선의 얼굴은 조금도 펴지지 않았다. 처음보다 더 굳어져 있는 일선을 바라보는 실장의 눈빛이 무섭게 반짝거렸다.

"이제 그만 이곳을 내주시면 안 되겠습니까? 저희들이 정말 섭섭하지 않게 보상해드리겠습니다."

"절대로 이 가게를 줄 수는 없소."

"지금 사장님 입장을 생각해보시기 바랍니다. 아무리 그렇게 고집을 피우셔도 어차피 이 마트는 부서지게 되어 있습니다. 우리 회사가 계획하고 있는 것을 철회하지는 않을 겁니다. 그러니 좋은 값을 부를 때 그만 포기하시지요."

유 실장의 말에 일선은 입을 꽉 다물며 나갈 것을 손짓했지만, 유 실장은 자리에서 움직이지 않았다.

"그만 나가보시오. 나는 절대로 이곳을 팔지 않을 겁니다."

일선의 단호한 표정을 본 유 실장은 상냥했던 미소를 거두었다. 차가움이 가득 느껴지는 눈빛으로 일선을 바라보면서 조용히 입을 열었다.

"그럼 저희들도 더 이상 사장님을 생각하지 않겠습니다. 이렇게 완강하시니…… 저희들도 저희들 나름대로 일을 진행해야겠군요."

"지, 지금 날 협박하는 거요?"

일선의 말에 유 실장이 활짝 웃으며 조용히 속삭였다.

"천만의 말씀입니다."

그 말을 끝으로 몸을 돌려 나가는 그들의 모습에 일선은 불안감이 엄습해왔지만, 애써 무시하고는 보고 있던 재고 물품에 온 신경을 집중했다. 올해부터는 불황이라는 말이 실감이 날 정도로 현저히 줄어든 수익을 보면서 한숨을 내쉬었다.

'팔 수 있을까? 이곳이 나에게는 어떤 의미인데…….'

쓸쓸한 눈빛으로 마트 안을 바라보고 있던 일선은 다시 한숨을 내쉬며 자리에 앉았다.

'어휴! 힘들군.'

주름이 가득 생긴 이마를 손으로 쓸어내린 일선은 피곤한 목덜미를 주무르며 다시 서류를 보기 시작했다. 아무리 들여다본다고 해도 몇 달 전부터 적자 속에서 허우적거리고 있는 마트가 좋아지지는 않았다.

"어휴, 정말 답답하네. 이러다가는 빌린 원금은 고사하고, 이자도 못 갚겠군. 젠장!"

연방 투덜거리며 일선이 자리에서 일어나 마트로 나가 직접 물건들을 정리하고 있자, 직원들의 인사가 쏟아졌다. 그런 그들의 인사에 일일이 답례하고는 일선은 밖으로 나가 답답한 마음에 그동안 끊었던 담배를 입에 물고는 알싸한 연기를 폐 속까지 들이마셨다.

*　　*　　*

불안한 마음으로 일주일을 보내고 창백한 얼굴로 마트로 나온 일선은 자신을 기다리고 있는 그들을 볼 수 있었다.

'이런.'

웬만해서는 일하는 곳까지 오지 않는 그들이 다가오자, 일선은 바짝 마른 입술을 혀로 적셨다.

“오랜만입니다. 사장님.”

“아, 어쩐 일이오?”

“사장님께 볼 일이 있어서 이렇게 왔지요.”

느끼한 미소를 지은 사내들의 모습에 일선의 안색은 눈에 띄게 굳어졌지만, 그런 그의 얼굴에는 전혀 상관없는지 그들은 먼저 일선이 업무를 보고 있는 사무실로 성큼성큼 앞서갔다. 일선이 한숨과 함께 그들을 따라 사무실 안으로 들어가 손님 접대용 소파에 앉아 있는 그들을 멍하니 바라보았다.

“그럼 본론만 말하겠습니다. 사장님!”

한 사내의 말에 일선은 조용히 입술이 하얗게 변할 정도로 깨물며 그들이 다음 말을 할 동안 떨리는 마음을 다잡았다.

“먼저, 사장님께서는 지난 3개월 동안 이자를 내시지 않았습니다. 그래서 계약서에 명시된 대로 빌려가신 원금과 이자와 함께 저희 쪽 손실까지 계산해서 회수하도록 하겠습니다.”

“뭐라고? 하지만 나는…….”

말을 얼버무리는 일선을 조용히 쏘아보고 있던 사내가, 들고 온 서류를 일선 앞에 쫙 펼쳐보였다.

“이건 사장님께서 처음 우리한테 빌려가신 원금과 지금까지 내신 이자입니다. 그리고 우리 쪽 금리인 67퍼센트에 맞추어서 사장님께서 총 지급하셔야 할 금액입니다.”

사내의 말에 떨리는 손을 들어올려 서류를 훑어보는 일선의 얼굴이 보기에도 안쓰러울 정도로 새하얗게 변해가기 시작했다. 한참을 훑어보던 일선이 믿을 수 없는 시선을 들어 그 사내를 노려보았다.

“이렇게 많을 수는 없소. 나는 당신들한테 총 1억 5천을 빌렸고, 지난 3개월 정도의 이자만 갚지 않았을 뿐이야. 그런데 이 금액은……. 이건 말도 되지 않아.”

일선의 고함소리에도 사내의 얼굴에는 미소가 사라지지 않았다. 오히려 비웃는 듯한 미소가 얼굴 가득 피어오르고 있었다.

"먼저 우리 쪽 금리가 다른 쪽 금리보다 비싸다고 저희들이 미리 사장님께 말씀드린 걸로 기억합니다. 그런 조건인데도 사장님께서는 흔쾌히 승낙을 하셨고, 저희 돈을 빌려가신 겁니다. 그 증거로 직접 사인한 서류도 있습니다."

차분한 목소리로 말하던 사내가 서류 한 장을 일선 앞으로 내밀어 보였다. 빼곡하게 적혀져 있는 이자 금액과 원금, 그리고 밑으로 내려오자 손실금이라는 단어와 함께 1억이라는 금액이 적혀 있었다.

어이가 없는 표정을 지으며 그들에게 반문했지만, 싸늘한 대답만 들려올 뿐이었다. 사내가 툭툭 치고 있는 곳을 쳐다본 일선은 입술을 깨물어야 했다. 어떠한 토도 달지 않겠다는 내용이 적힌 곳에 자신이 한 사인이 확실한 것을 보면서 눈앞이 새하얗게 변해갔다.

"그리고 사장님께서는 처음 돈을 빌려가실 때는 일 년으로 계약을 하셨지만, 일이 생겨서 그렇다고 하시며 계속 연장을 요청하셨습니다. 그래서 사장님께서는 총 3억을 갚으셔야 합니다. 이번 달 안으로 3억을 갚지 않을 시에는 사장님께서 보유하고 계신 마트와 함께 아파트를 저희들이 인수하도록 하겠습니다."

"그건……."

"어떤 변명으로도 문제가 해결되지는 않습니다. 무조건 이번 달 안으로 3억을 저희들에게 지급해주셔야겠습니다. 그럼 이번 달 마지막 날에 다시 오겠습니다."

꾸벅 인사를 하고는 자리에서 일어나 당당한 걸음걸이로 나가버리는 뒷모습을 멍하게 바라보고만 있던 일선은 그만 자리에 털썩 주저앉고 말았다.

'이럴 수는 없는 거야. 이럴 수는 없어.'

머리카락을 쥐어뜯었지만 아무런 생각도 나지 않았다. 그저 막막한 마음뿐이었다. 답답한 마음에 여러 친구들에게 전화를 넣어서 힘겹게 말을 해보았지만 돌아오는 말은 냉정한 거절뿐이었다.

하루가 가면 갈수록 불안감과 함께 답답함이 일선을 뒤덮기 시작했고, 압박감으로 인하여 나날이 얼굴이 야위어갔다. 그런 부친의 모습에 화진은 답답한 마음에 마트로 들어섰다. 혹시라도 가게가 잘 되지 않아서 그런 건 아닐까라는 생각에 이곳저곳을 기웃거리며 둘러보았지만, 그렇게 손님이 없는 것처럼 보이지 않아 안도의 한숨을 내쉬었다.

'갑자기 요즈음 왜 그러시지. 얼굴도 많이 까칠하시고, 그리고 쫓기는 사람처럼 허둥대시던데…….'

한참을 그렇게 마트를 둘러보던 화진은 몰래 그의 사무실 앞에 서서 유리 너머로 보이는 아버지의 모습을 조용히 바라보았다. 평상시와는 사뭇 다른 모습으로 일을 하고 계시는 부친의 모습에 눈살을 살짝 찌푸렸다.

'왜 저러시지.'

사무실 안으로 들어서서 물어보고 싶은 마음을 애써 꾹 참으며 집으로 돌아온 화진의 얼굴에 단호함이 깃들여 있었다. 그렇게 오랜만에 아버지를 위해서 맛있는 저녁을 차린 화진은 풍성한 식탁 위를 바라보며 흐뭇한 미소를 지었다.

"물어봐야겠군."

*　　*　　*

직원들의 퇴근 시간보다 일찍 나온 일선은 혹시나 하는 마음에 친구의 집으로 찾아가 사정을 설명하고 보증을 좀 서달라는 말을 건넸지만, 절친한 친구였던 그마저도 단호하게 고개를 흔드는 모습에 내심 서운한 마음으로 집을 나왔다.

밤하늘에 초롱초롱하게 빛나고 있는 별들을 바라보는 일선의 눈가가 조금씩 젖어들기 시작했다.

"여보! 정말 마트만은 지키고 싶었는데…… 능력 없는 내가 뭘 잘하겠어. 훗!"

쓸쓸한 눈빛으로 하늘을 한 번 올려다본 일선은 기운을 차리고 자신을 기다릴 집으로 향했다. 무거워지는 발걸음으로 문을 열고 안으로 들어서는 그의 얼굴에서는 좀 전과는 다른 밝은 미소가 자리하고 있었다.

"오셨어요?"

"그래. 오늘도 일찍 왔구나."

"아, 네. 요즈음은 학교에서도 수업이 별로 없어요. 이제 모두들 취업 준비한다고 난리잖아요."

"그렇구나. 우리 화진이가 벌써 졸업을 다 하는구나."

"후후후, 아버지도 참. 언제까지나 어린 화진이로만 있으면 좋겠죠?"

밝은 미소를 지으며 자신의 가슴으로 안겨오는 딸아이의 따뜻함에 일선은 울지 않기 위해서 입술을 꼭 깨물었다.

"그래. 이 아비는 우리 화진이가 그냥 어린아이로 있었으면 좋겠다."

"풋, 그건 제가 싫어요."

"왜?"

"음! 어서 커서 멋진 남자도 만나고, 멋진 연애도 하면서 행복해야죠. 그리고 우리 아버지 호강도 꼭 시켜주고요."

대견하다는 듯이 딸아이의 머리를 쓰다듬어주는 일선의 손길이 평상시와 너무 달라 화진의 얼굴에 의문이 떠올랐다.

"식사하세요. 제가 오랜만에 한 상 가득 차렸어요."

"그래. 그럼 오랜만에 배 터지게 한번 먹어보자구나."

"호호호, 그런 농담은 하나도 웃기지 않아요."

"그런가?"

머릿속을 맑게 해주는 듯한 딸아이의 웃음소리를 들으며 식탁 앞에 앉은 일선은 풍성하게 차려진 음식을 바라보며 마른침을 꿀꺽 삼켰다. 화사한 미소를 지으며 금방 한 밥을 퍼서 앞에 놓아주는 딸아이의 모습에 목울대가 울렁거렸다.

그런 일선의 모습에 화진이 자리에 앉으며 뚫어지게 쳐다보며 속삭였다.

"혹시, 무슨 일 있으세요? 안색이 말이 아닌데……."

화진의 걱정스러운 말에 일선이 얼른 손을 내저었다.

"일은 무슨. 요즈음 마트에 손님이 많아서 그렇지 뭐."

"그래요?"

"이제 나도 나이가 들었는지 조금은 힘에 부치는구나."

"아버지!"

화진의 애틋한 눈빛에 일선이 얼른 표정을 추스르고는 주름 가득 찬 얼굴에 미소를 띄웠다.

"그런 걱정스러운 표정 하지 말고. 아무럼 내가 쓰러지기야 하겠니?"

"그 말이 더 무서운데요. 그리고 저도 졸업하면 아버지 일을 도와드리도록 할게요."

"아서라. 너는 네가 그토록 원하는 일을 하도록 해라. 정 힘들면 사람을 더 고용하면 된다."

"아버지!"

"됐다. 그만 이야기하고 밥 먹도록 하자."

일선의 단호한 눈빛에 더 이상은 말하지 않는 것이 좋겠다는 판단이선 화진도 조용히 식사를 하기 시작했다. 가끔씩 곁눈질로 일선의 표정을 살폈지만, 일선은 모른 척 열심히 밥을 먹었다.

식사를 마치고 거실에 앉아서 한숨을 돌리는 일선의 힘없는 모습에 화진은 따뜻한 차를 끓여 앞에 내려놓으며 살포시 소파에 앉아 그를 쳐다보았다.

"아버지!"

"왜?"

"저는요. 지금까지 아버지가 고생해서 저를 이렇게 키워주신 것만으로도 너무 감사해요. 너무 어린 나이에 엄마를 잃은 저지만, 저만 엄마를 잃은 것은 아니잖아요. 아버지 또한 사랑하는 사람을 잃으셨잖아요. 그런 데도 지금까지 힘든 내색 한 번 하지 않고, 저를 누구보다 곱고 예쁘게 키워주셨잖아요. 친척 어른들이 재혼하라면서 등을 떠밀어도 혹시나 새 엄마가 저를 구박할까 봐서 재혼도 하지 않으시고 저를 키웠다는 거 알고 있어요. 그렇기 때문에 저는 누가 뭐라고 해도 이 세상에서 아버지를 제일 사랑하고, 존경해요."

화진의 말에 일선은 지친 얼굴을 손바닥에 묻고 말았다. 울지 않기 위해서, 딸아이 앞에서는 언제나 당당한 모습을 보여주기 위해서 지난 세월을 악으로 버텼지만, 말 한마디에 일선은 무너져 내리고 있었다.

"힘드시고 아프시면 저한테 말씀해주세요. 저 또한 이제는 어린아이가 아니잖아요. 얼마든지 아버지한테 힘이 되어드릴 수도 있고, 어깨를 빌려드릴 수도 있는 저예요. 그러니까 일이 있으시면 저한테 말해주세요."

"화진아!"

"전, 아버지한테 죽을 때까지 갚을 수 없는 사랑과 빚을 진 딸이에요. 저보다 더 아파했을 아버지한테 왜 엄마가 없냐며 가슴에 못을 박은 적도 있고, 소풍 갈 때 친구들은 다 엄마가 오는데 왜 아버지가 왔냐며 화낸 적도 있잖아요. 그래서…… 그래서 지금도 그 생각만 하면 가슴이 아파서 숨을 쉴 수 없을 정도예요."

"화진아!"

가늘게 떨리는 화진의 어깨를 잡아준 일선의 따뜻한 손길에 화진은 활짝 미소를 지으며 세상에서 가장 사랑하는 아버지 품으로 안겼다.

"제가 아버지 무지 사랑하고 있다는 거 아시죠?"

물기를 머금은 장미처럼 아름다운 딸아이의 모습에 일선의 얼굴이 순식간에 활짝 펴지며 고개를 끄덕였다. 그런 일선의 모습에 화진도 화사한 미소로 답례해주며 그에게서 떨어졌다.

"나는 죽어서도 네 어미만을 사랑한다. 그래서 재혼할 생각은 하지 않았던 것이고. 그리고 네가 내 곁에 있었기 때문에 여기까지 온 것이지. 네가 없었다면 나는 어떻게 되었을지 모른다. 내가 부족한 탓에 네 어미를 그렇게 보내고 내가 얼마나 가슴을 치고 후회했는지 모른단다. 그러니까 그런 말은 하지 말아다오.”

“네, 아버지. 두 번 다시는 이런 말하지 않을게요.”

“그래.”

말없이 따뜻한 차를 마시던 일선이 다시 자리에서 일어나자, 화진이 놀란 시선으로 그를 보았다.

“또 어디 가시게요?”

“어, 응. 잠깐 친구 좀 만나려고.”

“그래도 날도 찬데…….”

“금방 갔다가 올 건데 뭘.”

“그럼 조심해서 다녀오세요.”

“오냐.”

힘든 기색을 내보이지 않기 위해서 어깨에 힘을 잔뜩 준 일선은 무거운 발을 끌며 현관문을 열고 밖으로 나갔다.

쓰러져버릴 것 같은 몸을 이끌고 친구 집의 현관 벨을 누르자, 들려온 친구의 목소리에 자신도 모르게 가슴이 떨려왔다.

“날세. 일선일세.”

“아, 웬일인가? 어서 들어오게.”

“아니 잠시만 나오겠나?”

일선이 머뭇거리며 말했다.

친구가 알았다는 말을 하고는 밖으로 나오는 모습을 보면서 일선은 두근거리는 가슴을 진정시키며 어렵게 친구의 눈을 쳐다보았다.

“이 늦은 시간에 어쩐 일이야?”

걱정스러운 친구의 눈빛에 일선은 떨어지지 않는 입술을 달싹거리며 조그맣게 속삭였다.

“미안하지만, 보증 좀 서주면 안 되겠나?”

“보증?”

놀라는 친구의 모습에 일선은 고개를 떨어뜨렸다.

“그, 그래.”

“미안하지만 보증만은 서줄 수가 없네. 자네도 알겠지만, 보증이라는 것이 친구 사이도 없애버리는 것이지 않나. 정말 미안하지만 서줄 수가 없네.”

단호하게 소리치는 친구에게 몇 번을 미안하다고 말을 한 일선은 떨리는 다리로 몸을 돌렸다. 떨지 않기 위해서 두 손에 힘을 꽉 주고는 걸어가자, 친구의 애처로운 눈길이 뒤통수에 느껴졌다.

“이렇게 허망하다니…….”

흐릿한 시선으로 비틀거리며 도로 가를 걷던 일선은 지금 딱 죽고 싶은 마음이었지만, 화진의 얼굴이 뇌리 속을 가득 채워서 죽을 수도 없는 현실이었다. 어느새 자신도 모르게 눈물이 뺨을 타고 흘러내리자, 얼른 손을 들어올려 눈물을 닦고는 횡단보도 앞에 서서 신호등을 바라보고 있었다.

“다시 시작하면 되지 않을까? 우리 착한 화진이도 이해해줄 거야. 얼마나 착한 아이인데……. 이런 형편을 설명하면 다 이해해줄 거야.”

연방 중얼거리며 파란 불이 들어온 신호등 불빛에 겨우 기운을 차리고 한 걸음 앞으로 발을 들여놓는 일선의 앞으로 헤드라이트가 껌벅거렸다.

꽤 먼 거리라 설마 하는 심정으로 한 발짝씩 걸어갔지만, 다가오는 차는 조금도 속력을 늦추지 않았다. 무서운 마음에 서둘러 걸음을 옮겼지만, 자신의 생각대로 발이 움직여지지 않았다. 무섭도록 빠르게 달려온 차에 그대로 몸이 부딪치며 공중으로 붕 뜨는 것을 느낄 수 있었다.

*　　*　　*

많이 힘들어 보이는데도 힘들지 않다고 하는 아버지의 모습에 답답해진 화진은 한숨과 함께 베란다로 나와 멍하니 바깥을 바라보고 있었다.

자꾸만 드는 불안감 때문에 자신이 그토록 좋아하는 캐릭터 그림도 손에 잡히지 않고 있었다. 마음이 울적하고 힘들 때면 모든 정신을 한곳에 집중해서 그림을 그리며 마음을 다스리곤 했지만, 오늘만큼은 그런 것도 이 불안감을 없애주지는 못하고 있었다.

한 시간이 넘도록 베란다 앞에 서서 아래를 바라보고 있었지만, 아버지의 흔적은 어디에도 보이지 않고 있어 속이 타기 시작했다.

어쩔 수 없이 이번에 제출한 과제 때문에 혼란스러운 머리를 흔들며 책상에 앉아서 그리다가 만 그림을 다시 그리기 시작했다. 두 시간이면 다 할 일을 네 시간이 넘도록 하고 있는 화진은 짜증과 함께 다시 시계를 바라보았다. 어느덧 시계 바늘이 열두 시를 가리키고 있자 불안감이 온몸을 엄습해왔다.

"왜 안 오시지?"

미간을 찌푸리며 휴대폰 번호를 눌렀지만 기계음만이 들려올 뿐이었다.

"어디 가셨는데 전화도 받지 않는 거야."

짜증스럽게 다시 번호를 눌러보았지만 역시나 돌아오는 것은 기계음뿐이었다.

화진은 이번 주 안으로 제출해야 할 과제 때문에 다시 한숨을 내쉬며 완성되어가고 있는 그림을 뚫어지게 쳐다보았다. 전공은 컴퓨터 공학이지만, 앞으로 하고 싶은 일은 캐릭터 개발 쪽이었기 때문에 이번 일이 자신에게는 정말 중요한 일이었다.

스케치된 그림 위에 플러스 펜으로 덮어 그린 다음, 스캔을 이용해서 흑백으로 컴퓨터에 저장을 하고는 포토샵으로 불러와 타블렛으로 선을 정리했다. 그리고 자신이 원하는 색으로 일일이 색칠을 하기 시작했다.

상당히 정밀을 요하는 작업이라 모든 정신이 한곳에 집중되었다. 게임에 맞는 캐릭터를 설정하는 것도 힘들고 어려운 일이지만, 무엇보다 멋진 그림 위에 덮여질 색깔 또한 잘 어울려야지 캐릭터가 그 이미지를 마음껏 살릴 수 있기 때문에 정확한 센스와 눈이 필요한 법이었다.

화려함이 가득 묻어 있는 여전사의 왼쪽 손에 들려져 있는 칼을 색칠하고는 저장을 하고 다시 보는 화진의 얼굴에 흡족함이 서려 있었다.

"우와! 다 했다."

지금까지 자신이 그린 그림 중에 가장 마음에 든 작품이라서 흐뭇함이 다른 것보다 더 강했다. 아파오는 눈을 비비며 시계를 바라보는 그녀의 얼굴이 순식간에 창백하게 바뀌었다.

"도대체……."

다시 수화기를 들어 전화를 거는데 이번에는 음성으로 넘어가지 않고 어떤 사람이 받자, 순간적으로 두려움이 밀려왔다.

"저기 여일선 씨 휴대폰 아닙니까?"

화진의 다급한 음성에 차분한 상대방의 목소리가 들려왔다.

"여일선? 잠시만요."

뭐라고 하는 사람들의 고함소리에 화진은 눈살을 찌푸리며 다시 들려올 말에 귀를 기울였다.

"혹시 관계가 어떻게 되십니까?"

"네?"

"여기는 병진 종합병원입니다."

병원이라는 말에 놀란 화진이 자리에서 벌떡 일어나며 떨리는 마음을 다잡으며 다시 되물었다.

"병원이라면 혹시 아버지가……."

"지금 사고를 당하신 분이 아버지가 맞는 것 같습니다. 현재 경찰관이 신원 조회를 마쳤습니다. 사고를 당하신 분의 이름이 여일선이라고 하네요."

"제, 제 아, 아버지입니다. 갈게요. 지, 지금 갈게요."

"알겠습니다."

수화기를 내려놓는 화진의 손이 심하게 떨려오기 시작했다. 혹시나 아버지가 자신이 가는 동안에 돌아가시지는 않을까라는 생각과 온몸이 피투성이로 있을 것 같은 마음에 온몸이 심하게 떨려왔다.

약한 모습을 보이지 않기 위해서 이를 악문 화진은 서둘러 밖으로 뛰어나가 택시를 찾고는 발을 동동거리며 병원으로 향했다. 다행히 늦은 시간이라 도로 가는 한적해 상당히 단시간만에 병원에 도착할 수 있었다.

빨간 글자가 새겨진 간판을 보고는 서둘러 안으로 뛰어들어간 그녀가 아버지를 찾기 위해서 주위를 두리번거렸지만, 어디에서도 일선의 모습을 찾을 수가 없었다. 답답한 마음에 화진이 지나가는 간호사를 붙잡았다.

"혹시, 여일선이라는 남자 환자분 아세요?"

커다란 눈망울로 금방이라도 울 것 같은 표정으로 물어보자 간호사가 친절한 미소를 지으며 속삭였다.

"잠깐만 기다려보세요. 제가 확인해드릴게요."

"부탁드릴게요."

허리를 굽히며 인사하는 그녀를 보면서 간호사가 미소를 지었다.

몇 분의 시간이 흐르자, 조금 전에 본 간호사가 다가와 일선이 있는 곳을 가르쳐주었다. 검사실에 있다는 말에 다시 그곳으로 향했다. 가까이 다가가자, 이미 검사를 마친 일선이 침대 위에 누운 채 나오고 있었다. 온통 핏자국이 가득한 그를 보면서 화진은 떨려오는 몸을 가눌 수가 없어 비틀거렸다.

"저, 저기……."

말을 하지 못하고 울먹거리며 비틀거리자, 의사 가운을 입은 남자가 다가와 그녀를 부축해주었다.

"보호자?"

그의 말에 그녀는 눈물을 떨어뜨리며 연신 고개를 끄덕였다.

큰 눈망울 가득 눈물을 머금고 있는 그녀의 모습에 순간 준서의 가슴 속으로 짜릿한 기운이 휘몰아치며 들어왔다 나갔다.

'이런.'

스스로의 감정에 놀란 준서가 황급히 손을 거두며 냉정함을 가장한 얼굴로 싱긋 웃으며 화진을 바라보며 속삭였다.

"여일선 씨 보호자입니까?"

"저, 저기요. 혹, 혹시 우리 아버지가……."

더 이상 말을 잇지 못하고, 다시 눈물을 떨어뜨리는 그녀를 보면서 준서는 그 애처로운 몸을 꼭 안아주고 싶은 마음에 손이 간질거릴 정도였다. 급히 자신의 가운 주머니 속으로 두 손을 찔러넣고는 가만히 그녀가 진정될 때까지 기다렸다.

한참을 훌쩍거리던 화진이 좀 진정이 되었는지 커다란 눈을 들어 보자, 그제야 그도 조용히 입을 열었다.

"병원으로 오신 시간은 대략 두 시간 전이었습니다. 부상이 심한 상태였기 때문에 보호자의 동의 없이 먼저 모든 검사를 실시하였습니다. 우선은 신분을 확인할 수 있도록 저쪽으로 가셔서 수속을 밟으시기 바랍니다."

차분하면서도 자신이 알아들을 수 있게 또박또박 끊어서 설명해주는 의사의 배려에 화진은 살짝 입가에 미소를 지으며 그가 손짓해주는 곳으로 뛰어가 신분증과 함께 들고 온 보험증을 내밀었다. 상냥한 간호사가 미소를 지으며 입력하는 모습을 보고는 다시 일선 곁으로 다가와 어디론가 들어가는 그를 따라 움직였다.

떨리는 몸이 자신도 어쩔 수 없이 진정이 되지 않자, 화진은 곁에서 그런 자신을 바라보고 있던 그 의사가 다가와 어깨를 잡아주는 것에 의지가 되기 시작했다. 검사실로 들어가는 모습을 보면서 대기 의자에 털썩 주저앉아 있자, 그녀 앞에 그 의사가 조용히 다가와 서며 손을 내미는 것이었다.

"서준서라고 합니다."

"아, 네. 여화진이에요."

"지금은 보호자가 정신을 차리고 힘을 내셔야 합니다. 현재로는 어떤 상태인지 우리들도 잘 알 수가 없는 상태이기 때문에 뭐라고 말을 해줄 수가 없네요."

정신이 없는 통에 그의 얼굴을 자세히 보지 못한 화진은 처음으로 맑은 정신과 눈으로 그를 훑어보았다. 상당히 준수한 외모에 선한 미소를 짓고 있는 그를 보자, 조금은 안심이 되는 것을 느낄 수 있었다.

"저기요. 많이 다치셨어요?"

"네, 처음 이곳으로 오셨을 때는 상당히……."

"누, 누가……."

"청년이 이곳으로 데리고 왔습니다. 나중에 말씀드리지요."

알쏭한 말을 남긴 그가 다른 의사의 부름에 고개를 한 번 끄덕이며 몸을 돌려 가는 모습을 화진은 멍하니 바라보며 앉아 있었다.

몇 시간을 그렇게 기다린 끝에 의식이 없는 상태로 다시 나오는 아버지를 보면서 화진은 울지 않기 위해서 양 어금니를 꼭 깨물며 다가갔다.

"이제 검사는 다 끝났으니까 다시 응급실로 모시고 가시면 됩니다."

한 의사의 말에 고맙다는 소리를 중얼거리며 화진이 힘겹게 다시 응급실로 들어서자, 그 의사가 다시 보였다. 이것저것 의사들에게 지시하는 모습이 굉장히 익숙해 보여 꽤 높은 의사라는 것을 느낌으로 알 수 있을 정도였다. 간호사와 함께 응급실 한쪽에 자리한 화진은 따뜻한 손을 들어 올려 일선의 차가운 손을 꼭 잡아주었다.

"아버지! 아버지! 정신 좀 차려보세요. 아버지!"

창백한 뺨으로 눈물이 떨어져 침대 위를 적시고 있었지만, 화진은 그런 것도 모르고 있는 것 같았다. 얼마나 세게 입술을 깨물고 있었는지 피멍이 든 입술로 살짝 일선의 손등에 입을 맞추는 그녀를 보면서 준서의 심장이 미친 듯이 뛰기 시작했다. 쿵쾅거리는 심장 소리에 준서의 미간이

좁혀지며 뚫어지게 화진을 관찰하기 시작했다.

'훗, 이렇게 내 심장을 뛰게 만든 여자가 저렇게 어리다니…….'

그녀를 바라보고 서 있던 준서는 다른 의사들의 호기심어린 눈빛에 매서운 눈빛으로 한 번 쏘아보고는 자신이 머물고 있는 방으로 올라가 버렸다. 그런 그의 모습에 다른 의사들과 간호사들이 혀를 찼다.

"어휴, 얼음 왕자라니까."

"하지만 너무 멋지잖아요."

그 말에 많은 남자 의사들이 일제히 쏘아보자, 그 말을 한 간호사는 얼굴을 붉히며 고개를 숙였다.

"여화진 씨!"

간호사의 부드러운 목소리에 화진이 숙이고 있던 고개를 들자, 상냥한 미소를 짓고 있는 간호사를 볼 수 있었다.

"검사 결과는 한 시간 후면 나올 겁니다. 서준서 선생님께서 직접 설명해주신다고 하셨고요. 그리고 바로 입원 수속을 밟으시기 바랍니다."

건네주는 종이를 받아들고 그녀가 멍하게 있자, 간호사가 자상하게 손가락으로 가리키며 어디로 가는지를 알려주었다.

"감사합니다."

"가서서 입원 수속 밟고요. 그리고 다시 이곳으로 오셔서 입원실 확인하시면 돼요."

"아, 네."

여기저기 뛰어다니며 수속을 밟고, 화진은 아직까지 정신을 차리지 못하고 있는 아버지의 모습에 우울해지는 기분을 털어내며 조용히 검사 결과가 나오기만을 기다리고 있었다.

새벽에 본 그 의사가 응급실 안으로 들어서자, 많은 의사들이 일제히 고개를 숙여 인사를 했다.

그들의 인사를 눈짓으로 받은 준서가 빠르게 그녀에게로 다가와 어느누구에게도 보여준 적이 없는 환한 미소를 짓자, 주위에 있던 의사들의 눈동자가 일제히 커졌다.

"그럼 이곳으로 잠깐 오세요."

응급실 한쪽에 마련된 곳으로 따라간 화진은 준서가 설명하는 것들을 열심히 듣기 시작했다. 하지만 의학적 지식이 전혀 없었던 관계로 이해하기가 조금은 힘들어 되묻기가 일쑤였다.

"간단하게 설명해서 왼쪽 다리, 그러니까 종아리 부분에 있는 뼈가 부러졌고, 발목 뼈 또한 심하게 부서졌습니다. 그리고 오른쪽 팔이 부러졌고, 갈비뼈들도 금이 간 상태입니다. 그 외에는 타박상 정도입니다."

답답하다는 듯이 딱 부러지게 설명하는 준서의 말에 그제야 이해를 한 화진이 고개를 끄덕였다.

"아, 그럼 처음부터 그런 식으로 설명을 해주셨다면 바로 이해했을 것 아닙니까? 괜히 어려운 말을 섞어가면서 설명할 필요는 없잖아요. 제가 의사도 아니고, 그렇다고 의학적 지식을 가지고 있는 사람도 아니니까요."

처음 봤을 때와는 다른 화진의 말에 놀란 준서가 다시 되물었다.

"지금 뭐라고 했지요?"

"제가 신경이 날카로워서 그런 것 같아요. 죄송합니다."

자신의 말이 그의 심경을 건드린 것 같다고 생각한 화진은 얼른 저자세로 그에게 고개를 숙였다.

"아, 아니 괜찮아요."

너무 놀라 오히려 그가 말을 더듬거리자 곁에 있던 의사들이 웃음을 참지 못하고 킥킥거리는 소리가 들려왔다. 성난 눈으로 째려보는 준서의 눈길에 그들이 바로 고개를 숙이며 정색했다. 그 눈빛 그대로 그가 이번에는 화진을 째려보았지만, 그녀의 눈길은 엑스레이 쪽으로 가 있었다.

"저, 그럼 다른 곳은 괜찮은 건가요?"

"흠! 현재로서는 괜찮다고 보고 있습니다. 아직까지 정밀 검사한 결과가 나오지 않았지만, 지금 상태로는 괜찮아 보입니다."

"그럼 부러진 곳만 나으면 괜찮은 건가요?"

"나아도 한쪽 다리는 계속 절뚝거릴 수 있습니다. 사진으로 보시면 아시겠지만, 상당히 많은 뼈들이 부서진 상태입니다. 아무래도 차가 지나가면서 발목을 밟은 것 같습니다."

의사의 말에 화진은 까마득해져오는 정신을 겨우 붙잡으며 믿을 수 없는 현실에 눈을 감아버리고 싶었지만, 지금은 아니었다. 누구에게 도움의 손길조차 내밀 때가 없는 그녀였기에 정신을 차려야 했다. 정신을…….

"그래도 일상생활 할 때는 문제가 없겠지요?"

"절뚝거릴 겁니다. 혹시라도 운이 좋아서 완전히 완쾌될 수도 있고요."

"그, 그럼 불구?"

혹시나 하는 눈길로 그를 쳐다보자, 준서의 미간이 파르르 떨렸다.

"아마도요."

그녀가 온몸으로 간신히 버티고 있다는 것을 안 준서는 또다시 가슴이 미칠 듯이 아파와 이마에 주름을 잡으며 인상을 찡그렸다. 그녀만 보면 보호해주고 싶고, 자신도 모르게 두 손이 나가 그녀를 만지고 싶은 욕망 때문에 머릿속이 새하얗게 비어갔다.

'처음 본 여자한테 이런 감정을 느끼다니…….'

그의 말을 다 듣고는 비틀거리며 걸어가는 그녀를 준서가 살며시 잡아주었다. 고마운 미소를 짓는 그녀의 모습을 보면서 문득 준서는 그녀를 갖고 싶은 욕심이 생겨버렸다.

"고맙습니다."

"천만에요."

"근데 왜 깨어나시지 않는 거지요?"

"진정제를 맞아서 그렇습니다. 차라리 지금은 깨어나지 않는 것이 더 나을 수도 있어요. 어차피 정신을 차리며 고통만 배가되니까요."

"그렇군요. 그 생각은 하지 못했어요. 저, 선생님?"

선생님이라는 낯선 호칭에 입가에 묘한 미소가 드리워지며, 준서는 조용히 그녀를 내려다보았다.

"수, 수술하면……, 괜찮아질까요?"

"아직은 뭐라 말씀드릴 수가 없습니다. 모든 검사 결과가 나오면 다시 말씀드리지요."

"네."

털썩 의자에 앉아 있는 그녀의 애달픈 모습에 준서는 처음으로 본능이 소리치는 짓을 하고 말았다. 응급실이라는 사실을 망각하고는 울지 않기 위해서 참고 있는 그녀의 몸을 자신 쪽으로 끌어당겨 안아버린 것이었다. 처음에는 놀란 그녀의 몸부림에도 준서는 더욱더 힘껏 그녀를 안을 뿐이었다.

"쉿! 울고 싶으면 울어요. 애꿎은 입술만 물어뜯지 말고."

귓가에 속삭이는 준서의 감미로운 목소리에 화진은 참고 참았던 눈물을 쏟아내기 시작했다. 흐느낌 소리가 그의 가슴속에 묻혀서 밖으로 퍼지지 않았다. 부서져버릴 것 같은 가냘픈 몸을 껴안고 있는 준서의 눈빛도 심하게 흔들리고 있었다.

얼음이라고 통하는 준서가 모든 사람들이 보는 응급실에서 한 여자를 소중하게 안고 있는 모습에 그곳에 있던 의사와 간호사들은 믿을 수 없어 눈만 깜박거리고 있었다. 겨우 정신을 차린 레지던트 4년차 의사가 황급히 소리를 지르며 뭐라고 하자, 그제야 다른 사람들도 정신을 차리고는 자신의 일을 하기 시작했다.

*　　*　　*

"아버지!"

화진의 목소리에 꿈틀거리던 일선의 눈꺼풀이 조금씩 열리며 움직이기 시작했다. 화진은 조용히 침묵을 지키며 완전히 깨어날 때까지 말없이 기다렸다. 서서히 눈이 떠지고 초점을 맞추는 일선을 보면서 그녀는 약해져가는 마음을 다잡으며 얼굴 가득 미소를 지었다.

"화…… 진아!"

"아버지!"

말라버린 입술에 따뜻한 물로 적신 수건을 들어올려 닦아주자, 그제야 조금은 살겠는지 한숨을 내쉬는 그였다.

"모, 몸은 좀 어떠세요?"

"음!"

조심스럽게 몸을 움직이려던 일선은 온몸을 꿰뚫는 아픔에 인상을 찌푸리며 신음을 내뱉었다.

"아직은 움직이시면 안 된대요. 3일 전에 사고가 났는데요. 많, 많이 다치셨어요."

울먹거리는 딸아이의 목소리에 일선이 천천히 고개를 돌려 그런 그녀를 쳐다보았다.

"많이?"

"네."

"얼, 얼마나?"

"아주 많이요. 병원에 오래 있어야 한대요."

참기 위해서 안간힘을 썼지만, 어느새 뺨 위로 또르륵 흘러내리는 눈물 때문에 화진은 황급히 고개를 숙였다.

"너, 너한테 걱정을 끼쳤구나."

"아니에요. 이렇게 살아계신 것만으로도 감사한 걸요."

"화, 화진아! 차는?"

"뺑소니였대요. 지금 경찰들이 찾고는 있는데……, 아무래도 힘들다고 하네요."

"그, 그렇구나. 밝은 헤드라이트는 기억하는데……. 멈출 줄 알았는데……, 멈추지 않고 나에게로 돌진하더구나. 그 순간은 정말 죽는 줄 알았는데…… 살아 있구나."

“아버지!”

고개를 침대에 묻으며 눈물을 흘리는 자신의 어깨를 부드럽게 잡아주는 아버지의 손길에 화진은 더욱더 눈물이 흘러내렸다. 흐느껴 우는 딸아이의 모습에 일선 또한 가슴이 메어왔다.

“미안하구나.”

“정말 3일 동안 지옥에 온 기분이었어요. 아무리 깨어난다고 속으로 중얼거렸지만……, 정말 무서웠어요. 흑흑흑! 다시 혼자일 거라는 생각에…… 정말 무서웠어요.”

화진의 울먹이는 말에 일선의 눈가도 젖어들고 있었다.

‘내 딸! 내 딸!’

일선이 깨어났다는 말에 경찰관들이 다녀갔고, 의사들도 들어와 이것저것 몸을 검사하고는 조용히 나갔다.

그렇게 두 사람은 조용히 서로의 생각에 잠겨서 하루하루를 보내고 있었다. 정밀 검사 결과 발목만 인조 뼈를 심으면 된다는 말에 안도하면서도 화진은 가슴이 아파오는 것을 느끼며, 아버지 앞에서 울지 않기 위해서 갖은 애를 쓰며 버텼다. 몸이 정상으로 돌아온 후에 수술을 하겠다는 의사의 말에 흔쾌히 고개를 끄덕이자, 일선의 얼굴이 창백해지는 것을 볼 수 있었다. 누가 쫓아오는 것처럼 안절부절못하는 일선을 보면서 화진의 눈매가 가늘어졌다.

“잠깐 집에 좀 다녀올게요.”

“그래.”

감고 있는 눈도 뜨지 않고 말하는 일선을 보면서 평상시와 다른 모습에 왠지 불안감이 감돌았다. 애써 그런 생각을 없애고는 서둘러 집으로 향했다. 병실에 혼자 계시는 아버지가 걱정스러워서 그녀는 발걸음을 재촉했다.

황급히 엘리베이터를 타고는 자신들이 살고 있는 10층 버튼은 눌렀다. 이런저런 생각에 고개를 숙이고 있던 화진은 집 앞에 남자 두 명이 서 있는 것을 보지 못하고 엘리베이터에서 내렸다. 고개를 숙인 채 다가가자, 남자들이 그녀 앞으로 다가왔다.

"혹시, 여일선 씨 따님 되십니까?"

제법 상냥해 보이는 말투로 묻는 낯선 남자의 목소리에 화진이 급히 고개를 들었다.

"누구……."

순진한 그녀의 모습에 그가 살짝 미소를 지으며 손을 내밀어 악수를 청했다.

"처음 뵙겠습니다. 저는 신준 그룹에서 나온 기획 실장 유지만입니다."

그의 미소에 화진도 미소로 답례했다. 금방 활짝 핀 장미처럼 화사한 그녀의 미소에 오히려 당황한 유 실장이 황급히 헛기침을 하고는 본론으로 들어갔다.

"혹시, 아버님 계십니까? 며칠 동안 마트에 나오시지 않더군요."

"저희 아버지는 무슨 일로……."

"아, 회사 일 때문에 그렇습니다. 만나뵐 일이 있어서요."

"지금은 곤란하겠는데요."

"왜죠?"

화진은 뚫어지게 바라보는 그의 시선을 고개를 살짝 돌려 피했다.

"그건 말씀드릴 수가 없는데요. 지금 제 앞에 계신 분들이 무슨 이유로 아버지를 찾는지 알 수 없는 일이니까요."

딱 부러지는 그녀의 말에 유 실장이 고개를 끄덕이며 설명을 덧붙였다.

"마트 인수 건 때문입니다."

그의 말에 이번에는 화진이 놀란 눈으로 그의 얼굴을 바라보았다.

"무슨 인수요?"

"지금 여일선 사장님께서 소유하고 계신 일주 마트 인수 건 때문에 뵙자고 온 겁니다."

또박또박 말하는 그의 입을 그녀가 뚫어져라 보고 있을 뿐이었다.

“한 번도 그런 말씀은 하지 않았는데…….”

“따님께서 걱정하신다고 그러셨는가 봅니다.”

“왜 저희 마트를 인수하기를 원하시죠?”

그녀의 물음에 그가 자상하게 설명을 해주었다. 한참 동안 가만히 듣고 있던 그녀가 그의 얼굴을 바라보면서 속삭였다.

“무슨 말씀인 줄은 알겠어요. 아버지한테는 제가 그렇게 전해드리도록 하겠습니다.”

화진의 단호한 말에 유 실장의 얼굴에 미소가 걷히면서 조금 굳어지기 시작했다. 그런 그의 표정을 가만히 지켜보고 있던 화진 또한 경계하는 눈빛을 풀지 않았다. 몇 분 동안 가만히 서로를 쏘아보고는 유 실장이 먼저 시선을 살짝 돌렸다. 안주머니를 뒤져서 화진의 앞으로 명함을 내밀었다.

“필요하실 겁니다. 언제든지 연락 주세요.”

그 말을 남기고는 유유히 사라지는 그들이었다. 그런 그들의 모습을 조용히 보고 있던 화진은 몸을 돌려 집 안으로 들어갔다. 병원에서 써야 할 물건을 챙기면서도 그가 한 말이 뇌리에서 사라지지 않고 있었다.

‘필요할 거라니? 그게 무슨 뜻이지.’

집 안을 휑하니 둘러본 화진은 생활 용품을 대충 챙겨서 다시 병원으로 향했다.

급하게 병실 안으로 들어가자, 많이 지친 듯한 표정으로 잠들어 있는 아버지의 모습에 화진의 눈가가 붉어졌다.

'아버지!'

그의 뺨을 살짝 만져보고는 화진도 보호자 침대에 앉아 밤을 지새웠다. 창백한 얼굴로 밝아오는 바깥을 바라보고 있자, 회진 시간인지 담당 교수와 함께 여러 명의 의사들이 들어왔다. 일선을 담당하고 있는 전공의가 그에 대한 몸 상태를 주치의에게 알려주자, 교수가 미소를 지으며 일선의 부러진 다리와 팔을 살펴보고는 물어왔다.

"어떠세요? 많이 불편하지는 않으시지요?"

"네, 선생님."

"생각보다 상당히 회복이 빠릅니다. 이대로 회복이 된다면 다음 달 초쯤에는 수술을 할 수 있겠어요."

"감사합니다."

"음! 이렇게 좋아질 때 몸조심하시고요. 다른 불편 상황 있으면 항상 말씀하세요."

"네."

돌아올 때와 같이 우르르 나가는 그들을 보면서 지난번 이후로 보지 못한 준서의 모습이 눈앞에 아른거리자, 화진은 얼른 고개를 흔들어 지워 버렸다.

"혹시 저한테 하실 말씀은 없으세요?"

이번만큼은 절대로 물러서지 않겠다는 화진의 모습에 일선은 한숨을 내쉬며 침대에 기대앉았다.

"뭘 물어보고 싶은데?"

"저한테 속이고 계신 거요?"

"화진아!"

"저도 알 권리가 있다고 생각해요. 아버지가 안절부절못하고 계시는 이유를 알고 싶어요. 언제까지 저를 속일 수는 없잖아요."

"난······."

머뭇거리며 말을 잇지 못하는 일선을 보면서 화진은 조용히 그가 다시 말을 할 때까지 기다렸다. 한참을 서로 바라보기만 하고 있는 중에 일선 이 무겁게 입을 열었다.

"마트를 열고, 얼마 후 돈을 좀 빌렸다."

"돈요?"

"그래. 내가 생각한 것보다 가게 운영은 힘들더구나. 그냥 노점상과는 차원이 틀렸단다. 그래서 다시 멋지게 실내를 인테리어 하면 더 많은 손 님이 올 거라는 생각에 조금은 무리하게 인테리어를 다시 했단다. 처음에 는 반응도 좋았고 많은 수익도 발생했지만, 갑자기 찾아온 IMF 때문에 우리 가게도 휘청거렸다. 올해 들어와 계속 적자에서 벗어나지 못하는 가 게를 운영하면서 몇 달 전부터는 빌린 원금 이자도 갚기가 힘들더구나.

그런 중에 마트를 인수했으면 좋겠다는 신준 그룹의 말이 있었다. 계속 버티고 있었지만……. 갑자기 원금과 이자를 상환하라는 그들 때문에 아무래도 마트를 팔아야겠다고 결심하고 있었다. 그런 중에 이렇게 사고를 당한 거고."

죄인처럼 고개를 들지 못하는 그를 보면서 화진은 떨려오는 눈가를 손으로 문지르며 한숨과 함께 조용히 속삭였다.

"그래서 그렇게 고민하신 거예요?"

"그래. 어떤 돈으로 그곳을 차렸는지 알잖니?"

"아버지!"

"죽어도 팔 수가 없었다. 아무리 적자 속에서 허우적거려도, 미련한 놈이라고 욕해도 팔 수가 없었단다."

떨리는 일선의 음성에 화진은 흔들리는 눈빛을 그에게 보여주기 싫어 창문 밖으로 시선을 돌려버렸다.

"언, 언제까지 돈을 갚아야 하나요? 얼마나?"

"이번 달까지 3억을 갚아야 한다."

"이번 달이요? 3억이요?"

"그래."

눈이 아픈지 연신 문지르는 일선의 손을 잡으며 화진이 미소를 지었다.

"저번에도 말했잖아요. 어떤 모습이든지, 어떤 일을 하시든지 저는 아버지를 사랑하고 존경한다고요. 이런 일이 발생했다면 진작 저한테 말을 했어야지요. 그럼 조금이라도 빨리 일을 해결할 수도 있었을 거라고 저는 생각해요. 지금은 아버지가 움직일 수도 없으니까 제가 알아서 해결해보도록 할게요."

"미안하다."

"괜찮아요. 아버지가 고의로 그런 것도 아니니까. 어쩔 수 없는 현실이니까 제가 알아 뛰어볼게요."

"화진아!"

화진의 눈빛을 본 일선의 눈동자가 흔들리면서 한 줄기 눈물이 뺨을 타고 흘러내렸다. 울지 않기 위해서 참고 있던 그녀의 눈에서도 스스로도 제어하지 못하는 눈물이 흘러내렸다.

"조금 일찍 저한테 말했으면 아버지께서 그토록 애달파하지 않아도 됐잖아요."

"미안하다."

"사과를 듣고자 하는 말이 아니라는 거 아시죠?"

"그래."

"우선은 제가 신준 그룹에 먼저 다녀오도록 할게요. 상황이 어떻게 돌아가는지도 좀 보고 그리고 마트 시세가 얼마 정도 되는지도 알아보고 나서 팔도록 해요."

현실을 빠르게 깨닫고 대처하는 딸아이를 보면서 일선은 생각에 잠겼다. 어리다고 생각했던 딸은 서서히 날개를 펴고 있었다. 무엇을 그리 생각하는지 굳어진 얼굴로 골똘히 생각에 빠져 있는 화진을 보면서 일선은 아파오는 가슴을 두드리고 싶은 것을 겨우 참고 있었다. 밝은 미소를 짓고는 병실 문을 닫고 나가는 화진을 보면서 일선은 울음을 터뜨리고 말았다.

힘겨운 손짓으로 병실 문을 닫은 화진은 입을 틀어막으며 울음을 삼켰다. 흐릿한 시선으로 황급히 병원을 빠져나가며 마트로 향했다. 택시 안에서도 눈물이 멈추지가 않아서 그냥 울고 있는 화진을 흘끔거리며 보던 기사가 목적지에 도착하자, 낮은 목소리로 알려주었다. 비틀거리는 걸음걸이로 마트 입구에 선 화진은 또다시 울분을 터뜨렸다.

'기억에도 없는 엄마가 오늘따라 정말 보고 싶어요. 보고 싶어서 미쳐버릴 것 같아. 흑흑흑!'

서글픈 눈길로 마트를 둘러본 화진은 정신을 똑바로 차리고 근처에 있는 부동산으로 가서 지금 그곳 시세가 어느 정도인지를 파악하고는 무거운 발걸음으로 여러 곳의 부동산을 나와야 했다.

"겨우 2억이라."

아무 생각도 나지 않는 현실 속에서 집만은 지켜야 한다는 생각에 약해져가는 자신을 다스리며, 혹시나 하는 마음에 살고 있는 아파트 시세를 물어보는 화진은 떨리는 목소리를 감출 수가 없었다. 낡은 아파트이고, 평수가 적어서 많이 받아봐야 1억 5천밖에는 받을 수 없다는 중개사들의 말에 다시 터져 나오는 한숨을 겨우 속으로 삼키며 화진은 허망하게 하늘을 올려다보았다.

"어떻게 해야 하지. 어떻게 해야 하느냐고. 아버지 수술비도 많이 들어갈 건데……. 아무것도 남는 것이 없다면 우리는 어떻게 하냐고."

누구에게도 아닌 자신에게 소리치는 것처럼 화진은 눈물진 얼굴로 멍하니 하늘을 우러러 보며 소리쳤지만, 돌아오는 대답은 없었다.

떨어지지 않는 발걸음으로 집에 도착한 화진은 빨간 글씨체로 날아온 통지서를 보고는 그 자리에 털썩 주저앉아버렸다. 불행은 겹쳐서 온다는 사람들의 말을 뼈저리게 느끼며 부들부들 떨리는 손으로 힘겹게 통지서를 개봉한 화진은 더 이상 창백해질 수 없을 만큼 창백한 얼굴로 털썩 바닥에 주저앉아 버렸다.

함께 태어나고 함께 자란 친구라는 명목으로 서준 연대보증 때문에 아버지 앞으로 날아온 차압 통지서였다. 빚을 갚아야 할 사람이 파산 신청을 한 관계로 연대보증을 선 여일선이 모든 빚인 1억을 갚아야 한다는 내용을 보면서 화진은 미친 여자처럼 웃고 말았다. 그런 화진의 모습에 다가온 옆집 아줌마가 놀란 눈으로 어깨를 두드렸다.

"화진아! 왜 그래?"

놀란 표정을 지으며 묻는 자상한 아줌마의 말에 화진은 다시 눈물을 흘리고 말았다.

"더 이상 도망갈 구멍이 없어요. 더 이상."

그녀를 부축하고 있는 팔을 털어내고는 비틀거리며 문을 열고 안으로 들어선 화진은 몽롱한 정신으로 주위를 둘러보고 있었다. 힘을 내서 일어서야 하지만, 지금 자신에게 닥친 일들은 혼자서 감당하기에는 너무 큰 시련이고 고통이었다.

병원에 갈 생각도 없이 이틀 동안 정신을 놓아버린 화진은 요란하게 문을 두드려대는 소리에 겨우 정신을 차리고 일어나 문을 열어주었다.

갑자기 안으로 밀고 들어오는 사람들에게 떠밀려 화진은 거실 바닥에 쓰러졌다. 그녀를 지나쳐 간 사람들은 빨간 글씨가 쓰여 있는 딱지들을 온 가구와 쓸만한 물건들에 붙이고는 멍하게 있는 그녀에게 서류 한 장을 건네주며 무슨 말인가를 한 다음에 나가버렸다.

손바닥에 놓여진 서류를 보는 그녀의 눈에서 이제는 말라서 나오지도 않을 것 같은 눈물이 다시 떨어지기 시작했다.

"아버지! 아버지! 흑흑흑! 아버지!"

목이 터져라 아버지를 외쳤지만, 대답 없는 메아리일 뿐이었다. 허망함에 목이 쉬도록 울어버린 화진은 고개를 바닥으로 떨어뜨렸다.

"현실을 받아들이도록 해. 여화진! 네가 강해져야지. 지금 이 현실 속에서는 너만이 이 고통을 이겨낼 수 있어. 그러니까 정신을 차려야지. 정신을……."

스스로에게 최면을 걸듯이 중얼거리며 집 안을 돌아다니던 화진은 자신의 물건들이 차압당하지 않게 가방에 소중하게 넣고는 집을 나서기 전에 경비실에 맡겨두었다. 가장 먼저 해야 할 일을 생각하며 저번에 실장이라는 사람이 준 명함을 바라보며 택시에 몸을 실었다.

"아저씨, 신준 빌딩으로 좀 가주세요."

"네."

가는 중간에 휴대폰을 열어 명함에 찍혀 있는 번호로 전화를 걸자, 나긋한 음성이 들려왔다.

"기획실입니다."

"안녕하세요."

"네, 말씀하세요."

“저는 여화진이라고 합니다. 유지만 실장님 좀 부탁합니다.”

화진이 목소리를 가다듬고는 조용히 속삭였다.

“무슨 일로 그러십니까?”

“일주 마트 매매 건에 관해서라면 언제든지 연락 달라고 하셨는데요.”

“아, 네. 잠시만 기다려주세요.”

그녀의 그 한마디에 바로 전화가 연결되었다. 조금 후에 들려온 남자 목소리에 화진은 긴장하기 시작했다.

“네, 전화 바꿨습니다.”

“저, 저번에 말씀하신 것 때문에 좀 뵈었으면 좋겠는데요.”

“아, 그러세요. 그럼 제가 어디로 나가면 되죠?”

“지금 나올 일이 있어서 회사로 향하고 있어요. 조금 후 도착하지 않을까 싶습니다.”

화진의 말에 그의 목소리가 더욱더 나긋나긋해졌다.

“그럼 지금 이쪽으로 오시도록 하세요. 기다리고 있겠습니다.”

“네.”

화진은 전화를 끊고는 터져 나오는 한숨을 연방 내쉬었다.

한편 전화를 끊은 유 실장은 바로 이사실로 전화를 연결했다.

“이사님 좀 부탁해요.”

“네, 실장님.”

“무슨 일인가?”

“아무래도 일이 잘 해결될 것 같습니다.”

“그래?”

“네, 의외이지만, 여일선 씨 따님이 나선 것 같습니다. 이곳으로 오는 중이라고 하는데요.”

“후후후, 역시 사채 빚에서는 힘을 쓰지 못하는군.”

기획 이사의 웃음에 실장도 가만히 미소를 지었다.

“아무래도 그들한테는 당해낼 수가 없었겠죠.”

"그럼 되도록이면 가격도 많이 다운시키게. 이제 목말라하는 쪽은 그들이니까. 이번 기회에 회장님한테 점수 좀 따자고."

그의 말에 유 실장의 얼굴에 오랜만에 화색이 돌더니 환한 미소를 지으며 명랑하게 대답했다.

"그렇게 하겠습니다. 조금 후에 결과 보고를 올리겠습니다."

"알았네. 수고하게."

"네, 이사님."

전화를 끊고는 아주 느긋하게 의자에 몸을 기대면서 그녀를 기다리는 그였다.

얼마가 지났을까. 인터폰이 울리고 채 확인도 하기 전에 사무실 문이 열리면서 그녀가 머뭇머뭇 들어서고 있었다. 그가 눈인사를 건넨 후 그녀를 맞았다.

"이쪽으로 앉아요. 온다고 고생하지 않았어요?"

"아니요."

손짓해주는 소파에 앉자, 그가 시원한 차를 달라며 직원에게 부탁하고는 그도 그녀의 맞은편 의자에 앉았다.

"어떻게 직접 이곳까지 오실 생각을……. 그래, 신중히 생각해보셨나요?"

그의 말에 화진이 고개를 떨어뜨렸다.

"일이 생기는 바람에 팔기로 한 겁니다."

"아! 그럼 조건은 어떻게……."

일부로 말을 살짝 끊으며 묻는 그에게 화진이 되물었다. 처음 보았을 때와는 다른 눈빛을 하고 있는 화진을 보면서 유 실장의 입가에 미소가 맴돌았다.

"그쪽에서 제시하는 금액은 얼마입니까?"

먼저 선수를 치기 위해서 제법 당당한 목소리로 말하는 화진을 보면서 유 실장이 책상으로 다가가 서류철을 들고 와 앞으로 쭉 내밀었다.

"한번 보세요. 아버님 마트 주위에 있는 가게들을 인수한 금액들입니다. 전부다 비슷한 조건들과 평수라서 아버님의 마트 또한 그 수준으로 계약을 할 수 있을 겁니다."

화진은 그가 내민 서류 속에 들어 있는 내용들을 열심히 읽기 시작했다. 현재 마트 근처에 있는 부지들에 대한 금액들이 빼곡하게 나열되어 있었다. 그중에서 아버지의 마트도 포함되어 있었다. 옆으로 눈길을 돌리자 2억이라는 금액이 적혀 있었다. 금액을 확인한 화진의 얼굴이 눈에 띄게 흔들렸지만, 바로 감정을 감추는 모습이 유 실장의 눈에 포착되었다.

'겨우 2억이라……. 그럼 1억을 어떻게 갚을 수 있느냔 말이야. 1억을…….'

안타까운 한숨이 새어나오려는 것을 겨우 참으며 화진은 자신 앞에 있는 시원한 음료를 마시며 조용한 눈길로 유 실장을 바라보기 시작했다.

그런 화진의 시선에 유 실장의 눈빛이 조금 흔들리며 고개를 돌리는 것이었다.

"이 가격이라면 저희도 팔 수가 없습니다."

단호한 그녀의 말에 유 실장이 살며시 미소를 보였다.

"그럼 저희들도 어쩔 수가 없군요. 보시다시피 그나마 가장 좋은 금액을 드리는 겁니다."

"더 주실 수는 없는지요?"

"정말 죄송하지만, 그럴 수가 없습니다. 이 금액도 저희들이 회장님께 사정해서 얻어낸 금액이거든요."

"그럼 제가 회장님을 뵙고 이야기해보겠습니다."

돌발적인 태도에 당황한 그는 자리를 박차고 일어난 그녀를 저지시키기 위해 팔을 잡았다.

"회장님께서는 당신 같은 사람을 만날 시간이 없어요. 괜히 시간 낭비하지 말고 그냥 계약하지요."

처음의 태도와는 달리 차가워진 그에게 화진은 조금은 차분한 목소리로 말했다.

"제가 직접 회장님을 뵙도록 하겠습니다."

화진의 단호한 눈빛을 본 유 실장은 터져 나오는 한숨을 끊고는 속삭이듯 얘기했다.

"이런 일 때문에 당신 같은 사람을 만나는 회장님이 아니십니다. 괜히 낭패 보지 말고 그냥 계약해요. 다른 곳에 알아봐도 팔리지도 않을 겁니다."

유 실장의 말이 맞다는 것을 느끼며 화진은 고개를 푹 숙였다.

"그럼 내일 도장을 가지고 와서 계약서에 찍도록 하겠습니다."

순순히 물러서는 화진을 보면서 유 실장은 조금은 의외라는 듯한 눈빛을 지었지만, 그냥 무시하고는 고개를 끄덕였다.

"그럼 내일 세 시에 오시기 바랍니다. 그 시간대라면 저도 사무실에 있거든요."

"네. 내일 뵙겠습니다."

그에게 꾸벅 인사를 하고는 몸을 돌려 나가는 화진의 뒷모습이 어찌나 애처로워 보이던지 유 실장의 한쪽 가슴이 저며오는 듯했다.

"미쳤군."

투덜거리며 자리에 앉은 유 실장은 창문 밖으로 보이는 회사 정문에서 시선을 떼지 못하고 있는 자신을 느끼며 황급히 고개를 들며 중얼거렸다.

"진짜 미쳤군."

정문으로 나온 화진은 혹시나 하는 마음에 다시 병원으로 들어갔다. 이틀 동안 자신이 오지 않아서 걱정할 아버지를 생각하며 조용히 문을 열었지만 다행히 아버지는 단잠에 빠져 있었다. 그 모습을 보면서 그녀도 힘겨운 몸을 의자에 앉히고 피곤함이 잔뜩 묻어 있는 눈가를 문지르고는 침대에 얼굴을 묻었다.

어느새 잠이 들었는지 자신의 머리를 톡톡 때리는 손길에 화진이 짜증스럽게 고개를 들자, 흐릿한 시선 속에 준서의 모습이 잡혀 황급히 고개를 저으며 정신을 차렸다.

"많이 힘든가 보네."

"아, 안녕하세요."

"음! 화진 씨, 오랜만에 보네요."

"아, 네."

허스키한 목소리 때문에 목을 가다듬은 화진은 자리에서 일어나 비틀거리며 밖으로 나갔다. 그런 화진을 뒤따라오던 준서가 허리를 잡아주었다.

"밥도 안 먹고 다녀요? 왜 이리 몸에 힘이 없어요. 아버님보단 당신이 영양제 한 방 맞아야겠다."

"훗, 사는 것이 좀 힘드네요."

허무한 듯한 미소를 지으며 허리를 잡아준 준서의 손길을 걷어내며 화장실로 들어간 화진은 찬물에 얼굴을 씻고는 창백한 얼굴을 물끄러미 거울에 비추어 보고 다시 밖으로 나왔다. 그때까지도 자신을 기다리고 있는 그를 보면서 피식 웃고 말았다.

"음! 날이 갈수록 천의 얼굴을 가진 것 같네요."

"저 말인가요?"

"네. 처음에는 순진한 모습만 보였는데……. 지금은 어딘지 모르게 독을 품은 사람같이 보이네요. 그리고 애달픔도."

지금 자신의 심정을 정확하게 꿰뚫어보는 준서의 눈빛에 화진은 걸음을 멈추고는 그를 돌아보았다.

"쓰러지지 않기 위해서 죽을힘을 다해 견디고 있으니까요."

"아버지가 다친 게 그렇게 힘든가요?"

자신을 바라보며 속삭이는 준서의 다정함에 화진은 무너지려는 마음을 겨우 추스르고는 어색한 미소를 띄웠다.

"훗, 다친 게 문제가 아니라, 여러 가지 일이 겹쳐서 온 게 문제죠."

자신의 팔을 잡아오는 준서의 손길을 느끼며 화진은 몸을 살짝 돌렸다.

"나, 화진 씨에게 관심 있어요. 솔직하게 말해서 사귀어보고 싶을 만큼 마음이 동하고 있어요."

솔직한 준서의 고백에 놀란 표정을 짓는 그녀를 보면서 준서의 잘생긴 이마가 찡그려졌다.

"나랑 멋진 연애 한번 해보지 않을래요?"

눈동자 가득 따뜻함이 깃들여 있는 준서를 보면서 화진은 그에게 자신을 기대고 싶은 욕망이 들끓었지만 이성으로 잠재우고는 잡혀 있던 팔을 내빼며 정중하게 거절했다.

"미안하지만 지금은 한가하게 연애할 정도로 제 마음이 여유롭지 않아요. 정말 죄송합니다."

고개를 푹 숙이며 앞으로 걸어가는 화진의 팔을 다시 붙잡으며 준서가 속삭였다.

"언제라도 마음이 바뀌면 말해줄래요? 삼십 년 동안 살아오면서 이렇게 심장이 미친 듯이 뛴 적은 없었거든요. 화진 씨만 보면 이렇게 심장이 뛰는 걸요."

"죄송합니다."

인사를 하고는 그의 손을 내치며 병실로 들어가 버리는 화진의 냉대에 준서의 얼굴이 심하게 일그러졌다. 내쳐진 자신의 손을 멍하게 바라보고 있던 준서는 다시 무표정한 가면을 얼굴에 쓰며 응급실로 내려갔다.

준서의 말에 흔들리지 않았다면 거짓말이었다. 그가 건네는 그 한마디에 화진은 의지하고 싶어서 죽을 뻔했다. 미칠 것 같은 두려움과 외로움을 이겨내는 화진은 이미 지칠 대로 지친 상태였다. 그렇다고 그를 보면서 뛰지도 않는 가슴을 가지고 자신의 편함 때문에 사귀는 것은 양심상 용납할 수가 없는 일이었다. 한숨과 함께 의자에 앉자, 일선이 조용히 눈을 뜨며 화진을 바라보고 있었다.

"아버지!"

"많이 힘들어 보인다."

일선의 말에 화진은 힘들어서 죽을 것 같다고, 왜 보증을 서주었냐고 따지고 싶은 마음을 애써 꼭꼭 누르며 입을 다물고 있었다. 서러운 마음에 그에게 울부짖고 싶었지만, 지금 아버지의 상태로는 자신을 도와주지 못한다는 것을 상기하며 살며시 미소만 지었다.

"그 사채 빚 빌린 사무실이나 좀 가르쳐주세요."

"사무실은 왜?"

"혹시라도 빨리 돈을 마련하면 바로 가서 갚으려고요."

"아!"

그제야 굳어져 있는 인상을 피면서 지갑을 뒤적이던 일선이 명함 한 장을 내밀었다.

"그럼 저는 좀 나가봐야겠어요."

"그래. 조심해서 다니도록 해라. 내가 모든 짐을 너한테 떠넘겨서 미안할 뿐이다."

"아니에요."

애써 짓던 미소도 병실 문을 나서는 순간 화진의 얼굴에서 지워져버렸다.

혹시나 하는 기대감으로 사무실로 찾아가 빌어보았지만, 돌아오는 대답은 한결같았다. 이틀 후에 찾아갈 거라는 사내들의 말에 화진은 갈라진 입술을 깨물었다. 느끼한 미소를 짓던 한 사내가 황급히 다가와 사장의 귓가에 뭐라고 속닥거리자, 사장의 눈빛이 순식간에 차갑게 변하는 것을 볼 수 있었다.

"우리에게 빌려간 돈이 정확히 3억이오. 그래도 여 사장을 생각해서 많은 시간을 주었는데……. 이미 집은 차압당한 상태라고?"

"네?"

놀란 화진이 되묻자, 사장의 눈매가 싸늘하게 가늘어졌다.

"마트 하나로는 우리 빚을 갚을 수 없을 텐데……."

"그게 무슨……. 어떤 일이 있더라도 갚도록 할게요."

"흠! 아가씨가 세상물정을 모르나 본데. 내가 못 박은 시간은 이틀 후라고 했어. 그 시간 동안 갚지 않는다면 우리는 우리 방식대로 진행해서 돈을 회수할 거라고."

주위를 얼려버릴 정도로 차가운 사장의 음성에 화진은 떨리는 몸을 누르며 그를 쳐다보았다. 그런 자신을 음흉하게 바라보고 있던 사장이 자리에서 일어나 화진 앞에 섰다.

"참하군. 우리 사업 중에 장기 매매라는 것이 하나 있지. 비록 늙은 몸이라 할지라도 많은 돈을 받고 팔 수도 있어. 온몸을 다 해부해서 팔면 마트를 처분해서 갚지 못하는 잔금을 어느 정도 회수할 수 있지 않겠어. 후후후!"

오싹하리만큼 소름 돋는 그의 말과 눈빛에서는 한 치의 농담도 섞여 있지 않았다. 아버지가 기간 내에 돈을 갚지 않는다면 말처럼 그렇게 할 거라는 것을 직감적으로 느낀 화진의 몸이 두려움으로 덜덜 떨리고 있었다.

"이런, 이런. 우리 예쁜 아가씨께서 이렇게 떨면 쓰나? 아니면 나한테 오는 방법도 있지. 아버지를 그렇게 만들고 싶지 않으면 나한테 오라고. 그럼 차액은 없는 걸로 해줄 수도 있어."

뱀이 기어가는 듯한 느낌을 주는 사내가 천천히 입술을 내려 그녀의 입술을 살짝 쓸며 혀를 내밀어 희롱하는 것을 느끼면서도 화진은 가만히 있을 수밖에 없었다.

"아버지 모습이 얼마나 비참하겠어. 온몸이 다 분해가 돼서 내장은 팔리고……. 아! 상상만 해도 끔찍하네."

그의 모습을 말없이 바라보고 있던 화진은 떨리는 다리에 힘을 주고는 자리에서 일어나 몸을 돌렸다.

"어떤 방법을 동원해서라도 아버지의 몸에 상처 나게 만들지는 않을 거예요."

"그래? 그럼 이틀 후에 보도록 하지. 내가 친히 가도록 할 테니까 말이야. 하하하하!"

그의 비웃음을 뒤로하고 화진은 그곳을 나왔다. 떨지 않기 위해서, 그 자리에서 무너지지 않기 위해서 입 안으로 피가 배어 나오도록 어금니를 물고 있던 화진은 그 길로 신진 그룹으로 향했다.

'아무도 도와줄 사람은 없는 거야. 아무도……'

정문 앞에서 머뭇거리며 서 있던 화진은 한 무리의 사람들 속에서 당당한 걸음걸이로 걸어 나오는 한 남자를 볼 수 있었다. 당당한 몸짓. 걸음 하나하나에 힘이 느껴지는 그를 보면서 자신도 저런 용기와 힘이 있었으면 하는 희망을 가져보며 살며시 고개를 숙여버렸다.

멍하게 있는 화진의 모습을 본 유 실장이 황급히 기획 이사에게 속삭였고, 기획 이사의 눈빛이 그녀에게로 쏠렸다.

뒤에서 수군거리는 말에 준영은 가던 길을 멈추고 뒤를 돌아보았다. 그렇지 않아도 이번 주 안으로 해결보라는 일이 마무리가 되어 있지 않아서 신경이 예민해져 있는 준영에게 그들이 구실을 제공해준 것이었다.

"지금 뒤에서 뭐 하자는 겁니까?"

준영의 날카로운 외침에 기획 이사의 얼굴이 어두워졌다.

"그게……."

"우물거리지 말고 말씀을 하세요."

"지금 일주 마트 따님이 온 것 같습니다."

"딸?"

"네. 저희들이 알아본 바로는 여일선 씨가 많이 다쳐서 병원에 있는 걸로 확인했거든요. 그래서 지난번에도 그 딸이 대신 왔는데……."

"어디에 있습니까?"

"저기에 있는데요."

기획 이사의 눈짓에 준영은 차가움이 가득 담긴 눈으로 그가 가리킨 곳을 바라보았다.

창백하다 못해 백짓장 같은 새하얀 얼굴로 떨지 않기 위해 두 손을 꽉 잡고 서 있는 그녀의 모습에 준영의 두 눈썹이 꿈틀거려졌다. 자신도 모르게 화진의 모습에 자신이 사랑했던 유아의 모습이 겹쳐 보이자, 놀란 준영은 급히 손을 들어올려 눈을 비볐다.

“회장님?”

자신의 그런 행동에 곁에 서 있던 정 실장이 다가와 불렀다.

“아니야. 잠시 착각했을 뿐이야.”

다시 차가운 가면을 쓴 준영은 기획 이사를 한 번 보고는 이마를 찡그리며 재촉하듯 말을 이었다.

“그럼 저 따님과 일을 마무리하도록 하세요. 오늘까지 계약서에 도장이 찍혀 있기를 바랍니다.”

냉정하게 말을 쏘아댄 준영은 다시 몸을 돌려 미팅이 잡혀 있는 곳으로 가기 위해서 발을 움직였다. 하지만 준영의 가슴 한구석에는 화진의 모습이 깊숙하게 박혀 들어왔다.

정문을 열어주는 사람들을 지나치며 나가려던 준영은 다급하게 소리치는 음성에 다시 발을 멈추고 말았다.

“저…….”

급하게 뛰어왔는지 헉헉거리는 숨결로 자신을 바라보는 그녀를 보면서 준영은 또다시 가슴이 욱신거렸다.

“아니 이 아가씨가 여기가 어디라고…….”

경비 아저씨들에게 몸이 잡힌 화진은 그가 회장일 거라는 생각에 더욱더 애절한 표정을 지으며 소리치기 시작했다.

“저는 회장님과 거래를 하고 싶습니다. 다른 사람도 아닌 회장님과 거래를 하고 싶단 말입니다. 제발…….”

두 팔이 잡힌 화진은 바동거리며 그가 들을 수 있도록 큰 소리를 내질렀지만, 그는 냉정하게 한 번 돌아보고는 다시 몸을 돌려 걸어가는 것이었다.

“회장님! 제발…….”

울지 않기 위해서 노력했지만, 뺨을 적시고 있는 눈물 때문에 이제는 시야가 흐릿해 보일 정도였다. 똑똑 떨어지던 눈물이 하나둘씩 늘어가고 있는 중에 한 남자의 구두가 시야에 보이자, 화진은 눈물로 얼룩진 얼굴을 들어 구두 주인을 바라보았다. 감정이라고는 가지고 있지 않는 것 같은 표정을 짓고 있는 남자의 모습에 화진은 입술을 꼭 깨물며 고개를 숙였다.

"나와 거래를 하고 싶다고?"

나직하면서도 무게감이 잔뜩 느껴지는 남자의 음성에 화진은 힘겨운 듯 고개를 끄덕여 자신의 의사를 표현했다.

"나와 거래하고 싶다면 우선은 고개부터 들도록 하지."

"네."

자꾸만 내려가는 머리를 들어 그의 눈을 바라보고 서자, 그제야 준영의 한쪽 입가가 살짝 위로 올라가 있는 것을 볼 수 있었다.

"내 직원들이 미덥지 못한 모양이지."

"그건 아니에요."

"그럼 나와 직접 거래를 하고 싶어하는 이유는 뭔가?"

오고가는 사람들이 자신들을 바라보고 서 있는데도 준영은 전혀 상관이 없는지 그저 눈은 화진에게 꽂혀 있었다.

"그건……."

"고개 들고 말하지 않을 거면 나는 오늘 잡혀 있는 장소로 가겠소. 그러니 똑바로 서서 내 눈을 바라보며 말을 하길 바래."

냉정한 준영의 말에 화진은 비틀거리는 몸을 바로 세우고는 그를 올려다보았다. 자신의 키도 여자로서는 큰 편인데도 그를 올려다보자, 자신도 모르게 웃음이 터져 나와버렸다. 그 모습을 보고 있던 준영의 눈빛이 한순간 변하더니 다시 원래대로 돌아왔다.

"일주 마트를 팔기로 했습니다. 하지만 신준에서 제시한 금액대로는 팔지 않겠습니다. 그래서 회장님과 타협점을 찾고 싶습니다."

한 자 한 자 힘주어 말하는 화진을 뚫어지게 바라보고 있던 준영은 뒤에 서 있던 정 실장을 돌아보며 조용히 속삭였다.

"미팅 취소해."

"회장님!"

놀란 정 실장이 뭐라고 중얼거렸지만 준영은 한마디로 잘라버렸다.

"두 번 말하지 않는다."

"네, 회장님."

어쩔 수 없다는 표정을 지은 정 실장은 고개를 숙여 들고 있던 서류를 보기 시작했고, 준영은 앞에 서 있는 화진을 조용히 바라보고만 있었다. 무겁도록 긴 침묵이 흐른 끝에 준영이 따라오라는 눈짓을 화진에게 보내고는 엘리베이터로 가버렸다. 그런 그를 멍하니 바라보고 있던 화진은 정 실장의 손길에 몸을 움직일 수 있었다. 어색하게 함께 엘리베이터를 타고는 성큼성큼 걸어가는 그를 따라 회장실이라는 명패가 붙어 있는 곳으로 들어갔다. 두 여비서들의 놀라는 표정과 묻는 듯한 시선을 느끼며 화진은 그를 따라 안으로 들어갔다.

"실장님!"

"미안하지만 오후에 있을 미팅 건은 취소되었어."

"하지만……."

"더 이상은 노코멘트."

정 실장의 굳어진 얼굴을 본 여비서들은 조용히 입을 다물었고, 정 실장은 굳어진 얼굴로 수화기를 들고는 정말 허리까지 굽혀가며 잡혀 있는 약속을 취소시켰다. 겨우 기분 상하지 않게 취소를 시킨 정 실장의 얼굴에 식은땀이 주르륵 흘러내렸다.

"이러다가 내가 제 명에 죽지 못할 거야. 젠장!"

투덜거리며 회장실을 쏘아본 정 실장은 혹시 자신을 부르지 않을까라는 생각에 의자에 앉아서 굳어진 몸을 풀었다.

*　*　*

온통 비싸 보이는 물건으로 장식되어져 있는 사무실을 바라보는 화진의 두 눈이 휘둥그레졌고, 그런 화진의 모습을 준영은 웃지 않기 위해서 애쓰며 관찰하고 있었다.

"그만 쳐다보고 자리에 앉지."

"아, 네."

주눅 든 모습으로 어색하게 다가가 소파에 엉덩이만 걸치고 앉은 화진을 보면서 준영은 급하게 몸을 돌려 창문 밖으로 시선을 주고는 어깨를 살짝 떨어댔다. 그런 준영의 모습에 화진은 더욱더 몸이 굳어져버렸다.

"저……."

"우리는 아가씨 부친께서 가지고 계신 그곳에 복합 상영관을 지을 생각이지. 그래서 루즈만 호텔에서 즐기지 못하는 레저를 복합 상영관에서 마음껏 즐길 수 있게 할 생각이오. 그런데 지금 부친께서 내놓지 않는 부지 때문에 우리 계획에 많은 차질과 함께 손해가 발생하고 있지."

그의 말을 듣고 있던 화진이 고개를 들어 소리쳤다.

"저는 신준에서 제시한 금액보다 더 많은 금액을 받길 원합니다."

쥐어짜듯 소리친 화진을 한 번 쏘아본 준영은 오늘 아침에 올라온 서류철 하나를 화진 앞으로 던지듯 놓고는 소파에 마주 보고 앉았다.

"보고 다시 이야기하지."

준영의 말에 힘겹게 눈을 비비며 서류철을 열어본 화진은 지난번에 유실장이 준 서류와 같은 것임을 알 수 있었다. 다른 가게들을 매수한 금액과 함께 부지들이 적혀 있는 종이를 보면서 울지 않기 위해 입술을 깨물어야 했다.

"나는 이익이 생기지 않는 일은 하지 않아. 그러니 괜히 서로 시간 낭비, 체력 낭비하지 말았으면 하는데……."

뼛속까지 스며드는 차가움에 온몸이 떨려왔지만, 그에게 자신의 나약한 모습을 보여주지 않기 위해서 화진은 두 손을 꼭 맞잡았다. 의자에 아주 편안하게 기댄 자세로 그가 화진을 쳐다보고 있었다.

한참 동안 그녀의 발아래에 고정되어 있던 그의 시선이 그녀의 얼굴로 향하면서 속삭였다.

"피차 신경전은 그만하도록 하지. 나랑 이야기한다고 해서 금액이 올라가는 일은 절대로 없소."

"그, 그럼 어떤 방법으로도 그 이상의 금액은 줄 수 없는 건가요?"

간절함을 담아서 속삭였지만 돌아오는 대답은 냉정한 한마디였다.

"절대로 그 이상의 금액을 지급해줄 수는 없소."

"어떤 방법으로도?"

"없지."

"제가 죽어도 팔지 않겠다면 어떻게 하실 건가요?"

화진의 흔들리는 눈빛을 보고 있던 준영은 조금 시간을 둔 후에 속삭였다.

"그럼 손해가 생긴다고 해도 우리는 계획을 철회할 거요."

단호하면서도 딱 부러지는 그의 말에 화진은 막막한 현실을 느끼며 고개를 숙여버렸다. 자꾸만 떨리는 어깨 때문에 자신이 한없이 초라해졌지만, 지금은 그런 것을 생각할 여유 따위는 없었다.

힘겹게 얼굴을 한 번 쓸어내린 화진은 멍한 표정을 지으며 준영을 바라보았다. 오랫동안 멍하게 바라보고 있던 화진이 낮은 목소리로 중얼거렸다.

"저를 드릴게요."

들릴락말락 한 화진의 목소리에 바로 알아듣지 못한 준영이 고개를 갸웃거리며 그녀 쪽으로 허리를 숙이고 되물었다.

"지금 뭐라고 했지?"

"아무것도 가진 거 없고 예쁘지도 않지만, 저를 드릴게요."

어차피 더 이상 뒤로 물러설 수도 없는 현실 앞에서 화진이 눈을 살짝

감고는 처음보다 더 큰 소리로 소리치자, 그 말을 알아들은 준영의 얼굴
이 찌푸려졌다.

"나는 아가씨를 원하지 않는데?"

"무슨 짓이든 다 하겠습니다. 회장님께서 가지고 계신 것을 저에게 조
금만 주세요. 회장님에게는 껌 값밖에 되지 않는 돈이잖아요."

생쥐도 코너에 몰리면 고양이를 물듯이 더 이상 물러설 수 없는 화진
은 뻔뻔해질 수밖에 없었다.

"껌 값이라?"

"네, 회장님한테는 껌 값일 겁니다."

간절함이 가득 담겨져 있는 눈을 보면서 준영은 다시 가슴이 욱신거려
왔다. 또다시 그녀 얼굴 위로 유아의 얼굴이 겹쳐 보이자 준영은 가슴을
꽉 움켜쥐었다.

"젠장!"

자신도 모르게 입 밖으로 욕설을 내뱉은 준영은 급히 자리에서 일어나
창문 쪽으로 몸을 돌려버렸다.

'유아야!'

"회장님! 제발 부탁입니다. 저는 더 이상 물러설 곳도 없는 사람입니
다. 죽을힘을 다해서 제가 그곳을 팔지 않고 버틴다면 회장님께서도 많은
손해를 보실 겁니다. 어떤 일이라도 할 테니 좋은 금액으로 사주시길 바
랍니다."

바닥에 무릎까지 꿇어가며 애원하는 그녀를 보자, 준영은 아파오는 눈
을 비비며 생각에 잠겼다.

"물러설 곳이 없다고?"

"네. 죽을지언정 더 이상 물러설 곳이 없습니다."

"절대로 그곳을 2억 이상으로 매매할 수는 없어. 하지만 나머지 금액
은 내가 빌려주도록 하지."

준영의 말에 희망이라도 생긴 사람처럼 환한 미소를 지어 보이는 화진

을 보면서 준영은 발끝에서부터 짜릿한 전기가 온몸을 타고 흐르는 것을 느끼며 미간을 찌푸렸다.

'젠장! 저런 어린 여자에게…….'

"정말 감사합니다."

바닥에 이마가 닿을 정도로 고개를 숙이며 감사의 표시를 하는 화진을 보면서 준영은 자신도 모르게 다가가 그녀의 팔을 잡아 소파에 앉혔다.

"두 번 다시는 자신을 초라하게 만들지 말길 바라겠어."

"아, 죄송합니다."

"됐어. 그럼 아가씨가 빌린 금액이 얼마지?"

"마트를 판 금액을 제외하고 2억이 필요합니다."

"흠! 2억이라? 그렇게 많은 껌 값을 요구하다니……."

준영의 질책하는 말에 화진은 붉어진 얼굴을 숙였다.

"좋아. 그 금액을 당신한테 주도록 하지. 단, 2년 동안 내 정부로 산다는 조건으로."

준영의 말을 이해하지 못한 화진이 되물었다.

"정부?"

"그래. 말 그대로 정부로서 나와 함께 산다는 조건이야. 내가 시키면 무슨 일이든 다 해야 하고, 함께 섹스도 해야 한다는 것을 의미하지. 한 마디로 말해서 2년 동안 당신 몸을 산다고 보면 돼."

차디찬 준영의 말을 이해하면 할수록 화진의 얼굴은 창백해져갔다. 핏줄이 보일 정도로 얼굴이 새하얗게 변해버린 그녀를 보면서 준영은 양심이 심하게 따끔거렸지만, 무시해버렸다.

"그, 그럼 2년 동안 당신과 함께 살면 돈을 주실 건가요? 갚을 필요도 없이."

더듬거리며 말하는 화진을 조금의 감정도 실려 있지 않은 눈으로 보고 있던 준영은 말없이 고개를 끄덕였다.

"생각할 시간이 필요한가? 그럼 하루를 주도록 하지."

　냉정하게 할 말만 하고는 책상으로 돌아가 의자에 앉아서 결재서류를 바라보고 있던 준영은 숨소리도 들리지 않는 화진의 모습에 고개를 들었다. 쭉 자신을 바라보고 있었는지 눈도 깜박거리지 않고 빤히 보고 있는 화진을 보면서 알 수 없는 감정들이 몸속에서 꿈틀거렸다. 얼마나 심하게 입술을 깨물고 있었는지 핏빛이 날 정도로 붉어진 그녀의 입술을 보면서 준영은 그 입술에 키스하고 싶은 욕망과 그녀를 갖고 싶은 욕망 때문에 아랫도리가 불끈 세워졌다.

　"할 말이 없으면 그만 나가보도록 하지. 나는 아가씨처럼 한가한 사람이 아니라서 말이야."

　"저…… 제 이름은 아가씨가 아니라 여화진입니다."

　의외의 말에 준영은 피식 웃고 말았다. 처음으로 보여준 준영의 미소에 화진은 생각처럼 그가 차가운 사람은 아닐 거라는 생각이 문득 들어 그나마 마음이 좀 편해지는 것 같았다.

　그녀가 떨어지지 않는 입술을 달싹거리자 말라 있던 입술이 떨어지면서 피가 조금씩 새어나왔다.

　"회장님께서 제안하신 조건을 수락하겠습니다. 어차피 저는 누구의 도움도 받을 길이 없는 사람입니다. 이렇게라도 회장님께 목을 매어야 할 형편이지요. 그러니까…… 2년 동안 회장님께서 원하는 여자로, 섹스 파트너로서 살겠습니다."

　순진해 보이는 얼굴과 금방이라도 쓰러질 듯 여린 몸의 그녀를 보면서 준영은 묘한 매력과 함께 호기심이 일기 시작했다. 한 자 한 자 또박또박 말하는 그녀의 입술만을 바라보고 있던 준영은 충동을 참지 못하고 자리에서 일어나 붉게 얼룩져 있는 입술에 자신의 입술을 겹쳐버렸다. 놀란 화진의 몸이 느껴지자 자신의 두 팔로 그녀의 허리를 잡아 힘차게 당겨 가둬버렸다.

　"읍!"

　"가만히 있어."

살짝 입술을 떼고는 귓가에 속삭이자, 그 말을 바로 알아들은 화진의 몸이 순식간에 잠잠해졌다. 거칠게 입술을 다시 덮치고 조금은 강압적으로 혀를 밀어넣자 그녀가 살며시 입술을 벌렸다. 달콤한 딸기 향이 코끝에 스치며 들어오자 한 번도 느껴보지 못한 다급함이 준영의 몸을 휘감았다. 허리를 감은 두 팔에 힘을 주고는 한 치의 빈틈도 없이 바짝 당겨 안은 준영은 나긋한 그녀의 몸을 느끼며 입 안을 헤집고 다녔다. 치아를 핥아보기도 하고, 수줍은 듯 혀를 내밀지 않는 그녀의 혀를 자신의 혀로 휘감아 빨아당기며 마음껏 농락하기 시작했다. 처음 생각과는 달리 키스를 하면 할수록, 애무를 하면 할수록 더 많은 것을 갖고 싶은 욕심에 허리를 감고 있던 한 손을 풀며 입고 있던 윗옷의 단추를 하나씩 풀어나갔다. 키스에 정신을 차리지 못하고 있던 화진은 자신의 옷이 벗겨지고 있자 놀란 표정을 지으며 급히 준영의 손을 잡아챘다.

"흠! 오늘은 여기까지 하도록 하지. 하지만 내 거라는 증거는 남겨야겠지."

목덜미를 강하게 깨물고는 쭉 빨아당기는 준영의 키스에 화진은 눈살을 찌푸리며 떨어져 나간 부분을 손으로 문질렀다.

"오늘부터 거래가 성립되었다고 보도록 해. 내일 나와서 계약서에 서명만 하면 원하는 금액을 지불하도록 하지."

"네."

"그럼 조심해서 가도록 하고."

언제 그토록 열렬한 키스를 했는가 싶게 차갑게 돌변한 준영의 태도에 화진은 상처받은 표정을 숨기지 않고 그대로 얼굴 가득 드러내고 있었다. 서글픈 미소를 입가에 지으며 바라보는 그녀의 모습에 준영은 가슴이 아파오는 것을 느끼며 더 냉정한 표정을 지어 보였다.

자신을 없는 사람 취급하며 책상에 앉아서 서류철에 얼굴을 묻는 그를 멍하니 보고 있던 화진은 한참만에 정신을 차리고 꾸벅 인사를 하고는 몸을 돌려 나와버렸다.

떨려서 잘 움직이지 않는 다리로 앞으로 한 발자국씩 걷는 그녀를 본 여비서들과 정 실장의 얼굴이 어두워졌다. 안에서 무슨 일이 있었는지 확연하게 알 수 있는 그녀의 옷차림에 정 실장이 앞으로 나와 휘청거리는 그녀의 팔을 잡아주었다.

"이런, 어디가 불편하십니까?"

"아니요. 괜찮습니다."

정 실장의 손을 가볍게 내친 화진은 당당한 모습을 보이기 위해 이를 악물고는 엘리베이터 앞에 서서 기다렸다. 겨우 제 시간에 도착한 엘리베이터에 몸을 실으며 그 자리에 주저앉아버렸다.

"잘한 거야. 정말 잘한 거야. 차라리 회장 정부가 되는 것이 좋잖아. 이런 몸뚱이 하나 뭐가 그리 대단하다고……. 2년만 참고 견디면 되는 거야."

스스로를 설득시키려는 듯 중얼거린 화진은 지나가는 사람들이 미친 여자처럼 자신을 보고 있는 것도 상관없는지 계속 중얼거렸다.

*　　*　　*

준영은 비틀거리며 나간 화진을 보면서 잡아주고 싶은 마음을 겨우 억누를 수 있었다. 설마 하는 마음으로 그녀에게 제안을 했지만 자신의 제안을 받아들일 거라는 생각은 꿈에도 하지 않았었다.

"더 이상 물러설 곳이 없다고……."

화진의 말을 되뇌며 준영은 흘러내린 머리카락을 쓸어 넘겼다. 보고 있던 서류에서 눈을 떼고는 등 뒤에 있는 의자에 편안하게 몸을 기대었다. 회전의자를 돌려 커다란 창문 밖으로 보이는 수많은 빌딩들을 바라보기 시작했다.

"오랜만에 남에게 시선이 가는 것 같군. 참으로 희한한 일이야."

피로감이 가득한 얼굴을 두 손으로 쓸어내리면서 준영은 자신에게 화사한 미소를 짓던 그녀의 얼굴이 자꾸만 떠올라 당혹감이 들었다. 한참을 그렇게 생각에 잠겨 있던 준영이 갑자기 의자를 돌려세우더니 인터폰을 눌렀다.

"이 비서, 지금 바로 유지만 실장에게 연락해서 일주 마트 인수 건에 대한 보고서를 즉시 가지고 오라고 해. 그리고 여일선이라는 사람과 그 딸인 여화진에 대한 보고서도 즉시 올리라고 하고."

"네, 회장님."

그녀의 대답을 들은 준영은 조용히 인터폰 스위치를 껐다.

"알아가는 재미도 있겠지."

그렇게 중얼거린 그는 유 실장이 가지고 올 서류를 보기 위해서 다른 서류는 책상 한쪽으로 밀어놓아 버렸다.

얼마간의 시간이 흐르자, 땀을 뻘뻘 흘리면서 유 실장이 회장실로 들어왔다. 준영은 그가 가지고 온 제법 두툼한 서류들을 바라보면서 꼼꼼히 읽어 내려가기 시작했다. 한참을 눈도 떼지 않고 읽던 그가 자신의 앞에서 안절부절못하면서 기다리는 유 실장의 얼굴을 가만히 쳐다보았다.

"이게 다인가?"

뚫어질 듯 준영이 그를 쳐다보자 그의 이마와 얼굴 위로 수많은 땀들이 흘러내리기 시작했다.

"뭐, 뭐가 더 필요하십니까?"

자신을 두려워하는 그를 바라보면서 준영은 피식 웃고 말았다. 워낙 회사에서도 표정이 없는 그였기 때문에 모든 사람들이 얼마나 그를 무서워하는지는 알고 있었지만, 지금처럼 온몸을 사시나무 떨 듯이 떠는 그를 보는 것은 결코 유쾌하지만은 않았다. 그런 생각에 준영의 인상이 더욱더 찌푸려졌다. 하지만 앞에 서 있던 유 실장은 준영의 찡그려지는 표정을 바라보면서 챙겨온 서류가 잘못되어서 그런가 싶어 가슴을 졸이고 있었다.

"그럼 여일선이라는 사람은 저번에 말한 사채 때문에 마트를 파는 거

군. 그리고 그 아가씨는 아버지의 사채 때문에 우리에게 더 많은 금액을
제시한 것이고. 맞나?"

"네, 회장님."

"알았네. 그만 나가보도록 하게."

"알겠습니다."

허리를 90도로 숙이고는 총알같이 사라지는 그의 뒷모습을 보면서 준
영은 씁쓸한 표정을 지었다.

집으로 향하는 시간 동안 준영의 머릿속에는 화진의 일로 가득 차 있
었다.

'아버지 때문이라! 아버지 때문에 자신을 희생한다고.'

문득 예전의 모습들이 그의 머릿속을 파고들기 시작했다.

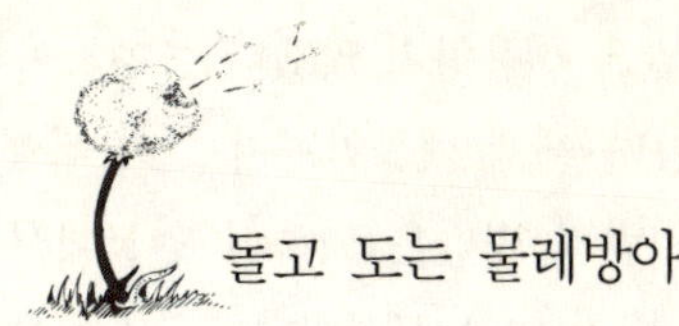

돌고 도는 물레방아

　"더 이상은 아버지를 위해서 제 자신을 희생하며 살고 싶지는 않습니다. 저는 제 길이 있습니다. 제가 지금까지 꿈꾸어온 제 길이 있습니다. 그 길을 위해서 살 겁니다. 그러니 그만 저를 놓아주시길 바랍니다. 저에게는 이 세상에서 목숨보다 더 소중한 여자가 있고, 그녀를 위해서 살고 싶습니다. 제발 아버지의 야욕을 버려주세요."

　준영의 애원에 오히려 영하의 얼굴에 비웃음이 가득 걸리기 시작했다.

　"놓아줄 것 같으냐? 너를 놓아주려고 생각했다면 애초에 이렇게 잡아오지도 않았을 것이다."

　영하의 잔인한 말에 준영의 얼굴이 굳어졌다.

　"부탁드립니다. 제발 놓아주십시오."

　바닥에 무릎까지 꿇는 그를 바라보았지만, 영하는 눈썹 하나 까딱하지 않고 바라만 볼 뿐이었다. 그렇게 몇 시간을 그의 앞에 무릎을 꿇고 있었지만 영하는 어떠한 말과 행동도 하지 않고 있었다. 반나절 동안 그의 대답을 기다리고 있는 준영 앞에 영하가 일어났다.

“아버지!”

“내 자식인 이상 내 마음대로 널 내 곁에 둘 것이다. 그러니 어떠한 말
도 하지 말고 내 뜻대로 따라주길 바란다.”

더 이상의 말은 허용하지 않겠다는 영하의 단호한 말에 준영은 입술을
깨물었다. 얼마나 세게 깨물었는지 그의 아랫입술에서 피가 배어 나오기
시작했다. 하지만 눈빛만은 영하의 얼굴에서 떨어지지 않고 있었다.

“그럼 제가 먼저 연을 끊겠습니다. 더 이상 아버지의 뜻대로는 살지 않
겠습니다. 전, 행복을 원합니다. 나에게 그 행복을 줄 여자와 함께 살겠습
니다. 더 이상 아버지에게 휘둘리면서까지 살고 싶지는 않습니다. 제가
먼저 연을 끊겠습니다.”

준영의 말이 끝나기가 무섭게 영하는 가까이에 있는 골프채를 들어 그
의 다리와 팔을 후려쳤다. 순식간에 벌어진 일이라 준영은 어떠한 대비도
하지 못하고 그에게 맞을 수밖에 없었다. 둔탁한 소리와 함께 그의 다리
와 팔이 부러졌는지 움직일 수도 없을 만큼의 고통이 찾아왔다.

“욱!”

영하는 준영의 비명에도 아랑곳하지 않고 또다시 골프채를 휘둘렀다.

“욱!”

“한 번만 더 그런 소리를 하면 영원히 걸을 수 없게 만들어주지. 지난
20년 동안 내가 너에게 들인 공이 얼마인데 지금 와서 그것을 포기하라
고. 절대로 그럴 수는 없지.”

영하의 잔인한 말에 준영의 뺨으로 눈물이 흘러내리기 시작했다.

“후후후, 절대로 놓아줄 수 없다. 연을 끊겠다면 어디 끊어보도록 해
라. 그 결과가 얼마나 참혹한지 네가 똑똑하게 기억할 수 있도록 해주
마.”

그 말을 끝으로 영하는 잡고 있던 골프채를 던지고는 밖으로 나가버렸
다.

이층 난간에서 그 모습을 지켜보고 있던 어린 휘란은 떨려오는 몸을

진정시키기 위해서 온힘을 다해 난간을 부여잡고 있었다. 그런 어린 동생을 눈물이 가득 고인 눈으로 쳐다본 준영은 황급히 고개를 바닥으로 떨어뜨렸다.

'너에게 못난 모습을 보이는구나. 불쌍한 내 동생.'

비틀거리는 몸으로 자리에서 일어나 밖으로 나가는 오빠의 모습을 휘란은 가슴이 아프도록 시린 눈으로 쳐다보고 있었다.

'나도 데리고 가주지. 오빠, 나도 좀 데리고 가주지. 오빠만 그렇게 가지 말고 나도 데리고 가죠.'

하지만 아무리 외쳐도 소리가 되어 나오지 않는 말들은 준영에게 닿지 못하고 무의미하게 흩어져버렸다. 멀어져가는 그를 바라보는 휘란의 두 눈에서도 눈물이 떨어지고 있었다.

준영은 부러진 듯한 한쪽 다리와 팔 때문에 가까이에 있는 병원으로 먼저 향했다. 응급실로 직접 걸어서 들어가자 의사들이 놀란 눈으로 그를 쳐다보고 있었다. 가장 먼저 정신을 차린 한 여의사가 황급히 다가와 비틀거리는 그의 몸을 부축하고는 침대에 눕혔다. 온몸이 만신창이가 되어버린 그의 몸을 본 여의사의 얼굴이 심하게 일그러졌다.

"준영아!"

여의사가 외치는 소리에도 준영은 어떠한 반응을 보일 수가 없었다. 서서히 몽롱해지는 정신을 느끼며 눈을 감아버렸다.

"준영아!"

그녀의 애타는 목소리가 귓가에 들렸지만 준영은 대답을 할 수가 없었다.

"어떻게…… 왜 이렇게 된 거야?"

아무리 소리쳐도 준영은 의식을 잃어갈 뿐이었다. 지금까지 겨우 지탱하고 있던 정신을 긴장감이 사라지자 함께 놓아버렸다.

그의 상태를 본 은빛이 황급히 응급처치를 하기 시작했다. 다급한 그녀의 외침소리에 주위에 있던 의사들이 달려와 도와주었다. 출혈이 있는

곳에는 급한 대로 소독과 드레싱으로 응급처치를 하고는 서둘러 검사실
로 데려갔다. 혹시라도 이상이 생길 것을 대비해서 필요한 모든 검사를
하고는 링거와 함께, 부러진 팔과 다리를 보호하기 위해서 부목으로 고정
시켰다. 그리고 나서 은빛은 조용히 그의 양복 주머니를 뒤졌다. 작은 휴
대폰이 나오자 통화 버튼을 눌러보았다. 오직 한 명에게만 전화를 했는지
여자 이름만 가득했다. 한숨을 내쉬며 은빛이 그 번호 그대로 버튼을 누
르자 몇 번의 신호음 끝에 다급한 여자의 음성이 들려왔다.

―준영 오빠!

"흠! 여기는 성성 병원입니다. 혹시 최준영 씨 보호자 되십니까?"

―네

"그럼 병원으로 오시기 바랍니다."

여의사의 말에 바로 울먹거리는 목소리가 건너편에서 들려왔다.

―많, 많이 다쳤는지요?

그녀의 말에 여의사는 어떠한 말도 하지 않고 무뚝뚝한 목소리로 대답
만 했다.

"네."

―바, 바로 가겠습니다.

통화를 마친 그녀는 그의 주머니에 다시 휴대폰을 넣어주고는 많이 지
친 그의 얼굴을 물끄러미 쳐다보았다.

'왜 이렇게 된 거야? 왜 이런 모습으로 온 거야? 준영아! 준영아!'

애달픈 눈빛으로 은빛은 여기저기 멍이 든 준영의 얼굴을 가만히 쓰다
듬어보았다. 한참을 멍하니 그를 바라보고 있자 긴 생머리에 인형같이 생
긴 여자가 울부짖으며 응급실로 뛰어 들어오는 모습을 볼 수 있었다. 너
무나 예쁜 그녀의 모습에 응급실에 있던 남자들이 시선을 들어 그녀를
보았다.

후 하고 불면 쓰러져버릴 것 같은 가냘픈 몸매와 백옥 같은 하얀 얼굴
로 여자는 응급실 안을 두리번거리기 시작했다. 얼굴의 반을 차지하는 큰

눈동자에 눈물이 가득 고여 있었다.

'저 여자구나.'

한숨을 내쉬며 자리에서 일어난 은빛은 계속 두리번거리는 그녀 앞으로 다가갔다.

"혹시 최준영 씨 보호자?"

의사의 싸늘한 말투에 그녀가 흠칫 몸을 떨더니 고개를 끄덕였다.

"네."

"따라오세요."

냉정하게 몸을 획 돌리는 여의사를 멍하니 바라보고 있던 그녀가 얼른 정신을 차리고 뒤따랐다. 참혹한 몸으로 침상에 누워 있는 준영을 보자마자 눈물을 떨어뜨렸다.

"흑흑흑, 오빠."

준영의 손을 꼭 잡으면서 울음을 터뜨리는 그녀를 바라보자 은빛은 왠지 모를 서글픈 감정이 스멀스멀 몸속으로 기어올라와 얼른 시선을 돌려 버렸다.

준영과는 어렸을 때부터 함께 자란 사이였다. 부유층 집안에서 태어난 그녀가 반항하고 힘들어할 때 그가 있어 반항도 멈출 수 있었고, 힘든 시기도 슬기롭게 잘 넘길 수 있었다. 그런 그에게 처음으로 사랑이라는 것을 느꼈지만, 그에게는 목숨보다 더 소중한 여자가 있었다. 같이 대학을 다닐 때도 언제나 지갑에 그녀 사진을 넣어 다니면서 자랑하던 그였기 때문에 은빛은 조용히 자신의 감정을 묻어두었다. 그렇게 그의 곁에서 아무런 내색하지 않고 바라본 사랑이었다. 그런데 이렇게 만신창이가 된 몸으로 다시 자신에게 오자 누구보다 가슴이 아팠다. 무엇보다 그를 이 지경으로 만든 여자가 너무 미워서 견딜 수가 없었다.

"그만 울도록 하지요. 이렇게 큰소리로 울면 다른 사람들에게 피해를 줍니다."

의사의 냉정한 말에 유아는 울음을 속으로 삼켰다.

"죄, 죄송합니다. 흑흑흑."

"그만하세요."

"저, 상태는?"

"결과를 봐야 합니다."

차디찬 여의사의 말에 그녀가 처음으로 맑은 눈동자를 들어 그녀의 얼굴을 뚫어지게 쳐다보았다. 한참을 바라보던 그녀가 조용히 속삭였다.

"혹시, 어디서 만난 적이……."

"있지요. 저는 준영이 친구인 이은빛이니까."

"아, 그렇군요. 정말 감사합니다."

"나는 댁한테 감사 듣고 싶은 생각은 없어요."

은빛의 매몰찬 말에 유아의 얼굴이 백짓장처럼 창백해져버렸다.

나약하다는 생각이 먼저 들었다. 준영을 지켜주기에는 나약해빠진 여자. 저런 여자를 목숨보다 더 좋아하는 준영이 한심스럽게 느껴진 은빛은 신경질적인 눈길로 유아를 노려보았다. 그런 그녀에게 다른 의사 동료가 다가와 귀에 대고 결과가 나왔다고 알려주었다.

"알았어요."

그녀에게서 차갑게 돌아선 은빛은 결과를 보기 위해 급히 몸을 움직였다. 엑스레이를 본 그녀의 얼굴이 조금은 밝아졌다.

"선생님 보시기에는 별 탈 없겠지요."

상냥한 은빛의 말에 이 교수가 미소를 지었다.

"친구인 거야? 아니면 연인 사이인 거야?"

"후후, 선생님도 참."

"우리 얼음 공주가 아주 녹는데?"

계속되는 그의 농담에 은빛의 얼굴이 처음으로 붉어졌다. 얼굴을 붉히는 은빛의 모습에 동료들의 눈동자가 커져갔다.

당황한 표정을 짓는 그들의 시선을 피하면서 은빛은 준영에게 다가갔다. 정신적으로 많이 힘들었는지 쉽게 깨어나지 않고 있는 그를 바라보면서 은빛의 가슴속에서 미움이 불타오르기 시작했다. 준영에게 아무 힘도 되어주지 못하면서 그의 곁을 떡하니 차지하고 있는 그녀가 너무 미웠다. 한 손으로 잡으면 부서질 것 같은 그녀의 뒷모습을 바라보면서 은빛은 치밀어오르는 질투심에 온몸을 떨어야 했다.

'저렇게 나약한 여자 때문에 네가 이렇게 된 거냐? 최준영!'

짜증과 함께 은빛은 아직까지도 눈물을 떨어뜨리고 있는 유아에게 차갑게 소리쳤다.

"그렇게 통곡한다고 해서 준영이가 나아지는 것은 아니니까 그만 울고 일어나요. 다행이 오른쪽 팔과 다리만 부러졌지 다른 데는 괜찮아요."

"흑흑. 정말 감사합니다."

계속해서 눈물을 보이는 그녀를 바라보면서 은빛은 짜증스럽게 소리쳤다.

"그만 울 수 없어요. 매사에 그렇게 울면 다 해결이 돼요? 울면 모든 것이 다 해결이 되냐고요. 보는 사람 짜증나니까 그만 울도록 해요."

그녀의 말에 유아는 죄인처럼 고개를 바닥으로 떨어뜨렸다. 준영이 왜 이렇게 되었는지를 짐작하는 그녀였기 때문에 누구에게나 죄인인 사람이었다.

"그만해요. 그런 표정 그만하라고요. 죄인도 아니면서……. 그런 표정으로 있지 말라고요."

서글픈 은빛의 말에 유아가 살며시 고개를 들었다. 얼마나 울었는지 온통 붉어진 눈동자를 바라보면서 은빛도 가슴이 메어왔다.

"죄인인 걸요. 오빠를 사랑한 순간부터 저는 죄인인 걸요. 오빠의 모든 것을 제가 부셔버렸기 때문에 저는 죄인인 걸요. 이렇게 만든 것도 저이기 때문에 저는 죄인인 걸요."

유아의 애절한 눈빛 때문에 은빛은 고개를 돌려 시선을 피했다. 한참을 그렇게 서로의 시선을 외면하고 있자, 준영이 힘없는 손을 들어올려 유아의 부드러운 손을 잡아왔다.

“오, 오빠!”

유아가 놀란 눈으로 그의 얼굴을 바라보자 준영이 환한 미소를 지었다.

“너는 나에게 있어 태양인걸. 내가 살아 숨쉴 수 있게 만드는 원동력인 걸. 그러니 그런 표정은 하지 마. 그럼 내가 너무 아프잖아. 사랑한다, 유아야!”

준영의 부드러운 말에 유아는 눈물을 떨어뜨렸다.

“미안해, 오빠. 정말 미안해.”

“이런 우리 공주가 이렇게 울면 어떻게 해. 울지 마.”

차분한 유아의 긴 머리카락을 준영이 부드럽게 쓸어내렸다. 그런 그의 다정한 몸짓에 은빛의 얼굴이 굳어졌다. 살며시 곁에 서 있는 은빛을 본 준영의 얼굴에 환한 미소가 떠올랐다.

“이제야 알아보냐?”

“미안하다. 이런 못난 꼴로 와서.”

“됐어. 그나마 내가 있는 곳으로 와서 다행이다.”

누구보다 준영의 집안 사정을 잘 아는 은빛이었기 때문에 준영이 더 이상 말을 하지 않아도 누가 이렇게 한 것인지는 짐작할 수 있었다. 그렇기 때문에 가슴이 아픈 그녀이기도 했다.

“몸조심해. 너무 그렇게 자신을 혹사시키지 말고 말이야. 그러다가 너 젊은 나이에 갈 수도 있다.”

은빛의 걱정스러운 말에 준영이 미소를 지었다.

“고맙다.”

“며칠 동안은 입원해 있어야 할 거다. 움직이면 움직일수록 뼈가 잘 붙지 않거든. 그러니까 이참에 쉰다고 생각하고 있어라.”

“알았다.”

이후로 준영은 태어나서 처음으로 사랑하는 사람 곁에서 행복한 나날을 보내고 있었다. 유아의 지극 정성에 준영의 얼굴에서 미소가 가실 날이 없을 정도였다. 하지만 그토록 서로를 사랑하는 두 사람에게 천천히 먹구름이 다가오고 있었다.

편안하게 저녁을 먹고는 한참 동안을 머뭇거리는 유아의 이상한 행동에 준영이 계속 다그치듯이 묻자 얼굴을 붉히면서 유아가 속삭였다.

"저, 저기 나 오빠 아기 가진 거 같아."

온 얼굴을 붉게 물들이면서 고백하는 그녀의 모습에 준영이 몸을 벌떡 일으키면서 힘차게 그녀를 껴안았다.

"정말이야? 정말 아기를 가진 게 맞아?"

너무나 행복한 미소를 지으며 소리치는 그를 보면서 유아는 살짝 고개를 끄덕였다.

"야호, 유아야! 너무 사랑해."

그녀를 힘차게 껴안으며 온몸으로 기뻐하는 그의 모습에 유아도 행복한 미소를 지었다.

"정말, 정말 고맙다. 나 너무 행복한 거 있지. 너무 행복해서 꿈만 같다. 정말 고맙다."

"나도 오빠 사랑해. 그리고 내 뱃속에 우리 아기가 자라고 있어서 너무 행복하고 기분이 좋아. 오빠를 만나서 나도 너무 행복해. 무엇보다 아무것도 없는 나를 너무 사랑해줘서 더 고맙고. 미치도록 오빠를 사랑해."

"무슨 짓을 해서라도 너와 아이만은 꼭 지켜줄게. 그러니까 울지 말고 웃어줘. 사랑해."

준영은 사랑스러운 눈길로 유아를 바라보고는 아직까지는 표도 나지 않는 그녀의 배를 살짝 만져보더니 너무 행복해서 눈가가 촉촉하게 젖어들었다.

"정말 행복하다. 이렇게 행복할 수 있다고는 꿈도 꾸지 못했는데……. 너로 인해서 나는 새로 태어나는 것 같다."

"오빠."

"이제 내일 중으로 퇴원하자. 너무 오래 있으면 병원비도 많이 나오니까 그냥 집에서 조심하면 되지 뭐."

준영의 말에 유아는 고개를 끄덕였다.

그렇게 두 사람은 행복한 미소를 지으며 잠을 청했다.

일주일 동안 병원에서 지냈지만 막상 퇴원한다는 준영의 말에 은빛이 만류하고 나섰다. 완전히 뼈가 붙을 때까지는 병원에 있으라는 그녀의 말을 듣지 않고 두 사람은 퇴원 수속을 밟고 병원을 나섰다. 그나마 팔은 호전되었지만 다리가 많이 불편한 준영은 택시를 타기 위해서 도로 가에 유아와 함께 서 있었다.

"오빠 괜찮아?"

걱정스러운 눈빛으로 자신을 바라보며 묻는 유아를 바라보는 준영의 눈에는 사랑이 가득 담겨 있었다.

"당연히 괜찮지. 근데 너도 조심해야 하는데 걱정이다. 이제부터는 우리 서로 조심하도록 하자."

"응."

해맑은 미소를 지으며 대답하는 유아의 입술에 준영이 살짝 입을 맞추었다. 그런 그들의 모습을 지나가는 사람들이 쳐다보았다.

"오빠, 부끄럽게 뭐야!"

애교 섞인 유아의 투정에 준영은 잔잔한 미소를 지었다. 꽉 잡으면 부러져버릴 것 같은 가는 허리를 준영이 자신 쪽으로 끌어당겼다.

"근데 택시가 왜 이리 없지."

유아가 자신의 허리를 잡고 있는 준영의 팔을 살짝 풀고는 앞으로 몸을 내밀면서 도로 가를 살펴보기 시작했다.

그런 그녀의 모습이 조금은 불안해 보여 준영은 얼른 팔을 내밀었지만, 누군가에 의해서 유아의 몸이 도로 가로 튕겨져 나갔다. 갑작스럽게 도로 가로 튕겨져 나간 유아는 어떠한 몸짓도 하지 못하고 달려오는 차에 그대로 부딪치고 말았다.

모든 것이 정지해버린 화면처럼 준영은 미동도 없이 그 모습을 넋을 놓고 보고만 있었다. 유아의 몸이 공중으로 솟구치더니 순식간에 바닥으로 떨어졌다.

"유아야!"

둔탁한 소리와 함께 바닥으로 떨어지는 그녀를 본 준영이 비틀거리는 몸으로 달려가기 위해서 몸을 움직였지만 마음처럼 잘 되지가 않았다.

"유아야!"

눈물범벅이 된 얼굴로 그녀의 이름을 소리쳐 부르면서 뛰어들려는 그를 주위 사람들이 만류하고 나섰다. 그들의 강제적인 만류에 준영은 몸부림밖에 칠 수가 없었다.

겨우 차들이 정지하고 그제야 준영은 절뚝거리는 팔과 다리로 그녀에게 뛰어갔다. 행인들이 이미 경찰서와 119에 전화를 걸어놓은 상태였고, 바로 앞이 병원이었기 때문에 구급차가 다가오고 있었다.

"유아야! 흑흑흑, 안 돼. 안 돼. 이건 아니야. 이건 말도 안 되는 거야. 유아야! 제발 눈을 좀 떠. 제발 나를 봐줘. 이제 겨우 잡은 행복인데, 이제 겨우 잡은 내 사람인데. 안 돼!"

유아의 몸을 잡고 울부짖는 가운데, 그녀의 다리 사이로 혈흔이 보였다.

"안 돼. 안 돼. 안…… 돼."

절규하는 그의 모습을 주위 사람들이 안타까운 눈빛으로 바라보고 있었다.

구급차가 도착하고, 요원들이 비참하게 쓰러져 있는 그녀를 침대 위로 올리자 많은 피들이 바닥에 뿌려졌다. 준영과 함께 유아를 차에 태우고는 병원 응급실로 들어갔다.

근무를 하는 중이었던 은빛은 쓰러질 것 같은 몸짓으로 들어오는 준영과 핏자국이 가득한 모습으로 침대에 누워 있는 여인의 모습을 바라보았다. 불길한 느낌에 떨어지지 않는 발을 움직여 다가갔다.

"무슨 일이야?"

그녀의 외침에 침상을 운반하던 간호사가 외쳤다.

“교통사고입니다.”

“누, 누군데?”

은빛이 떨리는 몸을 부여잡으며 속삭였다.

“저분이 보호자라는데요.”

간호사가 가리키는 곳으로 시선을 주자, 준영이 더 이상 움직여지지 않는 다리 때문에 바닥에 주저앉아 있었다. 자신의 불길한 예상이 맞아떨어지자 은빛은 비틀거렸다.

“준영아!”

은빛이 그에게 다가가 어깨에 손을 올려놓으며 조용히 그를 불렀지만 아무런 반응도 없었다. 넋을 놓아버린 준영의 모습에 은빛은 입술을 깨물었다.

“준영아!”

다시 한 번 소리쳐 그를 부르자 갑자기 그가 그녀의 가운을 부여잡으며 소리쳤다.

“은빛아! 제발 살려줘. 제발 우리 유아 좀 살려주라. 살려줄 수 있잖아. 제발 좀 살려주라. 이제 겨우 잡은 행복인데 놓칠 수 없어. 제발 부탁이다. 이렇게 내가 빌게. 제발 우리 유아랑 아기 좀 살려주라. 제발. 흑흑흑.”

그의 절규에 은빛의 뺨으로 눈물이 흘러내렸다.

“살려줄 테니까 기다려. 무슨 수를 써서라도 살려줄 테니까 기다리고 있어. 알았지?”

“그래. 제…… 발.”

그의 애절한 눈빛을 뒤로하고 은빛은 수술실 안으로 들어갔다. 이미 많은 의사들이 수술 준비를 하고 있는지 분산하게 움직이고 있었다. 그녀가 안으로 들어오자 친한 동료 의사가 다가왔다.

“살릴 수 있겠어?”

은빛의 떨리는 목소리를 느낀 그가 조용히 고개를 내저었다.

“가망 없다. 지금도 겨우 숨이 붙어 있는 정도야. 그래도 모르는 일이
라서 수술하는 거지만, 가망은 없다.”

“정말 없어? 단 1퍼센트의 가망도?”

애절한 은빛의 눈빛을 본 그의 눈매가 가늘어졌다.

“단 1퍼센트도 없다.”

“그럼 뱃속에 있는 아기라도 살려주라. 부탁해.”

떨리는 손으로 그의 어깨를 부여잡으며 외치는 그녀에게 동료가 안타
까운 눈빛으로 쳐다보며 고개를 저었다.

“늦었다. 아기도 이미 사망한 상태다. 그래서 더욱더 살 수 없는 경우
고. 어쩔 수 없이 수술하는 거라고 보면 돼.”

냉정한 그의 말에 은빛의 두 눈으로 눈물이 흘러내렸다.

“울지 마. 의사는 어떠한 경우라도 감정에 흔들려서는 안 돼. 자신의
페이스를 잃어버리게 되면 영원히 이 직업은 포기해야 해. 그러니까 그런
눈빛도, 그런 표정도 하지 마.”

동료의 충고를 들으면서도 은빛은 막막함에 연방 가슴을 두드렸다. 서
둘러 수술실 안으로 들어가는 동료를 보면서 은빛은 제발 그녀가 살아나
기를 빌고 또 빌었다.

여러 명의 간호사와 함께 수술하는 도중에 그가 메스를 천천히 놓았다.

투명 유리로 된 곳에서 그 모습을 보고 있던 은빛은 조용히 눈을 감아
버렸다.

‘준영아! 나는 너와 한 약속을 지킬 수가 없을 것 같다. 정말 미안하다.
정말 미안하다.’

수술실에서 나온 동료 의사가 차가운 유리에 이마를 대고 눈을 감고
있는 은빛의 어깨를 살짝 잡았다.

“내가 말을 할까? 어차피 집도한 사람도 나니까.”

“아니 내가 말할게.”

“은빛아!”

"괜찮아. 내가 말하게 해줘. 다른 사람의 입을 통해서 그에게 들려주고 싶지는 않아."

"알았다."

은빛은 천천히 다리에 힘을 주고는 밖으로 나가 아직까지도 바닥에 주저앉아 있는 준영을 슬픈 눈으로 바라보았다. 온 얼굴이 눈물과 땀으로 범벅이 된 채 넋을 놓고 있는 준영 앞으로 다가섰다.

"준영아!"

"우리 유아 살았지? 은빛아! 제발 살았다고 말해줘. 제발 유아도 살았고, 내 아기도 살았다고 말해달란 말이야."

미친 듯이 고개를 흔들며 소리치는 준영을 보면서 은빛도 자리에 주저앉아 그를 꼭 껴안았다. 몸부림치는 그를 느끼며 울지 않기 위해서 이를 악물며 속삭였다.

"미안하다. 정말 미안하다. 언제나 너와 한 약속은 지킨 나였지만, 오늘만큼은 그럴 수가 없을 것 같아. 정말 미안해, 미안해 준영아!"

눈물을 떨어뜨리는 그녀를 그저 멍하니 바라보고 있던 준영은 충격과 고통을 이기지 못하고 차가운 바닥으로 쓰러졌다. 그리고 영원히 일어나지 않을 것처럼 두 눈을 꼭 감았다.

몸값

오지 않을 거라는 생각에 착잡한 마음을 다잡으며 서류를 보고 있던 준영은 갑자기 들려온 인터폰 소리에 버튼을 눌렀다.

"회장님!"

비서의 목소리에 준영이 아픈 눈을 비비면서 대답했다.

"무슨 일인가?"

"저, 여화진 씨가 오셨습니다."

그녀의 말에 준영은 시계를 바라보았다. 벌써 시계 바늘이 2시를 향해 가고 있었다.

"들여보내지."

"네, 회장님."

바로 노크하는 소리와 함께 그녀가 머뭇거리며 안으로 들어섰다.

"들어왔으면 이쪽으로 앉도록 해. 그렇게 서 있지 말고."

그의 말에 고개를 끄덕이는 화진을 유심히 바라보며 준영도 그녀가 앉아 있는 소파 맞은편에 가서 앉았다.

“어제와는 다른 모습이군.”

혼잣말처럼 중얼거린 준영이 비서에게 차를 주문하고는 미리 작성되어
져 있는 계약서를 내밀었다.

“마트 인수에 관한 계약서 하나, 그리고 당신과 나 사이에 있는 일에
관한 계약서 하나. 꼼꼼하게 살펴보고 사인하도록 하지.”

화진의 긴 생머리가 얼굴의 반 이상을 가리자 준영은 자신도 모르게
허리를 굽혀 흘러내린 머리카락을 손으로 쓰다듬어보았다.

“부드럽군.”

서류를 보고 있던 화진은 벌게지는 얼굴을 감추기 위해서 더욱더 고개
를 바닥으로 숙이며 서류를 보는 척했다. 대충 읽어본 화진이 바로 사인
을 하고는 계약서를 앞으로 쭉 내밀었다.

“자세히 읽어보았나?”

“네.”

“나이는?”

“스물셋입니다.”

“그럼 대학생인가?”

“네, 졸업반입니다.”

“음! 한번 일어나봐.”

화진이 어리둥절한 표정으로 자신을 바라보자 준영이 답답한 표정을
지어 보였다.

“감상은 해야지. 큰 돈 주고 당신을 산 거랑 진배없는데……..”

그의 말에 화진의 얼굴이 창백해져버렸다.

“싫으면 하지 않으면 돼. 나는 아가씨한테 강요할 마음은 눈곱만큼도
없거든. 어떠한 경우라도 선택은 아가씨가 하는 거야.”

그의 말에 화진은 입술을 지그시 깨물면서 자리에서 일어나 그 앞에
섰다. 뚫어질 듯이 바라보는 준영의 시선에 그녀의 얼굴이 수치스러움으
로 다시 벌게졌다.

"음! 아주 멋진데. 얼굴만 예쁜 것이 아니었군. 됐어. 그만 자리에 앉도록 하지."

준영의 말이 떨어지자 화진은 떨리는 다리로 겨우 자리에 앉을 수 있었다. 가급적이면 그의 시선을 받지 않기 위해서 고개를 바닥으로 떨어뜨렸다.

그런 그녀의 태도도 마음에 들지 않는지 준영은 인상을 찌푸리면서 조용히 속삭였다.

"어떠한 경우라도 나와 시선을 맞추도록 해. 난 나와 시선을 맞추지 않는 여자랑 함께 살고 싶은 마음은 죽어도 없거든."

"그러죠."

고개를 들어 차갑게 빛나는 준영의 눈빛과 겹치자 그의 얼굴에 흐뭇한 표정이 어렸다. 사인한 계약서 한 부씩을 건네주는 그의 얼굴에 알 수 없는 즐거움이 깃들어 있자 화진은 눈매가 가늘어졌다.

'이해할 수 없는 사람.'

다른 종이 하나를 그녀에게 내밀며 미소를 짓는 준영을 보면서 화진의 눈길이 종이 위로 쏠렸다. 빼곡하게 적혀 있는 글자들을 읽는 그녀의 얼굴이 조금씩 어두워져갔다.

"내 정부로 살면서 지켜야 할 사항들이야. 내가 말했듯이 나는 최고만을 고집해. 그게 사람이든 아니든 상관없이 말이야. 그러니 당신도 예외가 될 수는 없겠지. 그저 시간이나 때우자는 식으로 내 곁에 온다면 많이 힘들 테니까 마음을 단단히 먹고 오길 바래."

준영의 말에 화진은 어떠한 말도 할 수가 없었다. 그저 그를 위해서 열심히 고개를 끄덕일 뿐이었다.

"명심할게요."

"좋아. 그런 자세 아주 마음에 드는군. 당신 또한 나와 함께 살면 많은 혜택을 누릴 수 있을 거야. 한 번도 누려보지 못한 호강 말이야. 그리고 가급적이면 이번 주 안으로 들어왔으면 좋겠군."

준영의 말에 너무 놀란 그녀가 황급히 고개를 들어 그를 바라보았다.

"이번 주 안이요?"

"어차피 들어올 거, 시간 끌 필요는 없지."

"다음 주 중으로 들어가면 안 될까요? 이번 주에는 아버지 수술이 잡혀 있는데……."

망설이는 그녀의 말에 준영은 딱 부러지는 대답을 들려주었다.

"그건 당신 일이고. 나는 이번 주 안으로 들어오라고 명령하는 거야. 당신의 의견을 묻는 것이 아니란 말이지."

"네."

"그럼 이번 주 내로 들어오도록 해. 짐을 옮길 수 있도록 사람을 보내주지."

그의 호의를 화진은 단호히 거절했다.

"아니요. 그냥 제가 알아서 할게요. 어차피 짐이라고 해봤자 가방 하나밖에 없는 걸요."

그녀의 말에 준영은 고개를 끄덕였다.

"하긴 그렇군. 2년 동안은 나에게 적합한 여자로 살아야 하니 집에서 입던 옷들은 입을 수 없을 거야. 그러니 쓸데없이 싸구려 옷들은 들고 오지 말았으면 해. 간단한 것만 가지고 오도록."

그의 냉담한 말에 화진은 어떠한 대답도 하지 않았다. 묵묵히 고개를 숙이고 있는 그녀의 모습에 준영의 눈썹이 꿈틀거리기 시작했다.

"여, 화, 진!"

처음으로 자신의 이름을 부른 그를 화진은 놀란 표정으로 고개를 들어 바라보았다.

"시선을 피하지 말라고 말했을 텐데."

"아, 네. 죄송해요."

화진이 얼른 고개를 들어 붉어진 얼굴로 준영을 쳐다보았다.

"지금 즉시 당신 통장으로 4억을 넣어주도록 하지."

그 말과 함께 준영은 자리에서 일어나 책상으로 돌아갔다. 그리고 그녀가 건네준 서류를 받아 그곳에 적혀 있는 계좌번호를 비서에게 불러주었다. 순식간에 일을 끝낸 그가 고개를 돌려 멍하게 자신을 바라보고 있는 그녀를 쳐다보았다.

"돌아가면서 확인하도록 해. 이걸로 마트는 우리가 인수한 걸로 마무리됐고, 그리고 당신도 나한테 2년 동안 종속된 사람이라는 사실을 항상 인식하면서 행동했으면 해."

차디차게 들려온 준영의 말에 그제야 정신을 차린 화진이 얼른 자리에서 일어났다.

"네, 명심할게요."

기분이 다운되는 걸 느낀 화진은 애써 담담한 표정을 지으려 입가에 미소를 띠우며 인위적으로 웃고 있었지만, 자신을 바라보는 그의 애매모호한 눈빛에 고개를 갸웃거렸다.

"저, 더 하실 말씀이……."

"아니."

그러면서도 계속 그녀에게서 시선을 떼지 않는 준영 때문에 화진은 곤혹감에 목덜미까지 벌게지고 말았다.

어제 자신이 남긴 키스 마크가 고스란히 보이자 준영은 다시 키스하고 싶은 충동에 이를 악물었다.

"이해할 수가 없군."

"네?"

"당신을 이해할 수가 없다고. 어떨 때는 패기로 똘똘 뭉친 여자인 것 같고 또 어떨 때는 세상 때는 하나도 묻지 않은 여자 같고, 어떤 모습이 진정한 당신 모습이지?"

"무슨 말씀이신지……."

"훗, 말귀를 못 알아들어서 다시 묻는 건지도 의심스럽군."

천천히 다가온 그가 화진의 턱을 잡아 자신을 바라보게 만들었다.

"이 순수한 눈빛이 진정 진실인 걸까? 아니면 인위적으로 꾸민 걸까라는 의문도 드는군. 아무것도 모르는 듯한 시선과 행동들을 하면서 남자를 자극하는 당신 모습을 보면서 말이야. 아무도 발자국을 남기지 않은 눈밭인지 궁금해서 미칠 것 같아."

불태워버릴 것 같은 그의 뜨거운 시선 속에서 화진은 온몸을 떨어야했다. 알 수 없는 감정들이 발끝에서부터 서서히 몸 위쪽으로 올라오기 시작했다. 자신의 턱을 잡고 있던 그의 손이 아주 부드럽게 움직였다. 천천히 턱을 쓰다듬던 손길이 이제는 가는 목을 쓰다듬으면서 아주 천천히 밑으로 내려갔다.

"음! 정말 부드럽군."

살며시 다가온 입술이 화진의 입술을 열고는 안으로 침투해 들어왔다. 가지런한 치아에 혀의 미동이 느껴지는 순간 그가 오른손으로 그녀의 허리를 휘감은 채 낚아채듯 자신 쪽으로 끌어당겼다.

"읍!"

그의 부드러운 손길이 그녀의 가슴을 애무하기 시작했다. 짜릿한 쾌감에 서서히 온몸이 떨려왔다. 그런 그녀의 반응을 눈치 챈 준영이 비릿한 웃음을 입가에 짓더니 물러났다.

"이렇게 얌전히 있는 이유가 뭐지? 다른 여자들 같으면 반항하고 난리를 쳤을 텐데 말이야. 아주 순종적으로 나한테 반응하는군."

그의 비꼼에 화진의 얼굴에 쓸쓸한 미소가 피어났다.

"어쩔 수 없는 선택이니까요. 당신 아니면 나는 도움을 받을 곳도, 청할 곳도 없는 사람이니까요. 사채 빚을 갚지 못하면 어차피 나란 여자, 몸이나 팔아야 하지 않겠어요? 그런 거나 이런 거나 뭐가 다를까요? 차라리 당신이라는 사람에게 나를 주는 것이 더 낫지 않을까요? 아니면, 그들 말처럼 아버지를 넘길까요? 나 편하자고 그저 모른 척하고 그렇게 할까요? 이게 최선의 선택이에요. 며칠을 굶은 사람은 인육도 먹을 수 있다고 하지요. 제가 지금 그런 심정이에요. 이 따위 하찮은 몸뚱이 좀 굴린다고 뭐가 대수겠어요.”

그녀의 말에 준영의 눈빛이 어두워졌다.

“무엇보다 또다시 그 힘든 시절로 아버지를 돌려보낼 수는 없으니까요. 이제는 예전처럼 정상인도 아닌 아버지를 위해서 이 몸뚱이 얼마든지 내던질 수 있어요. 얼마든지 할 수 있는 일이에요. 평생도 아니고 짧은 2년인데……. 얼마든지 할 수 있는 일인 걸요.”

그녀의 차분한 말에 준영은 얼굴에서 비웃음을 거두었다. 모든 것을 체념한 눈빛으로 자신을 바라보면서 속삭이는 그녀의 모습에 또다시 유아의 모습이 겹쳐져왔다.

“너란 여자는…… 도대체 뭐야!”

그 말과 함께 그의 입술이 난폭하게 그녀의 입술 위로 내려앉았다. 다급하면서도 거친 그의 입술이 그녀의 입술을 가르고 안으로 침입해 들어왔다. 까칠한 그의 혀가 부드러운 그녀의 혀를 휘감으면서 강렬하게 빨아들였다.

“읍!”

거친 그의 행동에 놀란 화진은 몸을 움직여 반항하기 시작했다. 그런 그녀의 반항을 준영은 가볍게 제압해버렸다. 한 손을 들어올려 그녀의 양팔을 잡아 등 뒤로 돌려버렸다. 그리고 다른 한 손으로는 목을 움직이지 못하게 화진의 목덜미를 움켜잡았다.

간단하게 그에게 제압당해버리자 화진은 어떻게 손을 쓸 수도 없는 상태였다. 간신히 발을 움직여보았지만, 그의 두 다리가 그녀의 다리 사이를 최대한 벌려놓는 바람에 꼼짝도 할 수가 없었다. 고스란히 그의 입술을 받아야만 했다.

“읍!”

거친 그의 키스로 인해서 서서히 입술이 쓰려오기 시작했다. 강한 힘으로 그의 혀가 그녀의 혀를 빨아대자 화진은 아픔과 함께 밀려오는 쾌감에 온몸을 떨어야 했다. 머리부터 시작해서 발끝까지 짜릿한 느낌이 전해져왔다.

순식간에 덮쳤던 것처럼 끝날 때도 순식간에 떨어져 나갔다. 처음과는 너무나 다른 그의 거친 키스로 인하여 그녀의 입술은 부어올랐다. 강하게 잡고 있던 그녀의 팔목도 놓아주었다. 그의 손이 떨어져 나가자 화진은 주춤거리며 옆으로 비켜섰다. 놀란 눈으로 그의 얼굴을 바라보자 조금 전까지 어떤 일을 했는지를 보여주듯이 그의 입술이 그녀의 침으로 인해 반들거리고 있었다.

"음! 맛있군."

천천히 몸을 바로 세우며 그가 다가왔다. 그녀가 주춤거리며 뒤로 물러섰지만, 소파 때문에 더 이상 물러설 공간이 없었다. 그녀 앞으로 바짝 다가온 그가 살짝 미소를 지으며 손을 들어 그녀의 얼굴을 부드럽게 쓰다듬어내려 갔다.

"얼마나 달콤할까? 이렇듯 입맞춤만으로도 짜릿한데……. 이런 기대감으로 한 주를 버틸 수 있을지 모르겠군."

낯뜨거운 그의 말보다 차가운 그의 시선에 섬뜩해진 화진은 그에게 보여주고 싶지 않아 참았던 눈물을 흘리고 말았다. 한두 방울 떨어지던 눈물은 어느새 그녀의 뺨 위로 쉴 새 없이 흘러내렸다.

하염없이 눈물을 흘리는 그녀의 모습에 준영의 눈빛이 심하게 흔들렸다. 자신의 흔들리는 모습을 보여주지 않기 위해서 급히 그녀에게서 몸을 돌렸다.

"그만 돌아가도록 해. 더 이상 당신과 해야 할 말은 없으니 말이야."

조금의 감정도 묻어나지 않는 준영의 말에 화진은 휘청거리는 몸을 바로 세우며 그나마 남아 있는 자존심을 그러모으며 속삭였다.

"회장님께서 원하시는 대로 이번 주 내로 들어가도록 할게요. 그리고 이렇게 호의적으로 마트를 인수해주셔서 다시 한 번 감사드리고요. 또 나머지 돈에 대해서는…… 최선을 다해서 회장님께 봉사할게요. 2년 동안 회장님에게 어울리는 여자로 살도록 최선을 다할게요. 회장님 얼굴에 먹칠하지 않게 최선을 다하겠어요.”

울먹거리는 음성으로 그의 등 뒤에서 소리치는 그녀의 애절한 모습에 준영은 어금니를 꽉 깨물었다.

“기대하고 있지.”

한 치의 흐트러짐도 없는 준영의 목소리에 화진은 고개를 떨어뜨렸다. 냉담한 모습으로 등만 보여주는 그를 한참 동안 바라보고 있던 화진은 입술을 깨물면서 몸을 돌렸다.

“그럼 나중에 뵙겠습니다.”

떨리는 다리를 움직여 나갈 때까지 화진은 자신에게 눈길 한 번 주지 않는 그를 다시 한 번 더 바라보고는 조용히 문을 열고 밖으로 나왔다. 백짓장처럼 창백해진 얼굴로 회장실에서 나오자 비서가 불안한 눈으로 화진을 바라보고 있었다.

“저, 괜찮으세요?”

조심스러운 말투로 물어보는 비서의 상냥함에 화진은 얼른 고개를 끄덕였다.

“네, 감사합니다.”

비틀거리며 걸어 나가는 화진의 모습을 비서가 안타까운 눈빛으로 바라보고 있었다.

화진은 쓰러질 것 같은 몸을 이끌고 간신히 집으로 돌아와 압류딱지가 더덕더덕 붙어 있는 침대에 몸을 눕히며 잠 속으로 빠져들어 버렸다.

하루를 꼬박 잤는지 부어오른 눈을 겨우 뜨고는 밖을 바라보는 화진은 굳은 결심과 함께 주먹을 불끈 쥐었다.

“이제부터가 시작이야. 이제는 내가 정신을 차리고 아버지를 보살펴 드릴 거야. 꼭 그렇게 해 보이겠어.”

필요한 물건들을 주섬주섬 조그만 가방에 담고, 자신의 이름으로 되어 있는 통장과 도장을 챙겨 들고 집을 나서는 화진의 발걸음이 조금은 가벼웠다.

은행에 들러 많은 금액을 수표로 찾은 화진은 병원으로 가기 전에 사채업자에게 들러 돈을 돌려주고는 차용증을 받아서 가슴에 품고 아버지가 기다리고 있을 병원으로 들어섰다. 온통 퍼져 있는 약 냄새가 오늘따라 왜 이렇게 좋은지 모르겠다고 생각하며 살짝 입가에 미소를 그렸다.

어떤 식으로 아버지한테 말해야 할지 두려웠지만, 애써 미소로 그 두려움을 감추어버렸다. 노크와 함께 살짝 문을 열고 들어서자 준서와 함께 미소를 지으며 도란도란 얘기를 하고 있는 아버지의 모습에 한순간 안도의 한숨을 내쉬었다.

"아버지!"

화진이 어색하게 미소를 지으며 안으로 들어서자 준서의 눈가가 떨리는 것을 볼 수 있었다.

"그, 그래. 얼굴이 왜 그렇게 야위었니?"

"야위기는요."

"그렇지 않아도 선생님이 많이 좋아졌다고 말씀해주셨다. 어찌나 자상하고 예의가 바른지 원."

"그러셨어요?"

"응, 상태도 상당히 좋아서 이번 주 금요일에 수술할 수 있겠다고 하시는구나."

"정말요?"

일요일, 그의 집으로 들어가기 전에 아버지의 수술을 볼 수 있다는 생각에 화진의 얼굴에 홍조와 함께 미소가 드리워지자 준서의 광대뼈 근처가 벌게지는 것을 볼 수 있었다.

"흐흠! 그래요. 아버님의 상태가 상당히 좋아지셔서 바로 수술할 수 있겠어요."

"우와! 정말 잘 됐어요, 아버지!"

"그래. 나도 그렇게 생각하고 있단다."

"그럼 저는 가보도록 하겠습니다. 몸조리 잘하세요."

"아, 정말 고마워요."

"별말씀을 다 하십니다."

일선에게 인사를 한 준서가 화진을 한 번 바라보고는 문을 닫고 나가자 화진은 떨리는 마음을 감추기 위해서 찬물 한 잔을 마셨다.

조금 어두워진 딸아이의 표정에 일선이 눈치를 채고는 물어왔다.

"일은?"

"잘 해결했어요."

"어떻게?"

"휴! 우선 아버지한테 죄송하지만, 현실을 말씀드려야 할 것 같아요. 숨긴다고 해서 숨겨질 문제는 아니잖아요."

체념어린 표정을 지은 화진이 낮게 속삭이자 일선이 단단히 각오를 한 표정으로 그녀를 올려다보았다. 화진은 그런 아버지를 보며 한숨과 함께 의자에 앉았다.

"우선, 아버지께서 보증 서준 김정문 아저씨께서 파산 신청을 하신 관계로 부채 금액을 아버지가 다 갚아야 한다는 통보를 받았어요. 그래서 지금 집에는 압류딱지가 붙여져 있는 상태고요. 다행이 아파트 하나로 끝날 수 있는 문제였는지 마트까지는 압류가 들어오지 않아서 신준 그룹에 팔 수 있었어요."

숨도 쉬지 않고 말하는 화진을 멍하게 바라보고 있던 일선의 입가가 조금씩 떨려오기 시작했다.

"마트 하나로는 사채 빚을 다 갚을 수가 없었어요. 그래서 신준 그룹 회장이랑 거래를 했어요."

"거래?"

"네. 제가 울고 불며 매달린 끝에 그 사람과 거래를 할 수 있었어요."

화진의 말에 불안감이 든 일선이 떨리는 목소리로 중얼거렸다.

"무, 무슨 거래?"

"그 사람과 함께 2년 동안 살기로 했어요."

“뭐?”

놀란 일선이 자리에서 일어나려고 바둥거렸지만 화진의 거센 손길에 잡혀버렸다.

“흥분하지 마세요. 아버지가 지금 흥분한다고 해서 조금도 도움되지 않아요.”

냉정해지기 위해서 모진 말을 하고 있는 현실이 너무나 가슴 아파서 화진은 숨도 제대로 쉬지 못했지만, 눈물 한 방울 흘리지 않고 버티고 있었다.

“없, 없었던 일로 하거라. 내가 나으면 무슨 짓이라도 해서 돈을 갚으면 된다.”

“이미 사채 빛은 갚았어요.”

“화진아!”

“아버지 마음 알아요. 하지만 제가 생각한 결론은 이거였고, 가장 현명한 선택이라고 생각한 끝에 내린 결정이었어요. 이미 계약서에 사인도 했고 마트도 그들에게 인수인계했어요. 나머지 금액으로 병원비를 지불하고 남은 잔액으로 월세라도 구해서 마련해놓도록 할게요.”

자신의 딸아이 같지 않은 화진을 보면서 일선은 고개를 떨어뜨렸다.

“도망가면 된다. 우리 어디로든 도망가자.”

울먹거리는 그의 목소리에 화진의 눈빛이 싸늘하게 빛났다.

“아니요. 도망간다고 해서 일이 해결되지 않는다는 걸 저는 어릴 때부터 뼈저리게 느꼈어요. 엄마가 그렇게 돌아가시고 이사를 갔지만, 아무것도 달라지지 않았어요.”

“화진아!”

일선의 볼을 타고 흘러내리는 눈물을 닦아주고 싶어 미칠 것 같은 손을 다잡으며 화진이 조금 뒤로 물러섰다.

‘아버지! 아파하지 마세요.’

일선 앞에서 눈물을 보이지 않기 위해서, 약한 모습은 절대로 보여주지 않기 위해서 표정을 내비치지 않았다.

"지금 우리에게는 아무것도 남아 있지 않아요. 그 사람과 함께 2년을 살면 내가 하고 싶은 것도 할 수 있고, 많은 혜택을 누릴 수도 있어요. 아버지를 보살펴드릴 수 없다는 것이 마음에 걸리지만, 이게 최선의 선택이고 현명한 결정이라고 생각해요."

"화진아, 제발……. 너를 보낼 수는 없다. 그건…… 흑흑흑!"

참지 못하고 눈물을 떨어뜨리는 일선을 보면서 피가 배어 나와 입 안 가득 피비린내가 진동을 했지만 화진은 꾹 참고 견디었다.

"차라리 무능한 아버지라고 욕이라도 하거라. 못난 아비라고 욕이라도 해. 흑흑흑!"

통곡하는 일선을 묵묵히 바라보고 있던 화진은 마지막으로 쐐기를 박았다.

"원망하고 싶지만, 아버지를 너무 사랑해서 그럴 수도 없어요. 어떤 모습을 하고 계셔도 아버지를 사랑하고 존경하기 때문에, 저는 아버지에게 욕을 할 수도 없고 원망도 하고 싶지 않아요. 그저 가벼운 몸뚱이뿐이에요. 2년만 그 사람 곁에서 지내면 모든 것이 다 해결돼요. 그러니 너무 슬퍼하지도 마시고 아파하지도 마세요. 아버지는 아버지대로 살고 계시면 돼요. 그러면 되는 거예요."

모진 말을 하는 딸아이를 보면서 일선은 이를 악물었다.

쏟아져나오는 눈물을 막을 길이 없어 애꿎은 이불만 쥐어뜯고 있는 그를 보면서 화진은 살며시 몸을 돌려버렸다.

"저를 위한다면 어서 나을 생각이나 하세요. 그래도 아버지 수술을 보고 갈 수 있어서 너무 좋아요. 그러니…… 아파하지 마세요."

아비를 위해서 공양미 삼백 섬에 팔린 심청의 마음이 이럴 거라는 생각에 화진은 피식 헛웃음이 새어나왔다. 울고 있는 아버지의 떨리는 어깨를 껴안고 싶은 마음을 접고는 조용히 병실을 나와버린 화진은 벤치에 앉아서 무릎에 고개를 파묻었다.

"울지 않아. 나는 울지 않아. 외로워도 슬퍼도, 나는 안 울어. 참고 참고도 참지 울긴 왜 울어."

언제나 부르던 노래를 부르며 울먹거리고 있자, 환자들이 그런 그녀를 미친 사람인 양 바라보며 지나가고 있었다.

하염없이 뺨으로 흘러내리는 눈물을 닦을 생각도 하지 않고 있던 화진은 더 이상 눈물이 나오지 않을 때까지 울어버렸다. 몇 시간을 그렇게 울었는지 어느덧 석양이 지고 있는 하늘을 바라보며 그녀는 탈진해버린 몸을 자리에서 일으켜 세웠다.

'더 이상 울지 않아. 아무리 힘들고 지쳐도 더 이상 울지 않을 거야.'

다시 한 번 결심을 다진 화진은 어색하게 자신과 눈길을 맞추지 않는 아버지를 보면서 고개를 숙일 수밖에 없었다. 서로 다른 말을 하지 않고 각자의 일을 했다. 화진은 침묵만이 감도는 병실에 앉아서 멍하니 창문 밖 세상을 바라보고 있었다.

"아버지!"

화진의 어색한 외침에 일선이 보던 책에서 시선을 떼고는 고개를 들었다.

"죄인처럼 그렇게 행동하지 마세요."

"나, 나는 너한테 죄인일 뿐이다. 애초에 능력이 없는 나에게 마트를 운영하는 것은 무리였지. 차라리 노점상이나 하고 있었다면 이런 일은 없었겠지."

풀 죽은 일선의 목소리에 화진은 떨려오는 눈가를 문지르며 고개를 돌렸다. 이틀만에 반쪽으로 변해버린 아버지의 얼굴을 보면서 화진은 아파오는 가슴을 두드리고 싶었지만, 현재로는 그럴 수도 없는 입장이었다.

"2년이라는 시간을 다른 사람과 보낸다는 것이 그렇게 비참한 건가요?"

화진의 물음에 일선은 고개를 돌려 외면해버리며 대답을 해주지 않았다.

“저는 아니라고 생각하는데요. 그저 기숙사에 들어가 있다고 생각하시면 안 될까요? 어차피 이곳이나 그곳이나 다를 바가 없다고 저는 생각해요. 심청이처럼 아버지를 위해서 희생하는 것도 아니고 저를 위해서 하는 일이기 때문에 가슴이 아프지 않아요. 그러니 괜히 아버지도 죄인 같은 표정을 지으며 저를 바라보지 말아주세요. 그건 오히려 저를 더 비참하게 만드는 결과만 초래할 뿐이에요.”

“다시 생각해보지 않겠니? 얼마든지 다른 길은 있을 거다. 아니면 다른 나라로 이민을 가도 되잖니?”

일선의 말에 화진의 얼굴에 미소가 피어올랐다가 사라졌다.

“저는 계약서에 사인을 했고, 그 사람과의 약속은 꼭 지키고 싶어요. 그러니 그런 말씀은 말아주세요.”

“화진아!”

“더 이상 이런 문제로 서로 얼굴 붉히지 말아요. 아버지를 보는 시간도 얼마 남지 않았는데…… 좋은 모습만 보고 싶어요.”

화진의 말에 일선은 목구멍까지 넘어온 말을 삼키며 시선을 책 위로 떨어뜨렸다. 지난 세월 동안 한 번도 이렇게 어색한 적이 없던 두 사람은 3일 동안이나 어색하게 서로를 대하며 병원에서 지냈다.

수술 당일, 아버지가 수술실로 들어가는 모습을 지켜보면서 화진은 떨리는 다리를 주체하지 못하고 대기실 의자에 앉아서 제발 무사하게만 나와달라는 기도를 수십 번째 하고 있었다.

발목에 인조 뼈를 심는 수술이지만, 시간상으로는 그리 오래 걸리지 않는다는 의사의 말에 한숨을 내쉬며 기다렸지만, 두 시간이 지나도 나오지 않는 아버지를 보면서 화진은 불안감에 온몸이 떨려왔다.

‘아버지! 저는 더 이상 사랑하는 사람을 잃고 싶지 않아요. 이 세상에 남은 유일한 혈육인 아버지마저 저를 떠나버리면 저도 살 수가 없을 거예요. 그러니 어서 내 곁으로 돌아와 주세요.’

두 손을 맞잡고 고개를 숙여 기도하고 있던 화진은 문득 자신의 어깨를 잡는 누군가의 손길에 글썽글썽한 눈망울로 고개를 들었다. 준서의 자상한 얼굴이 시야 가득 들어왔다.

"괜찮을 거예요. 생각보다 수술 시간이 좀더 길어지고 있지만, 절대로 문제는 생기지 않을 거예요."

"그럴까요? 정말 아무 일도 없겠죠?"

"그럼요."

"지금 이 순간은 내 무능함이 저주스러워요. 아버지에게 일말의 도움도 되어드리지 못하는 내 무능함이 저주스러워요."

"후후후, 그런가요? 하지만 능력이 있어도 살리지 못할 때는 더욱더 고통스러워요. 미쳐버릴 만큼 고통스러워서 손을 잘라버리고 싶죠."

준서의 말에 화진은 고개를 들어 그의 얼굴을 쳐다보았다. 어색하게 미소를 지으며 싱긋 웃는 그를 보면서 화진도 마주 웃어주었다.

"경험담인가 보죠?"

"네."

순순히 고개를 끄덕이는 준서를 보면서 화진은 어쩐지 그가 달라 보여 눈살을 살짝 찌푸렸다. 그런 화진의 미간을 준서가 자신의 따뜻한 손으로 문질러주었다.

"예쁜 미간에 주름 생겨요."

"훗, 언제나 이렇게 자상한가요?"

"아니요. 오직 화진 씨에게만 이래요."

"풋, 정말인지 의심스러운데요? 당신의 모든 행동들이 너무 자연스러워 보여서요."

"후후후, 정 의심이 가면 응급실 의사들한테 한번 물어봐요. 내가 어떤 남자인지."

다정한 음성에 문득 준서에게 기대고 싶은 욕심이 생겨버린 화진은 처음으로 마음속에서 외쳐대는 본능에 따라 그의 어깨에 살며시 기대었다. 그녀의 애처로운 몸짓에 준서는 따뜻하게 안아주었다. 수술실 앞에서 두 사람이 안고 있자 소문은 삽시간에 퍼져나갔고, 얼음이 드디어 녹기 시작했다는 농담까지 나올 정도였다.

'따뜻하다.'

아버지 외에 처음으로 남자에게 따뜻함을 느낀 화진의 얼굴이 눈에 띄게 풀어져갔다. 그렇게 그와 함께 맞잡은 손으로 두 시간을 더 기다린 끝에 일선이 수술실 밖으로 나왔다. 창백한 모습과 전신마취를 해서인지 정신을 차리지 못하고 있는 그를 보자 화진의 눈에서 눈물이 떨어져 내렸다.

"아버지!"

화진이 떨리는 손길로 일선의 얼굴을 쓰다듬었다.

간호사들에 둘러싸여 일선은 곧 병실로 옮겨졌다. 바쁜 준서였지만, 환자보다 더 창백한 얼굴로 떨고 있는 화진을 그냥 두고 갈 수가 없어 함께 병실로 들어섰다. 그가 직접 일선을 침대에 옮겨 눕혀주고 진통제와 링거를 다시 점검해주고는 일선의 얼굴과 몸을 한 번 더 관찰했다.

"너무 걱정하지 말아요. 원래 수술하고 나오면 바로 정신을 차리지 못한답니다. 조금 후면 깨어나실 테니 너무 걱정하지 말고."

"정, 정말 고마워요. 정말 고마워요."

"훗, 고마우면 나랑 사귀면 되겠네."

농담처럼 말한 진담에 그녀의 얼굴에 당황한 빛이 서려지자 준서가 웃음으로 무마해버렸다. 어색하게 호탕한 웃음을 지으며 좀 쉬라는 말을 하고 나가는 그를 보면서 화진은 지그시 입술을 물었다.

'속마음은 당신에게 기대고 싶어요. 따뜻함이 느껴지는 당신에게 기대고 싶어서 미칠 것 같아요. 하지만 나는 그럴 수가 없어요. 그 사람과 약속한 이상 절대로 그럴 수가 없어요.'

흘러내린 눈물을 닦으며 화진은 흐트러져 있는 아버지의 옷을 정리해주고는 그가 깨어날 때까지 불안한 마음으로 기다렸다.

희미한 신음소리와 함께 깨어나는 일선을 보면서 화진은 안도의 한숨을 내쉬었다. 이틀 동안 곁에서 보살피며 웃던 화진은 점점 다가올 이별의 시간 때문에 울적한 마음이 사라지지 않았다.

담당 의사에게서 결과가 좋다는 말을 전해듣고서야 화진은 병실로 향했다.

침대에 앉아서 여러 가지 정보를 수집하고 있는 아버지의 모습을 보고는 화진이 조용히 입을 열었다.

"오늘 가야 해요."

"그, 그래."

"시간이 나면 올게요. 몇 달 동안은 병원에 계셔야 한다고 하니까 시간 날 때마다 올게요."

"화진아!"

아버지의 눈을 보지 않고 화진은 자신의 할 말만 열심히 하기 시작했다.

"아프지 마시고요. 슬퍼하지도 마시고요. 필요한 건 간병인한테 잘 부탁해두었으니까 괜히 혼자서 한다고 애쓰지 마시고요. 혹시라도 무슨 일이 있으면 주저하지 말고 연락하시고요. 자주 전화드릴게요."

"화, 화진아!"

"흠! 그럼 가볼게요."

허리까지 고개를 숙인 화진이 빠르게 몸을 돌려 병실을 나오자 병실 안에서 일선의 울음소리가 들려왔다. 2인실이었지만 현재 병실을 함께 쓰는 환자가 없는 관계로 1인실처럼 사용하고 있던 일선은 마음껏 울어버렸다.

화진이 미리 챙겨둔 가방 하나를 들고 병원 밖으로 나오자 한 남자가 다가와 인사를 했다.

"회장님께서 모셔오라고 하셨습니다."

"그렇군요."

자신의 말을 무시한 준영의 행동에 화가 났지만 화진은 어떠한 표정도

겉으로 나타내지 않았다.

　남자가 정중한 몸짓으로 그녀가 들고 있는 가방을 받아 트렁크에 싣고는 그녀를 위해서 뒷문을 열어주었다. 화진이 어색하게 감사 인사를 하고는 차에 몸을 묻었다.

　'이제부터 시작이겠지.'

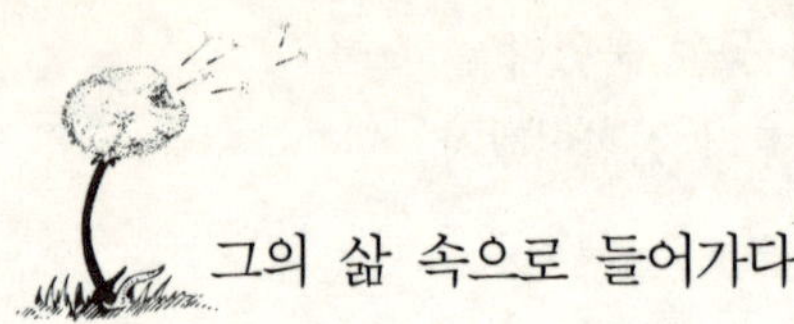

그의 삶 속으로 들어가다

우리나라에서 부자들만 산다는 동네로 차가 들어서기 시작했다. 화려하게 꾸며진 집들을 지나쳐 한참을 달리자 집들과 조금 떨어진 곳에서 상당히 고풍스러워 보이는 저택이 서서히 모습을 드러냈다.

저택을 바라보며 화진은 벌어지는 입을 다물지 못하고 있었다. 멍한 시선으로 창밖만을 바라보고 있는 사이, 대문이 열리고 차가 안으로 들어섰다.

저택 옆으로 마련된 주차장에 차를 세운 남자가 서둘러 내리더니 화진이 편하게 내릴 수 있도록 차문을 열어주고 그녀의 손을 잡아주었다. 처음으로 받아보는 환대에 그녀의 얼굴이 붉어져버렸다.

쑥스러운 듯한 미소를 지으며 차에서 내린 화진은 주위를 둘러보았다. 몇 백 평은 될 것 같은 어마어마한 크기의 정원과 집을 바라보면서 터져 나오려는 감탄을 간신히 참을 수 있었다. 정원만 해도 엄청난 크기를 자랑하며 수십 그루의 나무들과 꽃들이 다양하게 심어져 있었다. 그리고 그 중앙으로 작은 연못이 조성되어 있었으며, 연못을 중심으로 정원 전체적으로 잔디가 깔려 있었다.

다양한 모양으로 조각되어 있는 나무들을 바라보면서 화진은 역시 재력가들은 다르다는 사실을 새삼 실감했다.

정원 옆으로 놓여져 있는 돌계단을 밟고 올라가자 저택 현관이 보였다. 영원히 열리지 않을 것 같은 현관문을 바라보면서 화진은 얼마나 많은 돈을 들였는지 안 봐도 눈에 선하다는 생각을 하며 굳어진 얼굴을 풀었다.

먼저 앞장서 걸어간 젊은 운전기사가 현관 앞으로 다가가 벨을 누르자 가정부인 듯한 여자가 미소를 지으며 문을 열어주었다.

"오셨습니까?"

제법 나이가 있어 보이는 가정부를 바라보면서 화진은 얼른 고개를 숙여 인사를 올렸다.

"반, 반갑습니다."

어색한 몸짓과 말투로 인사를 건네는 화진을 가만히 바라보고 있던 가정부가 시선을 맞추며 고개를 숙였다.

"그건 제가 할 말입니다. 어서 안으로 들어오세요."

그녀의 말에 화진이 어색한 걸음걸이로 저택 안으로 들어갔다.

밖에서 보았을 때도 상당히 고풍스러워 보인 집이었는데 내부 또한 매한가지였다. 화려함을 자랑하듯이 엄청나게 넓은 거실이 가장 먼저 눈에 들어왔다. 온통 고급스러워 보이는 가구들이 거실을 장식하고 있었고, 거실 중앙으로는 커다란 소파가 떡하니 놓여져 있었다. 얼마나 반들거리는지 파리도 미끄러질 것만 같았다.

유심히 집 안을 둘러보는 화진의 모습에 가정부가 다가와 설명을 해주기 시작했다.

"일층에는 방과 욕실이 각각 두 개씩 있고 서재와 거실 그리고 간단하게 운동할 수 있는 곳이 있습니다. 그리고 이층에는 간혹 손님들이 오셨을 때 사용할 수 있도록 마련되어 있는 방들이 네 개가 있습니다. 또한 함께 딸려 있는 욕실도 네 개가 갖추어져 있고요. 그래서 별다른 일이 없을 때는 이층은 사용하지 않고 있습니다.”

광장히 사무적인 그녀의 말투에 화진은 얼른 고개를 끄덕였다.

“그리고 저택 앞으로는 정원이 꾸며져 있습니다. 오실 때 보신 걸로 압니다. 또한 뒤로는 회장님께서 취미생활로 즐기시는 바람에 수영장이 있습니다. 언제든지 사용하셔도 괜찮습니다.”

놀란 눈으로 화진이 되물었다.

“수영장이요?”

“네.”

놀란 화진의 표정에 그녀가 미소를 지으면서 고개를 돌렸다.

“그리고 저는 이곳에서 가정부 생활을 한 지 벌써 20년이 다 되어갑니다. 처음에는 회장님 부모님께서 사셨던 곳인데 다른 일이 생기시는 바람에 지금 회장님께서 많이 변형시켜서 살고 계시는 겁니다. 정식으로 인사를 드립니다. 진수진입니다.”

자신에게 깊숙하게 고개를 숙이는 그녀 때문에 놀란 화진도 함께 고개를 숙였다.

“아, 네.”

가끔씩 내비치는 그녀의 부드러운 미소에 화진도 살짝 미소로 화답했다.

“이곳에는 정원을 관리하는 정원사가 세 명이 되고요, 그리고 저택 안을 청소하고 다른 잡다한 일을 관리해주는 사람이 두 명 있습니다. 정원사는 일주일에 두 번 정도 방문하고요, 전문 청소부는 이틀에 한번씩 와서 집안 전체를 청소합니다. 그리고 언제나 아침 여덟 시에 와서 일곱 시까지 상주하면서 간단한 청소를 해주는 아가씨도 한 명 있고요. 저는 이곳 별채에서 상주하고 있기 때문에 매일 와서 식사와 이곳을 관리하는 일을 담당하고 있어요. 대충 이해가 되셨나요?”

가정부인 수진의 말에 화진은 고개를 살짝 끄덕였다.

"회장님께서 아가씨가 오신다고 자세히 설명해드리라는 당부가 있었습니다."

"그렇군요."

"저, 근데 생각보다 어리신 것 같습니다."

조심스러운 수진의 말에 화진이 고개를 숙이면서 얼굴을 붉혔다.

순수해 보이는 화진의 모습에 수진은 그녀가 보지 않을 때 살짝 인상을 찌푸렸다.

'너무 순수해. 아무리 자세히 보아도 회장님께서 사귀셨던 분들이랑은 틀린 것 같은데……. 저렇게 순수한 눈빛을 가진 분이 회장님을 견딜 수 있을지…….'

수진은 이곳저곳 집 안을 설명해주고 화진이 들고 온 가방을 준영이 사용하고 있는 침실로 옮겨주었다. 그런 수진의 모습에 화진은 다시 얼굴이 붉어져왔다. 자신이 꼭 몸을 팔러 온 창녀 같은 느낌에 바닥으로 고개가 숙여지고 있었다.

가방을 방에 놓아준 수진은 아무런 말도 없이 조용히 문을 닫고 나갔다. 그녀의 뒷모습을 바라보고 서 있던 화진은 얼른 고개를 돌려 주위를 둘러보기 시작했다.

아버지와 함께 살고 있는 24평 아파트보다 이 안방이 더 넓어 보이는 느낌에 화진은 인상을 살짝 찌푸렸다. 침대가 놓여져 있는 벽면은 밖이 잘 보일 수 있도록 커다란 유리가 자리 잡고 있었다. 그리고 상당히 넓은 침대 위로는 심플하면서도 고급스러워 보이는 푸른색 시트가 깔려져 있었다. 한쪽 벽면을 다 차지하고 있는 거대한 옷장은 최고만을 고집한다는 성격이 그대로 묻어나는 가구였다. 중후한 느낌이 감도는 옷장과 침대. 그리고 또 다른 문을 열자, 너무 깨끗하고 정리정돈이 잘 된 욕실이 있었다. 세면대 위에는 먼지 하나 없을 정도로 깨끗하게 닦여 있었고, 변기와 욕조 또한 마찬가지였다. 사람이 사용하지 않은 것 같은 물건들과 깔끔하게 정리되어 있는 세면도구들을 바라보면서 화진은 한숨을 내쉬었다.

"결벽증이 있구나. 그렇지 않고서야 사람이라면 이렇게 깨끗하게 살
수는 없지."

그 말과 함께 화진이 욕실을 나와 옷장 문을 열어보았다. 넓고 큰 옷장
한쪽 문짝을 열자, 와이셔츠 코너인지 깔끔하게 다림질된 와이셔츠 수십
장이 옷장에 일정한 간격으로 걸려 있었다. 내친 김에 다른 쪽 옷장 문도
열어보았다. 역시나 같은 형식으로 양복들이 가지런히 걸려 있었다. 또
다른 옷장 문을 열자 평상복인 듯한 옷들이 층계별로 개어져서 넣어져
있었다. 그리고 그 옆으로 수십 개의 넥타이들이 색상별로 진열되어 있었
다. 그 모습에 화진은 또다시 한숨을 내쉬었다.

"휴, 완전히 이건…… 상상을 초월하는구나."

화진은 울적한 표정으로 옷장 문을 닫고는 자신이 들고 온 가방을 침
대 위에 올려놓았다.

준영의 말처럼 꼭 필요한 옷들만 들고 왔다. 항상 입고 다니는 청바지
와 청재킷 그리고 학교 다닐 때 입어야 할 편한 옷가지들만 들고 온 것이
었다. 평상시에도 색조 화장은 잘 하지 않기 때문에 기본적인 기초화장품
만 들고 왔다.

어디에 자신의 물건들을 놓아야 할지 몰라 열심히 주위를 두리번거리
던 화진이 겨우 찾은 화장대 위의 작은 공간에 몇 개의 화장품을 놓아두
었다. 그리고 들고 온 옷들은 다시 가방에 넣어두었다. 사실 너무 완벽하
게 정리되어 있는 옷장에 가져온 옷들을 놓아두지 못해서가 이유였다.

대충 방 안 구조를 파악하고 화진은 조심스러운 몸짓으로 침대 위에
앉아 있었다. 너무 낯선 환경에 가슴이 답답해져왔다.

화진이 갑자기 들려온 노크 소리에 놀라 침대 위에서 벌떡 몸을 일으
켰다. 가정부인 수진이 조심스럽게 문을 열고는 그녀에게 속삭였다.

"지금 회장님께서 들어오신답니다. 어서 나오세요?"

"아, 네."

화진이 주춤거리며 그녀를 따라 나가 현관에 섰다. 조금 있자 그와 비

숫한 연령인 듯한 남자와 함께 그가 집 안으로 들어섰다. 현관에 서 있는
화진을 바라보고 서 있던 그의 미간이 살짝 찌푸려졌다.

"다녀오셨습니까? 회장님!"

수진이 환한 미소를 지으며 고개를 숙이자 준영의 눈빛이 순식간에 따
뜻함으로 변하면서 눈가가 부드러워지는 것을 볼 수 있었다.

처음으로 웃는 그의 모습을 본 그녀의 심장이 제어할 수 없을 정도로
심하게 뛰기 시작했다. 멍하게 서 있는 그녀의 몸을 살짝 치는 수진의 몸
짓에 정신을 차린 화진이 어색하게 허리를 굽히며 인사를 하자 돌아오는
것은 침묵뿐이었다.

"다, 다녀오셨습니까? 회, 회장님!"

곤혹스러운 표정을 지으며 허리를 굽힌 자세로 가만히 있는 화진의 모
습에 웃음을 참지 못한 정 실장의 유쾌한 웃음소리가 집 안을 메아리쳤
다.

"풋."

비어져나오는 웃음소리를 막기 위해서 정 실장이 얼른 손을 올렸지만
준영의 사나운 눈초리를 벗어나지는 못했다. 그의 째려봄에 남자가 시선
을 바닥으로 떨어뜨렸다.

"미안."

신속하게 준영과 화진을 번갈아 바라보면서 사과를 하는 그였다.

"집은 둘러보았나?"

그의 물음에 화진은 고개를 살짝 끄덕였다.

준영이 천천히 집 안으로 들어오면서 가까이에 서 있는 수진에게 물었
다.

"잘 설명해주었습니까?"

"네, 회장님."

"수고하셨습니다. 그럼 이제 들어가서 쉬도록 하세요. 이제부터는 간
단한 것들은 다 화진에게 시키면 되니까 너무 걱정하지 마시고 쉬시도록

하세요. 그리고 식사 준비도 화진과 함께 하도록 하세요. 이제부터는 너무 무리하시면 안 됩니다."

준영의 인자하면서도 부드러운 말에 화진은 놀란 표정을 짓지 않기 위해서 온몸으로 버티고 있었다. 자신에게는 무표정한 얼굴과 눈빛으로 대하던 그가 이렇게 가정부인 여자에게는 환한 미소를 지으며 걱정하는 모습에 놀랄 수밖에 없었다. 다른 한편으로는 씁쓸함과 자신도 모르는 감정이 마음속에 들끓었다.

준영의 친절한 배려와 자상함에 수진이 미소를 지으며 고개를 끄덕였다. 준영이 어릴 적부터 함께 생활하면서 지낸 사이라 오히려 자신의 어머니보다 더 정이 가는 여인이었다. 그런 그녀가 이제는 몸도 성치 않은 지 병원에서 쉬어야 한다는 통보를 받았다. 원래 만성적으로 가지고 있는 질병인 관절염이 더 심해져서 이제는 뼈마디에 물이 차는 증상이 나타나는 바람에 부득이하게 쉴 수밖에 없는 상태였다. 그런 그녀의 상태를 안 준영이 이런 조치를 취해준 것이었다.

"감사합니다. 회장님!"

"뭘요."

두 사람의 대화를 들으면서 화진은 자꾸만 드는 이상한 감정을 다잡기 위해서 열심히 고개를 흔들고 있었다. 그런 모습을 준영과 함께 온 남자가 지켜보고 있었다. 순진한 눈망울로 준영과 가정부의 모습을 번갈아 보는 그녀의 귀여운 몸짓에 남자의 눈가에 웃음이 걸렸다. 고개를 든 화진의 시선에 웃고 있는 남자의 모습이 보였다. 당황한 표정을 짓는 그녀를 보고 있던 남자의 눈가에 미소가 걸렸다.

한참 서로를 바라보고 있던 중 준영이 부르는 소리가 들리자 남자가 먼저 시선을 돌려 준영을 따라 서재로 들어갔다. 거실에 홀로 남은 화진은 남자의 알 수 없는 시선에 멍한 표정으로 서 있었다.

'뭐야! 지금 저 눈빛과 표정은 뭐란 말이야!'

한참을 멍하게 서 있는 화진에게 수진이 다가와 어깨를 살짝 쳤다.

"식사하세요."

"어!"

"식사하시라고요. 회장님께서도 금방 다시 나온다고 하셨거든요."

간신히 정신을 수습한 화진은 그녀와 함께 부엌으로 발걸음을 옮겼다. 십여 명은 거뜬히 식사하고도 남을 식탁을 바라보면서 씁쓸한 미소를 지었다.

'넓구나. 정말 넓어. 내가 생활한 공간이랑은 차원이 틀린 곳이구나.'

그 생각에 왠지 모를 답답함이 그녀의 마음 한구석에 자리 잡았다.

가정부를 따라 싱크대로 다가선 화진은 수진이 하지 않은 일들을 알아서 하기 시작했다. 그런 그녀의 손놀림을 수진은 꼼꼼히 바라보고 있었다.

'흠! 집에서 어리광만 피운 아가씨는 아닌 것 같군.'

하얀 바탕에 꽃무늬가 그려진 그릇들이 세트로 식탁 위에 차려지기 시작했다. 밥그릇에서부터 국그릇까지 전부다 같은 모양, 같은 색깔로 구성되어 있었다.

일사천리로 일을 하는 수진의 모습을 화진이 놀라운 표정으로 바라보고 있자 수진이 미소를 지으며 속삭였다.

"처음에는 많이 놀라고 어색하실 거예요. 하지만 시간이 지나서 익숙해지면 괜찮아요. 그리고 언제나 이렇게 깔끔하게 상을 차려야 해요. 회장님이 워낙에 깔끔한 성격이고 입맛도 상당히 까다로우시기 때문에 많이 힘드실 거예요."

그 말에 겁먹은 표정으로 자신을 바라보는 화진의 순진한 눈망울에 수진은 그만 웃음을 터뜨리고 말았다.

"호호호, 그렇게까지 겁먹을 것까지는 없어요. 그냥 제가 하는 대로만 하시면 다른 말씀은 없으실 거예요."

"저……."

조심스러운 화진의 말에 수진이 찌개에 불을 올리고는 돌아보았다.

“네?”

“저기요. 혹시 회장님께서 결벽증이 있으세요?”

겨우 말을 내뱉은 화진은 곁눈질로 그녀의 안색을 살피며 어색하게 입가를 말아올리며 웃었다.

“회장님께서는 좀 그런 면이 있지요. 워낙 깔끔한 성격이시라…….”

“아, 네.”

수진의 말을 듣는 내내 화진은 우울한 표정을 풀지 못하고 있었다. 수진이 차린 식탁을 한 번 보고는 또 한 번 절로 한숨이 터져 나왔다.

“그럼 색상에 맞게 수저를 좀 놓아주세요.”

“네.”

화진은 건네주는 수저통을 받아들고 받침대 위로 가지런히 올려놓기 시작했다. 모든 준비가 다 되자, 알고 있었다는 듯이 준영과 그 남자가 부엌으로 들어서고 있었다.

“식사하세요.”

“아, 네.”

화진은 눈가에 미소를 가득 지으며 자리에 앉는 준영을 가만히 바라보고 있었다.

준영이 멍하게 서 있는 그녀의 모습에 살짝 눈살을 찌푸리면서 무뚝뚝한 목소리로 외쳤다.

“당신도 자리에 앉지.”

그의 말에 정신을 차린 그녀가 얼른 자리에 앉았다.

“소개가 늦었군. 이쪽은 정만수 비서실장이지. 서로 인사하지, 이제부터는 자주 얼굴을 봐야 할 사람들이니까 말이야.”

준영의 말에 정 실장이 환한 미소를 지으며 화진에게 고개를 끄덕였다.

“만나서 반갑습니다.”

상냥한 그의 목소리에 화진의 얼굴이 붉게 물들여졌다.

“저도 반가워요.”

얼굴을 붉히며 대답하는 그녀의 모습에 준영의 두 눈썹이 심하게 꿈틀거렸다.

연방 헛기침을 하고는 수저를 드는 그를 화진은 어리둥절한 시선으로 보았다. 너무 답답한 분위기 속에서 식사를 하는 바람에 화진은 밥이 어디로 넘어가는지도 모르고 그저 열심히 삼켰다. 답답한 마음과 무거운 침묵 속에서 서서히 숨이 막히기 시작한 화진은 얼른 옆에 있는 컵을 들고는 물을 조금 마셨다. 어색하게 물을 넘기는 통에 소리가 심하게 울렸다. 그 소리에 고개를 든 준영이 매서운 눈길로 그녀를 쏘아보기 시작했다.

"식탁 예절도 모르나? 식사할 때 그렇게 소리를 내면 상대방이 불쾌한 법이야."

준영의 질책에 화진은 어이가 없는 표정을 지으며 뭐라고 더 잔소리를 하는 그의 입술을 멍하니 바라보았다.

"내 말을 듣고 있는 거야?"

몽롱한 그녀의 눈빛을 본 준영이 신경질적으로 소리치자 화진의 눈가가 찡그려졌다.

"한마디만 할게요."

더 이상 참고 있지만은 않겠다는 의사를 확실하게 표시할 요량으로 화진이 들고 있던 수저를 내려놓으며 정 실장이 있다는 사실도 망각하고는 그를 노려보았다.

"우선은 큰소리를 내서 죄송해요. 하지만 저는 당신과 2년을 함께 살기 위해서 온 것이지 당신 몸종으로 따라온 것은 아니에요. 얼마든지 시키면 하겠지만, 당신 발아래 두는 종처럼 저한테 막 대하지는 말아주세요."

화진의 공격에 충격을 먹은 준영은 싸늘하게 그녀를 노려볼 뿐이었다.

"지금 그걸 말이라고 하는 건가? 처음 계약을 할 때부터 나는 분명하게 말했어. 내가 시키는 모든 일을 다 한다고 말이야."

"저도 알고 있어요. 시키는 일을 다 한다고 했지, 당신 발아래 엎드린다고는 하지 않았어요.”

강렬하게 쏘아보는 준영의 눈빛을 고스란히 받고 있던 화진 또한 고집이 보통이 아니라는 것을 보여주고 있었다. 두 사람의 신경전에 정 실장의 얼굴에 조금씩 웃음이 튀어나오고 있었다.

“그만 좀 하지. 아무리 그래도 나도 있는 자리에서 너무 싸우지들 말라고.”

능글거리는 정 실장의 말에 그제야 쏘아보고 있던 눈길을 돌린 준영은 다시 수저를 들어 식사를 계속했다. 하지만 화진은 이미 식욕을 잃어버린 후라서 조용히 물컵을 들어 마시고는 자리에서 일어났다.

“그럼 식사들 하세요.”

화진이 몸을 돌려 수진이 미리 준비해둔 구수한 숭늉을 그릇에 덜어 준영과 정 실장 앞에 내려놓고는 밖으로 나가버렸다.

서러운 생각과 준영에 대한 야속함이 가슴속을 지배하기 시작했다. 아무리 고개를 흔들고 심호흡을 해도 나가지 않는 감정 때문에 또다시 한숨을 푹 내쉬었다. 두 사람이 자리에서 일어나는 소리가 들리자 다시 부엌으로 돌아온 화진은 수진이 미소를 지으며 냉장고 문을 열어 여러 가지 과일을 꺼내는 것을 볼 수 있었다.

“식사를 마친 후에는 과일은 꼭 드세요. 그러니 항상 냉장고 속에는 신선한 과일을 준비해놓으셔야 한답니다. 과일만은 아무거나 다 잘 드시거든요. 그러니 그건 너무 걱정하지 마시고요.”

“네.”

화진은 열심히 과일을 깎는 수진 곁으로 다가가 자세히 보기 시작했다. 정교할 만큼 예쁘게 깎아서 접시에 모양 좋게 담는 그녀의 솜씨에 또다시 입이 벌어져버렸다. 이 모든 일들을 자신이 다 해야 한다는 생각에 한순간 눈앞이 깜깜해져왔다.

“저, 꼭 그렇게 예쁘게 깎아야 해요?”

힘없는 목소리로 물어오는 화진의 말에 수진의 입가에 웃음이 감돌았다.

"뭐든지 좋은 것, 예쁜 것, 화려한 것을 좋아하시고 원하시거든요."

"아, 네."

"제가 많이 가르쳐드릴게요. 그리고 가급적이면 요리 학원도 수강하세요. 그래야 빠르게 배울 수 있을 겁니다. 아니면 상당히 애먹을 거예요. 워낙에 완벽한 걸 좋아하시는 성격이라……."

수진의 말에 화진은 조용히 한숨을 내쉬었다.

예쁘게 놓여진 과일 접시를 화려함이 돋보이는 쟁반에 수진이 담아주었다.

"여기요."

"네."

화진이 쟁반을 받아들고는 이야기를 나누고 있는 그들에게 다가갔다. 엄청나게 조심스러운 발걸음으로 다가가 테이블에 접시를 놓았다. 물러가는 그녀의 뒷모습을 한참 동안 바라보는 준영이었다. 그런 준영의 모습에 정 실장의 눈빛이 빛나기 시작했다.

"준영!"

그의 부름에 준영이 시선을 돌렸다.

"왜?"

"왜 저런 아가씨를 집에 두는 거지. 아무리 그래도 모르는 일인데……."

그의 말에 준영의 미간이 심하게 찌푸려졌다.

"말하고 싶은 요지가 뭐야?"

차가운 그의 말에 정 실장이 어색한 동작으로 머리를 긁적거리면서 다시 중얼거렸다.

"아무리 그래도 집안에 두는 것은 좀 그렇잖아."

"뭐가?"

"그냥. 다른 사람들의 이목도 생각해야지. 그렇지 않아도 이쪽에서는

소문도 빠르게 도는데 이런 걸로 사람들의 입방아에 오르내릴 필요는 없
잖아.”

무슨 말을 하는지 알고 있으면서도 모른 척하는 준영의 모습에 정 실
장의 얼굴이 굳어져버렸다.

두 사람은 나이도 같고 오랜 시간을 동고동락한 사이였다. 준영이 자
신의 아버지인 최영하를 몰아내기 위해서 오랜 시간 계획을 세우고 실현
할 동안 곁에서 묵묵히 자신의 일을 도와준 친구였다. 능구렁이 같은 영
하의 행동을 파악하고, 측근들을 하나둘씩 제거하는 일까지 스스럼없이
도와주었다. 그렇게 오랜 세월 동안 준비해온 일을 실현하고, 결실로 준
영은 모든 것을 손에 넣을 수 있었다. 사랑했던 여자와 아기를 잃은 복수
를 할 수가 있었던 것이었다. 하지만 아무리 복수를 다짐하고 그를 파멸
시킬 생각으로 몇 년을 그의 곁에서 소리 없이 산 그였지만, 반쯤 정신을
놓아버린 영하의 모습에 한쪽 가슴이 아파오는 것은 어쩔 수가 없었다.
핏줄이라는 무서운 끌림에 할 수 없이 최고의 시설이 갖추어져 있는 요
양원에서 지낼 수 있게 해주었다. 그리고 어느덧 사 년이 지나가고 있었
다. 비록 자주 찾아보지는 않지만 다른 이를 통해서 아버지의 상태를 보
고 받고 있었다.

정 실장이 어두워지는 준영의 모습을 말 없이 바라보고 있었다. 차갑
게 빛나는 준영의 눈빛에 정 실장의 가슴 또한 아프기는 매한가지였다.
환한 미소를 지으며 캠퍼스를 거닐던 친구는 더 이상 존재하지 않는다는
현실에 답답해졌다. 애써 슬픈 표정을 감추며 고개를 돌리는 정 실장의
눈가에 이슬이 살짝 맺혀 있었다.

“그만 가보도록 해.”

준영의 말에 정 실장은 그렇지 않아도 가시방석 같은 이 자리에서 벗
어날 수 있어 속으로 한숨을 내쉬었다.

“알았다. 그럼 회사에서 보도록 하자.”

사석에서는 친구지만 공과 사는 확실하게 구별하는 정 실장의 태도에

준영은 살짝 미소를 지었다.

"그래. 조심해서 가도록 해. 괜히 옆길로 빠져서 부인한테 맞지 말고."

준영의 농담에 그의 얼굴이 찡그려졌다. 갑자기 왜 그런 말을 했는지 뜻을 알아차린 정 실장을 향해 준영이 짓궂은 미소를 지어 보였다.

"걱정 마라. 그런 일이 발생한다면 가차없이 이혼할 거다. 그리고 예쁜 아가씨랑 재혼할 거다."

그가 자신의 아내를 얻기 위해서 얼마나 힘들게 결혼했는지 아는 준영이었기에 이런 식의 농담도 거리낌 없이 할 수 있었다.

"미친 소리 한다. 가라."

그가 웃음을 터뜨리며 자리에서 일어나 현관을 나가는 정 실장의 모습을 애정이 가득 담긴 눈으로 바라보고 있었다.

요란한 타이어 소리와 함께 그가 떠나는 사실을 확실하게 알려주었다.

그때까지도 부엌에 서 있는 화진에게 준영이 조용히 소리쳤다.

"이쪽으로 좀 앉지."

준영의 말을 들은 화진이 빠르게 부엌에서 나와 그가 앉아 있는 소파로 다가왔다. 곁을 살짝 지나치자 향긋한 내음이 준영의 콧속으로 스며들어왔다. 상큼한 그녀의 향기에 준영은 자신도 모르게 다시 한 번 더 그 냄새를 맡기 위해서 코를 벌름거렸다. 살짝 엉덩이를 내려놓으며 자리에 앉는 화진을 뚫어져라 쳐다보았다.

"편하게 지내도록 해."

"그럴 생각이지만, 잘 될지는 모르겠네요."

"이곳 생활이 당신이 생각한 것보다는 고통스럽지 않을 거야. 내가 말하는 것들만 잘 지켜주고 실천해주면 되니까 말이야. 그리고 내가 원하는 강좌를 몇 개 들었으면 해. 아무리 2년 동안이라고 해도 혹시라도 있을 모임이나 주 파티에는 나가야 하니까 말이야. 그런 곳에 나가도 주눅 들지 않는 당당함을 보여줘야 하잖아. 그러니 필요한 것들은 당신이 알아서 공부하도록 하고"

깔끔한 준영의 말에 화진은 조용히 고개를 끄덕였다.

"할 말 있나?"

갑작스런 준영의 물음에 화진이 놀란 표정으로 고개를 들었다. 그런 그녀의 모습도 마음에 들지 않는지 그의 입가가 씰룩거렸다.

"꼭 그렇게 놀란 토끼마냥 나를 바라봐야겠나? 매일 그렇게 생활할 건가? 그렇게 놀란 표정을 짓고, 매일 가슴을 콩닥거리면서 지낼 거냐고."

"당신이 소리를 지르니까 놀라는 거예요. 이런 제 모습이 보고 싶지 않으시다면 가급적이면 소리를 지르지 말아주세요."

또박또박 할 말을 하는 화진을 보면서 준영은 어느 것이 진정한 그녀인지 알 수가 없어 가슴이 답답해져왔다.

"흠! 노, 노력은 해보지."

어색하게 말을 더듬는 그를 보면서 화진은 싱긋 웃고 말았다. 생각했던 것과 달리 그가 차가운 남자가 아니라는 것을 느낄 수 있는 모습이었다.

자리에서 일어나 침실로 향하는데도 화진이 소파에 가만히 앉아서 눈만 말똥거리고 있자 준영이 짜증스럽게 중얼거렸다.

"따라와서 옷을 받아줘야 하잖아."

노력해본다는 말을 한 지 일 초도 되지 않아 다시 소리를 지르는 그를 보면서 화진은 고개를 절레절레 흔들며 그를 따라 들어갔다.

그녀가 방에 들어서자 옷을 벗기 시작한 그가 벗은 옷들을 그녀의 손 위에 하나씩 올려주었다. 그 모습에 화진은 어이없는 미소를 지어버렸다.

'뭐야! 자기는 손이 없어, 발이 없어.'

입 밖으로 나오려던 말을 겨우 목구멍 안쪽으로 넘기며 화진은 손 위에 올려지고 있는 옷들을 움켜잡아 옷걸이에 가지런하게 걸어서 다시 옷장에 넣으려고 했다. 그러자 또다시 준영의 날카로운 외침소리가 들려왔다.

"지금 뭐 하는 거야?"

준영의 고함소리에 놀란 화진이 무슨 일이냐는 표정을 지으며 그를 돌아보자 그도 답답한지 가슴을 두드리고 있었다.

"입었던 옷을 옷장에 넣을 생각인가?"

"네?"

"오늘 입었던 옷을 다시 옷장에 넣을 생각이냐고?"

목에 핏대까지 세워가며 소리치는 그를 보면서 화진도 짜증이 얼굴까지 올라왔다.

"그럼 어떻게 해야 하죠?"

최대한 나긋한 목소리가 나오길 바라며 화진이 정말 몰라서 묻는 듯한 표정으로 준영을 바라보고만 있자 그가 한숨과 함께 나직이 속삭였다.

"샤워실에 가면 세탁 바구니가 있잖아. 그곳에 분리해서 넣으라고. 절대로 다시 옷장에 넣지 말고."

"아, 그렇군요."

정말 몰랐다는 눈빛을 휘날리며 샤워실로 들어가 바구니에 옷을 휙 던져버리고 나오는 그녀를 보고 준영이 눈살을 찌푸렸다.

"여화진!"

싸늘한 준영의 외침소리에 놀란 화진이 돌아보자 그의 두 눈이 이글거리며 타오르고 있었다.

"세탁 망에 넣더라도 반듯하게 개어서 넣도록 해."

"어차피 세탁할 건데요."

"그래도 보기 좋게 해서 넣도록 해."

절대로 물러서지 않을 것 같은 기세와 눈빛으로 말하는 그를 보면서 화진은 짜증스럽게 한숨을 내쉬고는 던져넣었던 옷들을 꺼내 반듯하게 개어서 다시 세탁 망에 넣었다. 그녀의 모습을 꼼꼼하게 지켜보고 있던 준영의 입가에 그제야 만족스러운 표정이 드리워지는 것을 볼 수 있었다.

'완전히 결벽증이군.'

샤워실 안으로 들어가기 전에 완전히 옷을 벗어버린 그를 보면서 화진은 놀라 벌어진 입을 다물지 못하고 있었다.

턱이 빠진 사람처럼 벌어진 입을 다물지 못하고 있는 화진을 보면서 준영의 눈가가 심하게 떨려왔다.

"남자 몸 처음 보나?"

느끼한 준영의 그 한마디에 이제는 목덜미까지 벌게진 그녀가 황급히 고개를 돌렸지만, 이미 자기 멋대로 벌게진 몸을 수습할 길은 없었다. 그런 화진의 모습에 준영은 더 놀려주고 싶은 생각이 들어 평상시에는 절대로 하지 않던 일까지 서슴없이 해버렸다. 욕실로 들어가기 전에 브리프까지 벗어버린 준영이 당당한 미소를 지으며 바라보자 돌처럼 굳어져버린 그녀를 볼 수 있었다.

"어!"

뭐라고 말도 하지 못하고 굳어져 있는 화진을 보면서도 준영은 여유롭게 몸을 돌려 천천히 욕실 안으로 들어갔다. 욕실 문을 살짝 닫는 준영의 손이 심하게 떨려왔다. 웃음을 참지 못하겠다는 듯이 킥킥거림이 이제는 호탕한 웃음으로 터져 나와버렸다. 샤워기 아래 선 준영의 몸이 웃음으로 인하여 심하게 흔들리고 있었다.

"풋, 하하하, 너무 귀여워."

오랜만에 준영은 유쾌하게 웃음을 터뜨리고 있었다. 오늘밤에 대한 기대로 즐거워진 그는 흥얼흥얼 콧노래를 부르며 온몸을 씻기 시작했다.

최대한 붉어진 얼굴을 가라앉히기 위해 화진은 얼른 부엌으로 달려갔다. 냉동실에 얼려져 있는 각 얼음을 꺼내서 얼굴에 하나를 대었다. 차가움이 화끈거리는 볼에 닿자 몸이 움찔거렸다.

"휴, 이제 살겠네."

얼굴에 끓어오르던 열이 가라앉는 느낌에 화진은 안도의 한숨을 내쉬었다. 이렇게 시도 때도 없이 붉어지는 자신의 얼굴이 참으로 한심스럽고 저주스러웠다.

"제발, 얼굴아! 더 이상 벌게지지 말아다오."

그 말과 함께 화진은 숨을 들이마시고는 용기를 내서 천천히 침실로 다시 들어갔다. 아직까지 샤워를 하고 있는지 물소리가 들려와 침대에 살포시 앉았다.

고개를 푹 숙이고 있는 그녀의 시선 안으로 그의 발이 들어왔다. 놀란 그녀가 고개를 들자 달랑 수건 하나만으로 하체를 가린 그가 눈앞에 당당히 서 있었다. 그의 벗은 상체를 바라보면서 이제는 귀까지 홍조가 드리워지기 시작했다. 아무리 태연하려고 노력했지만 소용이 없었다.

준영은 자신 앞에서 얼굴부터 시작해서 목덜미와 이제는 귀까지 벌게지는 화진의 모습에 터져 나오는 웃음을 참기 위해 입술을 깨물었다. 휘둥그레진 눈으로 자신을 뚫어져라 쳐다보고 있는 그녀에게 다가가 살짝 어깨를 친 준영은 놀란 듯 벌떡 몸을 일으키는 그녀의 모습에 입을 삐쭉거렸다.

"뭘 그렇게 놀라는 거지? 이제부터 이런 모습은 매일 볼 텐데 말이야."

"네?"

"함께 잘 사이인데 뭘 그리 놀래. 편하게 있도록 해. 그렇게 긴장할 필요가 뭐가 있어?"

느긋한 준영의 말에 화진은 고개를 끄덕였다.

"어, 저 그럼 저도……."

그가 떨리는 다리로 겨우 자리에서 일어나 욕실로 향하는 그녀의 뒷모습을 웃는 얼굴로 쳐다보았다. 화진의 반응이 어떨까라는 순간적인 생각으로 준영은 샤워를 마치고 하체만 살짝 가린 상태로 나온 것이었다. 분명히 놀란 표정을 지을 거라는 자신의 예상보다 더 심하게 당황하는 그녀를 보면서 웃지 않을 수가 없었다. 민망해하는 눈빛과 표정으로 고개를 숙이고 있는 그녀를 보면서 준영의 입에서 참고 참았던 웃음이 비집고 나오기 시작했다.

욕실 문을 겨우 잡은 화진은 자신의 뒤에서 헐떡거리는 것 같은 준영의 목소리에 놀라 재빨리 몸을 돌려 그를 보았다. 겨우 웃음을 참고 있는 준영의 모습이 그녀의 눈 속으로 빠르게 들어왔다.

부들거리는 그의 모습을 바라보고 서 있는 것도 잠시, 화진은 엄청난 속도로 욕실로 뛰어들어가 버렸다. 욕실 문 뒤로 준영의 호탕한 웃음소리가 들려왔다.

'이게 무슨 망신이야.'

부끄러움에 고개가 바닥으로 떨어져버렸다. 겨우 정신을 수습한 화진은 땀으로 젖은 옷들을 벗기 시작했다. 그리고는 샤워기 아래에 섰다. 미지근한 물이 자신의 몸을 때리자 몸 위에 남아 있는 끈적거림이 물과 함께 씻겨 내려가 시원함이 밀려왔다. 이곳저곳 세심하게 신경을 쓰면서 씻고는 진열장에 가지런히 놓여져 있는 바디용품 중 하나를 꺼내어 스펀지에 내용물을 묻혀 몸을 닦기 시작했다. 달콤한 딸기 향이 욕실 가득 퍼졌다. 그 냄새에 도취되어 그녀의 얼굴에 미소가 가득 피어올랐다.

"우와! 냄새가 너무 좋다. 어쩜 이리도 좋지. 우와!"

화진은 연방 감탄을 내뱉으면서 향기를 들이마시기 시작했다.

한 시간에 걸쳐 깨끗하게 샤워를 하고, 한쪽 벽에 걸려 있는 가운을 몸에 걸친 화진은 문고리를 잡자 다시 밀려오는 불안감에 몇 분을 그곳에 서서 서성이기 시작했다. 커다란 한숨과 함께 용기를 내어 문고리를 돌렸다. 침대 쪽으로 시선을 주자 느긋하게 침대 등받이에 상체를 기대고 책을 읽고 있는 그의 모습이 보였다.

머뭇거리는 몸짓으로 화진이 천천히 그에게 다가갔다. 안경까지 쓰고 책을 읽고 있던 그가 침대 한쪽에 엉덩이만을 대고 있는 그녀의 모습을 한심하다는 듯이 바라보았다.

"지금 뭐 하자는 거지?"

"아. 저……."

"여화진! 나한테 과감하게 안겨도 시원찮을 판 아닌가?"

그의 말에 화진의 얼굴이 순식간에 창백해졌다가 다시 벌게졌다.

모든 생각이 고스란히 얼굴에 드러나는 순진한 그녀의 모습에 준영의 얼굴에 미소가 드리워졌다. 지난 몇 십 년 동안 좀체 웃을 일이 없었던 그에게 화진은 웃음을 제공해주는 존재였다. 엉뚱하면서도 순진한 화진의 태도와 또 그녀가 또랑또랑한 눈망울로 자신을 바라볼 때면 그 순수함에 자신도 모르게 빠져드는 기분이었다.

"그럼 제가 지금 덮쳐야 하나요?"

커다란 눈을 깜박이면서 묻는 그녀 때문에 준영은 더 이상 참지 못하고 웃음을 터뜨려버렸다.

"풋 하하, 정말 귀여운데……."

호탕하게 웃는 그의 모습에 화진은 어리둥절한 표정이 되어버렸다.

어색한 몸짓으로 침대 위로 올라온 화진이 그의 곁에 살짝 몸을 눕히며 팔을 들어올려 그의 가슴을 쓰다듬기 시작했다.

"여화진……!"

살짝 올려다보는 화진의 얼굴에 그의 눈빛이 날아와 박혔다.

"네."

"다가와 봐."

그녀가 어색한 몸짓으로 일어나 입술을 그의 입술에 살짝 갖다 대자 바로 준영의 손이 날아와 뒤통수를 잡아 거칠게 잡아당겼다. 살짝살짝 몸을 움직일 때마다 가운이 벌어져 그녀의 새하얀 가슴이 준영의 눈에 고스란히 보였다. 누구의 발자국도 없는 새하얀 눈밭 같은 화진의 몸에 준영의 남성이 갑자기 맹렬한 기세로 흥분해버렸다. 너무나 느릿하게 움직이는 화진의 모습에 애가 탄 그가 한쪽 팔을 뻗어 잡아당겨 버렸다.

"어머!"

그가 놀란 표정으로 고개를 드는 그녀의 입술을 삼켜버렸다. 거친 그의 입술이 그녀의 입을 가르고 안쪽으로 들어서고 있었다. 조금의 반항도 용납하지 않겠다는 듯이 강한 힘으로 허리를 잡고 있는 준영의 손길에 그녀의 온몸이 움찔거렸다. 그가 꿈틀거리는 그녀의 몸을 더욱더 단단하게 잡으며 깊숙하게 혀를 집어넣기 시작했다. 까칠한 그의 혀가 현란한 동작을 구사하며 입 안을 헤집고 다녔다. 자신의 타액으로 인하여 온 얼굴이 반들거리는 그녀의 모습을 바라본 준영의 눈에서는 욕망이 들끓고 있었다. 허리에 매어져 있는 끈을 거칠게 풀고는 그녀를 침대 위로 눕혔다. 순교자처럼 두 눈을 꼭 감고 있는 그녀의 모습에 갑자기 속이 뒤틀린 준영이 거칠게 소리쳤다.

"눈을 떠."

갑자기 들려온 준영의 거친 목소리에 놀라 황급히 눈을 뜬 화진이 자신의 몸 위에 있는 그를 바라보았다.

"내가 말했을 텐데. 나와 시선을 맞추도록 해. 그런 표정으로 눈 감고 있지 말고. 내가 당신을 강간하는 것도 아니잖아."

"아, 네."

대답을 들은 준영이 그녀의 목덜미로 고개를 숙였다. 향긋한 딸기 냄새를 들이마시면서 목덜미를 애무하며 서서히 밑으로 내려가기 시작했다. 다른 한 손으로는 풀어진 가운을 옆으로 더 벌려버렸다. 속옷을 입고 있을 거라는 자신의 생각을 뒤집고 완전히 알몸인 그녀의 모습에 더욱더 하늘 높이 솟구쳐버린 분신이었다. 팬티 속에서 해방을 외쳐대는 분신을 겨우 진정시키고 그가 다시 애무에 집중하기 시작했다. 축축한 혀로 어깨를 빨아대면서 그녀의 두 손을 들어올렸다. 만져보고 싶어 간질거리던 봉긋하게 솟은 유방을 두 손 가득 움켜쥐었다.

"아!"

한 번도 누구의 손길이 닿지 않은 곳이 침범을 당하자 그녀가 당황스러움과 함께 밀려오는 쾌감으로 몸을 비틀기 시작했다. 커다란 손으로 두 가슴을 가차없이 주무르는 준영의 손길에 화진은 온몸을 떨어댔다.

"아!"

자신도 모르게 흘러나오는 신음소리에 화진이 입술을 깨물어버렸다. 하지만 그것도 잠시, 그의 손이 다시 리드미컬하게 가슴을 잡아오자 간헐적인 신음소리가 다문 입술 사이로 흘러나오기 시작했다. 잔뜩 인상을 찌푸리며 반응하는 그녀를 바라보면서 그의 입가에 미소가 드리워졌다.

'여화진! 오늘부터 넌 내 거야. 이렇게 내 손에 떨어진 이상 내가 원할 때까지. 내 몸이 원할 때까지 넌 내 거야.'

그가 음흉한 미소를 지으며 천천히 입술을 밑으로 내리기 시작했다. 살짝살짝 핥으며 어깨에서부터 느리게 움직였다. 크림보다 더 부드러운 화진의 몸을 느끼며 준영은 더욱더 빠져들기 시작했다. 느리게 움직이던 그의 혀가 가슴으로 향하기 시작했다. 가슴 중앙에 자리하고 있는 정점을 덥석 물어버렸다.

"아하!"

순식간에 입 안으로 빨아들이는 준영의 애무에 놀란 화진이 번쩍 고개를 들어 그를 보았다. 하지만 그의 손에 의해서 다시 침대에 눕혀질 수밖에 없었다. 유두를 입 안에 넣고는 혀로 굴려도 보고 빨아도 보는 그의 몸짓에 그녀의 몸은 활처럼 휘어졌다.

"반응이 대단한데?"

준영의 웃음 섞인 말에 그녀의 얼굴이 벌게지기 시작했다. 잔잔한 웃음을 짓던 그의 손이 강하게 오므리고 있던 두 다리를 서서히 벌리기 시작했다.

"어."

당황스러움에 힘이 들어가 버리는 그녀를 느끼며 준영이 인상을 찌푸렸다.

"힘 좀 빼."

"어."

"다리에 힘 좀 빼라고."

그의 외침에 그제야 힘을 풀기 시작했지만 마음대로 되지가 않았다. 긴장감과 함께 불안감이 서서히 자리 잡는 그녀의 귀에는 준영의 외침소리는 들리지 않은 지 오래였다. 답답함에 한숨을 내쉬고 준영이 처음보다는 한결 부드러워진 손길로 발가락에서부터 쓰다듬으며 위로 올라오기 시작했다. 그렇게 한참을 쓰다듬자 서서히 긴장을 푸는 그녀의 모습이 눈에 들어왔다. 준영이 살짝 이를 세워 그녀의 귓불을 깨물면서 부드럽게 속삭였다.

"부드럽게 가져줄게. 한 번도 남자를 맛보지 못한 당신이라는 것을 알기에 부드럽게 해줄 테니 긴장을 풀라고."

그가 아직까지 뻣뻣해져 있는 다리를 애무하면서 긴장이 풀리게 그녀를 리드했다. 그의 감칠나는 애무를 받고 있자 어느새 그녀의 두 다리와 몸에서도 긴장이 풀리고 있었다. 그런 그녀의 몸을 느낀 준영이 미소를 지으며 천천히 그녀의 두 다리 사이에 자리를 잡았다. 아까부터 터질 듯이 부풀어져 있는 자신의 분신을 살짝 그녀의 몸에 대보았다. 그러자 그의 남성이 맹렬한 기세로 꿈틀거리기 시작했다.

"욱!"

그의 입에서도 연방 신음소리가 새어나왔다. 벌어진 그녀의 두 다리 사이를 조심스럽게 애무하면서 다른 한 손으로는 자신의 몸에 남아 있던 팬티를 벗어버렸다.

팬티를 내리자 그녀의 눈앞으로 그의 남성이 모습을 드러냈다. 처음 남자의 몸을 본 것도 놀랄 일이었지만, 엄청나게 큰 그의 남성이 자신에게로 들어온다는 사실이 무서워지기 시작했다.

할 말을 찾지 못하고 있는 화진을 바라보면서 그가 살짝 미소를 지었다. 자신의 다리로 잡고 있는 그녀의 두 다리 사이로 천천히 몸을 내렸다. 그리고는 조심스러운 몸짓으로 촉촉하게 젖어 있는 그녀의 몸 안으로 들어가기 시작했다.

그렇게 준영은 그녀와 한 몸이 되었다. 한 번도 열린 적 없는 그녀의 비밀의 방을 헤집으며 욕망으로 가득 찬 자신의 몸을 해방시켰다.

부드러운 손길도, 말도 없이 준영이 그녀에게서 떨어져 나갔다. 힘든 기색으로 침대에 쓰러져 있는 그녀를 한 번 보고는 몸을 돌려 욕실로 가버렸다.

무정한 그의 모습에 화진의 눈가에 눈물이 대롱거리며 걸리기 시작하면서 볼을 타고 흘러내렸다.

"바보, 뭘 그렇게 기대하고 난리야. 아무것도 기대하지 않으면 돼. 그럼 이런 상처도 받지 않을 거야."

힘차게 외친 화진이 자리에서 일어나기 위해 몸을 일으키자 두 다리 사이가 불에 덴 것처럼 아파왔다. 오만상을 찌푸리며 오리 입처럼 입술을 쭉 내민 화진은 간신히 침대에 상체를 기댈 수 있었다.

"에이씨, 무지하게 아프네."

그녀가 크게 심호흡을 하고 있는 사이에 욕실 문이 열리는 소리가 들려왔다.

고개를 돌리고 나오는 그를 바라보면서 화진은 밑바닥부터 짜증이 밀려 올라오는 것을 느낄 수 있었다. 언제 그런 열정적인 정사를 나눈 사람인지 분간이 가지 않을 정도로 깔끔한 모습으로 나오는 준영을 보면서 허탈하게 웃고 말았다. 사자가 먹이를 먹고 난 후에 짓는 표정과 아주 흡사한 표정을 지으며 느릿하게 침대로 걸어오는 그를 보면서 누군가가 자신의 심장을 수십 개의 칼로 찌르는 것 같은 아픔에 급하게 숨을 들이마셨다.

침대 위에서 움직이지도 않고 있는 그녀의 모습에 준영의 두 눈썹이 심하게 꿈틀거렸다.

"씻고 오지."

"저도 그러고 싶다고요."

짜증스럽게 그녀가 소리를 빽 지르자 순간 준영의 눈빛이 무섭게 빛났다. 그런 그를 무시하고는 아파오는 몸을 부여잡고 힘겹게 일어선 그녀였지만 침대 아래로 발을 내려놓자 다시 통증이 밀려왔다. 거친 숨을 들이마시며 비틀거리는 그녀의 겨드랑이 사이로 그의 손길이 느껴졌지만 화진은 거칠게 내쳤다.

"혼자 할 수 있어요. 괜히 힘 빼는 짓 따위는 하지 마세요."

"못할 것 같은데?"

웃음 섞인 준영의 말투에 화가 난 화진이 고개를 획 돌려 그를 째려보고는 보란듯이 허우적거리며 걸어가 욕실 문을 쾅 소리가 날 정도로 힘차게 닫아버렸다.

'후후후, 너에게도 발톱이 있다는 건가?'

피식 미소를 흘린 그의 얼굴에는 오랜만에 느낀 만족감으로 흐뭇한 미소가 맴돌고 있었다.

그녀가 처녀라는 흔적이 침대 위에 고스란히 보이고 있었다. 그 흔적을 바라보고 있는 준영의 두 눈에서 남자로서의 소유욕이 번뜩거렸다. 오랫동안 어떻게 침대 시트를 치울까 하고 생각하는 사이, 화진이 몸을 씻고 나오고 있었다. 처음처럼 가운만 걸치고 나오는 그녀의 모습에 또 다시 준영의 두 눈이 이글거리기 시작했다. 잡아먹고 싶은 맹렬한 눈빛으로 그가 자신을 바라보자 화진은 밀려오는 두려움에 몸을 움찔거렸다.

"다시 하지 않을 테니 그렇게 겁먹지 말라고."

자신의 속마음을 읽은 사람처럼 소리치는 그를 화진이 멍하니 바라보았다. 찡그린 얼굴로 준영이 바라보고 있는 쪽으로 천천히 고개를 돌리는 화진의 얼굴이 창백해져버렸다. 침대 위에 고스란히 보이고 있는 흔적 때문에 민망한 몸짓으로 서둘러 다가갔다.

"제, 제가 다시 갈도록 할게요."

"그냥 두도록 해."

준영이 침대 시트를 잡은 그녀의 손을 잡으며 만류했다.

"하지만……."

"됐어. 어차피 여자 혼자 힘으로는 매트리스도 들 수 없잖아. 내가 할 테니 좀 물러서지."

그의 말에 화진은 고개를 끄덕이고는 살짝 몸을 뒤로 뺐다. 한 번도 이런 일을 해보지 않았을 것 같은 그를 생각한 화진은 놀라지 않을 수가 없었다. 준영은 능숙하게 매트리스를 들고는 한쪽 옷장에 마련된 시트를 내어서는 깔았다. 그런 그의 노련한 모습에 화진의 두 눈이 커지고 있었다.

"뭘 그렇게 놀라는데?"

그가 시트를 가는 일에 집중하고 있을 거라고 생각했던 그녀에게 준영이 물어오자 화진은 당황스러움에 얼굴을 붉혔다.

"훗, 그렇게 얼굴을 잘 붉혀서야 어디에 쓰겠나?"

"이런 모습이라서 대단히 죄송하군요."

빈정거리는 자신의 말에도 그냥 웃어버리는 그를 보면서 화진은 의아함에 고개를 갸웃거렸다.

"영차!"

준영은 마지막으로 매트리스 위에 덮은 시트를 손으로 쫙 피고는 마무리를 했다.

깔끔하게 덮인 시트를 보면서 흐뭇한 미소를 짓고 있는 준영의 새로운 모습에 화진의 눈빛이 잔잔히 빛나고 있었다.

'당신이라는 사람, 결코 차가운 사람이 아니라고 심장이 그렇게 말해주고 있어요. 절대로 차가운 사람이 아니라고요.'

"대충 되었군."

방을 한 번 둘러본 준영은 벗긴 시트를 말아쥐고는 그녀가 뭐라고 할 사이도 없이 밖으로 나가버렸다. 부엌을 통해서 뒤쪽으로 나 있는 문을 열고 나간 준영은 세탁물을 바구니에 넣고는 잔잔하게 일렁거리는 물결을 바라보며 의자에 앉았다.

"휴, 그렇게 가질 생각은 아니었는데……. 내 자신을 조절하지 못하다니."

그의 마음처럼 바람에 따라서 강하게 일렁거렸다가, 때로는 조용히 움직이는 표면을 바라보며 앉아 있는 그의 눈빛이 어둡게 가라앉았다. 조용히 눈을 감자 자신을 바라보면서 해맑게 웃고 있는 유아의 모습이 또다시 눈앞에 아른거렸다.

"오빠, 나는 세상에서 오빠가 제일 좋더라."

해맑게 웃으며 속삭이는 유아의 부드러운 입술에 자신의 입술을 겹치며 준영도 부드럽게 속삭여주었다.

"나도 우리 유아를 세상에서 가장 사랑하고 있지."

"호호호! 오빠를 만나서 너무 행복해."

"나도 그래. 나도 우리 유아를 만나서 너무 행복하고, 지금 콱 죽어도 좋을 것 같아."

자신의 농담에 바로 울상을 짓는 그녀를 준영이 부드럽게 안아주었다.

"이런, 우리 유아가 슬퍼하면 안 되는데."

"그러니까 그런 말은 하지 마. 그럼 정말 슬프단 말이야."

"응. 다시는 그런 말하지 않을게."

"약속해."

약지를 내밀며 다짐을 받으려는 유아의 손을 꼭 잡아 입을 맞추는 그의 얼굴이 한없이 밝아 보였다.

"죽는 순간까지 내 가슴에 너만을 담을게. 그리고 오래오래 행복하게 살자."

"응. 나는 오빠랑 오래오래 행복하게 살다가 죽을 거야."

"그래. 그러자."

상큼한 유아의 웃음소리를 들으며 준영은 남자로 태어난 것이 감사할 뿐이었다. 사랑하는 유아의 허리를 껴안고 백사장 위에서 빙글빙글 돌자 유아의 웃음소리가 멀리 울려 퍼졌다.

"오빠!"

유아의 목소리가 생생하게 귓가에 들려오는 듯해서 준영은 황급히 눈을 뜨고는 자리에서 벌떡 일어났다.

'유아야! 널 두고 잠시라도 흔들린 나를 용서해다오. 내 심장은 언제까지라도 너만 담고 있을 거다.'

준영은 물결 위로 비치는 별들을 바라보며 화진에게 흔들리지 않기 위해서 이를 악물었다.

*　*　*

　그가 몇 시간이 지나도 들어오지 않자 불안한 마음에 자리에서 일어나 비틀거리며 침실 문을 열고 밖으로 나가보았다. 집 안을 둘러보았지만 그의 흔적은 어디에도 없었다.

　"이상하네."

　혹시나 하는 마음에 부엌으로 들어가 창문으로 밖을 바라보자 그제야 그의 모습이 눈에 들어왔다. 수영장 앞에 놓인 의자에 앉아 있는 그의 뒷모습이 보였다.

　'왜 그렇게 쓸쓸한 모습이죠. 당신이라는 남자, 모든 것을 다 가졌잖아요. 남들이 부러워하는 것을 다 가졌잖아요. 그런데 왜 그렇게 슬픈 사람 같죠. 왜 그런 거죠.'

　눈가에 달려 있는 눈물방울을 떼어낸 화진은 계속해서 욱신거려오는 가슴을 두드리며 그를 바라보았다. 조금의 미동도 없이 앉아 있는 그를 바라보는 그녀의 머릿속에는 수만 가지 생각들이 자리하기 시작했다.

　'안아주고 싶다고요. 그런 당신 뒷모습을 보면 나도 모르게 안아주고 싶다고요.'

　떨리는 두 손을 맞잡으며 조심스럽게 그에게로 다가간 화진은 힘겨운 듯한 준영의 어깨에 살며시 손을 올려놓았다. 생각보다 심하게 놀라는 그를 보면서 고개를 숙였다.

　"이런, 죄송해요."

　곤혹스러운 표정을 지어 보이던 준영이 빠르게 자리에서 일어나 화진의 몸을 살짝 밀치고 안으로 들어가 버렸다. 화진은 그 모습을 가만히 보고만 있었다.

　'나한테도 좀 다정하게 대해주면 안 되나요? 꼭 그렇게 차갑게 내몰 필요는 없잖아요.'

　애절한 눈빛으로 그녀가 들어가는 그를 쳐다보았지만 알아주는 사람은 어디에도 없었다. 지금까지 어디에 있어도 초라하다는 생각은 해보지 않았던 자신이었지만 그 앞에만 서면 자신이 너무 초라하고 작아지는 것 같아 울적해져버렸다.

멍하게 한참을 서 있던 화진이 다시 힘차게 기합을 넣고는 집 안으로 들어오자 부엌에서 정리를 하고 있는 수진을 볼 수 있었다.

"이런, 늦은 시간인데……."

"훗, 제 취침 시간은 열두 시랍니다. 내일 아침상에 차릴 재료를 준비해놓고 가려고 이렇게 왔지요."

인자한 수진의 말에 화진의 얼굴이 많이 밝아졌다.

"그렇군요. 그럼 저도 도와드릴게요."

"그럼 그러세요. 하나라도 빨리 배우시는 게 아가씨한테는 좋을 테니까요."

"그런데요, 가급적이면 그 아가씨라는 호칭은 쓰지 말아주세요. 그냥 편하게 이름을 불러주시면 안 될까요?"

그녀가 애절한 눈빛으로 수진을 바라보았지만 수진은 살며시 고개를 내저었다.

"그러시다면 화진 양이라고 부르도록 할게요. 아무리 제가 나이가 있어도 아가씨 이름을 막 부를 수는 없지요."

"네."

환한 미소를 짓는 화진의 모습에 수진의 눈빛이 조금 어두워졌다.

'순수하셔…….'

화진은 수진이 가르쳐준 음식 재료들의 위치와 함께 이것저것 귀를 기울이면서 배우기 시작했다. 우선은 간단한 것만 가르쳐주겠다는 수진의 섬세한 배려에 눈가에 대롱거리는 눈물을 힘차게 닦아내고는 고개를 끄덕였다. 사용하고 있는 칼들을 보고, 세 가지의 도마의 용도도 들을 수 있었다.

"워낙 식성이 까다로우세요. 제가 직접 준비한 천연 조미료들만 드시고 있거든요. 나중에 시간이 되면 제가 천연 조미료 만드는 방법도 가르쳐드릴게요. 이건 배워두시면 좋아요. 나중에 애들이 생겨도 그렇고, 일반적으로 파는 조미료를 사용하는 것보다는 건강에 좋으니까. 그리고 다른 것은 제가 설명한 대로만 하시면 되고요. 나머지는 회장님 수발드는 것만 하시면 될 거예요. 그 외에는 청소부가 와서 해주고, 정원도 정원사가 알아서 관리하니까 크게 신경 쓸 필요는 없을 거예요.”

“아, 네. 그런데 혹시 텔레비전에서 보던 것처럼 이곳에서 파티도 하나요?”

그녀의 물음에 수진이 웃음을 터뜨렸다.

“호호호, 텔레비전이요?”

수진이 웃자 민망해진 화진은 금세 얼굴을 붉혔다.

수진은 얼굴을 붉히면서도 하고 싶은 말은 다 하는 화진을 보면서 문득 그녀의 아름다움에 빠져들고 있는 자신을 느꼈다.

“왜, 있잖아요? 텔레비전에서 보면 화려한 옷을 입고 파티도 하고 또 음식들을 엄청나게 많이 차려놓고 먹던데요?”

“하긴 하죠. 원래 한 달에 한 번씩 있는 모임이 있어요. 전통이랄까? 하여튼 그런 게 있어요. 이쪽 사람들 간에 정보도 교환하고, 뭐 이런저런 대화를 하기 위해서 한 달에 한 번씩 모임을 갖는답니다. 회장님도 예외는 아니고요. 그래서 집마다 돌아가면서 파티를 열고 있지요. 참, 이번에는 아마 이곳에서 하지 않을까 싶은데……. 회장님께 여쭤봐야겠군요. 화진 양이 아니었으면 큰일 날 뻔했어요. 나이는 속일 수 없는지 요즘은 하루에 한 번씩 이러네요.”

“네.”

“그럼 대충 설명도 다 했고 하니 그만 들어가서 쉬세요. 이런, 벌써 열두 시네.”

수진이 시계를 바라보고는 서둘러 정리를 하기 시작했다.

화진은 미리 준비해놓은 재료들을 차곡차곡 냉장고에 넣는 수진의 뒷모습을 바라보고 있었다. 일을 끝마친 수진이 손을 털고는 앞치마를 벗어 손에 쥐었다. 그때까지도 멍하게 있는 화진을 보더니 살짝 흔들었다.

"화진 양!"

"어머! 죄송해요."

"그럼 들어가서 쉬세요. 내일 다섯 시에 일어나야 해요."

"네?"

자신이 잘못 들은 게 아닌가 싶어 화진이 다시 물어보았지만 대답은 똑같이 들려왔다. 종종걸음으로 현관문을 열고 나가는 수진의 뒷모습을 멍하니 바라보고 있던 화진은 얼른 정신을 차리고 침실로 들어갔다.

잠들었는지 가만히 눈을 감고 있는 그를 화진이 유심히 살펴보기 시작했다. 여자보다 더 긴 속눈썹과 함께 이목구비가 뚜렷한 준영의 얼굴을 바라보면서 잔잔한 미소가 생겨났다. 가까이 다가가 그의 얼굴을 만져보고 싶은 충동을 애써 참은 그녀는 마른침을 꿀꺽 삼키며 그의 곁에 몸을 눕혔다. 처음으로 혼자가 아닌 둘이 함께 잔다는 사실 때문인지 잠이 오지 않아 말똥거리는 눈으로 천장을 바라보며 양을 세기 위해서 중얼거렸다. 한참을 그렇게 누워 있자 서서히 눈꺼풀이 내려앉았다.

잠잠해진 느낌이 들자 준영은 감고 있던 눈을 번쩍 뜨고 세상 모르고 잠들어 있는 그녀의 얼굴을 한 번 쓰다듬어보았다.

"업어가도 모르겠군."

준영이 한 번 더 그녀의 얼굴을 매만지고는 자신도 편안하게 몸을 누이며 잠을 청했다.

사랑하는 사람을 잃은 뒤로 한 번도 다른 여자와 함께 밤을 지새운 적은 없었다. 그저 욕망을 분출하고는 바로 몸을 씻고 나와버리는 것이 대부분이었다. 하지만 오늘은 왠지 그녀가 곁에 있다는 이유만으로도 가슴 한구석이 따뜻해져왔다.

또 다른 시작

누군가가 자신을 간질이는 듯한 느낌에 떠지지 않는 눈을 뜨려고 달싹거려보았지만 마음대로 되지가 않았다. 온몸이 누군가에게 두들겨 맞은 듯한 아픔 또한 찾아왔다. 신음소리와 함께 그녀가 몸을 살짝 옆으로 돌려보았지만 또다시 그 느낌이 찾아왔다. 천근만근 같은 팔을 올려 눈을 비비면서 뜨자 낯선 풍경들이 눈 속으로 들어왔다.

'이런.'

자신이 어디에 있는지를 깨달은 그녀는 곧 어젯밤 수진이 기상 시간에 대해 설명해준 것을 기억해냈다.

비몽사몽인 상태로 화진이 얼른 침대에서 내려서기 위해 양팔과 다리를 허우적거리자 바로 옆에서 웃음소리가 들려왔다. 소리가 들려오는 곳으로 고개를 돌리자 깔끔하게 차려입은 준영이 웃고 있었다. 호탕하게 웃고 있는 준영의 모습에 화진은 심장이 급격하게 뛰기 시작했다. 너무 요란하게 뛰는 심장 소리가 그에게 들릴까 봐 최대한 그에게서 떨어졌다.

"그만 웃겨도 되니까 허우적거리는 짓 좀 그만하지."

얼굴은 웃고 있지만 목소리만은 차가움이 묻어나는 그를 보면서, 그러면 그렇지 하는 표정이 화진의 얼굴에 드리워졌다. 실망한 티를 팍팍 내는 그녀의 모습에 준영의 눈가에 주름이 생겼다. 겨우 침대에서 상체를 일으키는 화진에게 준영이 차갑게 소리쳤다.

"내일부터는 제 시간에 일어나길 기대하지. 오늘은 이곳에서 처음 맞는 아침이고 무엇보다 어제 무리도 했으니 그냥 넘어가 주지만, 내일부터는 이런 나태함은 용서하지 않을 테니 정신 똑바로 차리고 있으라고."

"네."

대답을 들은 준영이 살짝 미소를 짓고는 자리에서 일어섰다. 멋지게 재단이 된 쥐색 양복을 갖추어 입고, 한 올이라도 밑으로 내려오는 것은 용납이 되지 않는지 전부다 뒤로 넘겨버린 머리 스타일을 바라보면서 화진은 고개를 갸웃거렸다.

'저렇게 머리를 뒤로 넘기지 않으면 좋을 텐데…… 아주 늙어 보이려고 작정을 한 사람 같군.'

화진은 아쉬움에 입맛을 다시며 침대에서 일어나 가운을 걸치고 그의 앞에 섰다.

"꼭 머리를 그렇게 뒤로 넘겨야 해요?"

자신의 투덜거림에 준영의 눈가가 찌푸려졌지만, 화진은 상관없다는 표정을 지으며 자신이 들고 온 손거울을 들어 그의 얼굴에 비쳐주었다.

"지금 뭐 하는 거야?"

"거울을 한번 보시죠."

"왜?"

"자신이 얼마나 나이보다 늙어 보이는지 알 수 있을 거예요. 제가 듣기로는 서른네 살이라던데 지금 당신 모습은 마흔이 넘은 아저씨 같아요."

충격적인 말을 듣고 순간적으로 준영이 정말 그럴까 하는 생각에 거울을 보자 그녀의 웃음소리가 들려왔다.

"호호호! 역시 당신도 어쩔 수 없는 사람이군요. 그토록 사업 외에는 관심 없는 사람처럼 차갑던 당신이……. 호호호!"

화진의 웃음소리에 바로 정신을 차린 준영이 거칠게 손거울을 차버렸다. 거울이 바닥에 떨어져 깨져버렸다.

"어머! 엄마 유품인데……."

허둥지둥 깨진 거울을 주워 담으려는 화진의 간절한 몸짓에 준영의 이마에 주름이 가득 잡혔다. 그렇게까지 할 생각은 아니었지만, 화진의 웃음소리에 화가 치민 나머지 충동적으로 저지른 행동이라 당황스럽게 쳐다보고 있었다.

급하게 깨진 거울들을 다 주운 화진은 조심스럽게 화장대 위에 거울을 올려놓고는 멍하게 서 있는 준영을 보며 속삭였다.

"출근하셔야죠."

"아, 그렇지."

뭐라고 할 줄 알았지만 잠잠하게 있는 화진을 보면서 준영은 고개를 갸웃거렸다. 우울한 표정도 짓지 않는 그녀를 보고 있던 준영이 몸을 돌렸다.

"오늘부터 본격적으로 아주머니한테 일을 배우도록 해. 그리고 학원도 알아보고 연락 줄 테니까 다닐 준비하고."

"학원이요?"

준영은 놀란 표정을 지으며 묻는 화진을 돌아보고 싶은 마음을 억누르며 다시 차갑게 소리쳤다.

"나한테 맞추기 위해서야. 우선은 외국어학원부터 다니도록 해. 당신 실력이 어느 정도인지는 모르겠지만 말이야."

준영의 말에 창백해지기 시작한 그녀는 더듬거리는 목소리로 속삭였다.

"저, 저기요. 우선이라면 다른 것도?"

"아무리 아주머니가 가르쳐준다고 해도 한계가 있잖아. 예절은 별도로 학원을 다녀서 배우는 것이 더 빠르고 효율적이야. 나와 함께 필요한 공식석상에 나가려면 부지런히 배워야 할 거야. 그래야 나와 동행하면서 창피를 당하지 않지."

준영의 말 하나하나가 비수가 되어 가슴을 박아대기 시작했지만 그는 모르는지 계속해서 그녀의 가슴에 비수를 꽂고 있었다.

"내 수준에 맞는 여자로 변해야 나도 데리고 나가기 창피하지 않지, 정부랍시고 있는 여자가 천박하면 나한테도 피해가 오는 법이야."

정부라는 말에 화진은 입술을 꼭 깨물며 낮게 중얼거렸다.

"노력하죠. 죽을힘을 다해서 당신 수준에 맞는 여자로 변해드릴게요."

"기대하고 있지."

"한 가지만 더요."

"말해."

화진은 준영의 넓은 등을 애절하게 바라보고 있었고 준영은 흔들리는 마음을 다잡으며 문만 노려보고 서 있었다.

"저, 지금 다니고 있는 학교는요?"

"다녀."

"하지만 시간이……."

"알아서 해. 그건 당신 사생활이잖아. 시간이 없다면 당신이 부지런히 움직여서 만들면 되는 거고."

매몰찬 준영의 말에 야속한 마음이 드는 것은 어쩔 수가 없었다. 그녀가 실망한 표정과 함께 어느새 눈가에 맺힌 눈물 때문에 고개를 숙이자 눈물이 볼을 타고 흘러내렸다. 떨리는 목소리를 내지 않기 위해서 그녀가 목에 힘을 주고는 알았다는 대답을 하자 바로 문을 열고 나가버리는 그를 보아야 했다.

"왜 그렇게 차가운 거예요. 조금만……, 아주 조금만 따뜻하게 대해줘도 되잖아요. 따뜻하게 안아준다고 해서 내 분수를 모르고 당신한테 빌붙지 않을 거란 말이에요. 내 주제 정도는 나도 안다고요."

그녀가 목이 터져라 고함을 지르며 죄 없는 침대만 두들겨대며 체력을 소모한 끝에야 겨우 터져버릴 것 같은 마음이 진정되었다. 힘이 다 빠져버린 화진은 철퍼덕 바닥에 주저앉아서 깨진 손거울만 멍하게 바라보았다.

"하나 남은 엄마의 유품인데……."

서글픈 눈물이 뺨을 적시자 거칠게 눈물을 닦은 화진은 자리에서 일어나 휴대폰의 전원을 켰다. 전원을 켜자마자 들어오는 문자메시지에 희미한 미소를 짓고는 일일이 확인하는 화진의 눈빛이 조금씩 반짝거렸다.

가장 친한 친구인 승미의 문자메시지를 확인한 화진은 망설이지 않고 번호를 꾹 눌렀다. 한 번의 신호음에 바로 전화를 받는 성질 급한 승미의 행동에 그녀의 얼굴 가득 미소가 피어올랐다.

"기집애야! 어떻게 된 거야? 연락도 없이 자취를 감춰버리면 어떻게 하자는 거야. 지금 너 때문에 나만 애들한테 욕 얻어먹고 있잖아."

"어, 미안해."

"지금 어디야? 집이야?"

"아, 아니. 잠깐 어디 좀 왔어."

더듬거리는 화진의 어색한 어조에 승미의 두 눈이 가늘어지면서 취조하는 말투로 질문들이 쏟아지기 시작했다.

"무슨 일로 보름 동안 연락이 되지 않았는지, 그리고 지금 어디에 있는지 당장 불어."

"일이 좀 생겨서 해결한다고 연락할 정신도 없었다."

"집으로 전화해도 받지도 않고, 아무리 휴대폰을 해도 음성메시지만 들려오고. 도대체 무슨 이유로 그런 거야?"

처음보다 조금은 누그러진 승미의 목소리에 화진의 입가가 살며시 위로 올라갔다.

"전화로 말하긴 너무 길고, 내가 학교에 나가면 그때 이야기해줄게."

"좋아. 무슨 일이 있으니까 연락도 끊고 있었겠지. 그럼 언제 학교에 나올 수 있는데?"

자신이 양보한다는 식으로 말하는 승미의 말투에 화진은 살포시 웃었다.

"지금 웃을 정신은 있어? 응?"

"정말 미안해. 내일 나갈 수 있는지 상황을 보고 전화할게. 정말 미안하다, 승미야!"

친구의 성격을 누구보다 잘 알고 있었기에 승미는 알았다는 대답을 하고는 다급하게 소리쳤다.

"참, 저번에 제출한 캐릭터 있잖아?"

"아! 검은 후예들."

"그래. 그 캐릭터가 너무 마음에 든다고 교수님이 계속 너만 찾고 계셔."

"그래?"

"응, 아주 마음에 드신대. 지금 교수님께서 운영하는 곳이 있잖아. 마음만 있다면 그곳에 넣어줄 생각도 하고 있는 것 같았어."

그 말에 그녀의 얼굴에 실망이 드리워졌다. 지금 자신은 그런 좋은 기회를 활용할 수가 없기 때문이었다.

"그렇구나. 나머지 이야기는 만나서 하도록 하자."

"알았다. 그럼 언제든지 나오면 꼭 전화하도록 해."

"응."

휴대폰을 내려놓는 그녀의 입가가 파르르 떨렸다.

'좋은 기회인데. 진작 그런 기회가 올 것이지.'

애써 드는 생각을 떨쳐버리고 화진이 문을 나섰다. 거실로 나가자 부엌에서 부산스럽게 움직이는 수진을 볼 수 있었다.

"안녕히 주무셨어요?"

미안함을 가득 담아서 인사를 건네자 활짝 웃는 얼굴로 자신을 맞아주는 수진의 모습에 비로소 그녀의 입에서 안도의 한숨이 새어나왔다.

"뭘 그렇게 미안한 표정을 지으세요? 그렇지 않아도 회장님께서 깨우지 말라고 하셨기 때문에 그냥 있었어요.”

새로운 사실에 놀란 화진이 얼른 표정을 바꾸고 말했다.

“아, 네.”

“첫날은 잘 보내셨지요?”

“네.”

“자, 그럼 오늘부터는 좀 부지런하게 움직이도록 해요. 저도 화진 양에게 가르쳐줄 게 너무 많아서요. 언제 이놈의 다리가 말썽을 부릴지 모르는 일이고.”

수진이 자신의 무릎을 손으로 툭툭 치면서 미소를 지었다.

“아, 맞다. 몸은 괜찮으세요?”

진심어린 표정으로 묻는 화진의 모습에 수진이 살짝 미소를 지었다.

‘착한 아가씨야. 이 아가씨로 인해 우리 불쌍한 회장님이 변한다면 얼마나 좋을까? 그럼 지금 죽어도 여한이 없을 텐데…….’

이상한 눈빛으로 자신을 바라보는 수진 때문에 화진이 어색한 미소를 지었다. 얼른 정신을 차린 수진이 괜찮다는 말을 하고는 몸을 돌렸다.

“음식 하는 것과 회장님 식성은 곁에서 지켜보면서 배우도록 하세요. 제가 볼 때는 화진 양도 상당히 손재주가 있는 것 같아서 크게 걱정은 없답니다. 그리고 하루에 두 시간씩 저한테 꽃꽂이를 배우면 될 것 같고요. 나머지는 제가 오늘 중으로 학원을 알아본 다음에 다시 화진 양에게 전해드릴게요. 아는 곳이 몇 군데 있는데 아무래도 자세히 알아보고 해야 할 것 같아서요. 참, 그리고 회장님께서는 휴일에는 간단하게 빵으로 때우시는 경우가 많거든요. 그러니 간단한 것은 화진 양이 직접 해드리도록 해요. 그저 재료만 만들어서 저 기계에 넣어 구우면 되니까. 손쉽게 할 수 있을 거예요.”

누구나 할 수 있다는 식으로 말하는 수진의 모습에 화진이 난감한 표정으로 쳐다보았다.

“이런, 정말 쉬워요. 그러니 그런 표정은 하지 마세요. 얼마든지 할 수 있는 일인데요 뭘. 그리고 오늘 청소부가 오고요, 내일은 정원사가 오는 날이니까 제가 인사시켜드릴게요. 혹시나 제가 없을 경우를 대비해서 이제는 화진 양이 맡아서 하는 걸로 연습을 해야 할 것 같아요. 그래야 제가 없어도 당황하지 않고 잘할 수 있지요.”

“네.”

막막함에 화진은 힘이 쭉 빠져버렸다.

그렇게 시작된 수진의 설명을 들으며 화진은 힘든 하루를 보내었다. 하루 종일 수진을 따라다니면서 보고 그녀가 하는 대로 실습도 해보았다. 실패를 거듭하자 터져 나오는 한숨소리가 커져만 갔다. 새어나오는 한숨을 겨우 참으며 뻣뻣한 어깨와 허리를 연신 두드렸다.

“애고, 허리 아프다.”

하루 종일 허리를 굽혀가며 일을 했더니 온몸이 망치로 두들겨 맞은 느낌이었다. 손을 모아쥐고 아픈 허리를 두드리자 조금은 시원한 느낌이 들었다.

한참 수진과 열심히 꽃꽂이를 하는 중에 갑자기 닥쳐온 통증으로 인하여 수진은 잠시 자신이 머물고 있는 집으로 돌아갔다. 걱정스러운 눈빛으로 가지 못하고 있는 수진을 겨우 달래서 보내고 그녀가 하던 일을 화진이 대신하고 있었던 것이었다. 아직은 그녀만큼 능숙하지 못한 솜씨라서 몇 배로 힘든 일이었다. 까다로운 준영의 입맛에 맞게 음식도 해야 했고, 점심때 함께 연습했던 꽃꽂이도 치워야 했던 그녀에게는 너무 많은 일들이었다.

해질녘이 되어서야 겨우 모든 일들을 마무리하고 한숨을 돌렸다. 퇴근한다는 비서의 연락을 받은 후라 더욱더 긴장이 되었다. 깔끔하게 차려진 식탁을 바라보면서 화진은 자신의 대견함에 눈시울이 붉어졌다.

“음! 아줌마랑 아주 비슷한데. 이렇게 보니까 누가 했는지도 모르겠네. 역시 나도 음식 만드는 재주가 있는가 봐. 호호호, 어쩜 이리도 잘 만드는지 원! 아주 재주를 타고났어요.”

화진이 자화자찬을 하면서 연방 고개를 끄덕였다.

"근데 이게 바로 현대판 신데렐라 같다는 말씀. 호호호, 맞지?"

혼자 말하고 혼자 대답하면서 화진은 다시 깔깔거리며 웃었다.

"음! 그럼 나를 괴롭히는 언니는 누구지?"

턱에 손을 올리고 곰곰이 생각을 해보았지만 아무도 없다는 결론이 내려지자 화진은 새치름한 표정을 짓고는 다시 한 번 더 신중하게 머릿속에 떠올려보았다.

"아무리 생각을 해도 없군. 하지만 계모가 있으니까 꿩 대신 닭이지 뭐. 착하고 어여쁘고 귀여운 신데렐라를 질투하고 시기해서 무진장 괴롭히는 사람은 바로 준영 씨! 오호호호! 질투쟁이 준영은 예쁜 신데렐라를 괴롭히는 계모래요."

자신이 생각해도 우스웠던지 손뼉까지 치면서 웃던 화진은 한 바퀴 몸을 빙그르르 돌더니 멋지게 착지자세를 보이고는 다시 웃음을 터뜨렸다. 그녀의 뒤로 준영과 정 실장이 다가오고 있었지만 눈치를 채지 못한 화진은 분위기에 취해서 혼자 신나게 떠들어대고 있었다.

너무 웃어서 눈가에 생긴 눈물을 닦으며 몸을 돌린 화진은 그대로 석고상처럼 굳어져버렸다. 정 실장과 준영이 바로 입구에 서 있는 모습에 하늘이 노래지는 것을 느낀 화진이 기도하듯 조용히 눈을 감았다 떴지만 여전히 두 사람은 그곳에 서 있었다.

화진의 모습에 준영은 어이없는 표정을 지으며 쳐다보고 있었고 정 실장은 웃음을 억지로 참고 있는지 목덜미까지 벌게져 있었다.

당황한 화진이 어색하게 고개를 숙이며 인사를 건넸다.

"어, 오셨습니까?"

엉거주춤한 자세로 황급히 허리까지 고개를 숙이는 그녀의 모습에 참고 있던 정 실장의 입에서 웃음이 터져 나와버렸다.

"풋, 하하하."

고개까지 뒤로 젖히며 웃는 정 실장의 얼굴을 준영이 날카롭게 째려보았지만 그 매서운 눈빛도 지금은 통하지 않는지 정 실장의 웃음은 쉽게 멈추어지지 않았다. 눈물까지 흘려가며 웃고 있는 정 실장의 모습에 화진은 더 이상 붉어질 수 없을 정도로 온몸이 벌게져갔다.

"저……."

화진이 어색하게 손을 들어 미친 듯이 웃고 있는 정 실장의 옷깃을 잡아당겨 보았지만, 좀체 웃음을 멈추지 않는 그가 야속해서 눈가가 떨려왔다.

"그만 좀 웃죠."

싸늘한 화진의 음성에 겨우 진정이 된 정 실장이 눈가에 대롱거리는 눈물을 훔치며 헐떡거리는 숨결로 사과의 말을 했다.

"정, 정말 미안하군요. 하지만 너무 웃겨서 나도 모르게……. 풋!"

다시 화진의 얼굴을 본 정 실장이 웃었고, 그런 그를 바라보고 있던 화진의 얼굴은 처음보다 더 심하게 벌게져버렸다.

그 모습을 바라보고 있던 준영의 얼굴에 처음으로 편안한 미소가 드리워져갔다.

'사랑스럽군.'

평상시보다 더 빠르게 뛰는 심장 소리를 들으며 침실로 들어간 그는 거칠어진 숨결을 고르며 의자에 멍하니 앉아 있었다. 자신을 따라 들어온 화진을 본 준영의 눈빛이 욕정으로 번들거리고 있었다. 그 모습을 본 화진의 눈매가 가늘어졌다.

"옷 받아줄게요."

애써 모른 척하고 손을 척 내밀었지만 한참을 기다려도 옷을 갈아입을 생각도 하지 않고 있는 준영을 보면서 화진이 미간을 좁혔다.

"뭐 해요?"

"혼자 노는 것에 익숙한 사람 같더군."

좀 전의 일을 말하고 있다는 것을 알고 있으면서도 모른 척 고개를 돌려버리는 그녀의 새침한 모습에 준영의 입가가 자신도 모르게 원을 그리듯 부드러워졌다.

"훗, 처음 모습으로는 상상도 되지 않는 행동들을 보여주는군."

"처음 제 모습이 어땠는데요?"

"순진한 아가씨, 순수함으로 무장한 아가씨, 곱게만 자란 아가씨."

그가 열거한 말에 화진은 피식 웃고 말았다.

"아버지는 제가 그런 아가씨로 자라길 바랐지요. 순수한 모습만 간직하고 있는 딸로 자랐으면 했지만, 현실은 그렇지 않았어요. 행복한 가정에서 자란 아이들도 순수함을 간직하기 힘든데 하물며 엄마가 없는 제가 그런 순수함을 간직할 수 있을까요?"

쓸쓸함이 잔뜩 묻어 있는 그녀의 음성에 준영의 눈썹이 꿈틀거리며 위로 올라갔다. 차분한 눈길로 자신을 바라보고 서 있는 준영을 보면서 화진은 다가서고 싶은 마음을 억누르며 다시 손을 내밀었다.

"옷 주세요."

"아! 그러지."

재킷과 넥타이, 와이셔츠를 차례로 벗은 그가 그녀의 손 위에 옷을 올려놓으며 이유를 묻는 듯한 시선을 던지고 있었다.

"훗, 어른보다 어린애들이 더 잔인해요. 그게 다른 사람에게 상처가 된다는 것을 모르니까요. 그래서 더 잔인해질 수도 있는 것이 어린아이들이랍니다. 부모들은 엄마가 없다는 이유로 자신의 아이들이 나와 어울리는 걸 꺼려했고, 그런 그들의 태도에 애들 또한 그렇게 행동했으니까요. 그래서 본의 아니게 습관이 된 혼자 놀기."

겉으로는 웃고 있었지만 그녀가 속으로 울고 있다는 것을 알고 있는 준영의 얼굴이 어두워졌다. 해맑은 미소를 지으며 상대를 편안하게 만들어주는 그녀였지만 속으로는 아픔을 삼키고 있는 의외의 모습을 보자 준영은 또다시 한쪽 가슴이 욱신거리기 시작했다.

거친 숨을 몰아쉬며 가슴을 움켜잡고 있는 그의 모습에 당황한 화진이 다가오려고 하자 준영이 거칠게 뿌리쳐버렸다.

“더 이상 다가오지 마.”

찬바람이 일 듯이 소리치는 준영의 냉정한 모습에 다가가려던 화진은 발걸음을 멈추고 들고 있던 옷들을 욕실 안에 있는 세탁 망에 던져버리고는 거실로 나가버렸다.

소파에 앉아서 두 사람이 나오기만을 기다리고 있던 정 실장은 상처받은 눈빛으로 부엌에 들어가는 화진을 보고는 인상을 구겼다.

울지 않기 위해서 입술을 꼭 깨물고 서둘러 식탁을 차렸지만, 서러운 마음이 사라지지 않았다. 화진은 수진이 한 것처럼 깔끔한 접시와 그릇에 반찬을 담고는 갓 지은 밥을 퍼서 식탁에 차리고, 맛깔스럽게 끓인 국을 그 옆에 가지런히 놓았다. 그리고 색깔에 맞추어 수저를 놓는 것으로 마무리했다.

화진이 거실로 나가자 이미 평상복으로 갈아입은 준영이 거실 소파에 앉아 있는 정 실장에게 서류 하나를 건네주고 있었다.

“여기 있어. 필요한 서류는 다 들어 있으니까 알아서 준비하도록 해.”

“알았어. 근데 나도 밥 먹고 가면 안 될까?”

웃음이 담긴 정 실장의 눈빛에 준영의 이마가 찡그려졌다.

“그냥 좀 가라. 너는 집에서 예쁜 마누라가 기다리고 있는데 왜 자꾸 여기서 밥을 먹고 그래?”

“날 이리도 박대하다니, 서러워서 살 수가 없구나!”

사극 흉내를 내면서 눈물까지 글썽거리는 정 실장의 행동에 준영은 진저리를 쳤다.

“하여튼, 사내놈이 그렇게 연기를 잘해서 뭣에 쓰려고.”

“내 취미생활이다.”

“미친놈.”

“어, 그냥 갈란다. 네놈의 욕설을 더 듣기 전에 가야지.”

두툼한 서류 봉투를 가방에 넣고는 자리에서 일어난 정 실장은 부엌에서 나오는 그녀와 눈이 마주쳤다.

"그럼 화진 씨, 다음에 뵙도록 해요."

"어, 그냥 가시게요. 저녁 드시고 가세요."

"됐어요. 저놈이 저녁을 안 준다고 하네요. 그래서 배가 고파서 죽을 것 같지만 그냥 가렵니다."

과장된 정 실장의 모습에 준영은 어이없는 눈빛으로 쏘아보았지만, 그녀에게는 그 눈빛이 통했는지 화진은 가려는 정 실장의 옷깃을 잡으며 살짝 당겼다.

"그러지 말고 드시고 가세요."

"정말요?"

정 실장이 오직 여자에게만 짓는 미소를 얼굴 가득 지으며 그녀를 바라보았다.

정 실장의 유쾌한 모습에 화진이 환한 미소로 답례하자 그 모습을 보고 있던 준영의 속이 꼬여갔다.

"힘들게 오셨으니 식사라도 하시고 가세요."

"이렇게 절 생각해주시다니 황송해서 눈물이……. 그럼 실례인 줄 알지만 먹고 갈게요."

그런 두 사람의 모습에 눈살을 구기고 있던 준영이 매몰차게 소리쳤다.

"웃기지 말고 집에 가서 예쁜 마누라랑 밥 먹어라."

준영의 차가운 말에도 정 실장은 듣지 못한 사람처럼 쫄랑쫄랑 화진의 뒤를 따라 부엌으로 들어갔다. 준영이 그런 그를 죽일 듯이 노려보았지만 소용이 없었다.

'준영아! 네놈한테 어울리는 여자 같다. 제발 저 순수함에 네가 물들기를 간절히 바란다. 저 맑은 눈빛에 네가 빠져서 허우적거리길 내가 밤마다 기도하마. 그래서 이제 행복이라는 것도 느끼면서 살기를 바란다. 이 불쌍한 중생아!'

"그럼 식사하세요."

깔끔하게 차려진 식탁에 자리를 잡고 앉은 정 실장이 허겁지겁 밥을 먹는 모습에 그녀의 입가가 부드럽게 펴졌다.

"아주머니는?"

"갑자기 몸이 아프서서 제가 쉬라고 했어요."

"음! 그건 잘했군."

자신보다 아주머니를 더 걱정하는 그의 모습에 화진은 서운함이 밀려왔다.

깔끔하면서도 정갈하게 차려진 식탁을 바라보는 준영의 얼굴에 흐뭇한 미소가 어리다가 순식간에 사라졌다. 자리에 앉자마자 숟가락을 들고 화진이 직접 한 밥을 떠먹었다. 진밥도 된밥도 아닌 것이 준영의 입에 딱 맞았다.

우아한 동작으로 젓가락을 들고는 여러 가지 반찬들을 일일이 맛보는 준영의 모습을 화진이 긴장된 표정으로 바라보고 있었다. 그런 두 사람의 모습을 정 실장은 가만히 쳐다보고 있었다.

"음!"

한참 동안 식사를 하던 준영의 입에서 탄성이 흘러나오자 화진은 그제야 긴장한 몸을 풀었다. 탄성으로 끝나버린 준영의 매정함을 참다못한 정 실장이 칭찬을 유도했다.

"맛있지? 정말 대단한 솜씨인데요."

"그런 것 같군."

"제발 너도 칭찬이라는 것도 좀 해줘라. 어디 너 무서워서 밥이라도 잘 먹겠나? 사람이 어느 정도 야들한 맛도 있어야지. 언제까지 그러면서 살 거냐? 그렇게 살면 평생 혼자 수절하면서 살아야 할 거다."

그의 핀잔에 준영의 입이 씰룩거려졌다.

"평생 수절하면서 혼자 살 거다."

준영의 말에 바쁘게 젓가락을 놀리던 정 실장이 굳어진 표정을 지으며 수저를 내려놓았다. 그리고는 진지한 눈빛으로 준영을 빤히 바라보는 것이었다.

"그만해라. 언제까지 제수씨한테 매달려 있을 거냐? 네가 그렇게 잡고 있어서 제수씨 좋은 곳으로 가지도 못하겠다. 그만 제수씨도 놓아주고, 너도 미련을 버리도록 해."

"그만해."

준영의 차가운 외침에도 정 실장은 하던 말을 멈추지 않았다.

"세월이 많이 흘렀다. 십오 년이라는 세월이 흘렀단 말이다. 제발 그만 좀 해라. 그놈의 청승도 이제는 지겹다."

그의 한탄에 준영의 눈빛이 어두워졌다.

"잊을 수만 있었다면 진작 잊었다. 더 이상 남 앞에서 말하지 말았으면 한다."

준영의 그 말에 화진의 얼굴이 한순간 창백해져버렸다.

'남이라!'

들고 있던 숟가락이 떨려오자 화진은 얼른 숟가락을 놓고는 곁에 있는 물잔을 들고 마셨다. 그런 그녀의 행동을 정 실장이 안타까운 눈빛으로 바라보고 있었다.

"미안해요, 화진 씨!"

"아니요. 괜찮아요. 그럼 저는 잠시 할 일이 있어서……."

화진이 두 사람을 위해 자리를 비켜주려고 서둘러 부엌을 벗어났다. 그녀의 뒷모습을 알 수 없는 눈빛으로 바라보는 준영을 향해 정 실장이 다시 투덜거렸다.

"지금 네가 보여주고 있는 행동은 뭔데? 그렇게 불타는 눈빛으로 바라보는 주제에. 저 여자는 내 것이라는 표정을 짓고 있는 주제에. 가증스럽다, 최준영! 지난 사랑 때문에 지금 다가오는 사랑을 놓치는 미련한 짓은 하지 말았으면 한다. 이건 친구로서 너한테 충고하는 거다."

화가 난 음성으로 소리친 정 실장은 다 먹지도 않은 밥을 팽개치고 나가버렸다. 요란한 소리를 내면서 가버리는 정 실장의 모습에 준영의 입가가 굳어져버렸다.

‘나도 안다. 이게 얼마나 미련한 짓인지 나도 안다. 만수야! 하지만 나는 잊을 수가 없다. 그녀의 얼굴을……. 그리고 사랑하는 그녀의 뱃속에서 자라고 있었던 내 아기를 말이다.’

반도 먹지 않은 밥공기를 바라보면서 준영은 이마를 문질렀다.

그가 터져 나오는 한숨을 내쉬자 화진이 창백한 얼굴로 다가왔다.

“어, 실장님은?”

“갔어.”

“아, 네.”

“앉아서 식사하지. 혼자 먹는 것도 별로 좋지 않군.”

“그럼 그렇게 할게요.”

애써 태연한 듯 그녀가 미소를 지어 보이자, 갑자기 준영은 숨이 막혀 왔다. 느끼고 싶지 않은 감정이 밑바닥에서부터 올라오는 느낌에 양 어금니를 꽉 깨물었다.

‘절대로 그런 일은 없어. 유아를 담은 심장에 다른 여자를 담지는 않을 거야.’

다짐을 하는 준영의 눈빛이 어둡게 빛났다.

갑자기 험악한 인상을 짓는 준영의 모습에 화진도 긴장된 표정으로 그를 살폈다. 혹시라도 뭔가가 마음에 들지 않는다고 질책할 때까지 기다렸지만 준영은 아무런 말도 없이 다시 수저를 들었다.

그 모습을 확인한 화진은 안도의 한숨과 함께 자신도 수저를 들어 식사를 하기 시작했다. 조심스러운 동작들을 구사해가면서 반찬들을 집어먹었다. 자신이 가장 좋아하는 조기구이가 눈에 보여 자신도 모르게 젓가락이 그곳만 향해서 가고 있었다. 하지만 먼저 조기구이에 젓가락을 두고 있던 준영을 보지 못한 화진의 젓가락이 그의 젓가락과 부딪쳤다. 깜짝 놀라 화진이 얼른 젓가락을 거두면서 고개를 숙였다.

“정말 죄송해요, 회장님!”

“언제까지 그런 호칭으로 말할 텐가?”

"에, 저는 그냥."

"그냥 편하게 부르도록 해. 괜히 그 호칭이 더 사람 신경 쓰이게 만드니까."

"그럼 뭐라고……."

머뭇거리는 화진의 모습에 준영이 얼굴을 들어 그녀를 빤히 쳐다보면서 부드럽게 속삭였다.

"준영 씨."

"네?"

상상해보지도 않았던 말에 놀란 그녀가 먼저 말이 나와버렸다. 그런 그녀의 모습에 준영의 눈썹이 심하게 꿈틀거렸다.

'뭐야! 저 표정은.'

그런 호칭은 말도 되지 않는다는 듯한 표정으로 자신을 바라보고 있는 화진의 모습에 준영은 괜히 심술이 났다. 아무리 나이 차이가 많이 나지만 저렇게까지 경악할 필요까지는 없는 일이었기 때문이었다. 괜한 오기에 준영의 목소리가 더욱더 차가워졌다.

"준영 씨."

다시 소리치는 그의 말에 화진은 분위기가 더 험악해지지 않기 위해서 고개를 끄덕였다.

"네."

"네, 준영 씨."

바로잡아주는 그의 말에 화진의 입가가 미세하게 떨려왔다. 그가 다시 반복하지 않고 있는 자신을 노려보고 있자 화진은 어쩔 수 없다는 듯 한숨과 함께 말을 내뱉었다.

"네, 준영 씨."

화진의 입을 통해서 들려온 자신의 이름에 몸이 움찔거려졌다. 너무나 듣기 좋은 화진의 목소리를 그는 또다시 듣고 싶은 충동이 일었다.

"몸은 괜찮고?"

상냥하게 물어주었지만 웬일이냐는 식으로 바라보는 화진의 표정에 준
영은 다시금 기분이 나빠져 버렸다.

"네."

"네, 준영 씨."

화진의 입에서 나오는 자신의 이름을 듣고 싶었던 준영이 심술을 부리
듯 소리치자 바로 대답이 날아왔다.

"네, 준영 씨."

빠르게 다시 대답을 하는 그녀의 모습에 그의 얼굴에서 흐뭇한 미소가
생겨났다.

'웃을 때마다 사람이 달라 보이는군. 저렇게 멋진데 좀 웃고 살지!'

수저를 내려놓는 그를 바라보고는 화진도 살며시 수저를 내려놓았다.

"과일 깎아드릴까요?"

제발 그가 과일을 먹지 않았으면 하는 바람이 그녀의 얼굴에 나타났는
지 조금 인상을 구긴 준영이 고개를 젓는 것을 볼 수 있었다.

화진이 안도의 한숨을 내쉬며 그를 따라 침실로 들어섰다. 샤워를 하
지 않고 바로 옷을 갈아입었는지 다시 옷을 벗는 그를 멍하니 바라보고
있었다. 다른 사람이 있다는 것을 알면서도 당당하게 옷을 벗고 있는 준
영을 보면서 화진은 흐뭇함에 흘러내리는 침을 쓱 닦으며 침대 위에 앉
아서 감상하기 시작했다. 하나씩 벗던 옷들이 떨어지면서 속옷만 입고 있
는 준영의 멋진 몸매에 몽롱해져가는 자신을 느낄 수 있었다.

"감상은 끝났나?"

멍하니 눈이 풀린 자세로 바라보고 있는 자신의 귓가를 때리는 목소리
에 놀라 그녀가 급히 정신을 차리고는 그를 올려다보았다.

"무슨……."

"그런 눈빛으로 내 몸을 보고 있는데 모를 수가 없지. 마음에 들고?"

"네."

엉겁결에 대답을 하고는 자신도 놀라 얼른 고개를 숙이는 그녀를 보면

서 준영은 즐거운 미소가 입가에 걸렸다.

"마음에 들었다니 다행이군. 나는 또 내심 걱정을 했는데 말이야."

자신의 웃음 섞인 말투에 의아한 듯 고개를 갸웃거리며 바라보는 화진을 보면서 준영이 되묻는 듯한 표정을 지으며 쳐다보았다.

"의외의 모습이라서요."

"의외?"

"네, 처음 당신을 봤을 때는 바늘로 찔러도 피 한 방울 나지 않을 것 같았거든요. 그런데 많이 달라 보여요."

"훗, 그건 당신도 매한가지지."

"하긴 그렇긴 하네요. 그럼 피장파장이네요."

순진하게 웃는 화진을 보면서 준영은 점점 자신이 그녀에게 물들어가고 있다는 사실을 뼈저리게 느꼈지만 왠지 그 느낌에 자신을 묻어버리고 싶었다. 지난 세월 동안 줄곧 무표정하게 지내온 그였지만, 화진을 만나고 난 후부터는 얼굴에서 미소가 사라지지 않고 있었다. 단 이틀 동안 그녀와 함께하면서 웃었던 웃음이 지난 십 년 동안 웃었던 횟수보다 더 많다는 사실에 놀라지 않을 수 없었다. 어디로 튈지 모르는 공처럼 통통거리며 튀는 화진을 보면서 준영은 죄여오는 가슴을 다스릴 길이 없었다.

샤워를 하는 내내 그녀를 갖고 싶은 욕망 때문에 자신의 분신이 수그러들지 않고 있었다. 하늘 높은지 모르게 솟아 있는 분신을 겨우 잠재우고는 샤워를 마친 준영은 하체만 살짝 가리고 밖으로 나갔다.

의자에 앉아서 무엇을 하는지 테이블 위에 머리를 박고 있는 화진의 모습에 살며시 다가가 아래를 내려다보았다. 그림을 그리고 있는지 여기저기 스케치한 모습이 눈에 들어왔다.

"뭐 하는 거야?"

갑작스러운 기척에 놀라 고개를 드는 바람에 그녀를 내려다보고 있던 준영의 턱을 그녀가 머리로 박아버렸다.

"악!"

놀란 준영이 아픈 턱을 매만지며 바닥으로 엉덩방아를 찧고 말았다.

"어머! 괜찮아요?"

화진이 냉큼 자리에서 일어나 바닥에 흉측하게 쓰러져 있는 준영의 손을 잡아 일으켜 세웠다.

"갑자기 그렇게 머리를 쳐들면 어떻게 해."

신경질적인 준영의 고함소리에 화진은 입을 이죽거리며 사과했다.

"미안해요. 당신이 갑자기 소리를 내니까 놀래서 그랬잖아요."

"됐어."

준영이 짜증스럽게 조금 풀어진 수건을 매만지고는 의자에 앉았다. 뚫어지게 바라보는 화진의 눈길에 준영도 고개를 들어 그녀를 쳐다보았다.

"매사에 그렇게 신경질적이에요?"

"뭐?"

"다른 사람에 비해서 짜증도 많이 내고, 그리고 툭하면 신경질을 내잖아요."

"내, 내가 언제?"

그녀 앞에서만은 자신의 감정을 조절하지 못하는 것을 느끼며 준영은 또다시 짜증이 밀려와 앞으로 흘러내린 머리카락을 거칠게 쓸어 넘겼다.

"하긴 그런 큰 회사를 경영하려면 얼마나 스트레스를 많이 받겠어요. 그래서 사람이 좀 이상한 쪽으로 변하나 봐요."

자신을 정신병자 취급하는 화진의 말투가 귀에 거슬린 준영은 평상시의 페이스를 되찾으며 차갑게 쏘아붙였다.

"건방지게 굴지 않았으면 좋겠군. 지금 당신 모습은 아주 건방지거든."

싫은 내색을 팍팍 내며 말하는 준영을 말없이 바라보고 있던 화진의 눈빛이 휘청거리며 흔들렸다.

"아, 잠시 내 주제를 잊고 있었군요. 다시 상기시켜줘서 고마워요."

스케치북을 덮고 자리에서 일어난 화진이 그의 앞에 서더니 조용히 물었다.

“그럼 뭘 해야 하죠? 아니면 오늘 일은 끝난 건가요?”

상처받은 마음을 감추는 방법은 오직 한 가지라는 생각에 더 당당한 표정을 지으며 앞에 서자, 그런 화진의 모습을 바라보고 있던 준영이 억세게 허리를 감아왔다.

“어머!”

“갖고 싶어.”

귓가에 속삭이는 준영의 허스키한 목소리에 화진은 갑자기 두 다리가 떨려왔다. 사뿐하게 의자에 앉아 있는 자신 위로 그녀를 앉히면서 자신이 얼마나 흥분했는지를 고스란히 느낄 수 있게 밀착시켰다.

“느껴지나?”

느끼한 그의 말에 화진은 어떠한 말도 하지 못하고 얼굴을 붉혀야 했다. 자꾸만 고개를 숙이는 화진의 턱을 손으로 잡아들게 만들었다.

“나만 봐. 시선을 내리지도 말고, 나만 봐. 당신을 안고 있는 남자가 누구인지를 보라고.”

빠르게 그의 입술이 내려와 그녀의 입술을 삼켜버렸다. 모든 것을 다 빨아들이겠다는 듯이 힘차게 그녀를 빨아대고 있는 준영의 힘 앞에 화진은 무너져버렸다. 모든 것을 다 태워버릴 것같이 맹렬한 기세로 자신을 덮치는 그를 보면서 살포시 눈을 감았다.

*　　*　　*

화진이 땀으로 번들거리는 그의 등을 부드럽게 쓸어내리자 그가 살짝 인상을 찌푸렸다.

“따갑군.”

그의 말을 이해하지 못한 그녀가 나른한 눈을 들어 쳐다보자 능글거리는 음성으로 준영이 속삭였다.

“당신이 절정을 느끼며 내 등에 수십 개의 손톱자국을 남겨서 그래.”

그의 말에 믿을 수 없다는 눈빛을 보내는 화진의 모습에 준영은 웃음을 터뜨렸다.

"이런, 믿지 못하는군. 직접 증거를 보여주어야겠군."

"무슨…….”

벌게진 얼굴을 숨기기 위해서 침대로 고개를 파묻는 그녀의 행동에 준영은 가슴까지 들썩거리며 웃었다.

"하하하, 얼굴만 가린다고 다 가려지나? 완전히 초등학생 수준인데.”

"몰라요.”

"여화진!”

갑자기 준영이 자신의 이름을 부르자 화진은 얼굴을 가리고 있던 손을 내려놓으며 시선을 맞추었다.

"네.”

"원하는 것이 있으면 말해. 당신이 필요로 하는 건 다 해주도록 하지.”

준영의 말에 미소 짓고 있던 그녀의 얼굴이 서서히 굳어지기 시작했다. 자신의 처지를 일깨워주는 듯한 그의 말에 화진은 상처받은 눈빛을 들키지 않기 위해서 고개를 돌렸다.

"없어요.”

"정말이야? 괜히 나중에 후회하지 말고 지금 기분이 굉장히 좋을 때 말해.”

"정말 없습니다.”

"지금은 없을지 몰라도 나중에는 생길 수 있으니까.”

벌거벗은 몸으로 침대에서 일어난 준영이 당당하게 테이블로 걸어가 그 위에 놓아둔 지갑을 열어 수표를 꺼내 올려놓았다. 그의 행동을 지켜보고 있던 화진의 얼굴이 순식간에 창백해져버렸다.

"그게 뭐죠?”

"필요한 거 있으면 사도록 해. 없다고 하니까 이렇게밖에 할 수가 없네.”

미소 짓고 있는 준영의 얼굴을 멍한 눈길로 바라본 화진은 송곳으로 가슴을 콕콕 찔러대는 아픔에 눈을 질끈 감았다가 다시 떴다.

'난 이런 걸 바라지 않는데. 그저 따뜻한 말 한마디만 해주면 되는데 그게 그렇게 어렵나요? 바보 같은 사람.'

"화대인가요? 오늘 내가 당신께 봉사해서 주는 화대 말이에요."

그녀의 차가운 말에 준영은 이마에 주름을 잡으며 뚫어져라 그녀를 쳐다보며 고개를 갸웃거렸다.

몇 분 동안 서로를 바라보던 시선이 서서히 떨어지며 냉기가 짜르르 흘렀다.

"생각하기 나름이겠지. 화대라는 생각이 들면 그렇게 받아도 돼. 어차피 나는 상관없으니까."

그런 게 아니라고 말해줄 거라 생각하고 있던 화진에게 그 말은 충격으로 다가왔다. 미처 상처받은 눈빛을 숨기지 못한 채 쳐다보자, 준영은 자신이 나쁜 놈이 되어버린 것 같은 생각이 들었다. 두 번 다시는 이런 감정에 휘둘리지 않겠다고 다짐한 그였기에 이런 기분이 드는 것 자체가 짜증이 났다.

"그렇군요. 제, 제가 잠시 착각을 했군요."

떨리는 그녀의 목소리에 준영이 몸을 돌렸다. 무심한 눈길로 자신을 바라보고 서 있는 그의 모습에 화진은 서러움이 북받쳐왔다.

화진은 테이블 옆에 서 있는 그를 지나쳐 가운을 걸치고 욕실로 들어가 버렸다. 떨리는 몸을 양팔로 감싸 안고는 욕실 바닥에 주저앉아버렸다. 흐느낌이 새어나오자 무릎 사이에 얼굴을 묻어버렸다.

'절대로 두 번 다시는 당신한테 우는 모습을 보이지 않을 거예요. 이제부터 시작이니까. 이런 삶을 내가 선택했으니까. 담담하게 받아들일 거예요. 당신한테 어떤 것도 바라지 않을 거예요. 당신이 주는 것들을 아무 감정 없이, 아무 상처 없이 받을 거예요. 그렇게 2년을 버틸 거예요. 이렇게 상처받지도, 서러움에 눈물도 흘리지 않아요. 절, 절대로…… 오늘만.

정말 오늘만……'

새하얀 그녀의 뺨으로 하염없이 눈물이 흘러내렸다. 끝도 없이 흘러내리는 눈물 때문에 한 시간 동안 욕실에 있어야 했다.

겨우 흘러내리던 눈물이 멈추자 그제야 화진은 몸을 일으키고 샤워기 아래에 섰다. 차가운 물로 온몸을 씻고는 벽에 부탁되어 있는 거울에 자신을 비추어 보았다. 온몸이 그의 흔적으로 가득했다. 특히 목덜미와 가슴 쪽에 수없이 많이 새겨진 키스 마크들을 보고 그녀의 얼굴이 다시 붉어져버렸다. 벌게진 자신의 눈동자를 바라보면서 한심스러워 피식 웃음이 절로 나왔다.

'바보구나. 여화진! 바보.'

거울 속에 보이는 자신의 얼굴을 한 대 쥐어박고는 화진은 서글픈 미소를 지으며 가운을 걸치고 밖으로 나왔다.

침대에 편안하게 누워 있는 그를 본 화진은 최대한 그에게서 떨어진 곳에 몸을 눕히며 어서 잠들기만을 마음속으로 기도했다. 간절한 기도에 하나님도 그녀를 불쌍하게 여겼는지 몇 분도 채 되기 전에 꿈나라로 여행을 떠날 수 있었다.

 서로를 느끼다

요란한 알람 소리에 깜짝 놀라 눈을 번쩍 떴다. 그리고는 침대 끝에 잠들어 있는 준영을 바라보았다. 손만 뻗으면 닿을 거리에 있는 알람시계를 얼른 끄고는 미리 내어놓은 옷을 걸쳤다. 밖으로 나가자 아픈 기색이 사라진 수진이 부엌에서 아침을 준비하고 있었다. 다가오는 화진의 모습에 그녀가 미안한 표정으로 고개를 숙였다.

"어제는 저 때문에 괜히 화진 양이 많이 고생했네요."

"어머! 아니에요. 그 무슨 말씀이세요."

손까지 내저으며 소리치는 화진의 맑은 모습에 수진의 얼굴에 미소가 피어올랐다. 그런 수진이 가만히 화진의 목을 바라보고 있었다. 너무 빤히 쳐다보는 그녀의 시선에 화진의 얼굴이 붉어졌다.

"흠! 저, 화진 양."

화진이 어색한 미소를 지으며 말하는 수진을 가만히 바라보았다.

"목에 뭐라도 좀 하시는 것이⋯⋯."

그 말에 화진은 벌게진 얼굴로 황급히 거실에 마련되어 있는 욕실로 뛰어들어가 거울을 보았다. 목 주위에 온통 불긋불긋한 자국들이 만들어져 있었다. 화끈거리는 양 볼에 손을 대며 그녀가 민망함에 고개를 숙였다.

"어휴, 어떻게 해."

수진을 보기가 민망해서 화진이 욕실 문을 잡았다가 놓기를 수십 번 반복하고 있을 뿐이었다. 수진은 자신이 사용하고 있는 방으로 가 예전에 며느리한테 받은 예쁜 스카프를 들고 왔다. 하지만 아무리 기다려도 화진이 나오지 않자 걱정스러움에 욕실 문을 노크했다. 그러자 깜짝 놀란 화진이 문을 열었다.

"이런, 깜짝 놀랐어요."

수진의 말에 화진이 얼른 뒤로 물러섰다.

"죄송해요."

온통 붉은 물이 들여져 있는 순수한 화진의 얼굴을 바라보면서 수진은 미소를 지을 수밖에 없었다. 웃는 수진을 바라보는 화진의 얼굴이 더욱더 벌게져버렸다.

"이거."

너무 예쁜 스카프를 내미는 수진의 씀씀이에 고마워 화진은 눈물이 핑 돌았다.

"감사해요."

떨리는 손으로 그녀가 스카프를 받으려고 하자 수진이 직접 그녀 몸에 예쁘게 감아주었다.

"사람은 말이죠, 여러 가지 분류가 있는 것 같아요. 만나자마자 호감이 가는 사람이 있는 반면에 만나면 만날수록 그렇지 못한 사람도 있고요. 그리고 처음부터 호감이 가지 않는 사람도 있고요. 그런 면에서 볼 때 화진 양은 처음 보자마자 호감이 갔어요. 하나라도 더 해주고 싶은 마음이 생겨요. 보고 있으면 내가 꼭 엄마가 된 것 같은 기분이랄까? 하여튼 그런 기분이 들어요. 그래서 보호해주고 싶고 하나라도 더 가르쳐주고 싶고 그래요.”

수진의 말에 화진의 눈가에 눈물이 글썽거렸다. 그런 그녀의 모습에 수진이 놀란 표정으로 쳐다보았다.

“이런, 제가 주제넘었군요.”

“아니에요. 저는요, 엄마의 사랑을 받아보지 못했거든요. 일찍 어머니가 돌아가시는 바람에요.”

“아! 그렇군요.”

“그래서 이렇게 저한테 잘해주시고 그러면 막 눈물이 나와버려요. 아무리 울지 않으려고 해도 조절이 되지 않아요.”

“이런, 울보 아가씨였군요.”

“헤헤, 네.”

“강해지셔야 하는데…….”

수진은 안타까운 눈빛으로 화진을 바라보았다. 쑥스러운 듯 고개를 숙이는 화진의 귀여운 모습에 수진은 웃음을 터뜨렸다. 오랜만에 집안에 웃음이 맴돌자 행복감이 몰려왔다.

“그럼 아침을 차려볼까요?”

화진이 힘차게 고개를 끄덕였다.

제법 익숙한 손놀림으로 화진은 식탁에 반찬을 놓고는 수진이 건네주는 밥그릇을 소리가 나지 않게 놓았다. 간단하게 차려진 식탁을 둘러보면서 준영이 어떤 식성을 가지고 있는지 머릿속에 외워두었다.

일곱 시가 되자 깔끔하게 차려입은 준영이 안방 문을 열고 나왔다. 한 점 흐트러짐 없는 준영의 모습에 화진의 얼굴이 우울해졌다.

‘저 사람은 바닥에 쓰러지는 한이 있더라도 머리카락 하나 흐트러지지 않을 거야.’

자신감이 묻어나는 당당한 걸음걸이로 부엌에 들어서는 준영의 모습을 바라보고 있던 화진은 얼른 정신을 차리고 그 앞에 물잔을 놔주었다.

“당신도 앉아서 식사하지.”

그의 말에 화진은 고개를 내저었다.

"죄송하지만, 저는 아침을 먹지 않아요."

의아한 듯 쳐다보는 준영의 시선에 화진이 말을 이었다.

"아침을 먹으면 소화가 되지를 않아요."

"음! 그럼 할 수 없고."

대답을 듣고서도 무심한 태도를 보이는 그의 태도에 화진은 좀 서운한 마음이 들었다. 야속한 눈빛으로 그를 쳐다보고 있자 수진이 그 모습을 보고는 찡긋 미소를 지었다.

출근하는 그를 배웅하기 위해서 화진이 현관까지 나오자 준영은 고개를 숙여 그녀를 바라보았다.

"다녀오도록 하지."

준영이 인사를 하자 화진의 얼굴이 살짝 붉어졌다. 그의 정부로 살기 위해서 들어왔지만 그를 배웅하는 일은 가슴 설렜다.

"네."

"참, 필요한 것이 있으면 사도록 해. 계속 그렇게 초라하게 입고 있을 수는 없잖아."

준영이 내민 골드 카드를 바라보는 화진의 얼굴이 많이 창백했지만, 화진은 용기를 내서 카드를 받았다.

"그렇게 할게요."

몸을 돌려 나가는 준영을 따라 화진도 밖으로 나갔다. 미리 대기하고 있는 차에 오를 때까지 그에게서 시선을 떼지 않았다. 완전히 차가 대문을 나서고 시야에서 사라지자 그제야 몸을 돌려 집 안으로 들어왔다.

화진이 부엌에서 정리를 하고 있는 수진에게 다가가 머뭇거리는 말투로 속삭였다.

"저, 저도 일이 있어서 준비를 하고 나가봐야 하는데……."

어려워하는 화진의 태도에 수진이 미소를 지으며 고개를 끄덕였다.

"일이 있으면 나가는 것이 당연한 거예요. 그러니 그런 표정으로 저한테 말하지 않아도 돼요. 그냥 어디에 가는지, 언제쯤 들어오는지만 말씀 해주시면 돼요. 혹시라도 회장님께서 물으시면 제가 답변을 드려야 하니 까요.”

“네.”

대답을 하고 화진은 안방으로 들어가 청바지와 티셔츠로 갈아입고는 가방을 챙겨들고 방을 나왔다.

수진이 웃으며 다가왔다.

“화진 양?”

“네.”

“이 기사가 현관에서 기다리고 있어요. 함께 다녀오도록 하세요. 아직 은 이곳 지리도 잘 모르시잖아요.”

“아니요, 그냥 혼자 다닐래요.”

고개를 저으며 거절하는 화진의 모습을 가만히 바라보고 있던 수진이 고개를 끄덕였다.

“그럼 도로까지만 차를 타고 나가도록 하세요. 대중교통을 이용하려면 최소한 한 시간 이상은 걸어서 나가야 하거든요.”

“그럼 버스 타는 곳까지만 신세를 지도록 할게요.”

“그러세요. 그리고 혹시라도 일 보다가 문제가 생기면 집으로 전화하 시고요. 집 전화번호는 아시죠?”

설마 하는 심정으로 수진이 물었지만, 역시나 고개를 내젓는 화진의 모습에 한숨이 튀어나왔다.

“휴대폰 있으시죠?”

“네.”

“그럼 바로 불러드릴게요.”

그녀가 가방에서 휴대폰을 꺼내자 수진이 집 번호와 자신의 휴대폰, 그리고 준영의 휴대폰 번호를 불러주었다. 꼼꼼히 입력을 하고는 고개를 들었다.

“무슨 일이 있다거나, 도저히 길을 잘 모르겠다 싶으면 바로 연락하세요. 알았죠?”

신신당부하는 수진의 말에 화진이 미소를 지으며 힘차게 고개를 끄덕였다.

“그렇게 할게요.”

현관문을 열고 밖으로 나온 화진은 미리 대기하고 있던 차에 몸을 실었다. 정원 한쪽에 마련되어 있는 주차장이라 한눈에 정원이 다 보였다. 정원을 지나서 차가 큰 대문에 다가서자 알아서 문이 열렸다.

불편한 자세로 가만히 뒷자리에 앉아 있는 20분이 마치 하루는 되는 것 같았다. 기사가 버스를 탈 수 있는 곳에 차를 세워주자 화진은 총알같이 차에서 내리며 바람같이 인사를 했다.

버스를 타기 위해 벤치에 앉은 화진은 오가는 사람들과 버스들을 바라보면서 한숨을 내쉬었다. 3일밖에 되지 않았는데도 몇 십 년을 감옥에서 살다가 나온 기분이 들었다.

다가오는 버스가 학교로 가는 버스임을 확인하고 화진은 빠르게 올라탔다. 창문 밖으로 스쳐 지나가는 일상적인 모습들을 바라보면서 문득 공허한 느낌이 들었다.

‘이 사람들은 평범한데. 이렇게 거리를 걸어가는 사람들은 모두 다 평범한데. 이제 나는 이 평범한 사람들 속에 섞일 수가 없을 것 같아.’

그런 생각에 쓸쓸함이 밀려왔다. 그녀는 차가운 창문에 이마를 갖다대고는 머리를 식혔다.

한참을 달리자 학교 정문이 보이기 시작했다. 화진은 벨을 누르고 내릴 준비를 했다. 며칠 만에 캠퍼스로 들어서는 기분이 마치 하늘을 나는 기분이었다. 환한 미소를 지으며 자신이 머물고 있는 서관으로 향했다. 가는 중간에 화진이 승미에게 전화를 걸었다. 얼마 지나지 않아 승미가 현관에 나와 있었다.

“승미야!”

화진이 두 팔을 흔들면서 소리치자 승미가 찢어진 두 눈을 부릅뜨면서 노려보고 있었다.

"기집애야! 내가 얼마나 걱정했는지 알아? 어떻게 너는 연락도 하지 않고 그럴 수가 있니?"

"미안해. 그래서 어제 연락했잖아."

승미의 팔에 그녀가 애교스럽게 달라붙으며 아양을 떨자 언제 화를 냈냐는 표정으로 승미가 미소를 지어 보였다. 그 모습에 화진의 가슴이 훈훈해졌다.

"야! 그만 달라붙어라. 누가 보면 우리 둘이 사귀는지 알겠다."

소름이 끼친다는 듯이 팔을 털어내는 승미의 행동에 화진은 상처받은 눈빛으로 올려다보았다.

그녀의 키도 여자치고는 큰 편인 170센티미터였지만, 승미에 비할 바가 아니었다. 화진은 우람한 승미의 팔에 매달리면서 오랜만에 마음껏 아양을 떨어대었다. 승미 또한 그런 귀여운 화진의 모습에 웃음이 터져 나와버렸다.

강의실로 들어가는 내내 승미는 화진을 걱정하고 있었다. 집에 일이 있었다는 화진의 말 때문에 아무것도 묻지 않았지만, 수시로 표정을 살폈다.

열한 시에 있는 강의를 듣고 그녀들은 담당 교수의 방으로 향했다. 조심스러운 손길로 노크를 하고는 문을 살짝 열고 들어갔다.

"교수님!"

승미의 우렁찬 목소리에 손님과 이야기를 하고 있던 교수가 고개를 들어 들어오는 그녀들을 바라보았다. 화진을 확인한 교수가 미소로 반겨주었다.

"어서 오게."

평상시 교수와는 몇 마디 말 외엔 거의 이야기를 나누지 않는 사이였기에 화진은 어색한 몸짓으로 안으로 들어섰다. 그녀가 허리까지 고개를 숙이면서 인사를 하자 교수가 웃음을 터뜨렸다. 이야기를 나누던 손님은 교수와 인사를 하고는 자리를 비켜주었다.

"이쪽으로 앉게."

그의 손짓에 두 사람은 소파에 앉았다.

"그동안 일이 있어서 학교에 나오지 않았다면서?"

"아, 네."

"화진 학생을 부른 건 다름이 아니라, 저번에 과제로 낸 화진 학생의 캐릭터가 정말 마음에 들었거든."

그 말과 함께 교수가 자리에서 일어나 책상 서랍을 열더니 서류 봉투 하나를 꺼내서 화진 앞으로 내밀었다.

"감사합니다, 교수님."

"무슨! 그래서 말이야, 우리가 경영하는 회사에서 일해볼 생각은 없나?"

교수의 질문에 화진의 얼굴에 안타까움이 스치고 지나갔다.

"정말 죄송합니다. 지금은 제가 사정이 있어서 회사에 나갈 수가 없습니다."

화진의 표정을 본 교수가 안타까운 눈빛을 보냈다.

"음! 그렇군."

턱을 괴고 잠시 생각에 빠진 교수의 얼굴을 승미와 화진이 바라보고 있었다.

"정말 죄송합니다."

"죄송은 무슨! 그럼 회사에 출근할 수 없는 사정이 있는 거지, 일을 하지 못하는 것은 아니지?"

"아, 네."

"그럼 재택근무는 어떤가? 어차피 이런 일들은 회사에 출근을 하지 않아도 얼마든지 할 수 있는 일이니까."

교수의 말에 화진은 놀란 표정으로 쳐다보았다.

"정말이세요?"

"그것도 한 방법이네. 난 자네가 만드는 캐릭터를 계속 보고 싶은 사람이니까. 이렇게 멋진 캐릭터를 만들었는데 다음에도 만들지 말라는 법은 없으니 말이야. 내 조건은 어떤가?"

"저야 그래 주시면 너무 감사하죠. 이렇게 배려해주시는 것만으로도 감사하고 또 감사한 걸요."

행복해하는 화진의 모습에 승미의 얼굴에도 미소가 드리워졌다.

"그럼 그렇게 하지 뭐! 회사 쪽에서 좀 불편하더라도 인재를 키우는 일이니까 그 정도는 감수해야지. 하지만 월급은 좀 적더라도 이해하게."

"아닙니다."

"그럼 되었군. 흠! 나중에 시간이 되면 언제라도 나한테 연락하게. 그럼 회사도 한 번 구경시켜주고, 사람들도 소개시켜주도록 할 테니 말이야. 자세한 사항은 여기 있는 승미에게 듣도록 하고."

"그럼 승미도?"

놀란 표정으로 그녀가 바라보자 승미가 살짝 미소를 지었다.

"나도 그곳에서 일하기로 했거든."

"어머! 잘됐다."

"그렇지. 그럼 교수님, 저희가 시간을 잡아서 교수님께 말씀드리겠습니다."

"그렇게 하게."

자리에서 일어나 화진은 다시 한 번 더 깊숙하게 고개를 숙였다.

"정말 감사합니다, 교수님!"

"무슨! 내 제자가 잘되면 좋은 거지. 그럼 나중에 다시 보자고."

"네."

행복한 미소를 지으며 교수의 방을 나서는 두 사람이었다. 승미가 조심스럽게 문을 닫고는 앞서 걸어가는 화진의 팔을 살짝 잡았다.

"이야기 좀 하자."

"알았어."

"자, 이제 말해봐."

머뭇거리는 화진의 모습에 승미의 눈가가 올라갔다.

"무슨 일이야? 나한테 말을 해야 내가 도와주든지 말든지 할 것 아니야?"

"우리 조용한 곳으로 가서 이야기하자."

그들은 건물 뒤편에 있는 야외 강당으로 향했다. 그곳은 인적이 드문 곳이라 조용했다.

빠른 걸음으로 걸어가던 승미가 벤치에 앉으며 재촉했다.

"자세히 설명해봐."

"승미야!"

"말해."

냉정한 눈빛으로 노려보고 있는 승미를 바라보면서 화진은 그간의 일들을 자세히 설명하기 시작했다. 말을 들을 때마다 얼굴이 벌게졌다가 하얘지기를 반복하는 안색 때문에 덜컥 겁이 났지만, 하던 이야기를 끊으면 다혈질인 승미가 뭔 일을 저지를 것 같아서 말을 멈출 수도 없어 울며 겨자 먹기로 다 말을 하고는 불안한 눈으로 친구를 쳐다보았다.

"얼마인데?"

예상외로 차분한 승미의 말에 놀란 화진이 눈을 들어 바라보았지만, 가라앉아 있는 눈동자밖에 보이지 않았다.

"어!"

당황해서 말을 하지 못하는 화진의 모습을 냉정하게 바라보고 있던 승미가 다시 조용히 물어왔다.

"그놈한테 네가 빌린 돈이 얼마냐고?"

"2억."

"2억에, 소중한 네 인생의 2년을 그놈한테 받쳤다고?"

"응."

　연방 고개를 끄덕이는 화진을 바라보는 승미의 눈빛이 매서워졌다. 평상시대로라면 난리가 났을 텐데 그녀가 오늘은 어쩐 일로 아무런 행동도 하지 않고 화진의 옆자리에 털썩 주저앉아버리는 것이었다.

　"승미야!"

　화진이 떨리는 목소리로, 눈물을 닦으며 두 손에 얼굴을 묻고 있는 승미를 불러보았지만, 돌아오는 대답은 없었다.

　"저, 승미야!"

　아무런 움직임도 없는 승미의 어깨를 살짝 건드리면서 화진이 다시 부르자 승미가 벌게진 눈을 들어올렸다.

　"여화진!"

　차가운 승미의 말에 화진이 놀란 눈으로 쳐다보았다.

　"어쩔 수 없는 최선이었니?"

　창백한 얼굴로 물어오는 승미를 보면서 화진은 자신보다 더 아파하는 친구의 얼굴에 목이 메어왔다.

　"으, 응."

　힘겹게 대답을 하는 화진을 쳐다보고 있던 승미의 얼굴 위로 눈물이 한 방울씩 떨어지기 시작했다.

　"내가 부유한 집에 태어났으면 그깟 2억쯤 망설임 없이 너한테 주었을 텐데……. 처음으로 내 자신이 초라해진다. 힘들어하는 너를 보면서 아무것도 해주지 못하는 내 자신이 너무 초라하다."

　자신보다 더 아픈 눈빛을 한 승미를 보면서 화진은 자리에서 일어나 그녀의 얼굴에서 떨어지고 있는 눈물을 살며시 닦아주었다.

　"아니야. 지난 세월 동안 네가 내 곁에 있어준 것만으로도 나는 행복했어. 엄마가 없다는 이유로 나랑 놀지 않는 친구들 때문에 아파하고 힘들어하고 있을 때 네가 내 곁에 와주었잖아. 든든한 방패막이 역할을 해주었잖아. 난, 그것만으로도 너한테 너무 감사하고 미안할 뿐인걸. 그러니 울지 마. 제발 울지 마."

울지 않을 거라고 그렇게 다짐하고 또 다짐했지만, 어느새 화진의 눈
동자에 가득 고인 눈물이 힘없이 아래로 떨어지고 있었다. 강한 힘으로
끌어안는 승미를 느끼며 화진은 힘겹게 그녀의 어깨에 기대었다.

"넌 이 세상에서 둘도 없는 천사일 거다. 이 빌어먹을 것아!"

"후후후, 천사는 무슨!"

"나도 열심히 돈 모아볼 테니까 조금만 기다려라."

거칠게 눈물을 훔친 승미가 대단한 결심이라도 한 것처럼 두 주먹을
불끈 쥐며 소리쳤다.

그 모습이 꼭 여전사 같아서 화진은 피식 웃음이 나와버렸다.

"무슨 수로 2억을 모을 건데?"

"어, 너 지금 나 무시하는 거야? 그런 거야!"

유행어를 따라하는 승미의 표정에 화진은 더욱더 큰소리로 웃기 시작
했다. 한 옥타브 올라간 화진의 웃음소리를 들으며 승미는 스스로를 위로
하고 있었다.

"왜?"

"나온 김에 그 사람 수준에 맞는 옷도 좀 사고, 헤어스타일도 바꿔서
들어가려고."

"그 사람? 아, 그놈."

"그놈은 무슨! 그래도 나한테는 은인인 사람이야. 만약에 그 사람이 내
조건을 받아들이지 않았다면 난 어떻게 되었을지 모르는 일이니까. 울며
매달리는 나를 냉정하게 뿌리치지 않은 사람이야."

환한 미소가 가득한 화진의 표정에 승미의 두 눈이 가늘어졌다. 울고
있었지만 현재 자신의 처지가 서러워서 우는 것 같지는 않아 보였다. 뚫
어지게 쳐다보는 승미의 눈빛에 화진이 고개를 들어 시선을 맞추었다.

"여화진! 그 남자 좋아하니?"

난데없는 승미의 직설적인 말에 화진의 얼굴이 순식간에 붉어졌다. 그
런 모습을 유심히 바라보고 있던 승미의 입가가 일자로 굳어져갔다.

"훗, 좋아한다라……. 지금 내 자신도 내 감정을 모르겠는데, 너한테 어떻게 설명할 수 있겠니?"

쓸쓸한 미소를 지으며 말하는 화진을 보는 승미의 눈빛이 차갑게 빛나고 있었다. 그녀가 화진의 팔을 움켜잡았다.

"우리는 서민이야. 돈 2억에 목숨까지 버려야 하는 서민이라고. 네가 그놈이랑 2년 동안 사는 건 어쩔 수 없는 선택이라고 해도, 절대로 사랑에 빠져서 상처받지는 마. 그런 모습 보이면 내가 용서하지 않을 거야."

승미의 말이 무엇을 뜻하는지, 또 저런 표정을 지으며 말하는 그녀가 지금 얼마나 아파하는지를 느낀 화진은 한쪽 입꼬리를 올리며 고개를 끄덕였다.

"노력할게. 절대로 나 혼자 사랑에 빠져서 허우적거리지는 않을게."

"그, 그래."

"승미야! 너무 걱정하지 마. 나, 생각보다 상당히 강하고 야무지잖아. 그러니까 그런 표정 짓지도 말고 아파하지도 마. 이제 내 스스로 세상 밖으로 나올 거야. 그 사람과 함께하면서 절대로 기죽지 않을 거고, 사랑해서 아파하지도 않을 거야. 그러니까 너무 걱정하지 마."

그녀 자신에게 다짐하는 것 같은 말에 곁에 있던 승미는 울지 않기 위해서 입술을 꽉 물었다.

"그래. 넌 할 수 있을 거야. 절대로 기죽지 마. 그놈한테 2년이라는 세월을 저당 잡혔지만 그래도 넌 너야. 그러니 절대로 기죽지 말고 아파하지도 말고 힘들어하지도 말고. 알았지?"

승미의 걱정스러운 눈빛에 화진이 고개를 끄덕였다.

기나긴 시간을 함께 해온 친구였다. 사고로 어머니를 잃고, 이사 온 낯선 동네에 적응하지 못하고 훌쩍거리던 어린 화진에게 장난꾸러기 같은 미소를 지으며 다가와 손을 내민 그녀였다. 온종일 흙장난을 했는지 온통 진흙투성이인 승미의 손을 수줍은 미소를 지으며 잡은 그녀이기도 했다. 그렇게 맺어진 인연을 지금까지 이어온 것이었다. 오랜 세월 동안 많은

것을 보고, 많은 것을 공유한 두 사람이었기에 친자매보다 더 끈끈한 애
정과 사랑이 그들에게 있었다. 남에게 싫은 소리 한마디 못하고 언제나
웃으며 모든 것을 해주는 화진을 보면서 자신이 더 광분해하고 울분을
터뜨리던 친구이기도 했다. 그렇기 때문에 자신이 그녀에게 아무런 힘도
되어주지 못한다는 사실이 원통하고 분할 뿐이었다.

"고마워, 승미야!"

"힘들면 언제든지 나한테 기대도 돼. 다른 것은 해주지 못해도 어깨는
언제든지 빌려줄 수 있으니까. 아프면 언제든지 울어. 내, 내가 모두 받아
줄게."

승미의 울먹거림에 화진은 고개를 숙여버렸다.

더 이상 친구에게 아파하는 모습을 보여주기 싫었던 그녀는 힘차게 팔
을 흔들면서 학교를 나왔다. 뒤에 남은 승미의 안타까운 눈빛을 받으면
서.

'나 많이 달라질 거야. 더 이상 미소만 짓고 있는 멍청한 여자로 살지
는 않을 거야. 그러니까 지켜봐줘.'

달라지기 위해서 선택한 것이 자신을 꾸미는 일이었다. 워낙 화장을
잘 하지 않던 그녀였기에 학교 근처에 있는 샾으로 들어섰다. 수십 명의
아가씨들이 마사지와 메이크업을 받고 있었으며, 한쪽에 진열되어 있는
화장품들을 사는 아가씨도 상당히 많이 있었다.

이런 곳이 처음이었던 화진은 어색한 몸짓으로 안으로 들어가 메이크
업을 할 수 있게 꾸며져 있는 의자에 앉았다.

대형 거울이 벽에 장착되어 있었고 화장대 위로는 수십 가지의 색조
화장품들이 진열되어 있었다. 화진이 대충 필요한 것만 골라서 얼굴에 바
르자 점원인 듯한 아가씨가 상냥한 미소를 지으며 다가왔다.

"어머! 언니, 그렇게 얼굴을 혹사시키면 어떻게 해요."

점원이 온갖 아양을 떨면서 다가와 옆 의자에 앉더니 화진의 몸을 돌
려 자신을 보게 만들었다.

"이렇게 피부도 좋으신데, 얼굴을 최대한 살릴 수 있게 메이크업을 해야지 막 있는 대로 찍어 바르면 어떻게 해요."

그녀의 말에 화진은 멋쩍은 웃음을 지으며 고개를 조금 숙였다.

"아, 네. 제가 화장은 서툴러서요."

화사한 미소를 지으며 대답하는 화진의 모습을 점원이 멀뚱히 바라보더니 미소를 지었다.

"그러셨구나! 워낙 피부가 좋으셔서 화장할 필요도 없겠어요. 하지만 아무리 좋아도 나이가 되면 화장을 해주는 것이 피부에게도 자신에게도 좋겠죠. 제가 손님에게 맞는 화장법과 화장품들을 추천해드릴게요. 한번 사용해보세요."

"네."

"우선, 피부가 맑으시니까 간단하게 하시면 돼요. 기초화장은 할 줄 아시잖아요?"

그녀의 말에 화진은 고개를 끄덕였다.

"음! 그럼 먼저 메이크업 베이스를 바르시고요, 그 다음으로 이렇게 파운데이션을 바르는데요, 베이지색과 밝은 하얀색이 있어요. 손님 같은 경우는 가급적이면 밝은 하얀색으로 바르도록 하세요. 그럼 얼굴이 더 화사하답니다. 그 다음에 간단하게 파우더를 해주시고요. 그리고 화사한 느낌이 들도록 눈 화장을 해주세요. 그것도 살짝 만요. 그래야 얼굴이 살아요. 너무 진하게 해버리면 손님 같은 경우는 표현이 좀 그렇지만, 천박해 보일 수도 있거든요. 그리고 귀여움을 살리게 양 볼에 볼 터치를 해주시고, 립글로스로 입술을 살려주시면 끝이에요."

설명과 함께 굉장한 속도로 온 얼굴을 쓸고 다니던 그녀가 말과 함께 놀리던 손도 멈추었다. 그리고 커다란 손거울을 화진에게 내밀었다.

"자, 한번 보세요."

그 말과 함께 화진이 손거울을 받아들고 거울을 바라보자 다른 사람이 있는 것처럼 화사한 여자가 거울 속에 들어 있었다. 화장 하나로 이렇게 달라 보이는 자신의 모습에 화진은 놀라움을 감추지 못했다. 점원이 놀라움으로 커져가는 화진의 눈을 바라보면서 미소를 짓고 있었다.

"굉장하죠? 이렇게 달라지니까 여자들이 자신을 꾸미고 화장을 한답니다. 손님 같은 경우는 이 화장에, 백화점에 가서 예쁜 정장 한 벌만 딱 사 입으시면 어디에 나가도 사람들의 주목을 받으실 거예요. 그만큼 예쁘세요."

그녀의 칭찬에 화진은 붉어지는 얼굴을 들어 다시 한 번 더 거울을 바라보았다.

"정, 정말 너무 감사해요."

"천만에요. 이게 제 직업인 걸요. 혹시라도 저한테 메이크업을 배우고 싶으면 언제든지 오세요. 제가 성심성의껏 가르쳐드릴게요."

"어머! 정말요? 정말 저 와도 돼요?"

손뼉까지 치면서 말하는 화진의 모습에 웃으며 고개를 끄덕이는 그녀였다.

"그럼요. 저야 손님을 한 명이라도 더 확보하면 좋지요. 그러니 언제든지 부담 없이 오도록 하세요."

"네. 저 그럼, 화장품 좀 추천해주세요. 오늘 몇 개만 사가게요."

"그러세요, 그럼."

잠시 후 가게를 나서는 화진의 손에는 예쁜 종이 가방이 들려져 있었다. 얼굴에 맞게 추천한 것들을 모조리 사버린 것이었다. 화진은 밝은 미소를 지으며 근처에 있는 백화점으로 들어갔다. 어디에 무엇이 있는지를 눈으로 확인하고는 서둘러 올라갔다. 여성매장이 있는 곳에 내려서 이곳저곳을 둘러보는 화진의 눈에 정장 한 벌이 들어왔다. 매장으로 들어서자 여직원이 웃으며 다가왔다.

"어떤 스타일을 원하세요?"

그녀의 상냥한 말에 화진이 진열되어 있는 옷을 손으로 가리켰다. 마네킹에 걸려져 있는 정장치마는 시폰 스타일로, 온통 화려한 꽃무늬가 그려져 있었다.

"안목이 있으시군요. 그렇지 않아도 이번에 나온 신상품인데요, 아가씨들이 정말 많이 사가세요. 그럼 치수가……."

"66사이즈 입는데요."

"잠시만요."

여직원이 걸려져 있는 옷으로 다가가 치수를 확인하고 들고 왔다.

"한번 입어보세요."

"네."

화진은 여직원의 안내로 한쪽에 마련되어져 있는 탈의실로 들어가 갈아입기 시작했다. 옷걸이에서 옷을 꺼내 손 안에 들자, 부드러운 느낌과 함께 얼마나 가볍던지 옷을 들고 있지 않은 느낌마저 들었다. 하늘거리는 옷을 몸에 걸치자 그 부드러운 느낌에 그녀가 살짝 미소를 지었다. 대충 옷을 입고 밖으로 나오자, 여직원의 두 눈이 동그랗게 변해버렸다.

"어머! 손님, 너무 예쁘신데요. 완전히 손님한테 맞춘 옷 같아요. 어머!"

여직원의 칭찬에 얼굴을 살짝 붉히며 거울을 본 화진은 상당히 옷이 잘 맞는다는 것을 알 수 있었다. 하늘거리는 치마가 무릎에서 찰랑거리자 다리가 날씬하고 길어 보였다. 목선 또한 어느 정도 파여 있어 얼굴이 더욱더 갸름하면서 화사해 보였다. 전신 거울을 보면서 이리저리 확인하고는 흡족한 미소를 지으며 고개를 끄덕였다.

"이걸로 하죠. 여기 계산이요."

화진이 금액은 보지도 않고 골드 카드를 꺼내서 아가씨에게 건네주었다. 그러자 처음과는 상당히 다른 태도로 자신을 대하는 여직원의 모습에 화진은 씁쓸한 미소를 지었다.

이것저것 필요한 것이 없느냐는 말에 화진이 고개를 내젓고는 입고 온 옷은 가방에 넣고 백화점을 나섰다. 들어올 때와 사뭇 다른 모습으로 백화점을 나서는 화진의 모습을 사람들이 힐끔거리며 쳐다보고 있었다. 사람들의 시선을 애써 외면하며 화진은 집으로 향했다.

생각보다 시간을 많이 허비했는지 어느새 노을이 지고 있었다.

택시에서 내린 화진이 벨을 누르자 수진의 부드러운 목소리가 들려왔
다.

"오셨어요?"

"네."

"잠시만요."

대문이 알아서 열리자 얼른 안으로 들어섰다. 현관문을 열고 안으로
들어가자 수진이 미소를 지으며 맞아주었다.

"회장님께서 오늘은 어쩐 일로 일찍 오셨어요"

"어머! 그래요?"

"네, 지금 수영장에 계시거든요. 인사하세요. 그렇지 않아도 들어오시
면서 화진 양을 찾더라고요."

"아, 네."

화진은 무거운 발걸음으로 수영장으로 향했다.

노을이 지는 모습과 함께 날렵한 동작으로 물을 가르며 움직이는 준영
의 멋진 모습을 화진이 몽롱한 시선으로 바라보았다. 군살이라고는 조금
도 없는 몸으로 물 밖으로 나오는 그를 보면서 다가갔다.

"조금 늦었어요."

화진의 말에 준영이 수건으로 머리를 닦으면서 고개를 들었다. 그리고
는 한순간 굳어져버렸다.

아무런 말도 없이 자신을 빤히 바라보는 준영의 뜨거운 시선 때문에
화진의 얼굴이 붉어졌다.

"왜 그러세요?"

"아니."

얼른 정신을 차린 준영이 서둘러 몸을 닦으면서도 계속 곁눈질로 그녀
를 쳐다보았다.

"많이 달라졌군."

"아, 네. 나간 김에 쇼핑 좀 하고 그랬어요."

"음! 그런데 옷은 좀 별로인데. 다음에는 나와 함께 나가도록 하지."

"별로인가요? 직원 아가씨가 예쁘다고 했는데?"

"원래 직원들은 다 예쁘다고 해."

화진이 그 말에 싱긋 웃고는 테이블 위에 놓인 음료를 쭉 들이켰다. 그 모습에 그의 눈빛이 일순간 뜨거운 빛을 띠며 일렁거렸다가 재빨리 사라졌다.

"내 건데."

"다시 갖다줄게요."

한 잔을 다 마신 화진이 몸을 돌려 부엌으로 연결된 문으로 걸어가려고 하자 준영이 급히 그녀의 팔목을 잡아챘다.

"됐어. 그냥 옆에 앉도록 해."

"그러죠 뭐."

그가 수영 팬티만 입은 채로 편안하게 의자에 앉아 두 다리를 쭉 뻗으며 그녀를 바라보았다. 어색한 몸짓으로 의자에 엉덩이만 걸친 채 그가 있는 곳이 아닌 다른 쪽으로 시선을 돌리며 딴 짓을 했다.

서로 어색한 분위기가 계속되자, 기분이 저조해진 화진은 어색하게 자리에서 일어나며 말했다.

처음으로 편안한 표정과 함께 웃는 그를 보자 화진은 또다시 심장이 미친 듯이 쿵쾅거리고 얼굴이 벌게져왔다.

"저, 저는 그만 들어가 볼게요."

혹시라도 큰소리로 쿵쾅거리는 심장 소리를 들킬까 봐 불안해진 화진이 냉큼 자리에서 일어났지만, 준영의 손에 다시 잡히고 말았다.

"오랜만에 가져보는 여유거든. 그러니까 내 곁에 앉아서 서로 이야기를 나누었으면 좋겠는데……."

차가운 가면을 벗어버린 준영의 모습에 알싸한 기운이 온몸을 휘감기 시작했다. 자꾸만 시선이 가는 그를 보면서 화진은 어쩔 수 없이 고개를 끄덕이며 다시 자리에 앉았다.

"그토록 애원하니까 자리에 앉을게요."

화진의 말에 준영은 헛웃음을 짓고 말았다.

"훗! 오늘은 뭐 했지?"

맞은편 의자에 앉는 자신을 바라보면서 묻는 준영의 모습에 화진은 미간을 조금 찌푸리며 그를 쳐다보았다.

"학교에 갔다가 쇼핑하고 괜찮은 샾에 가서 화장품을 샀어요."

"음!"

눈을 감고 있는 그의 얼굴을 화진은 처음으로 밝은 대낮에 관찰했다. 여자보다 더 긴 속눈썹이 그늘을 만들며 내려와 있었고, 날카로워 보이는 콧날 아래로 제법 섹시해 보이는 입술이 자리 잡고 있었다. 그 모습에 마른침을 꿀꺽 삼켰다.

반듯한 이마 위로 흘러내린 머리카락을 본 화진은 자신도 모르게 손을 들어올려 앞으로 조금 흘러내린 그의 머리카락을 살며시 뒤로 넘겨주었다. 갑자기 다가온 손길에 그의 몸이 움찔거렸지만, 아무런 말도 하지 않고 가만히 있는 그를 보면서 용기를 낸 화진이 머리카락 속으로 손을 넣어 만져보았다.

"남자도 머리카락이 부드럽네요."

"훗, 남자의 머리카락을 만져보는 것이 처음인가?"

혹시나 하는 마음으로 물어보는 준영의 목소리에 기대감이 잔뜩 담겨 있었다.

"네. 아버지 외에는 남자의 머리를 만져본 적이 없어요."

"음!"

만족감으로 신음소리를 흘린 그의 입술에 화진의 손길이 닿자 준영은 자신도 모르게 또다시 몸을 움찔거렸다.

"입술도 부드럽네요. 그리고 따뜻해요."

포근한 속삭임에 준영은 감고 있던 눈을 번쩍 뜨며 코앞에 있는 화진의 눈동자를 깊숙하게 들여다보았다. 초롱초롱하게 빛나고 있는 눈동자를 보면서 준영은 영원히 그녀를 소유하고 싶은 욕구가 온몸을 지배하는 것을 느낄 수 있었다.

"흠! 그만 떨어지지."

준영이 헛기침 소리와 함께 속삭이자 화진은 얼굴 가득 붉은 기색을 보이며 물러났다. 그가 그런 그녀의 목덜미를 움켜잡았다.

"모든 사람들한테 이런 식으로 다정하게 대하나?"

날이 선 준영의 외침에 화진은 그저 미소를 지을 뿐이었다.

"네. 나를 생각해주는 모든 사람들에게 다정하게 대해주고 싶어요."

"훗, 그게 사람들에게 상처를 준다는 것도 알까?"

"아니요. 다정하게 대한다고 해서 그들에게 상처가 되지는 않아요. 사랑과 동정과 애정은 확실하게 구별해요."

"정말 그럴까?"

"확신해요."

조금의 흔들림도 없는 눈동자를 보고 있던 준영이 자리에서 일어나 자신 앞에 당당하게 서자 조금 주눅이 든 화진은 한 발짝 뒤로 물러섰다.

"나와 함께 살 동안은 다른 놈에게 그런 미소는 짓지 말았으면 좋겠군."

"뭐라고요?"

"귀가 어두운 건가? 아니면 못 알아듣는 척하는 건가?"

허리에 손을 올려놓으며 싸울 자세로 소리치는 준영을 보면서 화진은 형언할 수 없는 감정이 가슴속을 후벼 파는 것을 느끼며 황급히 고개를 흔들었다.

"휴, 당신한테 확실하게 다시 설명할게요."

심호흡을 한 번 하고는 고개를 들어 그의 눈빛을 마주 본 화진은 차분하게 한 자 한 자에 힘을 주며 입을 열었다.

　"나는 2년 동안 당신의 정부로 살기 위해 이곳에 들어온 것이지, 당신의 발밑에 엎드리기 위해서 들어온 것이 아니에요. 아무리 내가 2억에 팔려온 입장이지만, 그 대가로 나는 소중한 시간을 당신한테 주었어요. 그러니 나를 당신의 발가락에 낀 때처럼 보지 말란 말이에요. 당신한테 복종하고 당신이 시키는 일은 다 하겠지만, 나를 무시하지는 말아주세요."
　숨도 쉬지 않고 쏘아대던 화진이 말을 끝마치며 들이마시지 못한 공기를 빠르게 폐 속으로 집어넣었다.
　"후후후, 다 한 건가?"
　"그, 그래요."
　그의 질책을 들을 준비를 단단히 하고 있던 화진은 조용히 자신을 바라보고 있는 준영의 모습에 맥이 탁 풀려버렸다. 휘청거리는 다리를 겨우 다잡으며 절대로 주눅 들지 않았다는 시선으로 그를 노려보고 있었다. 뼈 속까지 얼려버릴 것 같은 준영의 매서운 눈빛에 화진의 다리는 조금씩 덜덜거리며 떨려오기 시작했고, 그런 그녀의 상태를 포착한 준영은 처음보다 더 사납게 화진을 노려보았다.
　"그럼 나도 당신한테 다시 상기시켜주도록 하지. 내가 소리치면 당신은 내 발아래 엎드려야 할 처지야. 내가 당신한테 발가락에 낀 때를 씻기라고 명령하면 당신은 그렇게 해야 할 입장이고, 당신이 느끼는 감정 따위를 내가 신경 쓸 필요는 없다고. 당신은 2년 동안 내 정부로서 살아가야 할 뿐만 아니라, 내 하녀로 살아가야 할 입장이기도 해. 내가 무시하면 무시당하는 대로 살아야 하고, 내가 귀여워해주면 귀여워해주는 대로 꼬리를 흔들며 살아가야 할 처지라고. 두 번 다시는 그런 건방진 말투와 행동은 삼가지."
　따뜻함을 보여준 이틀간의 모습은 온데간데없고 얼음이 뚝뚝 떨어지는 눈빛과 목소리에 화진은 부들거리는 손을 움켜쥐었다. 떨지 않기 위해서, 그의 잔인한 말에 상처받은 표정을 보이지 않기 위해서 무리하게 이를 악물고 있었다.

울지 않기 위해서 애쓰고 있는 화진을 보면서 준영 또한 심장이 바늘로 콕콕 찌르는 것처럼 아파오는 것을 느꼈다. 조금씩 커져가는 아픔에 콧잔등을 찡그리며 그녀에게서 물러섰다.

"내 말, 2년 동안 가슴에 새겨두도록 해."

준영이 마지막으로 그녀의 가슴에 쐐기를 박고는 몸을 돌려 집 안으로 들어와 버렸다. 부들거리며 떨고 있는 화진의 모습에 흔들리고 있는 자신이 짜증스러울 뿐이었다. 거칠게 서재 문을 닫고는 서류에 얼굴을 파묻었지만, 뇌리 속에는 화진의 상처받은 얼굴만이 가득 자리하고 있었다.

"젠장!"

그가 신경질적으로 서류철을 덮어버리고 장식장에 진열되어 있는 양주를 꺼내 입 속에 마구잡이로 넣으며 끓어오르는 화를 삭이려고 했지만, 그것도 잘 되지 않았다.

불안감에 방 안을 왔다 갔다 하던 준영은 다시 한숨을 내쉬며 밖으로 나가, 거실 창문으로 보이는 수영장을 바라보았다. 꽤 시간이 지났는데도 자신이 돌아올 때와 같은 자세로 서 있는 화진을 보면서 숨이 막혀왔다.

"젠장!"

성난 얼굴로 몸을 돌리는 그의 뒤로 수진이 다가와 있는 바람에 놀란 준영이 표정을 감추지 못하고 고스란히 얼굴 위로 들어내 버렸다. 그런 준영의 모습을 가만히 바라보고 있던 수진이 한마디 던졌다.

"좋은 아가씨인 것 같습니다. 비록 이제 겨우 이틀을 함께했지만, 그 따뜻함에 가슴이 포근해지는 것 같았어요. 저 아가씨 곁에 있으면 햇살이 내리쬐는 듯한 느낌이 들 정도예요. 그래서 저는 회장님께서도 저 아가씨의 따뜻함에 물들었으면 좋겠어요. 마음의 문을 꽁꽁 닫고 있지 말고, 한 번쯤은 힘들더라도 여는 노력 정도는 하셨으면 좋겠네요."

조곤조곤 속삭이는 수진의 말에 준영은 입술을 꼭 깨물며 시선을 외면해버렸다. 그런 준영의 모습에 수진이 서글픈 미소를 얼굴에 달고는 그에게 허리 굽혀 인사를 하고 나갔다.

‘다른 여자를 심장에 넣으면 유아에 대한 배신이야.’

흔들리는 자신을 다시 다잡으며 준영이 창백한 얼굴로 그 자리에 서 있는 화진을 뚫어지게 쳐다보고 있었다. 수진이 그녀에게 다가가 뭐라고 중얼거리자 화진이 그제야 굳어져 있는 몸을 움직이는 것을 창문 너머로 볼 수 있었다.

‘난, 이런 놈이야. 차갑고 냉정한 놈일 뿐이라고. 다른 사람의 마음까지 신경 쓰는 놈이 아니란 말이야.’

한 번도 이런 자신이 싫은 적 없었던 준영은 치밀어오르는 화를 그대로 화진에게 풀어버렸다. 힘겹게 침대로 다가와 누운 그녀를 거칠게 안아버린 준영은 깊숙하게 자신의 분신들을 그녀의 몸속에 쏟아붓고 나서야 떨어져 나왔다.

이게 아니라고, 이렇게 할 생각이 아니었다고 준영은 외치고 싶었지만, 공허한 눈빛을 휘날리며 누워 있는 화진을 본 순간 나오려던 말이 목구멍 안쪽으로 다시 들어가 버렸다.

거칠게 떨어져 나온 준영은 바로 욕실로 들어가 몸을 씻고 나왔다. 그의 뒷모습을 보고 있던 화진은 울지 않기 위해서 입술을 죽을 듯이 깨물었지만, 새어나오는 흐느낌을 막을 수가 없었다. 침대에 엎드려 이불로 입을 막고는 통곡하듯 울음을 터뜨렸다.

“흑흑흑!”

더러운 것이라도 묻은 사람처럼 정사 후 바로 몸을 빼내 욕실로 들어가 버리는 준영의 무정함에 화진은 몸서리가 쳐졌다.

마음과는 달리 지친 몸은 바로 잠 속으로 빠져 들어갔다. 욕실 문을 닫는 소리가 귓가에 어렴풋이 들려왔지만, 화진은 무시해버리고 유혹하고 있는 잠 속으로 들어가 버렸다.

거칠게 화진을 안았던 자신을 책망하며 준영은 괴로운 표정으로 엎드려 자고 있는 화진에게 다가가 목덜미를 만져보았다. 어깻죽지와 목덜미까지 키스 마크로 도배되어 있는 몸을 보면서 입술을 지그시 물었다.

조심스러운 손길로 머리카락을 쓰다듬어보던 그는 움직이지 않는 그녀의 배와 가슴으로 살며시 손을 넣어 몸을 돌려주었다. 많이 울었는지 눈물 자국이 선명하게 나 있는 뺨을 매만지는 준영의 손길이 한없이 떨리고 있었다.

'그렇게 거칠게 안을 생각은 아니었는데……. 나도 내 자신을 모르겠다. 당신 앞에만 서면 이성을 잃어버리는 내 자신이 너무 두렵고 겁날 뿐이야.'

한없이 감미로운 손길로, 잠들어 있는 화진의 얼굴을 쓰다듬고 만져보던 준영은 살포시 그녀 곁으로 가서 몸을 누이며 보드라운 그녀의 몸을 끌어안았다.

* * *

번쩍 눈을 뜬 화진은 믿을 수 없는 광경에 다시 눈을 비비고 쳐다보았다. 어젯밤 그토록 거칠게 자신을 소유했던 사람이라고는 믿기지 않을 정도로 포근하게 자신을 안고 있는 준영의 손길에 화진은 혼란스러운 표정을 지으며 침대에서 내려왔다. 깊은 잠에 빠져 있는 그를 다시 한 번 더 바라본 그녀가 우울한 기분을 애써 떨쳐내고 부엌으로 나가자, 이미 수진이 식사를 준비하고 있었다.

"일찍 일어나시네요?"

상큼한 미소를 머금으며 다가오는 화진의 모습에 수진의 얼굴에서도 미소가 피어오르고 있었다.

"후후후, 늙어서 그런지 아침잠이 없어졌어요."

"풋, 아직까지 정정하신데요."

"그런가요? 그렇게 봐주시니 너무 고마운데요."

수진과 이런저런 이야기꽃을 피우며 즐겁게 아침을 차린 화진은 로봇처럼 정확한 시간에 깔끔한 모습으로 나오는 준영을 보면서 혀를 찼다.

화진은 준영이 필요한 것이 있으면 그의 앞에 내려놓으면서도 시선을 맞추지는 않았다.

무겁도록 힘든 침묵만이 맴돌던 식사가 끝나자 준영도 자리에서 일어나 현관문을 열고 나갔다. 그런 그의 뒷모습을 애절하게 바라보고 있던 화진은 정신을 차리고 몸을 돌려버렸다.

정확한 시간에 오는 정 실장의 차에 몸을 실으면서도 준영은 마음 한 구석이 찝찝해져오는 것을 느끼며 인상을 구겼다.

그를 마중하고 몸을 돌리는 화진의 어깨가 한없이 축 쳐지고 있는 모습을 보면서 수진은 안타까운 표정을 지었다. 평상시처럼 잘 웃지도 않고 할 말만 하고는 침실에서 얼굴도 내보이지 않는 화진을 보면서 절로 한숨이 새어나왔다.

"조금만 화진 양을 따뜻하게 감싸주어도 될 텐데……."

아쉬운 마음을 담은 수진이 침실 쪽을 한 번 보고는 고개를 흔들며 정원으로 나갔다.

완연한 가을로 접어들었는지 여기저기서 단풍이 지고 있는 모습을 본 수진은 정원사가 손질하고 있는 나무들을 찬찬히 훑어보았다. 노련한 솜씨로 이곳저곳을 손질하며 예쁜 모양을 내고 있는 그를 보는 수진의 눈빛이 한없이 부드러워져갔다.

온종일 정원에서 일하는 그를 지켜보고 있던 수진은 석양이 지는 모습을 본 후에야 집 안으로 들어왔다. 그때까지도 화진은 침실에 박혀 있는지 기척도 느껴지지 않아 살그머니 침실 문을 노크해보았지만, 아무런 대답도 들려오지 않았다.

"자나?"

수진은 문을 열려던 손길을 멈추고는 부엌으로 들어가 저녁 준비를 하기 시작했다.

화진은 노크 소리를 무시해버리고는 침대에 얼굴을 묻어버렸다. 어제 준영이 자신한테 외친 말들이 뇌리 속을 떠다니며 온종일 자신을 괴롭히고 있었다. 아무리 생각하지 않으려고 해도, 눈만 감으면 그가 소리치는 말들이 생생하게 귓가에 들려오는 것 같아서 가슴이 아팠다.

"알고 있는 사실이지만, 그의 입으로 직접 들으니까 너무 괴롭네. 후후후!"

쓸쓸한 어조로 중얼거리던 화진은 하루만에 변한 정원을 멍하니 바라보며 떨어지는 눈물을 닦을 생각도 하지 않고 있었다. 외롭다는 느낌이, 혼자라는 느낌이 오늘따라 자신의 가슴을 후려치고 지나가는 것 같아서 더 많이 힘들고 괴로웠다.

뚜뚜뚜뚜!

갑자기 들려온 전화벨 소리에 정신을 차린 화진이 화장대 위에 올려놓은 휴대폰 폴더를 열었다.

"네, 여화진입니다."

"후후후, 네, 서준서입니다."

자신의 말투를 그대로 따라하는 준서의 밝은 목소리에 화진의 입가가 원을 그리듯 부드럽게 변했다.

"풋, 제 휴대폰 번호는 어떻게 아셨어요?"

"궁금해요?"

"네."

"아저씨한테 매달려서 받아낸 결과죠. 바로 가르쳐주셨으면 이렇게 오래 걸리지 않았을 텐데……. 화진 씨만큼 아저씨도 고집이 세신 것 같아요."

자신이 없는 사이에 아버지와 상당히 친해진 모양인지, 아저씨라는 호칭을 쓰고 있는 준서의 말을 들으며 화진은 가슴 한구석이 내려앉는 듯했다.

"아버지랑 친해지셨나 봐요?"

"네, 많이 친해졌어요. 그 매개체가 바로 화진 씨지만."

나긋나긋한 준서의 음성에 화진은 우울함이 가슴속에서 빠져나가는 것을 느낄 수 있었다.

"서준서 씨는 저, 어디가 좋으세요?"

그녀의 직설적인 질문에 당황했는지 한동안 말이 없는 전화를 가만히 들고 있던 화진은 한숨을 내쉬는 준서의 목소리를 들을 수 있었다.

"어디라? 저는 화진 씨의 어디가 좋은 게 아니라, 화진 씨 자체를 좋아하는 겁니다. 당신만 보면 나도 모르게 뛰는 심장 소리도 좋고, 함께 있으면 행복할 것 같아서 좋아요."

"훗, 아무리 생각을 해도 준서 씨는 바람둥이 같아요."

화진의 농담에 준서가 호탕한 웃음을 지었다. 사람을 매료시키는 그의 웃음소리에 화진 역시 그에게 마음이 쏠리는 것을 느꼈다.

"하하하! 정 궁금하면 우리 한번 오붓하게 만나서 대화를 해볼까요? 제가 정말 바람둥이인지 아닌지에 대해서 말이에요."

"풋, 그거 지금 데이트 신청이죠?"

"화진 씨가 받아만 준다면요."

준서의 말에 문득 초라해지는 자신을 느끼며 화진은 고개를 떨어뜨렸다. 더 이상 비참하게 눈물을 흘리고 싶지 않아 입술을 깨물고만 있자 준서의 감미로운 목소리가 다시 들려왔다.

"이런, 거절인가요? 아버지를 보러 오는 김에 데이트하고 싶었는데……. 그렇지 않아도 아저씨께서 화진 씨는 기숙사에 들어갔다고 했거든요. 주말에 병원에 오면 안 될까요?"

간절함이 가득 묻어나는 준서의 속삭임에 화진은 목을 가다듬으며 조용히 입을 열었다.

"흠! 시간이 되면 가도록 할게요."

"우와! 정말요?"

"노, 노력은 해볼게요."

"무리가 가더라도 시간을 내서 좀 오세요. 이렇게 자주 얼굴 보면 나와 사귈 마음이 생길 걸요."

"훗, 노력해볼게요."

"음! 그럼 목을 쭉 빼고 화진 씨가 병원에 올 날만 기다리고 있을게요. 꼭 오세요."

다짐에 또 다짐을 받으려는 준서의 말에 알았다고 대답한 화진은 얼굴 가득 번져가는 미소를 거두며 폴더를 닫았다. 창밖을 바라보고 있던 화진이 뒤통수에 느껴지는 다른 사람의 시선에 황급히 고개를 돌리자, 준영의 차가운 눈빛과 마주쳤다.

"들어오셨어요."

당황스러움에 그녀가 얼른 몸을 돌려 그의 앞으로 걸어가자, 준영의 서릿발 같은 차가운 눈빛이 그녀의 얼굴 위로 쏟아졌다.

"사귀는 사람이라도 있는 건가?"

감정이라고는 조금도 묻어나지 않는 준영의 말에 화진은 급히 고개를 저었다.

"그런 거 아니에요."

"그럼 뭐지?"

"아는 사람이에요."

"아는 사람?"

준영의 차가운 되물음에 화진은 얼굴이 굳어져버렸다.

"네."

"근데, 전화하는 이유가 뭐지?"

계속해서 다그쳐 묻는 준영의 모습에 화진이 미간을 찌푸렸다.

"제 사생활은 간섭하지 않는다면서요?"

꼬리를 내리고 있던 화진이 얼굴을 번쩍 쳐들고는 대들 듯이 소리치자, 준영의 얼굴에 조금 당황한 빛이 스치고 지나갔다.

"사생활?"

"그래요. 제 사생활은 간섭하지 않는다면서요. 그런데 이렇게 꼬치꼬치 묻는 이유를 알 수가 없군요."

“지금 이걸 사생활이라고 나한테 말하는 건가?”

차갑게 빛나는 준영의 매서운 눈빛을 고스란히 쳐다보면서도 화진 또한 뒤로 물러서지 않았다.

“네, 제 사생활인데요.”

“건방지군, 여화진!”

주위를 얼려버릴 것 같은 준영의 목소리에 화진은 두 다리가 덜덜 떨려왔지만 이를 악물면서 버티고 있었다.

“개처럼 엎드리라면 엎드려야 할 처지이지만, 전화 통화하는 것까지 당신한테 일일이 허락 받을 생각은 없어요.”

벌게진 얼굴로 그녀가 쏘아보며 소리치자 준영의 눈빛이 한순간 주춤거리는 것을 볼 수 있었다. 싸늘하게 자신을 노려보며 거친 숨을 내쉬는 화진의 모습에 준영의 두 눈빛이 맹렬하게 타오르기 시작했다.

“나는 한 여자를 공유하지 않아. 내가 먼저 건드린 여자를 다른 놈이 다시 건드리는 것도 용납하지 않는다고. 그런데도 그런 표정으로, 그런 목소리로 전화하고 있던 주제에 잘도 떠들어대는군.”

“다른 사람과 통화하면서 웃을 수도 있고 행복한 미소를 지을 수도 있는 일이에요. 당신 눈에만 모든 것이 다 삐뚤어져 보일 뿐이라고요.”

조금도 밀리지 않고 마주 보며 소리치는 화진을 보면서 이번에는 준영이 흔들리고 있었다. 지금까지 살면서 한 번도 자신의 눈을 마주 보며 맹렬하게 대드는 사람을 본 적이 없는 준영에게는 또 다른 느낌으로 다가왔다.

“두 번 다시 그런 표정으로 통화하지 마. 그리고 지금 통화한 놈과 만날 시에는 가만두지 않겠어.”

“싫어요. 내가 만나고 싶으면 누구든지 만날 거고, 내가 가고 싶은 곳이 있다면 어디든지 갈 거예요. 아무리 당신에게 복종하는 신세라 해도 비참하게 살지는 않을 거예요.”

“여화진!”

"소리치지 말아요. 당신만 소리칠 수 있는 거 아니에요. 나, 나도 얼마든지 당신한테 고함칠 수 있는 사람이라고요."

목에 핏대까지 세워가며 소리치는 자신의 모습에 조금은 충격을 받았는지 준영의 얼굴이 창백해지는 것을 보면서 화진이 비릿한 웃음을 지어 보였다.

"젠장!"

짜증스럽게 가방을 그녀 쪽으로 던진 준영이 다시 밖으로 나가버리자, 화진은 그 자리에 털썩 주저앉아버렸다. 다리에 완전히 힘이 풀려버린 후라서 그런지 다시 일어설 수도 없었다. 멍하게 앉아서 자신이 저지른 일을 하나씩 떠올리며 절망감에 얼굴을 묻어버렸다.

끓어오르는 화를 참지 못한 준영은 그대로 집을 나와 자주 가던 술집으로 들어갔다. 그녀만 보면 자신을 조절하지 못하는 현실에 더 짜증이 밀려왔다. 뭐라도 부숴버리고 싶은 욕망 때문에 마담이 준비해온 술을 연거푸 입 속으로 들이부어 버렸다.

"제기랄! 그 표정이 뭐냐고!"

다시 독한 술을 입 안에 털어넣고는 그가 중얼거렸다.

"나한테는 한 번도 보여준 적 없던 그 음성은 또 뭐냐고! 부드러운 미소는 뭐냐고! 짜증나! 젠장!"

횡설수설한 말들을 쏟아내면서 죽을 듯이 술을 마셔대는 그를 보면서 마담이 정 실장에게 전화를 넣었다. 바로 달려온 정 실장에게 환한 미소를 지어 보이고는 마담이 룸으로 안내해주었다. 인사불성으로 취한 준영이 소파에 널브러져 있는 모습에 정 실장의 눈살이 찌푸려졌다.

"이게 무슨 일이야?"

그가 다가가 엎어져 있는 준영을 부축하며 소리쳤지만, 정신도 차리지 못하고 있는 그에게 들릴 리가 없었다.

"이놈이 왜 이래?"

장신인 데다가, 전혀 의식을 차리지 못하고 흐느적거리는 그를 부축해서 나간다는 것이 정 실장에게는 무리였다. 그런 정 실장의 어려움을 안 마담이 건장한 사내 둘을 룸으로 보내주었다. 그들의 도움으로 준영을 차 뒷자리에 눕혀놓고는 정 실장이 고맙다는 인사를 몇 번이나 하고 그곳을 벗어났다.

뭐라고 중얼거리는 준영을 보는 정 실장의 얼굴이 흙빛으로 변해 있었다.

"준영아!"

미리 연락을 해놓은 상태여서인지 집 안 여기저기에 불빛이 보였다.

차 소리가 들려서 나왔는지 처음 보았을 때보다 야윈 듯한 화진이 현관문을 열고 밖으로 나오고 있었다.

"아, 화진 씨."

정 실장의 목소리에 화진이 미소를 띠며 차 쪽으로 다가와 섰다.

"준영이가 많이 취해서 혼자로는 좀 힘들겠는데요."

"아, 제가 도와드리겠습니다."

"그래 주시면 좋고요."

차 뒷문을 열자, 의자에 널브러져 있는 준영의 모습에 화진은 순간적으로 인상이 찡그려졌지만, 얼른 표정을 감추고는 정 실장과 함께 그를 부축해서 침실로 들어갔다.

침대에 던지듯 놓아버린 정 실장이 흘러내리는 땀을 쓱 닦으며 물 한 잔을 요구하는 바람에 화진도 같이 나올 수밖에 없었다.

"여기요."

"아, 고맙습니다. 얼마나 무겁던지 죽을 뻔했네요. 그럼, 저는 가볼게요."

"조심해서 가세요."

잔잔한 미소를 지으며 인사하는 화진을 빤히 바라보고 있던 정 실장이 조용히 속삭였다.

"차갑더라도, 화진 씨를 많이 아프게 하더라도 저놈의 손을 놓지 말아주시면 감사하겠습니다. 불쌍한 놈이라고 생각하시고, 아픔이 많아서 저렇게 화진 씨를 차갑게 대하는 거라고 생각하고 이해해주시기 바랍니다. 지금까지 저렇게 이성을 잃게 만든 사람은 화진 씨밖에 없었거든요. 모든 일에 무심함을 보여주던 저놈이 화진 씨에게만은 그렇지 못한 행동들을 하고 있는 겁니다. 그러니 힘들더라도 제발 저놈을 잡아주세요.”

정 실장의 애절한 눈빛과 표정에 화진은 소리치고 싶었다. 자신도 좀 잡아달라고, 차갑게 내치기만 하는 준영 곁에 있으면서 만신창이가 될 것 같아 두렵다고 소리치고 싶었지만, 조용히 고개를 끄덕이는 것으로, 외치고 싶은 속마음을 묵살해버렸다.

멀어져가는 차를 바라보는 화진의 볼 위로 눈물이 타고 내렸다.

넓어져가는 상처

　반복적인 일상이 계속 이어져갔다. 다섯 시에 일어나 그의 아침을 차리고, 그가 출근하는 것을 배웅하고 나면 그녀도 학교에 나갔다. 그리고 준영이 수강해준 회화 반에 들어가 일주일에 세 번, 영어와 중국어, 일어를 배웠다.

　그렇게 하루 일정을 끝내고 집으로 들어오면 다시 수진과 저녁 준비를 했다. 아홉 시에 들어오는 준영에게 맞추어 저녁을 차리고 간단하게 식사를 했다. 그가 내어주는 옷들을 정리하고, 밤에는 준영의 잠자리 상대가 되어주는 것으로 하루 일과가 마무리되는 것이었다. 그런 똑같은 생활을 한 지 벌써 3개월이 다 되어갔다. 이제는 제법 몸에도 익숙해서 그런지 그다지 힘든 것도 느낄 수 없을 정도였다.

　그녀가 조용하게 생활하는 것이 흡족했는지 그가 허락해주어 화진은 3개월 만에 아버지를 만날 수 있었다. 통화할 때마다, 죄인이라며 자책하는 아버지의 모습이 싫어 되도록이면 아버지와도 통화하고 싶지 않았지만, 그래도 세상천지에 하나밖에 없는 혈육이라 가슴 한구석이 아릿하게 아팠다.

이번 주말에는 꼭 시간을 내달라는 그의 말을 번번이 어긴 화진에게 삐쳤다며 농담 섞인 목소리로 말하는 준서의 말이 떠오른 화진의 입가에 미소가 어렸다.

"무슨 좋은 일 있으세요?"

수진의 말에 화진이 미소를 가득 지으며 대답했다.

"내일까지 아버지한테 있다가 오라네요."

"아, 회장님께서 외박을 허락하셨구나."

"훗, 네."

"이런, 그래서 우리 화진 양이 아침부터 활짝 피었구나."

"그렇죠 뭐!"

바쁘게 식탁을 차린 화진이 고개를 숙이자 주름진 수진의 얼굴이 활짝 펴졌다.

"그거 아세요?"

"네?"

"화진 양은 웃을 때가 제일 예뻐요. 너무 예뻐서 남자들이 몸서리를 칠 걸요."

"풋, 아무도 몸서리를 치지 않던데요."

"그때는 화진 양의 실체를 몰랐겠죠. 지금 밖에 나가서 좀 전에 지은 미소를 한 번 더 보여줘 보세요. 남자들이 침을 줄줄 흘리며 따라올 걸 요."

"큭큭큭, 아줌마가 그런 단어를 쓰시니까 너무 웃겨요."

"훗, 저도 마음만은 어리고 싶은 여자랍니다, 화진 양!"

"그렇군요. 제가 그런 마음을 몰라드려서 죄송할 뿐입니다."

서로 마주 보며 웃던 두 사람은 준영의 등장에 웃음을 거두고는 재빨리 그의 앞에 밥과 국을 떠서 내려놓았다.

"뭐가 그렇게 즐거워서 아침부터 재잘거리지?"

“재잘거린 것이 아니라 아줌마와 즐거운 대화를 한 거예요.”

준영의 표현에 기분이 상한 화진이 입을 비죽거리며 말했다.

그런 그녀의 모습이 너무 귀여워 보였던 준영은 자신도 모르게 웃고 말았다. 뭐라고 잔소리할 거라는 생각에 눈을 살짝 감고 있던 화진은 갑자기 들려오는 준영의 시원한 웃음소리에 놀라 눈을 번쩍 떴다.

“귀엽군.”

아직까지 삐죽 입을 내밀고 있는 그녀의 입술을 살며시 쓸어내린 준영이 수저를 들고 식사를 시작했지만, 화진은 멍하니 그 자리에 돌이 되어 버렸다.

‘지금 나한테 뭘 한 거야!’

“내일까지는 당신이 하고 싶은 일을 하도록 해. 아버님을 찾아뵙고 그동안 쌓인 이야기도 좀 하라고.”

“당신이 말해주지 않아도 그렇게 할 거예요.”

“좋은 시간 보내.”

식사를 마친 그가 자리에서 일어나 현관으로 나가자, 화진이 배웅해 주었다. 평상시보다 더 축 처진 어깨로 출근하는 그의 뒷모습에 가슴이 아려오는 것을 느꼈다.

‘차라리 차갑게 대해요. 그럼, 당신을 좋아하는 이 마음을 다스릴 수 있으니까요.’

*　*　*

평상시보다 더 예쁘게 꾸민 화진은 가방을 들고 조금은 가벼운 발걸음으로 병원을 향했다. 아버지를 본다는 것과 준서를 만날 수 있다는 사실에 저절로 발걸음이 빨라졌다.

병원 정문으로 들어서는 화진의 모습에 주위 사람들의 시선이 쏠리기 시작했고, 화진은 마침 응급실에서 나오던 준서와 마주쳤다.

184

"어, 화진 씨."

뜻밖의 등장에 놀란 준서가 뛰어와 화진을 안아버렸다.

"어머!"

놀란 그녀가 얼른 그의 품안에서 벗어나며 미간을 조금 찌푸렸다.

"이런, 제가 실수했나요?"

"네, 준서 씨."

"오랜만에 봐서 기뻐서 그랬는데……."

"그래도 이렇게 공공장소에서 그러지 말아주세요."

화진의 말에 준서가 어색하게 머리를 긁적거리며 웃었다.

"음, 화진 씨의 말이라면 그렇게 할게요. 그럼 화 풀어요?"

아직까지도 미간을 찌푸리고 있는 그녀의 모습에 준서가 눈썹을 찡긋거리며 애교를 부렸다.

"하여튼. 잘 지냈어요?"

부드러운 화진의 목소리에 준서가 빠르게 고개를 끄덕였다. 준서는 많이 말라 있는 화진의 얼굴을 관찰하고는 눈가를 찡그렸다.

"너무 말랐다, 화진 씨?"

"훗, 조금 쪄서 다이어트하고 있는 중이에요."

"이런, 화진 씨가 다이어트한다고 하면 여성들이 돌 던질 걸요?"

"호호호, 그런가요?"

"그럼요. 지금보다 조금 더 찌면 더 예쁘겠어요. 그러니 살 빼지 말아요."

진심으로 걱정해주는 그의 말에 고개를 끄덕인 화진은 빙그레 웃으며 준서를 쳐다보았다.

"이렇게 걱정해주는 사람이 있으니까 너무 기쁜데요."

그녀의 말에 준서가 제법 진지한 표정을 지으며 다가왔다.

"그럼, 우리 사귈래요?"

그의 말에 놀란 화진이 고개를 얼른 저었다.

"죄송해요."

"뭐, 천천히 화진 씨에게 다가서면 되지 뭐."

싱긋 웃은 그가 가운 양쪽 주머니에 손을 넣고는 의사다운 표정과 몸짓을 해 보였다.

"저……."

말하고 싶었지만, 입이 떨어지지 않아 머뭇거리자 준서가 얼른 다른 말을 꺼냈다.

"아버지 보러 가셔야죠?"

"아, 네."

"그럼 얼른 올라가 보세요. 화진 씨 온 거 아시면 굉장히 기뻐하실 거예요."

다시 입을 연 화진은 다른 질문을 그에게 했다.

"아버지 상태는 좀 어때요?"

"일찍도 물어보네요?"

"훗, 정신이 없네요."

"젊은 사람이 무슨."

"그만 농담하고 대답해주세요."

"이번 주에 퇴원하실 거예요."

그 말에 화진이 놀란 표정을 지으며 그를 쳐다보자, 그것도 몰랐느냐는 듯한 준서의 눈빛이 날아왔다.

"퇴원이요?"

"정말 몰랐나 봐요. 병원 측에서 미리 환자한테 말했는데……."

"아, 제가 정신이 없어서 잊어버렸나 봐요 아버지한테 좀 가봐야겠어요."

당황스러운 표정을 지으며 몸을 돌린 화진은 알고 있던 병실로 급하게 뛰어갔다. 따라오는 준서를 느낄 새도 없이 병실 안으로 들어선 화진은 일선의 놀라는 모습을 볼 수 있었다.

"아버지!"

"화, 화진아!"

화진은 죄인처럼 고개를 숙이는 그를 보자, 욱하는 성미가 올라와 버렸다.

"언제까지 저한테 그러실 거예요. 언제까지 그런 모습으로 저를 대하실 거냐고요."

화진의 고함소리에 일선의 얼굴이 심하게 일그러졌다.

"제가 말씀드렸잖아요. 그게 최선의 선택이고 방법이었다고. 아무렇지도 않아요. 힘들지도 않아요. 그런데 왜 그런 표정으로, 그런 얼굴로 저를 대하냐고요. 아버지가 그런 태도로 절 대할 때마다 제가 얼마나 초라해지는지 아세요? 낯선 사람들의 손가락질보다 아버지의 그 태도가 저를 더 아프게 하고 힘들게 한다고요."

울부짖는 화진의 말에 일선이 자리에서 일어나 절뚝거리는 걸음걸이로 화진 앞에 서더니 무릎을 꿇었다. 놀란 화진이 뒤로 물러서자 일선이 고개를 숙였다.

"오늘 하루만 너한테 빌게. 오늘 하루만 이렇게 무릎을 꿇으마. 정말 미안하다, 정말 미안해. 흑흑흑! 못난 아비를 용서해다오."

"아버지! 흑흑흑!"

한두 방울씩 떨어지던 눈물이 이제는 쉴 새 없이 바닥으로 떨어져 내렸다.

준서는 병실로 들어서려던 발걸음을 멈추고 문에 기대었다.

'무슨 일이 있는지 나도 알고 싶어. 당신에 관한 모든 것들을 다 알고 싶어.'

어두워진 안색으로 병실 문에 기대서 있는 준서의 모습에 지나가던 의사들이 고개를 갸웃거렸다. 다른 사람들의 시선 때문에 어쩔 수 없이 몸을 바로 세운 준서는 비틀거리는 몸으로 그곳을 벗어났다.

고개를 떨어뜨리고 있는 아버지의 초라한 모습에 화진도 바닥에 주저앉아 그를 끌어안았다.

"언제나 말했잖아요. 아버지는 제게 있어 사랑이고 행복이라고. 어떤 모습을 하고 계시든지 아버지를 사랑하는 마음은 변함이 없다고요. 이렇게라도 아버지한테 힘이 되어줄 수 있어서 다행이라고 생각했어요. 그러니 이제는 죄인처럼 내 앞에서 고개를 숙이지 마세요. 두 번 다시는 그러지 마세요."

숨죽인 화진의 말에 일선은 고통스럽게 눈물을 삼키며 떨리는 손을 들어 세상에서 제일 사랑하는 딸아이의 얼굴을 쓰다듬었다.

"미안하다."

"아버지를 잃지 않은 것만으로도 저는 행복해요. 아버지까지 제 곁을 떠나버리면 저는 살 수가 없어요. 이 세상에 혈육은 아버지뿐이잖아요."

가슴을 저미는 화진의 말에 일선은 흐느낌을 삼키며 힘껏 자신의 품으로 그녀를 당겨 안았다.

"사랑한다, 화진아! 내 목숨보다 소중한 딸!"

"저도요."

가슴속에 깊숙하게 자리하고 있던 납덩이를 내려놓은 것 같은 화진은 한참을 그렇게 껴안고 있던 몸을 풀고는 어색하게 머리를 매만지며 미소를 지었다.

"흠! 퇴원한다는 소리는 들었어요?"

"으, 응. 이제 몸도 많이 좋아졌고, 그리고 발목도 상당히 완쾌되어서 퇴원해도 된다는 말을 들었거든."

"그러셨어요. 그럼 집은 제가 알아보도록 할게요."

"저……."

머뭇거리는 일선의 모습에 화진이 눈을 맞추자, 고개를 숙이는 그였다.

"아버지!"

자신의 고함소리에 얼른 고개를 드는 그를 보면서 화진은 얼굴에 환한 미소를 드리웠다.

"아니다. 나, 이제 이곳에서 살고 싶지 않다."

"그럼……."

"친구놈이 하는 과수원에서 지낼 생각이다. 지난번에 병문안 와서 말을 건넸더니 아주 좋아하더라. 어차피 그놈도 수절하고 혼자 살고 있는 놈이라 내가 가도 괜찮을 것 같고 말이다."

"하지만……."

"됐다. 네가 무슨 말을 하고 싶은지 알고 있지만, 내 뜻에 따라주었으면 한다. 이제는 이곳이 싫어졌다. 그리고 너한테 더 이상 짐이 되고 싶지도 않고 말이다. 아무래도 이 다리로는 직장을 구할 수도 없을 것 같구나. 그냥 마음 편하게 농사나 짓고 살란다."

많은 생각을 하고 내린 결정이라는 것을 일선의 눈빛을 보고 느낀 화진은 야속한 마음이 들었지만, 어쩔 수 없이 고개를 끄덕여 승낙했다. 그런 화진의 모습에 일선의 주름진 이마가 활짝 펴지는 것을 볼 수 있었다.

"고맙구나."

"퇴, 퇴원하면 바로 내려가실 건가요?"

"한 번씩 치료받으러 와야 한다지만, 그냥 대구에 있는 병원에 다니면 되니까 굳이 이곳에 있을 이유는 없을 것 같구나."

"아버지!"

떨어져 지내야 한다는 사실에 화진은 떨리는 손을 들어 아버지의 굳은 살이 박인 손을 꼭 잡아 뺨에 비벼댔다.

"이 시련이 싫지만 죽을힘을 다해서 참아볼게요. 그 사람 곁에서 2년을 보낸 후에 저도 아버지 곁으로 가서 살게요. 그러니 조, 조금만 기다려주세요."

약한 모습을 보이지 않기 위해서 이를 악물며 참고 있는 딸아이의 애절한 모습에 그의 심장이 반으로 갈라지는 것 같았다. 애지중지 키우기 위해서 그토록 귀하게 여기고 발바닥이 갈라지도록 일을 한 그였지만, 마지막에는 딸에게 커다란 짐을 안겨버린 자신의 무능함에 일선은 혀라도 깨물고 죽고 싶었지만 그럴 수도 없었다. 슬프게 우는 화진의 등을 두드려주는 일선의 손도 떨리고 있었다.

"자주자주 놀러오면 되지. 공기 좋은 곳에서 살면 몸도 건강해질 거다."

"꼭 건강한 모습으로 계셔야 해요?"

"그래."

말하지 않아도, 서로 바라만 보아도 무슨 생각을 하고 있는지 느낌으로 알 수 있는 두 사람은 한동안 말없이 서로를 바라보며 시간을 보냈다. 따뜻하게 손을 잡아오는 아버지를 보면서, 힘들고 아팠던 지난 일들이 주마등처럼 그녀의 머릿속을 스치고 지나갔다.

밤새도록 일선과 이런저런 이야기를 하며 시간을 보낸 화진은 밝아오는 햇살을 바라보며 창문 쪽으로 고개를 돌렸다.

"이제 가봐야 할 것 같아요."

"그래, 난 내일 퇴원해서 바로 대구로 내려갈란다. 친구놈이 내일 퇴원 수속 밟아주러 온다고 했으니까 너무 걱정하지는 말아라."

"네, 이제는 아버지 걱정하지 않을게요. 건강하시고 몸조심하세요. 참, 병원비는 제가 미리 정산할게요."

"아니 됐다."

거절하는 아버지의 손을 꼭 잡은 화진이 빙그레 웃으며 고개를 저었다.

"제가 하고 싶어요."

"그럼 부탁 좀 하자. 너도 몸조심하고, 밥도 제때 먹도록 하고."

"네."

일어서기 싫은 몸을 겨우 일으켜 세우고는 가방을 들고 다시 한 번 일선을 바라보고 선 화진은 떨어지지 않는 발을 움직였다. 로봇처럼 뻣뻣한 몸을 돌려 나가는 딸아이의 뒷모습에 일선의 눈가가 젖어들었다.

힘겹게 문을 닫고는 한참을 문에 기대서 있던 화진은 쓰러질 것 같은 몸을 바로 하고 한 발짝씩 걸음을 옮겼다. 눈물로 흐릿해진 시선으로 비틀거리며 걸어가던 그녀는 문득 어깨에 따뜻한 손이 와 닿는 걸 느꼈다. 그녀가 걸음을 멈추고 돌아보았다.

"괜찮아요?"

"아, 준서 씨!"

그녀의 눈가에 맺혀 있던 눈물이 또르륵 밑으로 떨어지자 준서의 얼굴이 곤혹스러움으로 일그러졌다.

"화진 씨!"

"나한테 너무 잘해주지 말아요. 그런 미소로, 그런 눈빛으로 나를 바라보면…… 나, 이기적인 여자가 될지 몰라요. 그러니까……, 그러니까 그런 눈빛으로 나를 바라보지 마세요. 제…… 발."

울먹거리는 목소리로 소리친 화진이 몸을 돌려 뛰어가 버리자, 멍하게 서 있던 준서가 정신을 차리고 그녀를 따라 뛰기 시작했다. 비틀거리며 뛰어가던 화진이 문에 부딪쳐 넘어지자, 달려오던 준서가 겨드랑이에 손을 넣어 그녀를 일으켜 세워주었다.

"왜 그렇게 혼자 아파하고 혼자 힘들어해요. 그런 눈빛으로, 그런 얼굴로 말하면 내 마음이 편하지 않잖아요."

병원 앞에 인공적으로 만들어진 공원 벤치에 화진을 앉히며 준서는 처음으로 꾸짖듯 소리쳤다.

"준서 씨!"

"그런 말을 하려면 당당한 모습으로 하도록 해요. 세상 모든 아픔을 다 짊어진 안색으로 그러지 말고요. 당신이 그러면 그럴수록 난 당신한테 더 집착하게 된단 말이에요."

준서의 솔직한 말에 화진은 흘러내리는 눈물을 닦으며 고개를 숙였다.

"화진 씨?"

불러도 고개를 들지 않자, 준서가 자리에서 일어나 앞에 서더니 무릎을 꿇고는 화진의 턱을 잡아 들어올렸다.

"나를 봐요!"

“그러지 말아요.”

“나를 한 번 봐줘요!”

“준서 씨.”

부드러운 눈빛으로 눈을 맞추는 준서의 모습에 화진은 초라한 자신을 느끼며 목놓아 울고 싶어졌다.

“친구로 있자면 그렇게 할게요. 아직은 내가 부담스럽다면 더 이상 다가서지 않을게요. 그러니까 울지 말아요. 당신 눈에서 흐르는 눈물이 내 심장을 갈아먹고 있어요. 그러니까 이렇게 아프게 울지 말아요.”

감미로운 손길로 그녀의 턱을 쓰다듬던 준서가 말라버린 입술을 쓰다듬고는 촉촉한 입술을 겹쳐왔다. 그에게 받고 싶었던 따뜻함을 준서에게서 받고 있는 자신의 이기적인 모습에 놀라 화진이 얼른 몸을 뒤로 뺐다.

“화진 씨!”

“난 당신한테 이런 대접을 받을 자격이 없는 여자예요. 그, 그럼.”

허둥대며 자리에서 일어난 화진은 그가 닿은 입술을 만져보고는 뒤도 돌아보지 않고 뛰었다. 준서에게 기대려고 했던 자신의 이기심에 온몸이 덜덜 떨려왔다. 다가오는 택시에 몸을 싣고 집으로 향하는 화진의 얼굴이 백짓장처럼 하얗게 변해 있었다.

힘겹게 집 안으로 들어서는 화진을 본 수진이 다정한 미소를 지으며 말을 건넸다.

“일찍 오셨네요?”

“아, 네.”

“저, 그럼 저는 좀 쉴게요.”

“그러세요.”

화진은 침실로 들어와 살며시 침대에 몸을 눕혔다. 외로움과 함께 쓸쓸함이 화진의 가슴을 휘젓고 있었다.

시간 가는 줄도 모르고 잠에 취해 있는 화진을 수진이 살짝 흔들어 깨웠다.

"화진 양."

"음!"

"어디 아프세요?"

"아니요."

수진이 까칠한 목을 가다듬으며 속삭이는 화진의 안색을 유심히 살폈다.

"어디 아픈 것 같은데요?"

"괜찮아요."

"어디 아프면 아프다고 얘기하세요. 혼자 그렇게 끙끙거리지 말고."

수진의 자상한 말에 어느새 화진의 두 눈동자에 눈물이 가득 차올라 있었다. 울지 않기 위해서 입술을 지그시 깨물었지만, 의지와 상관없이 눈물이 뺨을 타고 아래로 내려왔다.

"화진 양!"

"흑흑, 모르겠어요. 왜 이렇게 외로운 감정이 드는지 정말 모르겠어요. 차가운 준영 씨를 바라보고 있으면 내 자신이 너무 한심스럽고, 따뜻한 눈빛을 바라며 눈이 빠지게 기다리는 내 자신이 바보 같아요. 그에게서 느끼지 못하는 따뜻함을 다른 사람에게서 찾으려고 한 내 자신이 너무 이기적인 것 같아서 무서워요."

떨리는 두 손으로 얼굴을 덮으며 화진은 터져 나오려는 울음소리를 참았다. 그런 화진의 떨리는 어깨를 수진이 가만히 안아주었다.

"힘들다는 거 알아요. 힘든 내색 한 번 하지 않고 까다로운 회장님께 맞추는 화진 양이 참으로 대견하다고 생각하고 있었거든요. 화진 양이 이곳에 들어온 후로 정말 분위기가 많이 밝아졌어요. 그 전에는 어두웠거든요. 그리고 우리 회장님도 원래는 그렇게 차가운 분이 아니셨어요. 가슴 따뜻하고, 남에게 싫은 소리 한마디 하지 않는 분이셨는데……."

"그런가요? 하지만 요즘은 정말 힘들어요. 뒷모습만 바라보는 것이 너무 힘들고 지쳐요."

"조금만 힘을 내라고 한다면 제가 너무 이기적인가요?"

수진의 쓸쓸한 목소리에 화진이 고개를 들어 그녀의 얼굴을 쳐다보았다.

"우리 회장님 참으로 불쌍하신 분이거든요. 저는 이곳에 있으면서 두 눈을 감아버리고 싶을 정도로 모질게 회장님을 대하던 전 회장님을 보아왔기 때문에 지금 계시는 회장님을 바라보고 있으면 언제나 가슴이 아파와요. 그래서 누구보다 회장님이 행복했으면 했어요. 그게 이 늙은이의 소망이자 바람이지요."

수진의 말에 화진 또한 서글픈 표정이 되어버렸다.

"이런 삶이 결코 좋은 것만은 아니군요."

"후후후, 그렇지요. 화진 양이 처음에 그랬잖아요. 모든 것에는 대가가 따른다고요. 우리 회장님도 지금 이 자리에 오르기 위해서 참으로 많은 대가를 지불하신 걸요. 그게 너무 커서 탈이지만요. 그러니 화진 양이 따뜻한 마음으로 회장님을 보듬어주세요."

"제가 할 수 있을까요? 제가 저 얼음을 녹일 수 있을까요?"

"그럼요. 화진 양이라면 할 수 있다고 저는 생각해요. 나약할 것 같으면서도 절대로 나약하지 않잖아요. 겉모습은 바람 불면 날아가 버릴 것 같이 가늘지만, 절대로 날아가지 않는 사람이잖아요. 그러니 할 수 있어요."

용기를 주는 수진의 말에 화진은 천천히 미소를 지었다.

"후후후, 이렇게 대화를 할 수 있는 사람이 있어서 그나마 다행인 것 같아요. 아줌마까지 없었다면 전 아마 숨 막혀서 죽지 않았을까 싶어요."

"호호호, 화진 양도 참. 이제 그만 힘내세요."

"네."

"봐요. 이렇게 웃으니까 얼마나 예쁘고 귀여워요."

"정말 고맙습니다."

진심이 가득 담긴 화진의 눈빛을 바라보면서 수진은 미소를 건넸다.

'바보들이군요. 아가씨도, 우리 회장님도.'

따뜻한 위로를 받자 화진은 한결 마음이 가벼워졌다. 이곳에 온 후 처음으로 편안한 마음으로 어제 자지 못한 잠을 잘 수 있었다.

모든 것을 다 잊어버리기 위해서 깊은 잠을 자던 화진은 어둠 속에서 깨어났다. 은근한 조명등 때문에 탁상용 시계를 본 화진은 커진 눈으로 다시 침대를 훑어보았다. 아직까지 돌아오지 않은 준영으로 인해 불안한 마음을 감추며 자리에서 일어나 거실로 나갔다. 마침 조용히 들려오는 차 소리에 놀란 화진이 몸을 벌떡 일으키고는 급하게 현관문을 열고 나가 밖을 바라보았다.

화진의 모습을 본 정 실장의 얼굴이 놀라움으로 변해갔다.

"어, 화진 씨."

"안녕하세요. 근데 이 시간에 어떻게……."

화진의 물음에 정 실장이 고갯짓으로 차 뒷자리를 가리켰다.

"이놈 때문에 새벽에 내려갔다가 지금 데리고 오는 길입니다."

"어."

끙끙거리며 뒷자리에 뻗어 있는 준영을 어깨에 들쳐메는 정 실장을 도와주고는 그녀가 앞으로 나가 문을 열어주었다. 상당히 흐트러진 준영의 모습에 그녀의 눈매가 가늘어졌지만, 정 실장이 있는 관계로 내색하지 않았다. 화진은 침대 위에 뻗어 있는 그를 한 번 보고는 거실로 나왔다.

"어휴, 더럽게 무겁네 정말!"

아픈 허리를 툭툭 두드리며 소파에 앉아서 거친 숨을 고르는 정 실장을 보고 있던 화진이 가만히 그의 맞은편 소파에 앉았다.

정 실장이 이마 위로 흘러내리는 땀을 손으로 쓱 닦고는 화진에게 살짝 미소를 지어 보였다.

"어디서 이렇게 마셨는데요?"

"지방에 잠시 다녀왔습니다."

"지방이요?"

“네, 화진 씨.”

“지방에 간다는 말은 없었는데…….”

생각하는 화진의 모습을 물끄러미 바라보고 있던 정 실장이 조용히 입을 열었다.

“처음 화진 씨를 보았을 때 많이 놀랐습니다. 준영이는 한 번도 누군가로 인해 이성을 잃은 적이 없었던 놈이거든요. 그런데 화진 씨 앞에만 서면 저놈이 머리가 돌아가지 않는 사람처럼 행동하는 것을 볼 수 있었어요. 그래서 혹시나 하는 바람으로 화진 씨에게 무리한 부탁을 했었고요. 지난 세월을 일일이 화진 씨에게 말할 수는 없지만, 저놈도 알고 보면 정말 불쌍한 놈입니다. 그저 차가움으로 그 상처를 감추고 내보이지 않으려고 할 뿐이지요. 지난 몇 십 년 동안 웃음이란 것을 잃어버린 사람처럼 살아온 놈입니다. 그런 놈이 화진 씨를 만나고 난 후에는 조금씩 웃기 시작했어요. 그래서 저도 화진 씨에게 조금이라도 희망을 걸고 싶어졌고요. 그러니 저놈의 아픈 손을 좀 잡아주십시오. 친구로서 이렇게 부탁드립니다.”

정중하게 부탁을 하듯이 꾸벅 허리까지 숙이며 인사하는 정 실장의 새로운 모습에 화진은 당황스러운 표정을 지으며 물끄러미 그의 뒤통수를 쳐다보고만 있었다.

아무런 말도 없는 화진의 태도에 정 실장이 숙이고 있던 고개를 들어 화진의 손을 덥석 잡으며 간절함이 가득 담긴 눈으로 애원하기 시작했다.

“부탁입니다. 지금 저놈에게 감정을 느끼게 해줄 사람은 화진 씨밖에 없는 것 같아요. 많이 아프고 힘들다는 것을 알지만, 준영이를 구제 좀 해주세요.”

“정 실장님!”

“화진 씨.”

그가 얼마나 준영을 소중하게 생각하는지 느낀 화진은 한숨과 함께 대답했다.

196

"제가 할 수 있는 일이라면 그렇게 할게요. 하지만 장담할 순 없어요."

화진의 말에 정 실장의 눈가가 촉촉하게 젖어왔다.

"정말 고마워요, 화진 씨."

"그런 눈빛은 사양하고 싶은데요."

살짝 농담을 던지는 화진의 모습에 정 실장이 미소로 답례했다.

"이제야 좀 마음이 가벼워지는군요. 그리고 화진 씨도 제발 그만 정 실장이라고 하세요. 매일 볼 때마다 정 실장님, 정 실장님. 정말 지겨운데요? 아님 편하게 만수 씨라고 해주세요."

그의 애교에 화진이 미소를 지었다.

"그럼 그렇게 불러드릴게요."

"정말입니다. 다음부터는 꼭 그렇게 불러주세요."

"네. 근데, 지방은 왜 가신 거죠?"

화진의 물음에 정 실장의 얼굴이 살짝 굳어졌다.

"전 회장님께서 지방에 있는 요양원에 계시거든요. 어제 저놈이 그곳에 갔나 보더라고요. 그리고 저녁부터 새벽까지 술에 빠져 있었던 것 같아요. 완전히 맛이 간 상태에서 나한테 전화를 했으니까요."

"아, 네. 아버님께서 많이 편찮으신가 봐요?"

아무것도 모르는 눈빛으로 물어보는 화진을 보면서 정 실장이 고개를 떨어뜨리며 우울하게 속삭였다.

"나중에 준영이한테 듣도록 하세요. 제가 말할 수 있는 일이 아니라서……."

정 실장의 말에 화진은 물러서야 할 때라는 것을 알았다.

"그렇게 할게요."

활짝 웃는 화진의 모습에 정 실장도 미소를 지어 보였다.

'보면 볼수록 괜찮은 아가씨네.'

"황금 같은 휴일을 이렇게 보내다니, 집에 들어가면 우리 마누라한테 맞아죽겠다. 그럼 화진 씨, 다음에 또 뵙죠."

"네, 살펴 가세요."

서둘러 떠나는 정 실장을 배웅하고 그녀가 안방으로 들어오자, 입고 있는 옷이 답답했던지 넥타이를 잡아당기고 있는 그를 볼 수 있었다. 한숨과 함께 그에게 다가가 넥타이를 풀어주자, 아주 만족스러운 듯 편안하게 잠 속으로 빠져드는 준영의 모습을 물끄러미 쳐다보았다.

"바보. 아파하면 내가 약해지잖아요. 당신이 이렇게 흐트러지면 내 마음이 흔들리잖아요. 지금도 이렇게 아픈데……. 이런 당신의 모습을 보면 감싸주고 싶고 안아주고 싶잖아요."

그의 와이셔츠와 바지, 양말을 벗겨주고 화진은 혹시라도 그가 깨어날 때를 대비해 부엌에서 따뜻한 꿀물을 가져왔다.

언제나 보아오던 깔끔한 모습은 온데간데없고, 흐트러지고 지저분해진 준영의 모습에 또다시 가슴이 아려왔다.

"한 번씩 당신이 내비치는 이런 모습들 때문에 많이 흔들리고 아파요. 아무리 당신을 바라보지 않으려고 해도 이런 모습들을 보면 나도 모르게 시선이 간다고요. 그러니 제발 이런 약한 모습은 보이지 말아요. 당신이 이러면, 나 당신을 사랑해버린단 말이에요. 지금도 이렇듯 미친 듯이 뛰는 심장 때문에 죽을 것 같은데……. 이렇게 안아주고 싶게 만들어버리면 어떻게 해요. 바보!"

술에 취해서 뭐라고 중얼거리는 그를 한 번 더 쳐다보고는 화진이 자리에서 일어났다. 그런데 뒤에서 준영이 갑자기 소리를 치는 바람에 놀라 화진이 몸을 돌렸다.

"가지 마, 제발 가지 마라. 이렇게 날 두고 가지 마. 사랑해 유아야!"

준영이 마지막으로 속삭인 여자의 이름에 화진의 얼굴이 창백해져버렸다.

'유아!'

화진이 떨리는 다리를 움직여 준영에게 다가갔다. 조심스러운 손길로, 떨고 있는 준영의 손을 잡자, 그도 화진의 손을 꽉 잡아왔다. 눈물이 가득 고인 눈으로 자신을 쳐다보며 우는 준영의 모습에 화진은 이를 악물었다.

"가지 마. 이렇게 날 두고 가지 마라. 너만 보내지 않을 거야. 제발……."

"준영 씨."

그녀가 떨리는 목소리로 속삭였지만, 그의 눈과 귀에는 화진이 들어오지 않았다. 오직 오래 전에 사랑했던 여자만이 보일 뿐이었다.

"유아야! 사랑해."

그의 뺨으로 흘러내리는 눈물을 바라보고 있는 화진의 가슴은 수 갈래로 찢어지고 있었다. 악착같이 자신의 손을 잡고 늘어지는 준영의 애절한 모습에 화진은 조용히 눈물을 떨어뜨렸다.

"당신 곁에 있을게요. 그러니 걱정하지 마세요."

그녀가 살며시 그의 이마에 입을 맞추자, 그제야 준영은 안심이 되는지 한숨과 함께 편안하게 침대에 몸을 묻었다. 잠시 후 들려오는 안정된 숨소리에 그때서야 화진은 조심스러운 손길로, 그에게 잡혀 있는 손을 풀어냈다. 아무리 울지 않으려고 입술을 깨물었지만, 흘러내리는 눈물을 막을 수는 없었다.

"바보. 나랑 상관도 없는데 왜 이렇게 눈물이 나지."

흘러내리는 눈물을 닦고는 화진이 거실로 나오자, 부엌에서 일을 하고 있는 수진의 모습이 보였다. 창백한 화진의 모습에 수진이 무슨 일이냐는 듯한 표정으로 바라보았다.

"준영 씨가 들어왔네요."

"네? 아, 네."

힘없는 화진의 모습에 수진이 미간을 좁히며 쳐다보았다.

"무슨 일 있으셨어요?"

"그냥요."

"말씀해보세요. 제가 해드릴 수 있는 일이라면 해드릴게요."

"저……."

"말씀하세요."

"저 혹시 유아라는 분에 대해서 아세요?"

화진의 말에 조금 당황해하는 수진의 모습이 눈에 들어왔다.

"알고 계시는군요. 그렇지요?"

"네."

"제가 알면 안 되는 분인가 봐요. 그러니 그런 표정으로 절 바라보는 거겠죠."

"화진 양!"

수진의 혼란스러운 눈빛에 화진은 가만히 고개를 끄덕였다.

"됐어요. 제가 오히려 아줌마에게 괜한 것을 물었군요. 죄송해요."

"화진 양!"

"제가 준영 씨에 대해서 알 권리도 없다는 사실을 잠시 잊고 있었어요. 정말 죄송해요. 준영 씨에게 저는 아무런 존재도 아니라는 걸 깜박했어요."

처량한 화진의 표정에 수진은 입술을 깨물었다.

"오늘은 그냥 들어가서 쉬세요. 준영 씨가 깨어나면 제가 알아서 할게요."

서글픈 화진의 목소리에 어떠한 말도 하지 못하고 있던 수진은 결심을 한 듯 화진을 바라보았다.

"오래 전에 회장님이 사랑했던 분이에요."

"오래 전에?"

"네. 회장님이 젊었을 때 사랑했던 분이었어요. 지금처럼 차갑지 않던 회장님이었기 때문에 그때는 정말 모든 것을 다 포기하려고까지 할 정도로 그분을 사랑하셨어요. 그래서 전 회장님의 온갖 협박에도 굴하지 않고 그 분을 선택하셨죠. 그렇게 모든 것을 다 등지고 나가셨지만, 아들을 포기하지 못한 전 회장님 때문에 모든 것을 다 잃고 말았어요. 그토록 사랑

했던 그분을…… . 여기까지가 제가 화진 양에게 말씀드릴 수 있는 내용
이에요.”
　“사랑했던 사람이라…….”
　조금은 비틀거리는 몸짓으로 식탁 의자를 잡는 화진의 모습을 수진이
안타까운 시선으로 바라보고 있었다.
　“저한테 말씀해주셔서 정말 고마워요.”
　“그렇지 않아도 내일쯤에 말씀을 드리려고 했지만, 그냥 오늘 할게요.”
　“무슨…….”
　“다음 주에 있을 파티 장소가 이곳으로 정해졌어요. 저번에도 말씀을
드렸듯이 돌아가면서 하는 모임인데, 이번에는 우리 쪽에서 하는 걸로 정
해졌다고 연락을 받았거든요.”
　“모임이요?”
　“네.”
　“그럼 어떤 사람들이 오는 건가요?”
　떨리는 화진의 음성에 수진의 얼굴이 살짝 찌푸려졌다.
　“사업을 하는 분들이라면 다 오세요. 그리고 회장님과 친분이 있는 분
들도 많이 오시고요.”
　“그럼 저는 뭘 해야 하나요? 그날 잠시 나가 있을까요?”
　불안정한 화진의 시선에 수진의 얼굴이 찌푸려졌다.
　“그게 무슨 말씀이세요?”
　“제가 있을 자리가 아닌 것 같아서요.”
　“그건 회장님께 직접 말씀드려보세요. 하지만 제 생각에 이번 모임엔
꼭 계시라고 할 것 같은데요.”
　수진의 말에 화진이 억지스러운 미소를 지으며 속삭였다.
　“그럴까요?”
　“화진 양!”
　“그럼 제가 직접 물어보고 아줌마께 말해줄게요.”

더 이상의 언급은 싫다는 확실한 표시에 수진은 열려던 입을 다물었다.

화진은 상을 차리기 위해서 준비했던 재료들을 다시 냉장고에 넣고 몸을 돌려 나가는 수진의 뒷모습을 물끄러미 바라보았다. 멍하니 소파에 앉아서 유아라는 이름을 수십 번이나 되뇌며 고개를 숙였다.

'질투가 난다. 죽은 사람한테 질투가 난다.'

화진이 무릎에 얼굴을 묻으며 그를 욕심내지 않기 위해서 마음을 비우려고 노력했지만, 이미 자신의 심장이 그로 인하여 뛰고 있다는 것만 뼈저리게 느껴야 했다.

준서에게서 그렇게 도망치듯 와버린 것이 못내 마음에 걸렸던 화진은 꽤 늦은 시간이라는 것도 인식하지 못하고 번호를 눌렀다.

기다렸다는 듯이 준서의 나직한 음성이 들려왔다.

"전화할 줄 알고 온종일 기다렸어요."

"저, 저는…… 미안해요."

"괜찮아요. 처음부터 화진 씨는 제 프러포즈를 거절했잖아요. 그래서 그런지 많이 당황하지 않았어요."

"정말 미안해요."

"화진 씨! 난 화진 씨가 어제처럼 밝았으면 좋겠어요. 서로 농담도 하고, 힘들면 기댈 수도 있는 그런 사이였으면 좋겠어요."

"그럼 저는 준서 씨한테 더 많은 것을 요구하는 이기적인 여자가 될 거예요."

"난, 그걸 바래요."

준서의 그 한마디에 화진은 아파오는 눈을 비비며 이마에 차가운 손을 올려놓았다.

"그럴 수 없어요."

"날 이용해도 괜찮아요. 얼마든지 이용하고 버려도 괜찮아요."

맹목적인 준서의 사랑에 화진은 목이 메어와 더 이상 말을 할 수가 없었다. 꽉 잠겨버린 목 때문에 아무런 말도 하지 않고 울먹거렸다.

“울지 말아요. 당신이 어떤 입장에 처해 있는지는 모르겠지만, 내 사랑을 받아준다면 모든 것을 다 이해할 수도 있어요. 그러니까 어려워하지 말아줘요.”

“미안해요.”

차마 준서에게 다른 남자와 살고 있다는 말을 하지 못한 화진은 파닥거리며 떨리는 눈을 문지르며 중얼거렸다.

“두 번 다시는 당신한테 기대는 일은 없을 거예요. 더 이상 나로 인해 당신이 상처받는 걸 보고 싶지 않아요. 그러니 저에 대한 마음을 접어주세요. 그럼.”

준서의 목소리가 들려왔지만, 무시하고 폴더를 닫아버린 화진은 다시 무릎에 얼굴을 묻었다. 여명이 밝아오는 것을 창문으로 본 화진은 굳어진 몸을 일으키며 침실로 들어섰다. 술 냄새가 훅 끼쳐오자 미간을 찌푸리며 다가선 화진은 조심스러운 몸짓으로 엉덩이만 침대 가에 걸치고는 준영의 초췌해진 얼굴을 만져보았다.

“준영 씨! 난 참 이기적인 여자인 것 같아요. 당신한테서 바라는 애정을 다른 남자에게 받으려 했으니까요. 머리로는 그러면 안 된다고 소리치지만, 어느새 몸은 기대고 있는 걸 느꼈어요. 준영 씨! 나한테 조금만, 아주 조금만 애정을 주면 안 될까요? 당신이 조금만 나한테 애정을 보여준다면 이렇게 외롭지도, 힘들지도 않을 텐데…….”

다크 써클이 생긴 눈 밑을 손으로 문지르고 화진이 자리에서 일어나 조용히 밖으로 나왔다. 쳐져만 가는 어깨에 다시 한 번 힘을 주고는 부엌으로 들어가 아침 준비를 하는 화진의 마음이 한없이 무거웠다. 한숨도 자지 못한 눈이 아프다고 난리를 치고 있었지만, 흐트러진 모습을 그에게 보여주고 싶지 않은 화진은 관자놀이를 꾹꾹 누르며 그 아픔을 참았다.

시원한 콩나물국을 끓이자 구수한 냄새가 부엌에 진동했다.

“일찍 일어나셨네요?”

아픈 기색이 완연한 수진의 얼굴에 화진의 눈매가 가늘어지며 무릎으로 시선이 내려갔다.

"오늘따라 좀 그러네요."

"그럼 들어가서 쉬세요."

"하지만……."

"괜찮아요. 하루쯤 계시지 않아도 혼자 할 수 있어요."

괜찮다는 말을 연방 하면서 자신의 등을 떠밀고 있는 화진의 배려에 수진은 어쩔 수 없이 다시 현관문을 나갔다.

절뚝거리며 걸어가는 수진의 뒷모습을 바라보고 있던 화진은 쓸쓸함이 가득 담겨져 있는 미소를 얼굴에서 거두고는 힘찬 발걸음으로 침실로 들어가 안을 살폈다.

그가 일어났는지 텅 빈 침대 위를 보고는 욕실로 시선을 주었다. 힘찬 물소리가 들려오자 안도의 한숨을 내쉰 화진은 그가 나오기 전에 미리 옷들을 챙겨서 침대 위에 올려놓아 주었다. 양복에 어울리는 넥타이를 고르고 있는 사이에 욕실 문이 열리고, 하체만 살랑 가린 그를 보면서 얼굴이 벌게지는 것은 어쩔 수 없는 일이었다.

"일, 일어나셨어요?"

"으, 응."

"입을 옷을 챙겨놓았으니까 입고 나오도록 하세요."

상냥한 화진의 음성에 준영의 눈빛이 흔들리고 있는 것을 볼 수 있었다. 자신도 모르게 피식 헛웃음이 나온 화진은 얼른 몸을 돌렸다.

"혹시 어제 내가 실수한 거라도 있나?"

평상시와는 다른 허스키한 준영의 목소리에 화진은 잡고 있던 문고리를 놓고 그의 얼굴을 정면으로 쳐다보며 입을 달싹였다.

"아니요. 정 실장님이 준영 씨를 부축해서 눕힌 것밖에는 없어요."

당당하게 자신을 바라보는 화진의 눈빛에 준영은 알 수 없는 느낌을 받으며 미간을 좁혔다. 무슨 생각을 하며 자신을 바라보고 있는지 꿰뚫어 보기 위해 눈을 가늘게 뜨고 한참을 쳐다보았지만, 아무 표정도 읽을 수 없었다.

"그렇군."

"그럼."

어딘지 모르게 달라 보이는 화진의 태도에 머리와 가슴이 욱신거린 준영이 오만상을 찌푸렸다. 빠르게 옷을 입고 그녀가 골라준 화려한 색깔의 넥타이를 매고 거실로 나가자, 구수한 냄새가 콧속으로 들어왔다.

"앉으세요."

"음!"

수진을 찾느라 두리번거리는 준영의 모습을 보면서 화진이 말을 건넸다.

"아침부터 몸이 아프신 것 같아서 쉬라고 했어요."

"음!"

"어제 무리하게 술을 드신 것 같아서 시원한 콩나물국을 끓였어요. 입에 맞지 않으면 말씀해주세요."

"그러지."

보기에도 맛깔스러워 보이는 국을 한 숟가락 떠서 입 안으로 넣자 쓰린 속이 조금은 풀리는 것 같았다. 시원한 맛과 매콤한 맛이 어우러져 울렁거리는 뱃속을 가라앉혔다. 한 번이 두 번이 되고, 두 번이 세 번이 되면서 어느새 그가 국 한 그릇을 다 비워버렸다.

"시원하군."

"칭찬이죠?"

싱그러운 미소를 얼굴 가득 지으며 묻는 그녀의 모습에 준영의 얼굴이 살짝 붉어졌다. 급히 고개를 돌려 붉어진 얼굴을 감추려고 했지만, 눈앞까지 얼굴을 들이밀며 빤히 바라보는 그녀 때문에 더 많은 홍조가 얼굴에 자리했다.

"풋, 얼굴도 붉힐 줄 아네요."

"무, 무슨."

자리에서 벌떡 일어난 준영은 허둥대며 가방을 들고는 현관문을 나섰다. 미리 대기하고 있던 정 실장의 차에 올라타는 준영을 물끄러미 바라보고 있던 화진의 얼굴에 오랜만에 여유로운 미소가 피어 있었다.
'나, 더 이상 물러서지도 않을 거예요. 돌아오는 사랑이 없다고 해도 용기를 내서 내 마음을 열어 보이겠어요.'
따뜻하게 내리쬐는 햇볕에 온몸을 맡기며 화진은 굳은 결심을 했다.

 시련

간소하게 하라는 준영의 명령이 있었지만, 그래도 알아주는 파티인지라 요란해질 수밖에 없었다.

수십 명의 고용된 사람들이 수진의 지시 하에 빠르게 움직이고 있었다. 무엇을 어디에 놓을지 가르쳐주는 수진의 능숙한 동작들을 화진이 감탄 어린 시선으로 바라보고 있었다. 오랜 기간에 걸쳐서 묻어난 노련함이기 때문에 아무리 노력하고 발버둥친다고 해도 화진은 절대로 그녀를 따라갈 수가 없을 것 같았다.

정원에 두 개의 긴 테이블이 마련되었고, 그 위로 새하얀 천들이 깔리기 시작했다. 먼지 한 점 없는 새하얀 천 위로 화려함의 극치인 음식들이 차례로 놓이기 시작했다. 색색가지의 맛깔 나는 음식을 바라보는 화진의 입 속에 침이 고였다.

"저……."

어색하게 수진에게 다가가자 수진이 고개를 돌려 화진을 바라보았다.

"이런, 아직까지 준비도 하지 않고 계시면 어떻게 해요"

"무슨 준비요. 저도 아줌마를 도와야지요."

"무슨 말씀을요. 이런."

수진이 화진의 손목을 붙잡고 서둘러 저택 안으로 들어갔다. 영문도 모르고 화진은 어리둥절한 표정으로 수진이 이끄는 대로 끌려 들어갔다.

"미스 한! 미스 한!"

수진의 쩌렁쩌렁한 고함소리에 손님방에서 아가씨 한 명이 튀어나왔다.

"네."

"지금 뭐 하고 있는 거야. 내가 아침에 왔을 때 분명하게 이야기해줬잖아."

수진의 질책에 미스 한이 고개를 숙였다.

"죄송해요."

"알면 됐어. 빨리 이분 치장해드리고, 오전에 회장님께서 보낸 옷으로 갈아입혀 드리도록 해. 조금이라도 허술해서는 안 돼. 신경 쓰도록 해, 알았지?"

수진의 엄포에 미스 한이 입을 이죽거렸다.

"네. 따라오세요!"

그녀를 따라 안에 있는 방으로 들어간 화진은 커다란 거울과 함께 요란한 물건들이 화장대 위에 가득 놓여져 있는 걸 볼 수 있었다. 어제까지만 해도 자신이 직접 방을 깨끗하게 치웠는데 어느새 어질러진 모습에 화진이 어이없는 시선으로 주위를 둘러보았다.

"놀라셨죠? 제가 일을 할 때는 이렇게 좀 어수선하게 해요."

"아, 그러시군요."

"이쪽으로 앉으세요. 그렇지 않아도 회장님께서 오늘 아침에 직접 전화를 주셔서 제가 이렇게 달려온 건데요, 아무리 찾아도 아가씨가 보이지 않길래 잊고 있었더니 이렇듯 걸려버렸네요. 헤헤."

말은 그렇게 해도 악의가 느껴지지 않는 그녀의 행동에 화진은 미소를 지었다.

"자, 그럼 이제 시작해볼까요? 참, 이름이……."

"후후후, 여화진이라고 해요. 그쪽은?"

"전 한수정. 그럼 오늘 이곳에서 가장 멋진 아가씨로 변신시켜드릴게
요. 우선은 헤어스타일부터 바꾸고, 그 다음 얼굴에 맞게 메이크업을 하
도록 할게요. 아무래도 가지고 온 옷이랑 매치가 돼야 하니까요."

활달한 그녀의 모습에 화진은 미소를 지으며 고개를 끄덕였다.

그녀에게 모든 것을 맡기고 오랜만에 화진은 아주 편안하게 눈을 감고
있었다. 장장 세 시간 동안 머리를 만지고 화장을 한 끝에 눈을 뜨라는
그녀의 말이 들려왔다.

"자! 변신입니다."

수정이 큰 거울을 화진 앞에 놓아주자, 너무나 아름다운 얼굴이 거울
속에 비쳐졌다. 큰 눈은 더욱더 크게 강조되었고, 도톰한 입술은 멋진 입
술 선과 함께 분홍색으로 칠해져 있었다. 아주 화사하고 아름다운 자신의
모습에 화진은 다시 한 번 눈을 감았다가 떴다.

"예쁘네요."

"원래 예쁘신데요 뭘! 그럼 마지막으로 옷을 한번 입어볼까요?"

화진은 그녀가 건네주는 드레스를 받아 옷을 갈아입기 시작했다.

하얀 바탕에 검은색으로 잔잔하게 무늬가 들어간 드레스는 맞춘 옷처
럼 화진의 몸에 딱 맞았다. 브이넥으로 아름답게 파인 앞부분과 뒷부분이
조화를 이루고 있었다.

단정하면서도 우아함이 가득 묻어나는 드레스를 바라보는 화진의 얼굴
에 쓸쓸한 미소가 피어났다.

예쁘다는 미스 한의 칭찬을 받으며 밖으로 나가자, 이미 준영이 깔끔
한 차림으로 소파에 앉아 있었다.

"오셨어요!"

화진의 인사에 신문을 보고 있던 그가 고개를 들어 그녀의 모습을 훑

어보았다. 한참을 뜨거운 시선으로 바라보던 준영이 천천히 눈길을 돌렸다.

"예쁘군."

준영의 칭찬에 화진의 볼이 살짝 붉게 물들었다.

"당신한테 칭찬을 들으니까 더 기쁜데요."

빛이 나는 것처럼 화진의 얼굴이 반짝거리자, 순간적으로 준영은 두근거리는 가슴을 진정시키지 못하고 허둥댔다. 자신 앞에서 화사한 미소를 머금고 한 바퀴 빙 돌며 자랑하는 화진의 어린애 같은 동작에 웃지 않을 수가 없었다.

"풋, 처음 드레스를 입은 아이 같군."

"헤헤헤, 태어나서 처음으로 입어보는 드레스인데요."

"그래?"

"당신이야 턱시도를 입을 일이 많겠지만, 우리 같은 서민들이 이런 옷을 입을 일은 결혼식 외에는 없죠. 그래서 그런지 가슴이 엄청 두근거리네요."

솔직한 감정을 내비치는 그녀의 모습을 보면서 준영은 그녀가 달라졌다는 걸 느낄 수 있었다. 고개를 갸웃거리던 화진이 바짝 다가와 뺨을 매만지자 준영의 몸이 움찔거려졌다.

"뭐예요? 내가 당신을 잡아먹기라도 해요?"

"아, 아니. 그만 나가보도록 하지."

"네."

그가 내미는 손을 잡으며 화진이 현관문을 열고 밖으로 나가자 이미 몇 명의 사람들이 와 있었다.

사람들의 호기심어린 시선이 화진에게로 쏟아지기 시작했다. 그런 그들의 뜨거운 시선을 애써 외면하면서 화진은 그의 팔을 조금 세게 잡았다.

"긴장하지 마."

귓가에 속삭이는 준영의 부드러운 음성에 화진은 고개를 끄덕였다.

"네."

그와 나란히 화진은 사람들이 모여 있는 곳으로 향했다.

"이런, 정말 오랜만입니다, 서 회장님!"

준영의 친근한 인사에 제법 나이가 들어 보이는 남자가 준영을 쳐다보면서 미소를 지었다.

"그렇군. 잘 지냈는가?"

"네, 회장님! 근데 건강은 좀 어떠신지요?"

"괜찮네. 이제는 나이가 들었다는 사실을 새삼 느끼고 있지. 어디 자네 같은 젊은 사람들을 따라갈 수 있겠나?"

그의 은근한 칭찬에 준영의 얼굴에 사심 없는 미소가 피어났다.

"과찬입니다."

"과찬은 무슨!"

"근데 곁에 있는 아가씨는 처음 보는 것 같군."

그의 말에 준영이 미소를 지으며 화진을 앞으로 살짝 밀었다. 그에게 밀린 화진은 최대한 편안한 모습을 보이기 위해 평상시보다 더 환한 미소로 고개를 숙였다.

"반갑습니다. 여화진이라고 합니다."

"아, 그래요. 만나서 반가워요."

그의 인자한 미소에 화진이 미소로 답례를 하자 준영도 따라 미소를 지었다.

서 회장과 인사를 하고는 준영과 함께 다른 무리 쪽으로 다가가는 화진의 눈에 주차장이 보였다. 번쩍번쩍한 차들로 가득 찬 그곳을 바라보는 화진의 눈빛에는 씁쓸함이 가득했다.

그녀가 이곳저곳을 준영과 함께 다니면서 인사를 하자, 그들의 호기심 어린 시선이 이제는 아주 노골적으로 변해갔다.

몇 시간에 걸쳐서 들어오는 사람들에게 인사를 하고는 오랜만에 만난 친구들과 즐겁게 대화를 나누고 있는 준영의 모습에 화진은 아무런 말도 하지 못하고 살며시 집 안으로 들어왔다.

분주하게 움직이는 수진의 모습을 멍하니 바라보고 있자 화진은 왠지 자신이 너무 바보처럼 느껴졌다. 방으로 들어가 쓸쓸한 마음을 다스리고 싶었지만, 언제 자신을 찾을지 모르는 준영 때문에 그렇게 할 수도 없었다.

답답한 한숨을 내쉬며 화진은 커다란 창문으로 정원을 바라보고 있었다. 상당히 많은 사람들이 서로 무리를 지어 대화를 하고 있는지 연방 웃음소리가 정원을 가득 메우고 있었다. 그런 그들의 모습을 바라보면서, 자신은 죽었다 깨어나도 저 무리들 속에 낄 수 없는 현실이 참으로 비참했다.

'이렇게 비참해지다니……'

쓸쓸함을 몰아내기 위해서 화진이 열심히 입술을 깨물었지만 아무런 소용이 없었다.

멍하니 밖을 바라보는 화진의 두 눈이 서서히 커지기 시작했다.

낯익은 남자의 모습에 그녀가 놀란 눈으로 창문 가까이 다가가 뚫어지게 남자를 바라보기 시작했다. 눈의 초점이 정확하게 남자에게 맞추어지자 그녀는 벌어지는 입을 다물 수가 없었다.

'설마……'

다시 눈을 깜박거리며 그 남자를 보았지만, 역시나 그였다.

'이런, 저 남자가 왜 이곳에 있는 거지.'

당혹감을 감추지 못하고 긴장하고 있는 화진의 뒤로 수진이 다가와 속삭였다.

"화진 양!"

갑작스럽게 들려온 수진의 목소리에 화진이 놀란 몸짓으로 몸을 돌렸다.

"왜 그렇게 놀라세요?"

“아, 아니에요.”

“회장님께서 찾으시던데요.”

“아, 네.”

“어서 나가보세요. 아까 전부터 찾으신 것 같던데…….”

“네.”

서둘러 밖으로 나가자, 상당히 기분 나쁜 표정을 한 준영이 다가오는 화진을 노려보고 있었다. 가까이 다가가자, 화진의 귓가에 준영이 나직하게 속삭였다.

“내 곁에 있으라고 말했잖아.”

“미안해요. 저는 당신이 친구분들이랑 대화를 하기에 잠시 비켜준 것인데…….”

“됐어. 변명 따위는 듣고 싶지 않아.”

짜증난다는 듯한 준영의 표정에 화진은 치밀어오르는 화를 조용히 삼켰다.

“조심하죠.”

딱딱한 말투에 준영이 그녀를 쳐다보았지만, 화진은 아무런 표정도 드러내지 않는 눈빛으로 준영의 시선을 바라보았다.

“따라와. 당신을 소개시켜달라면서 난리를 부리는 사람이 있으니 말이야.”

화진은 또 무슨 일 때문에 심사가 꼬였는지 연방 투덜거리는 준영의 뒤를 따랐다. 화진이 준영의 뒤를 따라 사람들 속으로 들어가자, 사람들의 시선이 일제히 그녀에게로 쏠렸다. 호기심어린 시선과 함께 그녀를 깔보는 듯한 시선 또한 있었다. 하지만 그녀는 그런 그들의 시선을 애써 아무렇지도 않은 척하면서 걸어갔다.

“이런, 오랜만이군요. 여화진 씨.”

낯익은 목소리에 놀라 그녀가 고개를 들자, 얼굴은 싱글거리며 웃고 있었지만 싸늘하게 눈을 빛내고 있는 준서가 있었다.

“무슨……”

놀란 화진의 얼굴에 준서가 한쪽 입술을 치켜들며 웃었다.

“아, 놀라셨구나! 너무 그렇게 놀라면 내가 미안하잖아요, 화진 씨.”

친근한 준서의 호칭에 곁에 있던 준영의 눈썹이 심하게 꿈틀거렸다. 서서히 딱딱하게 굳어지는 준영을 바라보는 서 회장의 얼굴도 조금씩 어두워졌다.

“허험! 그렇게 소개받고 싶다더니 아는 사이였나?”

서 회장의 말에 준서가 웃는 얼굴로 고개를 돌려 자신의 아버지를 바라보았다.

“혹시나 해서 확인 사살한 거죠.”

“이놈이!”

“죄송하지만, 우리 두 사람이 이야기할 것이 있는데……, 잠시만 화진 씨를 빌려도 될까요?”

준영에게 예의를 갖추어 묻는 준서였지만, 얼굴만큼은 그렇지가 않았다. 준서의 표정에 기분이 상한 준영이 불쾌한 감정을 고스란히 얼굴 위로 드러내자, 화진은 가슴이 콩닥거리며 뛰었다.

“그건 당사자한테 물어야지.”

차디찬 준영의 속삭임에 준서가 비릿한 웃음을 지으며 화진을 돌아보았다.

“그럼 화진 씨, 잠시 나랑 이야기 좀 할까요?”

언뜻 본 준서의 상처받은 눈빛과 차가움 때문에 화진은 어쩔 수 없이 고개를 끄덕였다. 화진이 준서 곁으로 걸어가자 준영의 입술이 일자로 다물어졌다.

“잠시 서준서 씨와 이야기를 좀 하겠습니다.”

준영에게 허락을 구하듯이 말한 화진은 준서가 잡아오는 팔을 뿌리치지 않고, 집 뒤쪽으로 걸어갔다.

두 사람의 뒷모습을 노려보고 있던 준영은 끓어오르는 분노와 질투로 아무것도 눈에 보이지 않았다. 흙빛으로 변한 준영의 낯빛을 본 서 회장이 살며시 다가와 연방 헛기침을 했다.

"허험! 오늘 모임은 정말 즐거웠네. 난 일이 있어서 일찍 가봐야 할 것 같아."

자신의 아들로 인해 분위기가 어색해지자 서 회장이 서둘러 자리를 뜨려고 일어났다.

"아, 네. 그럼 다음에 다시 뵙도록 하겠습니다."

정중한 인사를 받으며 서 회장은 차에 올랐다. 멀어져가는 그를 바라보고 서 있던 준영의 입매가 굳어져 있었다.

'어떤 사이지!'

두 사람이 사라진 방향을 바라보고 서 있던 준영은 굳은 결심을 하고는 그쪽으로 천천히 걸음을 옮겼다.

"당신이 이곳에 있는 이유가 뭔가요?"

알면서 물어보는 준서의 의도에 화진은 괴로운 표정을 지으며 입술을 깨물었다.

"내가 본 게 사실인지 화진 씨의 입으로 듣고 싶어요."

"전……."

화진이 머뭇거리며 대답을 하지 않자 준서가 빠르게 다가와 양팔을 잡고 흔들어대기 시작했다. 앞뒤로 흔들리는 몸을 느끼며 화진은 미안함에 눈을 감아버렸다.

"눈 떠요, 눈 떠서 날 보고 대답하란 말이에요."

"준서 씨."

"아니라고 말해줘요. 그냥 일이 있어서 이곳에 온 거라고 말해줘요."

준서의 간절한 외침에 이를 악물고 있던 화진이 눈을 떠 그를 쳐다보았다. 제발 아니라고 말해달라는 눈빛으로 자신을 내려다보는 준서의 애절함에 화진은 고개를 돌릴 수밖에 없었다. 떨어지지 않는 입술을 달싹거렸지만 말이 되어 나오지는 않았다.

“화진 씨!”

“미안해요.”

화진의 그 한마디에 흔들던 손을 바로 놓아버린 준서는 비틀거리는 발걸음으로 뒷걸음질쳤다. 믿을 수 없는 시선으로 바라보는 그를 보면서 화진의 가슴도 싸늘하게 식어갔다.

“속일 생각은 아니었어요. 말하고 싶었지만, 말해야 한다고 수십 번 외쳤지만, 입이 떨어지지 않았어요. 정말 미안해요, 준서 씨.”

“나, 나를 가지고 논 건가요? 내가 그렇게 당신한테 쉽게 보이던가요?”

“절, 절대로 그런 건 아니에요. 절대로…….”

고개를 맹렬하게 흔들며 그녀가 한 발짝 다가서자, 준서가 그만큼 뒤로 물러섰다.

“정말 미안해요.”

“그럼 소문처럼 최준영 회장의 정부인가요?”

준서의 입에서 그 말을 듣자 화진은 죽고 싶을 만큼 절망감이 엄습해 왔다. 다른 누구도 아닌 그에게서 듣는 그 말이 자신을 수천 갈래로 찢어놓는 것 같았다.

“네.”

“언, 언제부터요?”

“3개월이 넘었어요.”

죄인처럼 고개를 숙이며 대답하는 화진을 보면서 준서는 부들거리며 떨리고 있는 주먹을 불끈 쥐었다. 그녀의 순수하고 싱그러운 미소에 빠져드는 자신을 느끼며 행복해했던 지난날들이 더럽고 추잡할 뿐이었다. 그의 얼굴에 조금씩 드리워지는 표정을 보면서 화진은 허탈하게 웃을 수밖에 없었다.

“이게 제 실체예요.”

“지금 당당하게 그 말을 할 자격이 있다고 생각해요?”

"그럼 어떻게 하죠? 당신 앞에 무릎이라도 꿇어야 하나요? 아니면 손발이 닳도록 빌어야 하나요? 제가 어떻게 해야 하죠."

"뻔뻔스럽군요."

"훗, 원래 뻔뻔한 여자였어요."

그 한마디에 화를 참지 못한 준서가 다가와 화진의 뺨을 힘껏 후려쳐 버렸다. 날아온 그의 손에 고개가 옆으로 돌아가 버릴 만큼 세게 맞은 화진은 눈물을 흘리지 않기 위해서 조용히 이를 악물었다.

"어떤 일이 있어도 당신을 사랑할 수 있었어요. 이런 더러운 일을 하고 있는 당신만 아니었다면 난 받아주었을 거라고요. 내 앞에서 보여주었던 순수한 모습들은 다 거짓이었나요? 그 환한 미소와 햇살을 머금은 듯한 따뜻한 미소도 다 거짓이었나요? 나한테 꼬리 치기 위해서 한 행동이었나요?"

거세게 몰아붙이는 준서의 말을 들으며 화진은 속으로 아픔을 삼켜야 했다. 그의 말 하나하나가 비수가 되어 가슴에 박혔지만 애써 아무렇지 않게 가장하고 그를 바라보았다.

"미안하다는 말밖에는 할 말이 없네요. 더럽다 여기고, 미친개한테 물렸다고 생각하세요."

차가운 말을 내뱉고 그에게서 돌아서는 화진의 어깨가 떨리고 있었다. 그런 그녀의 쓸쓸한 뒷모습에 참지 못한 준서가 달려와 등 뒤에서 그녀를 꼭 끌어안아 버렸다.

"이렇게 무너지게 만들어놓고, 차갑게 돌아서 버리면 끝인가요?"

"저, 저는 더러운 여자일 뿐이에요."

고개를 숙이자 눈물이 떨어지기 시작했다. 그에게 약한 모습은 보여주기 싫어 겨우 몸을 떼고 한 발자국씩 내딛는 화진을 준서가 다시 품으로 끌어당겼다.

"사랑해요."

준서가 등지고 있던 화진의 몸을 획 돌리고는 입술을 덮쳤다. 멍한 시선으로 준서를 바라보고 있던 화진이 얼른 정신을 차리고 그에게서 떨어지기 위해서 어깨를 힘차게 밀어냈다. 하지만 남자의 힘을 이길 수가 없어 고스란히 준서의 키스를 받을 수밖에 없었다. 엄청난 힘으로 허리를 휘감는 손길과 함께 준서의 까칠한 혀가 화진의 입 안을 헤집고 다녔다.

"읍!"

그녀가 자유로운 한쪽 손을 들어올려 그를 밀어내려고 했지만 바로 잡혀버렸다. 발버둥치는 화진의 몸을 완전히 자신의 몸에 묻고는 처음보다 더 진한 키스를 퍼붓는 그였다. 화진은 그런 그의 행동에 진저리를 쳤지만, 벗어나기가 싫지만은 않았다.

갑자기 등 뒤에서 들려오는 차가운 외침에 준서의 몸이 굳어졌다.

"당, 당장 떨어져."

준영의 고함소리에 준서가 천천히 그녀를 놓아주었다.

"지금 뭐 하자는 건가? 서준서 군."

냉기를 날리는 준영의 무서운 모습에 화진은 떨려오는 다리를 주체하지 못하고 바닥에 털썩 주저앉았고, 그런 화진을 준서가 잡아 일으켜 세워주려고 했지만, 준영의 저지로 중단되었다. 준서의 손을 강하게 내리친 준영이 화진의 한쪽 팔을 잡아 거칠게 일으켜 세웠다.

"당장 일어나!"

모든 것을 불태워버릴 것 같은 눈빛으로 말하는 준영을 보면서 화진이 힘겹게 자리에서 일어나 그의 곁에 섰다. 두 사람의 모습을 말없이 노려보고 있던 준서는 어금니를 꽉 깨물며 주먹을 불끈 쥐었다가 폈다.

"보면 모르십니까?"

준서 또한 차가운 목소리로 되받아치자, 준영의 두 눈썹이 심하게 꿈틀거렸다.

"지금 내 집에서 밀회를 즐기고 있었다고 말하고 싶은 건가?"

"후후후, 밀회라? 좋은 말입니다, 최준영 회장님! 당신의 정부가 다른 남자와 밀회를 즐기고 있었다? 음! 아주 좋은 이슈가 되겠군요."

빈정거리는 준서의 말에 화가 난 준영이 두 주먹을 불끈 쥐었다 펴는 모습이 화진의 시선 속으로 들어왔다. 살벌한 두 남자의 모습을 바라보고 있던 화진이 천천히 준영을 바라보았다.

"준영 씨."

"조용히 해. 어떤 말을 해도 지금은 변명으로밖엔 들리지 않으니까."

준영의 매서운 질책에 화진의 눈빛이 흔들리기 시작했다. 그런 그녀의 모습을 본 준서는 어이없다는 듯한 표정을 지었다.

"후후후, 그렇게 사이가 벌어지면 나한테 오는 시간이 단축되겠군요, 회장님!"

"그만하지, 서준서 군. 이미 이 여자는 내 거야."

이미 그녀를 소유했다는 것을 명백하게 표시하기 위해서 가슴을 만져 대는 준영의 손길에도 화진은 물러서지 않고 가만히 서 있어야 했다.

"이 여자는 내 거야. 절대로 다른 놈이랑 공유하지는 않을 거다."

드레스 위로 가슴을 만져대던 준영의 손길이 허리로 내려와 옆으로 끌어당겨도 화진은 가만히 있었다. 몸을 돌린 준영이 화진의 목덜미에 이를 박아 흔적을 남기고, 비릿한 미소를 입가에 걸며 준서를 쳐다보았다.

"조용히 물러나게. 쓸데없이 소란을 일으키고 싶지는 않네."

"그러시겠죠? 원래 이쪽 양반들이 그렇지 않습니까? 무엇을 하든지 체면, 체면이지요."

"오늘 한 번은 서준서 군의 어리석은 행동을 용서해주겠네. 하지만 두 번은 나 또한 용납하지 않아."

"하하하, 이런. 너무 황송해서 몸 둘 바를 모르겠군요. 하지만 저 또한 처음으로 느낀 사랑을 쉽게 포기하지는 않을 겁니다."

준서의 말에 준영의 입매가 일자로 굳어졌다. 화진은 그가 화를 참고 있다는 것을 허리를 잡고 있는 그의 손길에서 느낄 수 있었다. 처음보다 더 심하게 조여오는 준영의 손길에 허리가 끊어지는 것 같은 고통이 찾아왔다.

"조용히 물러나라고 했어."

뼛속까지 차가움이 밀려드는 준영의 목소리에 화진은 떨려오는 몸을 팔로 감쌌다. 준서도 처음 보여주었던 당당함이 많이 사라진 모습으로 준영을 대하고 있었다.

"하하하, 설마 회장님께서 정부 때문에 저와 주먹질까지 하겠습니까? 그냥 회장님께서 물러서시지요? 회장님 주위에 저런 여자는 널렸지 않습니까?"

준서의 말에 화진의 얼굴이 새하얗게 변해갔다.

"건방지군, 서준서 군! 아무리 서 회장님의 아들이라고 해도 나한테 그렇게 건방지게 굴면 절대로 용서하지 않아. 영원히 일어서지 못하게 밟아버리는 수가 있다."

준영의 경고에 준서의 눈가가 미세하게 떨리고 있었다.

"저 또한 가만히 밟히는 사람은 아니지요."

두 남자의 불꽃 튀는 신경전에 화진은 지친 표정으로 서 있었다. 부서져버릴 것 같은 표정으로 위태롭게 서 있는 자신을 보는 준서의 눈가가 조금씩 젖어오는 것을 본 화진은 눈시울이 붉어졌다.

'난, 내 선택을 후회하지 않을 거예요. 미안해요, 준서 씨. 정말 미안해요.'

자신의 마음을 알아달라는 눈빛으로 그녀가 고개를 들어 시선을 맞추자, 준서가 휘청거렸다. 상처가 담긴 그녀의 눈동자를 보면서 문득 자신이 비참하다는 생각이 든 준서는 손톱이 살을 파고 들 정도로 주먹을 꽉 쥐고 있었다.

"화진 씨! 지금이라도 내 곁으로 온다면 받아줄게요."

한없이 부드러운 준서의 목소리에도 화진은 움직이지 않았다. 멍하게 눈물만 흘리고 서 있는 화진을 보면서 준서가 한 손을 내밀었다.

"지, 지금이라도 오면 용서해줄게요."

"준서 씨."

아파하는 그를 보면서, 자신 때문에 눈물을 흘리는 그를 보면서 화진은 자신이 얼마나 이기적인 여자인지를 뼈저리게 느낄 수 있었다. 조금씩 앞으로 나아가려는 몸을 간신히 붙들고 있는 동안 강하게 그녀의 팔을 잡는 준영의 손길을 느꼈다.

"준영 씨."

"당신은 나와 계약을 했어. 어떤 일이 생긴다 해도 2년 동안은 내 곁에 있어야 해. 그렇지 않고 약속을 어기면 당신은 물론이고, 아버지까지 죽여버리겠어."

이를 악물며 소리치는 준영의 말이 진심이라는 것을 느끼며 화진이 가늘게 몸을 떨었다.

"화진 씨! 나한테 와요."

애달프게 자신을 부르는 준서의 손길과 눈빛에 화진은 굳은 결심을 하고는 시선을 맞추었다.

"미안하지만, 이 사람 곁에 있고 싶어요. 정말 미안해요, 준서 씨."

단호한 화진의 말에 준서의 얼굴이 믿을 수 없다는 듯이 일그러졌다.

"거짓말이죠?"

"아니요. 진심이에요."

그 말에 준영의 얼굴에 회심의 미소가 드리워졌다. 준영은 그녀의 허리를 강하게 움켜잡으며 바짝 당겨 안았다. 나긋하게 안겨오는 화진을 느끼며 그가 거칠게 입술을 탐하기 시작했다. 닫혀 있던 입술을 강압적으로 가르고 안으로 들어간 준영의 혀가, 벌을 주듯이 화진의 혀를 휘감으며 아프게 빨아당기자, 신음소리가 새어나왔다.

"읍!"

"그만 감상하고 돌아가도록 해."

비웃음을 가득 담은 준영이 멍하게 바라보고 서 있는 준서에게 소리치자, 준서가 화진을 다시 한 번 더 쳐다보았다. 상처투성이인 준서의 눈길을 외면하자, 힘없이 고개를 떨어뜨리는 그를 볼 수 있었다.

"한 번만 더 다른 남자에게 몸을 내맡기면 절대로 용서하지 않겠어."

준영의 말에 화진은 고개를 끄덕였다. 순종적인 화진의 모습이 아주 마음에 들었는지 준영이 다시 입을 맞추어왔다.

"2년 동안은 당신에게 충실하도록 하죠."

"지금 한 말을 꼭 지키길 바랄 뿐이야."

목덜미에서부터 가슴 윗부분까지 입으로 애무하기 시작한 준영이 여러 개의 흔적들을 남긴 후에야 그녀를 놓아주었다. 그리고 처음과는 다른 여유로운 미소와 표정을 지으며 준서를 쏘아보았다.

"미안하지만 준서 군, 아무리 자네가 노력을 해도 그녀는 내 정부로서 살아갈 거다. 그러니 더 이상 추태 부리지 말고 나가주었으면 좋겠군."

"오, 오늘은 물러가 주지요. 하지만 그녀를 포기하지는 않을 겁니다."

강렬하게 준영을 한 번 쏘아본 준서가 몸을 돌리자, 준영이 비꼬는 말투로 조용히 소리쳤다.

"절망해서 쓰러지지는 말게."

"피차일반입니다, 회장님! 전, 회장님께서 갖고 있지 않은 걸 갖고 있는 남자이니까요. 무슨 일이 있어도 회장님께서는 갖지 못한 걸 말입니다."

당당한 준서의 눈빛에 이번에는 준영이 흔들리고 있었다. 천천히 걸어오던 준서가 화진 앞에 멈추어 섰다.

"오늘 참으로 아름답네요. 아무리 화진 씨가 아니라고 외쳐도, 난 화진 씨의 손을 놓지 않을 겁니다. 언제라도 힘들고 지치면 나한테 오도록 해요. 당신이 어떤 여자이든지, 어떤 남자에게 몸을 주었든지 난 상관하지 않겠어요."

부드러운 그의 미소와 말에 화진은 고개를 숙였다.

그가 준영의 팔에 허리를 잡혀 있는 화진의 모습을 한 번 바라보더니 순식간에 입술에 살짝 입을 맞추었다. 놀라운 속도로 다가온 그가 떨어졌다.

"무슨 짓인가?"

고함치는 준영의 모습을 웃음이 가득 담긴 얼굴로 준서가 쳐다보았다.

"제 맘이죠."

준서의 얼굴을 마주 보고 있던 화진의 눈시울이 붉어지자, 준서가 손을 들어올려 그녀의 눈가를 쓸어주었다.

"울지 말아요. 언제나 화진 씨에게는 내 마음이 열려 있다는 것만 알아 줬으면 좋겠어요. 그럼."

따뜻함이 사라지자, 차가운 바람만이 얼굴을 심하게 때리고 있었다. 멀어져가는 그의 뒷모습을 애달프게 쳐다보고 있던 화진은 싸늘하게 속삭이는 준영의 음성에 정신을 차렸다.

"그렇게 안타깝나?"

심통이 가득한 준영의 외침소리와, 허리를 끊어뜨릴 듯이 잡고 있는 그의 손길 때문에 화진이 미간을 찌푸렸다.

"뭐가 그렇게 애절한데?"

"그런 거 아니에요."

"아니긴, 아주 애절해서 죽을 것 같은 눈빛이던데 무슨!"

준영의 투덜거림에 화진은 살짝 미간을 찌푸리면서 말을 돌렸다.

"손님들은 다 가셨나요?"

"아니. 한창 즐기고 있는 중이지."

"그렇군요."

"다시 한 번 말하지만, 나와 함께할 때는 몸뿐만 아니라 마음까지도 다른 남자를 생각하는 것은 용납하지 못해. 특히 저놈을 생각한다면 절대로 당신을 용서하지 않을 거야. 알았지?"

화진은 연방 고개를 끄덕였다. 그 뒤로 두 번이나 더 그녀에게 다짐을 받은 후에야 준영은 정원으로 나갔다. 준영을 뒤따라가 친구들을 소개받고, 한쪽에서 아이들과 놀고 있는 여인에게로 향했다.

"오빠!"

휘란의 경쾌한 외침소리에 준영의 얼굴이 순식간에 활짝 피어났다.

"그래, 그동안 잘 지냈고?"

"당연하지. 아무리 그래도 그렇지, 어떻게 오빠 보는 것이 이렇게 힘들어서야 원!"

"미안하다."

"알면 됐어. 근데 옆은……."

궁금해 죽겠다는 표정으로 물어보는 휘란의 눈빛에 화진은 살짝 웃어 보였다.

"어. 그냥."

준영의 애매모호한 태도에 금방 쓸쓸한 표정이 얼굴 가득 피어나는 화진이었다.

휘란은 준영에게 다가가 귓가에 살짝 속삭였다.

"오빠, 누구야?"

"정부."

자기들끼리 소곤거린다고 하는 말이었지만, 곁에 있는 화진의 귀에도 고스란히 들려왔다. 준영이 내뱉은 그 한마디에 화진의 심장은 차디차게 얼어버렸다. 그에게 정부일 뿐이라는 것은 잘 알고 있는 사실이지만, 그의 입으로 직접 그 말을 듣자, 순식간에 모든 피들이 거꾸로 솟구치는 것 같았다.

아무런 말도 하지 않고 가만히 서 있는 화진을 아래위로 쭉 훑어보던 휘란의 얼굴이 싸늘하게 변하더니 준영을 부추겨 어딘가로 자리를 옮겼다.

화진은 조금씩 멀어지는 그들을 바라보고만 있었다.

조금 떨어진 두 사람의 목소리가 잘 들리지는 않았지만, 그들이 자신을 두고 싸운다는 것을 느낌으로 알 수 있었다. 심각한 이야기를 하는지 준영이 인상을 잔뜩 찌푸리고 있었고, 그런 그의 얼굴을 노려보며 동생이 뭐라고 하는 고함소리가 어렴풋이 들려왔다.

장승처럼 서 있는 것도 짜증나고, 지나가는 사람들이 자신을 힐끔거리는 것도 신경이 쓰인 화진은 한숨과 함께 시선을 들었다. 조금 더 기다려본 후에도 돌아오지 않으면 집으로 들어가야겠다고 생각하며 다시 멍하니 그들을 바라보았다.

갑자기 차가운 손길이 허리를 감싸자, 놀란 화진이 시선을 돌렸다. 바로 곁에 다가오도록 모르고 있었던 자신의 무신경함에 혀를 차고는 느끼하게 생긴 남자의 얼굴을 쳐다보았다.

"필요한 거라도 있으신가요?"

"훗, 필요한 건 많지."

다짜고짜 반말을 하는 그의 태도가 상당히 눈에 거슬렸지만, 애써 성질을 누르고 입가에 미소를 그리며 다시 물었다.

"말씀해주시면 제가 갖다드리겠습니다."

그 말에 남자가 처음보다 더 느끼한 미소를 지으며 허리를 감은 손에 힘을 주는 것이 느껴지자 화진이 살짝 이마를 접었다.

"허리를 좀 놔주시겠어요?"

손님이라는 것을 머릿속으로 상기하며 최대한 상냥하게 부탁을 해보았지만, 오히려 역효과를 내는지 끈적끈적한 그의 시선이 가슴 위로 떨어졌다. 조금씩 허리를 애무하듯 손을 놀리고 있는 사내의 행동에 짜증이 치밀어오른 화진이 거칠게 손가락을 잡아당겼다.

"아얏!"

갑자기 손가락이 반대로 구부려지자 아픔에 인상을 꽉 찡그린 사내가 화진을 노려보기 시작했다.

"죄송하지만, 손을 좀 놔달라는 부탁을 드렸습니다."

"큭, 몸이나 파는 주제에 자존심은 있다는 건가?"

경멸이 담긴 사내의 음성에 미칠 것 같은 굴욕을 느낀 화진은 조용히 입술을 깨물며 그를 노려보았다. 그런 화진의 사나운 눈길에 자극을 받은 사내가 몸을 겹쳐왔다.

"궁금해졌어. 도대체 얼마나 잘난 몸뚱이라서 그놈이 녹아내리는지 말이야."

강한 힘으로 자신을 덮어버린 사내가 끈적끈적한 입김을 내뱉으며 목덜미를 애무하기 시작했지만, 화진은 뿌리치지 않고 있었다.

"궁금하신가 보죠?"

감정이라고는 전혀 느껴지지 않는 화진의 음성에 사내가 비릿한 웃음을 지었다.

"아주 궁금하지. 후후후! 그런 의미에서 나랑 하룻밤 자는 건 어때? 내가 돈이라면 원하는 만큼 주도록 하지."

축축한 혀가 목덜미를 훑으며 가슴 언저리까지 내려가고 있었지만, 화진은 저지하는 동작을 취하지 않고 멍하게 있었다.

"반항도 하지 않는다? 훗, 돈이라면 어떤 사내에게라도 다리를 벌리는가 보지."

심장이 반으로 갈라지는 것 같은 아픔과 함께 치가 떨려왔지만, 화진은 이를 악물며 조용히 내뱉었다.

"돈이라면 어느 사내에게도 다리를 벌려드릴 수 있습니다. 하지만 현재로는 그럴 수가 없겠네요. 지금은 최준영 회장님께 매인 몸이라서 말입니다."

그녀가 이 사이로 단어 하나하나에 힘을 주며 속삭이자, 그 말을 들은 사내가 웃음을 터뜨렸다. 파티를 즐기던 사람들의 시선이 일제히 두 사람에게 쏠리자, 화진은 눈을 한 번 감았다가 다시 떴다.

휘란과 싸우고 있던 준영이 갑자기 웃음소리가 들려온 곳으로 시선을 던지고 그대로 굳어져버렸다. 다른 사내에게 온몸을 맡기고 있는 화진을 보자 몸속에 있는 모든 피들이 얼굴로 몰려오는 것 같은 화가 치밀어올랐다.

흙빛으로 변한 얼굴로 몸을 돌리는 준영의 팔을 휘란이 잡아챘다.

"쓸데없는 싸움은 하지 마. 저 남자를 건드리면 오빠만 피해를 본다고.”

“놔!”

준영이 딱딱하게 굳은 목소리로 소리쳤지만, 팔을 잡고 있던 휘란은 놓지 않고 다음 말을 이었다.

“정부이면 정부로만 대해주도록 해. 그렇지 않은 여자라면 정중한 대우와 함께 다른 사람들이 무시하지 않게 해주던가.”

따끔한 휘란의 질책에 강렬하게 노려본 준영은 잡고 있던 동생의 팔을 거칠게 뿌리치고는 성큼성큼 그곳으로 걸어갔다. 준영이 무서운 표정을 지으며 걸어가자 사람들이 술렁거렸다.

사내의 어깨 너머로 준영이 자신에게로 다가오는 것을 본 화진은 절망감에 눈을 감아버렸다. 아직까지도 사태 파악을 하지 못한 사내가 이제는 당당하게 가슴을 매만지고 있는 현실에 눈을 감아버렸다. 얼마든지 사내의 손을 뿌리칠 수도, 더럽다고 고함을 칠 수도 있었지만, 화진은 그렇게 하지 않았다. 지금 이 자리가 어떤 자리인지 누구보다 잘 알고 있는 그녀였기에 함부로 목소리를 높일 수가 없었다. 또한 자신은 그에게 아무것도 아닌 존재이기에 더욱더 당당해질 수가 없었다.

이런 모습을 그에게 보여주게 된 현실이 견딜 수 없을 만큼 고통스러워 화진은 눈을 감아버렸다. 느끼한 웃음을 짓는 그를 느끼며 조금씩 몸을 뒤로 빼보았지만, 우악스러운 사내의 손길에 다시 앞으로 당겨졌다.

“앙탈부려서 좋을 게 없겠지. 그러니까 나긋하게 안기도록 해.”

“놓아주세요.”

“이런, 너무 부드러운 목소리인데……. 그 목소리로 신음하는 소리를 들으면 얼마나 짜릿할까?”

“더 이상의 소란은 원치 않습니다.”

“풋, 웃기는군. 무슨 소란을 원치 않는다는 건가? 네가 높은 분의 자제라도 된다는 거야? 겨우 몸이나 파는 창녀인 주제에 이렇게 내가 안아주면 좋아해야지.”

그 말에 참고 참았던 화가 그대로 폭발해버렸다. 최대한 그의 목덜미를 잡아 자신 쪽으로 당긴 화진은 사내의 귓가에 나직이 속삭였다.

"더러운 새끼. 너희 같은 인간들은 정말 짜증나. 내가 아니라, 더럽고 추잡하고 돈이라면 뭐든지 된다는 너희 같은 것들이 쓰레기야. 세상에서 사라져야 할 사람은 내가 아니라 당신이야."

차갑게 소리친 화진이 얼굴 가득 미소를 짓고는 그의 귓가에서 입술을 치웠다. 그리고 그와 동시에 날아온 사내의 손에 뺨을 맞고 바닥으로 나가떨어졌다.

철썩!

"이게……."

바닥에 쓰러져 있는 화진을 다시 때리기 위해서 덤벼드는 사내의 몸을 준영이 잡아채며 옆으로 밀었다.

"뭐 하는 겁니까?"

"뭐야!"

"지금 이 여자를 때린 이유가 뭡니까?"

심장까지 얼려버릴 것 같은 준영의 차가운 눈빛에 사내가 겁을 먹었는지 주춤거렸다. 옷을 매만지며 준영을 쳐다보는 그의 얼굴에 비열함이 자리했다.

"먼저 꼬리 친 주제에 나한테 쓰레기라고 하더군요. 숙녀분께서 은근하게 속삭이며 얼마나 줄 수 있냐는 말에 원하는 만큼 주겠다고 했는데도 만족하지 않고 나를 비웃더군요. 도대체 최 회장님께서는 저 숙녀분을 얼마에 안으시는 겁니까?"

모든 사람이 다 들을 만큼 큰소리로 외친 사내의 얼굴에 비웃음이 가득 담겨 있었다.

쓰러질 것 같은 창백한 얼굴로, 사내가 지껄이는 말을 가만히 듣고 있던 화진은 자신도 모르게 웃음이 나와버렸다. 그런 화진의 모습에 사람들의 따가운 시선이 쏟아졌다. 옷매무새를 가다듬고 준영 앞에 선 화진은 그의 차가운 눈빛을 고스란히 받아냈다.

"저는 몸을 함부로 굴리는 여자가 아닙니다. 비록 최준영 회장님의 정부로 살기 시작했지만, 모든 사내에게 다리를 벌리는 여자는 아닙니다. 정중하게 이분께 말씀을 드린다는 것이 잘못 전달된 것 같습니다. 오해가 있으셨다면 정말 죄송합니다."

터져버릴 것 같은 심장과 끓어오르는 화를 억누르며 화진은 무표정한 얼굴로 그 사내에게 고개를 숙였다. 허리까지 깊숙하게 고개를 숙이며 사과하는 그녀를 보면서 휘란의 얼굴에 묘한 미소가 떠올랐다.

머뭇거리며 당황한 표정을 짓고 있는 사내의 모습에 준영이 앞으로 나와 말을 이었다.

"어떤 이유로 그런지는 모르겠지만, 내 사람인 이상 문제가 있었다면 너그럽게 이해하시지요."

"홍, 이해하고 말 것도 없지. 어디서 건방지게 나보고 쓰레기라는 거야. 진심으로 사과할 생각이 있다면 이 자리에서 무릎 꿇고 빌어. 싹싹 빌면 내가 특별히 용서해주도록 하지."

사내의 말에 눈에 띄게 안색이 창백해진 화진은 떨리는 다리를 움직였다. 준영을 바라보지 않기 위해서 고개를 숙이고 있던 화진의 뺨으로 눈물이 한 방울 땅으로 떨어져 내렸다.

"그만하시지요."

준영의 싸늘한 외침에 사내의 입가가 위로 치켜 올라갔다.

"최준영 회장님은 공과 사는 정확하게 구분하신다고 하더니만, 그것도 아닌 모양입니다. 어찌 한낱 계집 때문에 저와 맞서려고 하십니까? 이런 정부쯤은 얼마든지 구할 수 있는 일이지 않습니까?"

사내의 말에 욱한 준영이 앞으로 나가려고 했지만, 휘란과 민재의 손에 의해 저지당하고 말았다. 사태가 심각하게 변해가자, 화진은 굳은 결심을 하고는 사내 앞에 조용히 다가가 섰다.

"정말 죄송합니다."

숨도 쉴 수 없을 정도로 치욕스러웠지만, 준영조차도 함부로 대하지 못하는 사내의 신분에 화진은 몸을 움직였다. 그가 원하는 대로 천천히 무릎을 꿇자 사내의 웃음소리가 귓가를 때렸다.

"하하하, 여자는 이렇게 고분고분해야 좋은 법이지. 오늘 일은 특별히 용서해주도록 하지."

무릎을 꿇고 고개를 숙이고 있는 그녀의 머리를 매만지던 사내가 웃으며 자리를 벗어나는 것을 지켜보고 있던 화진은 힘겹게 자리에서 일어났다.

술렁거리던 사람들이 하나둘씩 집으로 들어갔고, 남은 사람은 몇 명 되지 않았다. 자신도 모르게 눈물이 뺨을 적시고 있었지만, 상관하지 않고 그들에게 미소를 지어 보이던 화진은 몸을 돌려 집으로 들어왔다.

그 모습을 지켜보고 있던 수진이 다가와 비틀거리는 화진을 따뜻하게 안아주었다.

"우세요!"

그 한마디에 화진은 처음으로 소리 내어 울어버렸다. 굴욕감과 치욕스러움에 온몸이 떨려왔지만, 그를 위해서 무릎을 꿇을 수밖에 없었다. 자신이 처한 현실이 생각했던 것보다 더 비참하고 초라한 것 같아서 서럽게 울었다.

"흑흑흑! 이게 현실인 줄 알지만, 심장이 터져버릴 것같이 아파요. 그 많은 사람들 속에서 무릎까지 꿇는 치욕을 당해야 하는 현실이 너무 비참해요. 왜! 왜! 정말 쓰레기인데……. 세상에서 사라져야 할 쓰레기인데……. 흑흑흑!"

예쁘게 화장한 얼굴은 눈물로 얼룩져 있었고 드레스 또한 구겨질 대로 구겨져 있었다. 자신의 무릎에 엎드려 우는 화진의 안타까운 모습에 수진은 가슴이 메었다.

정부로 둔 여자에게 전혀 휘둘리지 않는다는 모습을 보여주기 위해서 준영은 파티가 끝날 때까지 그곳에서 벗어나지 않았다. 아무 일도 없었던 사람처럼, 밝은 미소를 지으며 손님들을 접대하는 준영의 모습에 술렁거리던 분위기도 차츰 가라앉아 갔다.

제법 늦은 시간이 되어서야, 남아 있던 사람들이 하나둘씩 집으로 돌아갔고, 마지막으로 남아 있던 휘란이 준영을 바라보고 있었다.

"민재 씨."

휘란의 나직한 부름에 민재가 다가와 곁에 섰다.

"그놈, 부숴버릴 수 있어?"

얼마나 화가 났는지를 알 수 있는 휘란의 무표정한 얼굴에 민재가 고개를 내저었다.

"대통령 아들을 어떻게 건드릴 수 있겠어? 정권이 바뀌면 모를까."

민재의 서글픈 목소리에 휘란의 눈시울이 붉어져왔다. 상처받지 않았다는 것을 과시하는 준영을 바라보는 휘란의 손끝이 살며시 떨렸다. 자신의 여자가, 다른 사내에게 무릎까지 꿇어야 하는 치욕을 당하는데도 도와주지 못하는 심정이 얼마나 아플지 듣지 않아도 알 수 있었다.

돌아가는 손님들에게 일일이 인사를 하고 들어오는 준영을 보면서 휘란이 앞으로 다가갔다.

"오빠!"

"너도 그만 가봐라."

눈길도 마주치지 않고 말하는 준영의 모습에 한숨을 내쉰 휘란이 다가와 손을 들어올려 뺨을 매만졌다. 알싸한 아픔이 가슴을 치고 지나갔지만, 내색하지 않고 조용히 속삭였다.

"나중에 지금 한 일을 후회하게 만들어줄 수 있을 거야. 그러니까 너무 아파하지 마. 사랑해, 오빠!"

자신보다 더 아파하는 동생의 모습에 준영이 희미한 미소를 짓고는 고개를 끄덕였다. 휘란도 환한 미소로 답례했다.

민재 또한 준영에게 무언의 눈빛을 보내고는 휘란과 함께 주차장으로 가 차에 올라탔다. 출발하자는 민재의 재촉을 무시하고 휘란은 한동안 가만히 어두운 차안에 앉아 있었다.

답답한 마음에 한숨을 내쉰 준영은 오늘 일로 인해서 많은 상처를 받았을 화진을 생각하자 다시 한숨이 터져 나왔다. 의자에 앉아 줄담배를 피우고 있는 준영에게 화진이 다가왔다.

"화진아!"

처음으로 자신의 이름을 따뜻하게 불러주는 준영의 목소리에 화진은 또다시 목이 메어오고 눈물이 차올랐다.

"하나도 아프지 않아요. 그 상황에서 그럴 수밖에 없었다는 걸 알기 때문에 당신을 원망하지 않아요."

체념한 얼굴로 말하는 화진을 보면서 그녀를 보호해주고 싶은 욕심이 준영의 온몸을 가득 휘감았다. 부서져버릴 것 같은 몸속에 강인한 정신을 가지고 있는 화진이 자신 때문에 그런 치욕을 당하면서까지도 괜찮다고 말하는 모습에 준영의 눈시울이 뜨거워졌다. 그녀 앞에서만은 약한 모습을 보여주고 싶지 않았던 그였지만, 지금은 그런 여유를 부릴 마음이 없었다. 끓어오르는 분노와 슬픔에 목이 메어와 한 줄기 눈물이 뺨을 타고 흘러내렸다. 그런 준영의 모습에 놀란 화진이 다가가 그의 무릎에 앉았다.

"비록 무릎을 꿇었지만, 그는 쓰레기일 뿐이에요. 그런 놈 때문에 울지 마세요."

따뜻하게 눈물을 닦아주는 화진을 준영은 꼭 안아 품에 가두었다.

"치욕스럽게 만들어서 미안하다. 정말 미안해."

"괜찮아요. 아무렇지도 않아요. 정, 정말 괜찮아요."

두 사람이 그렇게 서로를 꼭 껴안으며 아픔을 달래는 모습을 집에 가지 않고 있던 휘란이 바라보고 있었다.

'오빠는 알까! 사랑은 자신도 모르는 사이에 심장 깊숙한 곳까지 들어와 버린다는 사실을 말이야. 지금 오빠의 모습은 누가 보아도 저 여자를 사랑하고 있어. 언제쯤 서로가 서로의 감정을 알 수 있을까?'

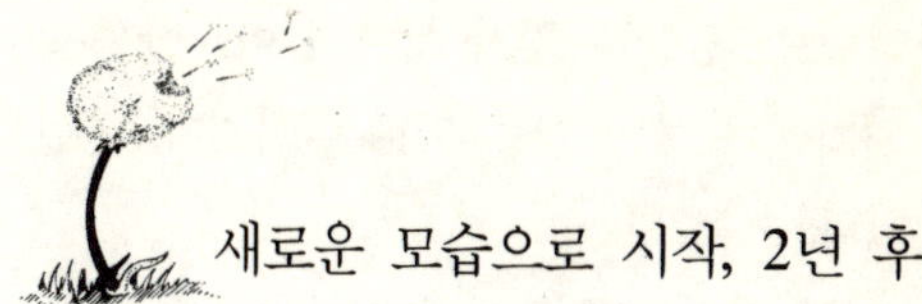

새로운 모습으로 시작, 2년 후

시계가 따로 필요 없을 만큼 화진은 정확한 시간에 눈을 뜨는 버릇이 생겨버렸다. 오늘도 변함없이 다섯 시에 눈을 뜬 화진은 서서히 밝아오는 여명을 바라보면서 한숨을 내쉬었다.

'이제 일주일만 있으면 이 생활도 끝나는구나. 이 사람 곁에서 떠나는 구나!'

또다시 울적해지는 기분을 털어버리고 화진은 가볍게 상체를 일으켰다.

힘들고 아픈 시간들이었다. 그의 곁에 있으면서 많이 상처받고, 많이 힘들었지만 어느 순간부터는 그의 곁이 익숙해져버린 자신을 발견할 수 있었다. 돈 때문에 함께 사는 삶이라고 수없이 머릿속으로 되뇌었지만, 그래도 준영 곁에 있으면 언제나 가슴이 따뜻해져왔다.

쓸쓸한 눈빛으로 그녀가 잠들어 있는 준영을 바라보고는 이마 위로 흘러내린 머리카락을 살짝 넘겨주자, 그가 낮은 신음소리를 내뱉으면서 몸을 뒤챘다.

‘준영 씨, 당신을 떠나면 나는 어떻게 될까요? 어느 순간 뒤돌아서 보니 당신을 의지하고 있는 내 자신을 보았는데……. 당신을 잊을 수 있을까요? 당신을 내 머릿속에서, 내 가슴속에서 밀어낼 수 있을까요? 정말 두려워요. 당신을 잊지 못해서 아파할까 봐. 사실 너무 겁나요.’

차가운 눈물이 이불 위로 떨어지자, 놀란 그녀가 얼른 손을 올려 뺨을 닦았다.

‘바보 같다, 여화진! 이제 자유의 몸이 되는데 오히려 기뻐해야지, 이렇게 바보처럼 눈물이나 흘리고.’

화진이 자신의 머리를 쥐어박고는 침대에서 내려왔다.

1년 전 갑자기 지병이 재발해버린 수진은 걸음도 제대로 걸을 수 없을 만큼 힘들어했다. 그래서 1년 동안 함께한 수진을 화진은 보내줄 수밖에 없었다. 그나마 수진이 있어 이 삭막한 집안에서 웃을 수도 있었던 화진이었기에 그녀가 떠나는 것이 많이 서운했다. 하지만 아들 집에서 편안하게 노년을 즐기고 있는 수진을 보고 올 때면 자신의 욕심 때문에 그녀를 잡지 않았던 것을 다행으로 여겼다.

화진은 이제는 자신의 손길이 깊숙하게 묻어 있는 부엌을 바라보고는 서둘러 아침을 차리기 시작했다.

2년이라는 세월 동안 화진은 완전히 준영에게 맞추어진 여자로 성장해버렸다. 그가 좋아하는 음식을 잘 만드는 여자, 언제 어디서나 준영을 위해서 자신을 희생하는 여자. 어떠한 파티에 가든지 웃음과 유머를 잃지 않고 사람들을 대하는 그녀의 모습에 많은 사람들이 처음 보여준 시선과는 사뭇 다른 시선으로 그녀를 대했다.

준영 때문에 배우게 된 외국어들이었지만, 지금은 오히려 자신에게 더 많은 도움이 되고 있었다. 여러 나라의 말을 할 수 있다는 장점 때문에 누구를 만나든 대화가 가능해졌다. 가끔씩 준영과 함께 해외로 출장을 갈 때는 아주 큰 도움이 되었다. 간단한 식사 자리에서도 당황한 표정 하나 없이 능숙하게 그들에게 인사를 건네고, 그들의 비위를 맞추어줄 정도로 화진은 달라져 있었다. 2년 전 자신을 모욕했던 그 남자 앞에서도 아무렇지 않은 척 웃을 수 있는 여유까지 부릴 정도로, 모든 면에서 당당한 모습을 갖추고 있었다.

재빠른 손놀림으로 아침을 준비하고 시계를 보자 시간이 조금 남아 있었다. 화진이 밖으로 나가 아침 공기를 마셨다.

"음! 좋다."

그녀가 두 팔을 활짝 펼치고 다시 가슴 쪽으로 오므렸다. 그 동작들을 몇 번 더 하고는 고개를 들어 다시 한 번 상쾌한 공기를 마셨다.

언제부터인가 생겨버린 습관이었다. 그 때문에 답답할 때나 가슴이 아플 때, 밖으로 나와 신선한 공기를 마시면 어느 정도 치유가 되는 것 같았다. 그렇게 항상 해오던 일이 이제는 습관처럼 그녀의 발길을 이끌고 있었다.

부엌으로 돌아와 식탁에 깔끔하게 차려진 반찬들을 한 번 더 둘러보고는 그녀가 가스레인지 위에 올려놓았던 국을 살짝 데우기 시작했다.

여섯 시 반. 한 치의 오차도 없이 준영이 침실 문을 열고 나오고 있었다. 그나마 처음과 달라진 점이 있다면, 깔끔하게 차려입고 나오던 준영이 이제는 샤워 가운만 입은 차림으로 침실 문을 열고 나온다는 것이었다. 처음 준영이 샤워만 간단하게 하고는 가운 차림으로 침실 문을 열고 나왔을 때의 충격이란 말로 할 수가 없을 정도였다.

수진이 집을 나간 후로 그렇게 준영은 아주 조금씩 달라지고 있었다. 상당히 깔끔하던 그가 어떨 때는 쓰던 화장지를 테이블 위에 올려놓을 때도 있고, 쓰고 난 후에 스킨 뚜껑을 닫지 않고 그냥 놓아두고 나갈 때도 있었다.

오늘도 여느 때와 다름없이 가운을 입은 준영의 모습이 보였다. 나이든 티가 전혀 나지 않는 준영을 바라보면서 화진은 절로 한숨이 새어나왔다. 성큼성큼 걸어온 그가 식탁 상석에 앉았다.

"간단하게 줘."

“그러죠.”

어제는 어쩐 일로 과음을 했는지 정신을 차리지 못하고 정 실장에게 업혀 들어온 준영의 모습에 화진은 놀라움을 금치 못했다. 흐트러진 모습을 보이는 것을 극도로 싫어하는 그란 걸 잘 알기에 가끔씩 보여주는 그의 이런 모습은 2년이 지난 지금도 적응이 힘들었다. 그런 생각을 하면서 그녀가 그의 얼굴을 힐끔거리자, 그가 째려보는 게 느껴졌다.

“그만 쳐다보지.”

날아온 준영의 편잔에 화진의 입가에 살짝 미소가 드리워졌다.

“아, 네.”

웃음을 흘리면서 말하는 그녀의 모습에 준영은 더욱더 얼굴이 굳어져 버렸다.

준영은 요즈음 들어와 조금씩 무너지고 있는 자신 때문에 화가 났다. 그녀와 함께할 수 있는 시간이 많을 때는 느끼지 못한 불안감이 시간이 지날수록 온몸을 갉아먹고 있었다. 이제 일주일 후면 그녀를 보내주어야 한다는 생각에 미칠 것 같은 기분을 주체할 수가 없었다. 2년 동안 계획한 일을 실행하고 있는 지금 시점에서 정신을 집중해도 시원찮을 판인데도 좀체 마음을 다스릴 수가 없었다. 그토록 자신을 잘 조절한다고 자부하고, 자만했던 일들이 허무하게 느껴질 정도로 준영은 흔들리고 있었다.

불황으로 흔들리던 호텔 때문에 계획한 복합 상영관이 생각보다 더 많은 이익을 창출하며 급물살을 타기 시작하면서, 폐쇄했던 지방 호텔들을 다시 개장하고 더 많은 이익들을 거두어들였다. 잘 되고 있다고 해서 마음 놓지 않고, 더 좋은 아이템을 발굴하여 호텔 운영에 도입함으로써 끊임없이 발전해나가고 있었다.

너무 잘 굴러가는 회사였기 때문에 굳이 준영이 늦게까지 회사에 남아 일을 할 필요는 없었다. 하지만 일찍 들어가면 자꾸만 그녀에게 손이 가는 그였기 때문에 늦게 귀가할 수밖에 없었다. 2년 동안 매일같이 화진과 수없이 다양한 체위로 잠자리를 했지만, 하면 할수록 갈증만 더해갈 뿐이었다. 매일 아침마다 화진을 갖았지만, 만족이라는 것을 느낄 수가 없었다. 한 번은 그런 욕망을 없애기 위해서 하루에 몇 번씩이나 화진과 잠자리를 했지만, 아무런 소용이 없었다.

그 생각을 하며 그녀를 바라보자, 또다시 그의 분신이 일어서고 있었다. 가스레인지 위에 올려놓은 냄비 뚜껑을 열어 얼마만큼 끓었는지를 확인하는 화진의 섹시한 뒷모습에 준영의 분신이 불끈 서버렸다.

'이런 젠장.'

또다시 밀려오는 욕망 때문에 준영은 두 눈을 질끈 감고 천천히 자리에서 일어나 화진을 뒤에서 껴안았다. 놀란 그녀가 얼른 국자를 옆에 놓았다.

"뭐예요?"

"음!"

준영이 그녀의 부드러운 목덜미에 얼굴을 묻고 살짝살짝 핥기 시작했다. 짧은 동작으로 그의 혀가 목덜미를 애무하자, 화진은 짜릿한 느낌에 몸이 떨려왔다.

"음! 하지 마요"

그녀의 싫지 않은 투정에 탄력을 받은 준영이 두 팔을 들어 화진의 허리를 끌어안아 자신 쪽으로 당겼다.

"음! 냄새 좋은데……."

부드러운 말과 함께 그가 블라우스 안으로 손을 밀어넣어 봉긋하게 솟아 있는 가슴을 주무르기 시작했다. 강약을 조절해가면서 애무하는 준영의 손길에 화진의 몸이 달아오르기 시작했다. 화진이 몸을 살짝 꼬기 시작하자 준영의 한쪽 입가가 올라갔다.

"준영 씨, 식사는……."

"나중에."

그 말과 함께 그가 한쪽 식탁에 그녀를 몰아세웠다.

"어머!"

놀란 그녀가 얼른 자세를 바로 하기 위해서 몸을 돌렸지만, 뒤에서 누르고 있는 준영의 힘을 당해낼 수는 없었다. 어쩔 수 없이 식탁에 엎드린 자세로 있자, 그가 뒤에서 치마를 걷어올리는 것을 느낄 수 있었다. 부끄러움과, 누군가가 들어올 것 같은 조바심으로 자꾸만 몸을 빼자, 준영의 큼직한 두 손이 화진의 양 엉덩이를 꽉 잡아버렸다. 꼼짝도 할 수 없는 그녀의 뒤에서 준영이 가운을 살짝 벌리자, 속옷도 입지 않은 그의 알몸이 드러났다. 그의 것이 천천히 그녀에게로 들어왔다.

"아!"

신음소리가 절로 화진의 입에서 새어나왔다. 달아오른 얼굴을 차가운 식탁에 대자, 조금은 열기가 식는 기분이었다. 뒤에서 밀어붙이는 준영의 몸짓에 화진의 몸이 흔들리기 시작했다.

"헉! 헉!"

헐떡거리는 준영의 신음소리에 화진도 소리를 내지르기 시작했다. 힘찬 동작으로 자신에게 들어오는 준영을 느끼면서 짜릿함이 물밀듯이 온몸으로 퍼져갔다. 한 차례의 정사를 치렀지만, 그래도 아쉬운지 그가 그녀의 몸을 배회하고 있었다. 그런 그의 손길에 화진은 또다시 몸이 떨려왔다.

"음! 좋아."

그가 천천히 떨어져 나가자, 화진은 다리에 힘이 풀려버려 바닥에 주저앉았다. 그가 그런 그녀를 바라보더니 무릎 아래로 팔을 넣어 들어올렸다.

"그렇게 좋았나?"

웃음 섞인 준영의 말에 화진의 양 볼이 붉게 물들었다. 그런 그녀의 모습을 본 준영의 얼굴에 미소가 피어올랐다.

"하하하, 어떻게 된 것이 2년이나 지났는데도 여전히 얼굴이 붉어지는군."

"무슨요!"

부끄러운 듯 그의 가슴팍에 얼굴을 묻는 화진의 애교에 준영이 가슴까지 들썩거리며 웃었다.

"하하하."

가벼운 발걸음으로 안방에 들어온 그가 조심스러운 손길로 그녀를 침대 위에 내려놓아 주었다.

"쉬도록 해. 아침은 알아서 먹고 가도록 하지."

"하지만……."

그녀가 엉거주춤 침대에서 내려오려고 발을 빼자, 그의 매서운 눈빛이 날아왔다.

"쉬도록 해. 내가 아침부터 힘 빼게 만들었으니 알아서 먹고 가도록 하지."

의외의 모습에 화진이 어리둥절한 표정으로 바라보자 준영이 살짝 입을 맞추어왔다. 정신을 차린 그도 자신의 행동에 놀랐는지 얼른 몸을 돌려 나가버렸다. 나날이 부드러워지는 준영을 느끼며 화진의 얼굴에 흐뭇한 미소가 드리워져갔다.

'준영 씨! 준영 씨! 준영 씨!'

그녀가 가슴에 손을 올려놓으며 그의 이름을 되뇌자, 알싸한 고통이 가슴속으로 파고 들어왔다. 두근거리는 가슴 위를 손으로 꾹 눌러보았지만 달라지지 않았다. 콩닥거리는 심장 소리가 요란해져가자 한숨을 내쉰 화진은 그가 베고 잤던 베개에 얼굴을 묻으며 향기를 들이마셨다.

"좋다. 당신의 이 향기가 너무 좋다."

반나절을 침대에서 뒹굴거린 화진은 머리도 식힐 겸 잠깐 밖으로 나갔다. 깔끔하게 손질되어 있는 정원을 볼 수 있었다.

"오늘 와서 손본다고 하더니 깔끔하게 해놓고 갔네. 정말 예쁘게도 깎았다."

다양한 모양으로 꾸며져 있는 작은 소나무들을 바라보는 그녀의 입에서 감탄사가 절로 나왔다. 한쪽에 마련된 벤치에 앉아 하늘을 쳐다보았다. 온종일 떠 있던 해가 맹렬한 기세로 자신을 불태우면서 마지막을 장식하고 있는 모습을 넋 놓고 보았다.

'저 노을처럼 나도 저렇게 할 수 있을까? 아무것도 바라는 것 없이, 준영 씨를 위해서 나를 희생할 수 있을까? 정말 두렵다. 그의 곁을 떠나서 내가 살아갈 수 있을지…….'

또다시 한쪽 가슴이 아파오자 화진은 손으로 지그시 가슴을 눌러대기 시작했다. 그를 생각하면 여지없이 찾아오는 호흡 곤란 증세와, 심장이 죄여오는 아픔이었다. 열심히 왼쪽 가슴을 두드리면서 임산부들이 하는 식으로 몇 차례 심호흡을 하자 그제야 거친 숨결이 잦아들었다.

"휴, 이제야 살겠네. 이놈의 증상은 없어지지도 않네."

한숨을 내쉬고는 멍하게 벤치에 앉아 있던 화진은 어느덧 깜깜해진 하늘을 보면서 준영이 올 시간이 된 것 같아 서둘러 집 안으로 들어갔다.

시계를 보자 벌써 일곱 시가 다 되어가고 있었다. 놀란 표정으로 화진이 급하게 안방으로 들어가 옷을 갈아입고는 다시 부엌으로 들어갔다. 미리 생각해둔 음식이 있었기 때문에 아무 어려움 없이 척척 준비하기 시작했다.

마지막으로 국을 가스레인지 위에 올려놓고 준영을 기다렸지만, 아홉 시가 되어도 그는 들어오지 않았다. 화진이 소파에 앉아 멍한 시선으로 시계만 바라보고 있었지만, 시계 초침이 열한 시를 가리켜도 준영에게서는 아무런 연락이 없었다.

따리리리리리.

전화벨 소리에 정신을 차린 화진이 어깨를 축 늘어뜨리고 수화기를 들었다.

"저기요."

머뭇거리는 상대방의 목소리에 화진이 조용히 속삭였다.

"말씀하세요."

"저는 준영이 친구인데요, 이놈이 많이 취해서 정신을 차리지 못하고 있거든요. 그래서 좀 데리고 갔으면 좋겠는데…….”

“위치가 어디죠?”

화진의 말에 바로 대답이 들려왔다.

“제가 웨이터를 바꿔줄게요. 잠시만요.”

요란한 소리와 함께 그녀가 웨이터에게 전화기를 건네주는지 뭐라고 하는 소리가 들려왔다.

웨이터가 설명해주는 위치를 자세히 듣고 나서 화진이 민소매 티셔츠 위에 간단하게 카디건을 하나 걸치고는 직접 차를 몰고 나갔다. 평소 길눈이 어두운 그녀였기에 술집을 찾는 데 적지 않은 시간이 걸렸다.

겨우 웨이터가 설명해준 곳을 찾아내자 안도의 한숨이 새어나왔다. 앞에 대충 주차를 하고 안으로 들어가자, 상당히 호화로운 실내 장식에 입이 쩍 벌어졌다. 천장에는 수십 가지의 다양한 모양의 전구들이 설치되어 있었고, 한쪽 벽면은 고급스러운 느낌이 들도록 양주병들이 부착되어 있었다.

화진이 안으로 들어서자, 직원인 듯한 사람이 허리를 굽히며 인사를 했다.

“최준영 씨 때문에 왔는데요.”

“아, 그러셨군요. 이쪽으로…….”

화진은 그의 안내에 따라 긴 복도를 걷기 시작했다. 우아한 드레스를 입은 여자들이 룸에서 나오는 것을 볼 수 있었다.

‘요정이구나!’

그 생각에 더욱더 인상이 찌푸려졌다.

그의 안내를 받아 안으로 들어가자, 잔뜩 취해서 널브러져 있는 그가 보였다. 그 옆으로, 전화한 여자가 그를 깨우고 있었다. 룸 안으로 들어서는 화진을 본 그녀가 자리에서 일어났다.

“여화진 씨?”

“네.”

“반가워요. 저는 이은빛이라고 해요. 준영이랑은 오랜 친구죠.”

은빛이 손을 내밀었다.

“아, 네. 저는 여화진이라고 해요.”

손을 맞잡는 두 여자의 신경전이 치열했다. 냉정하게 자신을 훑어보고 있는 은빛의 눈길을 화진 또한 태연하게 받아치고 있었다.

‘후후후, 준영아! 내가 볼 때는 결코 연약한 여자는 아닌 것 같다.’

“그럼, 제가 준영 씨를 데리고 가도록 할게요.”

조금의 감정도 묻어나지 않는 화진의 말에 은빛이 미소를 지으며 길을 내주었다.

“화진 씨, 준영이 많이 힘들고 불쌍한 놈이에요. 그러니 잘 부탁할게요.”

슬픈 그녀의 음성에 화진이 고개를 돌려 쳐다보았다. 자신의 눈앞에 있는 사람 또한 준영을 사랑하고 있다는 것을 느낄 수 있었다.

“저는 그런 말을 들을 자격이 없는 사람입니다.”

자신도 모르게 끓어오르는 질투심에 화진의 목소리가 차가워졌다. 그녀를 지나쳐 쓰러져 있는 준영에게로 다가가 흔들어보았다.

“준영 씨.”

화진이 몇 번을 소리쳐 불러보았지만, 들리지도 않는지 흥얼거릴 뿐이었다.

“아무래도 저 혼자는 힘들 것 같으니까 좀 도와주세요.”

화진의 말 한마디에 쏜살같이 달려온 종업원들이 준영을 양옆에서 들어올렸다. 흐느적거리는 준영의 모습에 짜증이 밀려왔다. 화진이 쌀쌀맞은 태도로 은빛을 지나쳐 가려고 하자 그녀가 팔을 잡아왔다.

“여화진 씨 자신도 솔직해져야 한다고 생각해요. 속으로 끙끙거린다고 문제가 해결되지는 않으니까요. 선택권이 있다는 사실이 얼마나 행운인지 알았으면 좋겠어요.”

은빛의 말에 화진이 그녀를 쳐다보았다.

“그런 행운에 제가 감사해야 하나요? 제가 당신한테 그런 말을 들을 이유는 없는 것 같군요. 먼저 실례할게요.”

살짝 고개 숙여 인사를 하고 나가버리는 화진의 뒷모습을 바라보는 은빛의 얼굴에 미소가 드리워졌다.

‘후후후, 그렇죠? 난 당신한테 이런 말을 할 사람은 아니죠. 하지만 당신이 부러워요. 죽을 만큼 당신이 부럽다고요. 몇 십 년을 가슴앓이한 내가 바보 같으면서요.’

종업원들이 끙끙거리며 준영을 데리고 가는 모습을 바라보면서 은빛의 볼 위로 눈물이 흘러내렸다.

“어, 뭐야! 은빛도 데리고 가야지, 은빛아!”

복도를 지나면서 소리치는 준영의 말에 화진이 몸을 휙 돌렸다. 갑자기 몸을 돌리는 그녀의 모습에 뒤따라오던 종업원들이 긴장한 눈빛으로 그녀를 쳐다보았다.

“얼마나 마신 거죠?”

냉기가 뚝뚝 떨어지는 화진의 말에 종업원 하나가 냉큼 대답했다.

“양주를 네 병이나 마셨습니다.”

“흥, 미쳤군요. 아주…….”

싸늘함을 거두고 화진이 다시 앞장서 걸어갔다. 놀란 마음을 겨우 진정시키고 종업원들이 서둘러 뒤따라갔다.

클럽 앞에 주차해놓은 차로 다가가 뒷자리에 준영을 실었다. 얼마나 종업원들이 조심스러운 손길로 그를 대하는지 또 한 번 그의 위치를 느낄 수 있었다.

“고마워요.”

그들에게 인사를 하고는 화진이 요란한 타이어 소리를 내면서 차를 출발시켰다.

뒷자리에 누워 있는 준영이 뭐라고 하는지 연신 투덜거리고 있었지만, 지금 그녀의 기분으로는 그것까지 신경 쓸 여유가 없었다. 떠들어대는 그의 말을 무시하고 그녀는 미간을 잔뜩 찌푸리며 집으로 향했다.

"대단하군요. 이제는 안하던 짓까지 하고 말이죠. 함께할 수 있는 마지막 시간까지도 당신은 저에게 상처만 주는군요, 최준영 회장님!"

화진은 떨려오는 입술을 지그시 깨물고는 뼈가 튀어나오도록 핸들을 쥐었다.

간신히 집까지 왔지만 준영을 들고 가는 것이 문제였다. 할 수 없이 쥐어짜듯 온힘을 다해 준영의 팔을 어깨에 걸치고 질질 끌고 가기 시작했다. 그냥 걸어갈 때는 느낄 수 없었지만, 누군가를 업다시피 해서 현관문까지 가는 것이 이토록 힘든 일인지 새삼 느낄 수 있었다. 겨우 현관문을 열고는 또다시 끙끙거리며 멀고도 먼 안방으로 향했다. 온몸과 얼굴에 땀이란 땀은 다 흘러내리는 것 같았다.

장장 한 시간에 걸쳐서야 그를 침대에 눕힐 수 있었다. 화진은 너무 힘이 들어 그냥 바닥에 털썩 주저앉아버렸다. 몇 번 심호흡을 하고는 아픈 어깨를 손으로 두드렸다.

"그만 나를 내몰아요. 준영 씨!"

누워 있는 그의 곁으로 다가가 흐트러져 있는 옷을 벗기기 시작했다. 와이셔츠의 옷깃에 온통 립스틱이 묻어 있자 또다시 발끈 질투심이 일었다. 그녀가 우악스러운 손길로 넥타이를 확 잡아 빼자 숨이 좀 막혔는지 그가 캑캑거렸다. 조금의 시간을 두고 다시 다가가 천천히 옷을 벗기기 시작했다. 원래 옷 자체를 입고 자는 사람이 아니었기 때문에 별도로 잠옷을 입힐 필요는 없었다.

힘들게 모든 옷을 다 벗기고 팬티 차림으로 누워 있는 준영의 모습을 화진이 물끄러미 바라보면서 침대 가에 서 있었다.

"도대체 요즘 왜 그러죠? 왜 안하던 행동들을 하면서 나를 힘들게 해요? 왜 이러는 거죠? 당신이 이러지 않아도 나 너무 힘든데……. 가슴 한쪽이 무너지는 것처럼 아프고 힘든데……. 당신까지 아픔을 보태줄 필요는 없잖아요. 바보 같은 사람. 차갑지도 않으면서 차가운 척하고, 나쁘지도 않으면서 언제나 나쁜 놈처럼 행동하고. 정말 바보 같은 사람이야.
당신은 정, 정말 바보 같은 사람이라고.”

어느새 화진의 뺨으로 눈물이 흘러내리고 있었다.

“나, 너무 힘들어…… 정말 힘들단 말이에요. 흑흑흑!”

아무리 그를 붙잡고 울어도 그는 알아주지 않았다. 아무리 아프다고
누워 있는 그에게 소리쳐도 그는 들리지 않는지 눈을 감고 있을 뿐이었
다.

“조금만 나를 봐주지……. 조금만 나를 알아주지……. 바보, 최준영.
바보멍청이.”

쉴 새 없이 흘러내린 눈물을 서둘러 닦은 화진은 휘청거리며 자리에서
일어나 욕실로 향했다.

*　*　*

준영은 상당히 취해 있었지만, 집에 온 순간부터는 조금씩 술이 깨기
시작했다. 워낙 어렸을 때부터 접대용 술을 많이 먹은 그였기 때문에 양
주 네 병은 끄떡없었다. 그러나 계속되는 심적 부담과 화진과의 문제 때
문에 오늘은 그렇게 마셔도 취해버린 것이었다. 이제는 회사에 나가 서류
철만 펼치면 보이는 화진의 모습 때문에 미쳐버릴 것 같은 하루하루를
보내고 있었다. 도저히 더 이상은 자신도 어떻게 할 수가 없어 은빛에게
도움의 손길을 내민 것이었다. 선뜻 그의 말을 들어주겠다는 그녀가 고마
워서 부랴부랴 달려간 곳이 클럽이었다. 오랜만에 만난 친구라서 그런지
두 사람은 평상시보다 좀 오버해서 술을 마셨고, 은빛도 역시 취하기 시
작했다. 친구라는 명목 아래 준영은 처음으로 그녀에게 속마음을 말한 것
이었다. 그런 그의 말에 은빛은 조용히 속삭였다.

“말해. 지금 네가 어떤 마음인지, 속앓이하지 말고 말해.”

“속앓이라!”

　"그래. 표현하지 않으면 평생이 가도 모르는 것이 사람이라는 족속이
야. 그러니 혼자 끙끙대지 말고 자존심이 좀 상하더라도 말하라고."
　"그래야 할까?"
　"그럼. 그게 가장 현명한 방법이지."
　'이런 말을 하면서도 난 바보처럼 너한테 고백도 해보지 못했다. 지난
몇 십 년을 너만 바라보고 산 나인데 말이야.'
　쓸쓸함에 은빛은 독한 양주를 단숨에 입으로 털어 넣어버렸다. 그렇게
주거니 받거니 하면서 마신 탓에 생각보다 많은 양을 마셔버린 것이었다.
　'여화진!'
　준영이 힘들게 한쪽 팔을 들어올려 눈을 가려버렸다. 우는 그녀의 목
소리. 흐느껴 울며 하는 소리가 하나하나 가슴에 박혔다.
　'유아야! 나, 저 여자를 잡고 싶다. 정말 잡고 싶다. 그 2년이라는 시간
동안 나 많이 행복했다. 너를 그렇게 잃고 영원히 다른 이를 내 눈에 담
지 않겠다고 맹세했는데, 저 여자가 그런 내 마음을 서서히 잡아먹어 버
렸어. 그래서 보내기가 싫다. 또다시 예전으로 돌아가기는 정말 싫다. 저
여자가 없는 이 집이 이제는 상상이 되지 않아. 너의 주검 앞에서 맹세했
는데……, 내 심장에는 너만 담을 거라고 맹세했었는데……. 그 맹세를
깨야겠다. 고개를 들 수 없을 만큼 미안하고 아프지만, 이 죄는 죽어서
사죄할게. 미안하다, 유아야! 정말 미안해!'
　눈을 가리고 있는 손가락 사이로 한 줄기 눈물이 흘러내렸다. 얼마나
세게 입술을 깨물고 있었는지 비릿한 피 냄새가 입 안으로 들어왔다. 거
친 동작으로, 흐르고 있는 눈물을 닦고는 얼굴을 침대 속에 파묻으며 가
슴속에 담아두었던 사랑을 보냈다. 처음으로 목놓아 울던 준영은 욕실 문
이 열리는 소리에 급하게 흐느낌을 삼키고 미동도 없이 누워 있었다. 그
녀가 뭔가를 찾는지 조금 부스럭거리는 소리가 들리더니 금방 조용해져
버렸다. 한참이 지나도 화진이 옆자리로 돌아오지 않자, 준영은 가만히
눈을 떠 어두워져 있는 주위를 둘러보았다. 시간이 조금 지나고 눈이 어

둠에 익숙해지면서 사물을 식별하기 시작했다. 아무리 둘러보아도 그녀의 모습은 보이지 않았다. 그렇게 두 사람은 서로 다른 생각과 결심으로 밤을 꼬박 새웠다.

*　*　*

언제나처럼 여섯 시 반에 준영은 침실 문을 열고 거실로 나갔다. 아무 일도 없던 사람처럼 화진은 부엌에서 아침을 차리고 있었다. 변함없이 오늘도 얼큰하게 끓인 콩나물국을 보면서 준영은 웃고 말았다. 습관처럼 화진은 그가 술을 마신 다음 날이면 어김없이 콩나물국을 끓여 내놓는다.

문을 나오는 준영을 살짝 보고는 화진이 다시 고개를 내리고 아침을 차렸다. 그런 화진의 모습을 준영이 부엌 입구에 서서 물끄러미 보고 있었다.

"필요한 거 있어요?"

"이제 3일 후면 이곳을 떠나겠군."

갑자기 던진 준영의 말에 콩나물국을 뜨던 화진의 손이 잠깐 멈추어졌다.

"좋겠군. 이 지긋지긋한 곳에서 해방이 되니까 말이야. 얼마나 그날을 학수고대했을까?"

준영의 가시 돋친 말에 화진의 얼굴빛이 상당히 어두워졌다. 떨리는 모습을 그에게 보여주지 않기 위해서 화진은 온몸에 힘이란 힘을 다 주고 있었다.

"좋아서 날아가겠지? 덩실덩실 춤이라도 추겠지?"

계속되는 준영의 비아냥거림에 더 이상 참지 못한 화진이 몸을 획 돌려 그를 노려보았다.

"그래요. 너무 좋아서 덩실덩실 춤이라도 추겠어요. 그게 뭐 잘못된 건가요? 당연한 것 아닌가요? 뭐가 불만이죠? 뭐가 그렇게 마음에 들지 않아서 아침부터 사람 속을 긁고 그래요? 어제 인사불성이 된 당신을 이곳까지 업고 온다고 나 아직까지 허리가 아파요. 그렇게 고생한 사람한테 고맙다는 인사는 하지 못할망정 오만상을 찡그리며 짜증내는 이유가 뭔가요?”

맹렬한 기세로 달려드는 화진의 기에 눌린 준영이 아무런 말도 하지 못하고 얼굴만 붉히고 있자, 화진이 이때다 싶어서 더 큰 목소리로 쏘아댔다.

“대답해봐요? 그렇게 바보처럼 멍하게 쳐다보지 말고 말해보란 말이에요.”

큰소리치며 얼굴을 들이미는 화진의 모습이 낯설게 느껴져 준영은 자신도 모르게 뒷걸음질치며 거실로 나가버리는 준영의 의외의 모습에 화진은 웃음을 터뜨리고 말았다.

“흥, 이빨 빠진 호랑이인 주제에 어디서 신경질이야.”

숙취로 고생할 그는 아랑곳하지 않고 화진은 차렸던 식탁을 신경질적으로 치워버렸다. 이 집에 들어와 처음으로 그의 아침을 차려주지 않았다. 화진이 투덜거리며 소파에 앉아서 아침 드라마를 열광적으로 시청하고 있자, 깔끔하게 차려입고 나오는 그를 볼 수 있었다.

“아침은?”

양 볼을 부풀리며 뿌루퉁하게 있는 화진을 보면서 준영이 낮게 중얼거렸지만, 화진은 못 들은 사람처럼 대답을 하지 않았다.

“차려주지 않을 거야?”

제 성질을 이기지 못하고 소리친 준영은 화진의 매서운 눈길에 시선을 돌려야 했다. 모양새를 보니, 차려주지 않을 것 같아 어쩔 수 없이 현관문을 열고 나왔지만, 배웅도 하지 않는 화진을 보면서 절망감이 엄습해왔다. 정확한 시간에 대기하고 있는 정 실장의 차에 오르던 준영이 울렁거리는 속 때문에 신음을 삼켰다.

“젠장!”

신경질적으로 투덜거리는 준영의 모습에 정 실장의 눈이 커져만 갔다.

"무슨 일이야?"

놀란 정 실장이 물어봤지만, 준영은 일자로 입을 꾹 다물며 눈을 감아 버렸다. 오만상을 찌푸리고 있는 준영의 모습에 정 실장이 한숨과 함께 입을 닫자 정적만이 맴돌았다.

차가 회사 정문 앞에서 멈추자 눈을 감고 있던 준영이 차문을 열고 밖으로 나갔다. 정 실장도 다른 사람에게 키를 넘기고는 서둘러 준영의 뒤를 따랐다.

오늘 있을 미팅 건을 이야기하면서 걸어가는 그들에게 정 이사와 이 이사가 얼굴 가득 미소를 머금고 다가오고 있었다. 2년 전에 어부지리로 복합 상영관을 건립하는 일을 성공시킨 그들이었기 때문에 명예퇴직에서 제외된 사람들이었다.

"나오셨습니까? 회장님!"

"아, 네."

준영도 어색하게 그들의 인사를 받으며 엘리베이터로 걸어갔다.

두 사람이 고개를 갸웃거렸다.

"왜 저런데?"

정 이사의 말에 이 이사가 어깨를 으쓱했다.

"나도 모르지. 그나마 좀 괜찮아졌는데 요즘 또다시 저렇게 차가워져 버렸네."

속닥거리는 그들의 말이 고스란히 귓속으로 파고 들어왔지만, 준영은 그냥 모른 척 엘리베이터에 몸을 실었다.

"참, 회장님!"

정 실장의 말에 준영이 고개를 들었다.

"뭐지?"

"오늘 강 사장님과 약속이 되어 있습니다."

"그래?"

“네. 어제 강민재 사장님께서 저한테 전화를 주셨는데, 제가 잠시 잊고 있었습니다.”

“음! 그렇군. 몇 시에?”

“점심시간으로 잡아놨습니다.”

“알았어.”

준영이 회장실로 들어서자, 두 명의 비서가 자리에서 일어나 허리를 숙였다. 비서들의 인사를 받으며 준영은 안으로 들어갔다. 정 실장도 자신의 자리에 앉아 가방을 풀어놓았다.

“김 비서! 오늘 회장님 스케줄 조정 좀 해줘.”

“아무런 말씀도 없으시잖아요.”

“그냥. 몸이 좀 안 좋으시니까 무리하시지 않게 하자는 의미로.”

“아, 그러시구나!”

“김 비서가 알아서 보고, 그렇게 중요한 거 아니면 다음으로 미뤄줘. 부탁해.”

정 실장의 미소에 김 비서가 웃음을 흘리면서 고개를 끄덕였다.

“알겠습니다. 지금 제가 확인하고 바로 보고드리겠습니다.”

“그래 주면 고맙고.”

“네, 실장님.”

“참, 그리고 박 비서! 오늘은 온종일 은행만 다녀야 할 것 같은데?”

정 실장의 말에 그녀의 얼굴이 찡그려졌다.

“하필 꼭 더울 때만 은행 다녀오라고 하세요, 실장님은!”

귀여운 표정을 지으며 투정부리는 박 비서의 모습에 그가 호탕한 웃음을 터뜨렸다.

“일이 그렇게 된 걸 어떻게 해. 이번에 보내는 서류 때문에 총무부에서도 난리가 나 있는 상태잖아. 그러니 박 비서가 가서 좀 도와주면 서로서로 좋은 거잖아. 나중에 박 비서가 힘들 때 도움도 받을 수 있고 말이야. 그러니 열심히 도와주고 와.”

“어휴, 갖다 붙이시긴. 최선을 다하고 오죠.”

“음! 오늘따라 우리 박 비서가 너무 고분고분하니까 이상한데?”

능글맞은 미소를 지으며 말하는 그의 모습에 두 비서가 야유를 보내기 시작했다.

“하여튼. 실장님은 유부남이면서 어쩜 그렇게 여자들한테 마구 눈웃음을 치세요? 그러시면 아니 되지요?”

“하하하, 당신들한테만 그러지.”

“말은 잘하세요.”

그녀들의 핀잔에 정 실장은 멋쩍은 듯 머리를 긁적거리며 딴 짓을 하기 시작했다. 아주 바쁜 척하는 그의 모습에 두 비서가 웃음을 터뜨렸다.

박 비서가 자리에서 일어나 준영의 입에 맞게 내린 커피를 들고 안으로 들어갔다. 창밖을 바라보고 있는 준영의 멋진 모습에 그녀의 가슴이 두근거렸다.

“회장님!”

“어, 고마워.”

“네.”

커피를 책상 위 한쪽에 내려놓고 물러서는 그녀를 바라보고 있던 준영이 뜬금없이 물었다.

“박 비서!”

갑자기 들려온 준영의 말에 박 비서가 놀란 목소리로 대답했다.

“네, 회장님!”

잔뜩 긴장한 그녀의 모습을 본 준영의 입가에 씁쓸한 미소가 드리워졌다.

“그렇게 긴장할 필요는 없는데…….”

“아, 네.”

“물어보고 싶은 말이 있어서…….”

머뭇거리는 낯선 준영의 모습에 박 비서가 눈을 동그랗게 뜨고는 쳐다보고 있었다.

"무슨 말씀을?"

"그게 말이야."

"네, 회장님!"

"그게 말이지. 여자들은 뭘 좋아하나?"

한 번도 본 적이 없는 상기된 표정으로 물어보는 준영의 모습에 박 비서는 얼굴에 감정이 안 드러나도록 힘을 잔뜩 주고 있어야 했다. 비서로서 항상 교육받은 대로, 절대로 감정을 드러내지 않는 것이 원칙이었다.

회장 자리에 앉고 난 후부터 지금까지 그를 모시고 있었지만, 오늘 같은 모습은 한 번도 본 적이 없었다.

"여자요?"

혹시 자신이 잘못 들은 것일 수도 있기 때문에 박 비서는 다시 한 번 더 확인 차 준영에게 되물었다. 그런 그녀의 질문에 처음보다 조금 더 상기된 표정으로 그가 고개를 끄덕였다.

"그게, 여자마다 취향이 다르죠. 하지만 대부분 꽃을 좋아하는 것 같습니다."

박 비서는 그 말에 안도의 한숨을 내쉬는 준영을 조금은 당황스러운 눈빛으로 쳐다보았다. 멍하게 자신을 쳐다보고 있는 박 비서의 모습에 준영이 인상을 살짝 찌푸리며 소리쳤다.

"그만 나가보도록 하지."

차가운 준영의 목소리에 정신을 차린 박 비서가 당황한 몸짓으로 몸을 돌려 나갔다. 밖으로 나오는 박 비서의 당황한 표정을 본 정 실장이 고개를 갸웃거리면서 물었다.

"왜 그래?"

"어, 아닙니다."

허둥지둥 탕비실로 들어가 버리는 박 비서의 뒷모습을 정 실장과 김 비서가 황당한 표정으로 바라보고 있었다.

"왜 저러는 거야?"

"전들 아나요, 뭐!"

"하긴."

대수롭지 않게 여기며 두 사람은 하루를 시작하기 위해서 열심히 서류를 보기 시작했다.

탕비실로 들어간 박 비서는 열심히 눈을 감았다가 뜨기를 반복하고 있었다.

'믿을 수가 없어. 얼음 회장이 얼굴을 붉히다니……. 내 눈이 드디어 미쳤나 봐.'

박 비서는 다시 한 번 더 눈을 비비기 시작했다.

준영은 비서에게 들은 말을 가슴속 깊이 새기고 있었다.

'그럼 저녁에 들어가기 전에 꽃이라도 사갈까? 후후후, 그래야겠군.'

준영은 조금은 가벼워진 마음으로 열심히 업무를 보기 시작했다. 정 실장의 인터폰 소리에 준영은 결재하던 손을 멈추고 버튼을 눌렀다.

"회장님! 약속 시간이 다 되었습니다."

"벌써 시간이 이렇게 되었군."

"준비하고 있겠습니다."

"아니야. 그냥 혼자 가도록 하지. 어차피 편한 상대고 하니 말이야."

"알겠습니다, 회장님!"

깍듯한 정 실장의 대답을 듣고 준영은 하고 있던 결재를 빠르게 처리했다. 대충 일을 마무리하고는 서둘러 웃옷을 걸치면서 문을 나섰다.

"정 실장!"

"네, 회장님."

"오늘 오후에 있는 스케줄 취소 좀 시켜줘. 아무래도 좀 쉬어야겠군."

준영의 말에 놀란 두 비서가 굳어진 얼굴로 있었지만, 정 실장은 그럴 줄 알았다는 듯이 아주 태연하게 고개를 끄덕였다.

"알겠습니다. 그렇게 조치해놓겠습니다."

“고마워.”

환하게 미소까지 짓는 준영의 모습에 두 비서의 입이 쩍 벌어져버렸다. 그런 그들의 모습을 보고 있던 정 실장의 얼굴에 장난스러운 미소가 맴돌았다.

“뭐가 그렇게 놀라운데?”

“어, 어.”

“저런 모습 이제부터 많이 볼 테니까 너무 그런 표정들 하지 말라고.”

“네?”

합창하는 그녀들의 모습에 정 실장이 고개까지 뒤로 젖혀가며 웃기 시작했다.

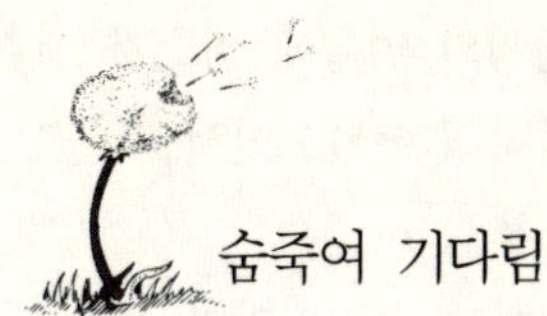

숨죽여 기다림

준영은 오랜만에 민재를 만난다는 기쁨에 서둘러 약속 장소로 향했다. 두 사람 모두 워낙 한식을 좋아해서 언제나 만날 때는 한식집이었다.

오늘도 변함없이 단골로 다니는 한식집으로 약속이 되어 있었다. 안으로 들어가자, 지배인이 그를 알아보고는 미소를 지으면서 다가왔다.

"오랜만에 오셨습니다."

"그런가요?"

"사장님께서 기다리고 계십니다."

"네."

"언제나 드시던 방에서 기다리고 계십니다. 따라오시지요."

그녀를 따라 별도로 만들어져 있는 방으로 들어서자, 민재가 자리에서 일어났다.

"오셨습니까? 형님!"

"그래. 그동안 잘 있었나?"

"저야 언제나 행복 연속이죠."

환한 미소를 지으며 악수를 청하는 민재를 바라보면서 준영은 부러워 배가 아플 정도였다.

"그렇지 않아도, 형님 사업이 잘 되고 있다는 소문은 듣고 있어요."

민재의 넉살에 준영의 얼굴에 미소가 생겼다.

"소문은 무슨! 직접 알아봤으면서……."

"하하하, 형님도 참."

쑥스러운 듯 머리까지 긁적거리며 웃는 민재의 모습이 참으로 편안해 보였다. 너무나도 행복해 보이는 민재를 보고 있자, 준영은 문득 자신이 초라하게 느껴졌다.

"앉으세요. 오랜만에 형님을 봬서 너무 좋네요."

"그건 나도 그렇지."

편안하게 대화가 오가던 중에 민재가 머뭇거리는 태도로 물었다.

"근데……. 사실, 이런 말을 형님께 물어본다는 것 자체가 굉장히 어렵지만, 남자끼리니까."

"뭘?"

"저기요."

"뭐를?"

"그게……."

말을 하지 못하고 있는 민재를 보면서 준영이 다시 재촉했다.

"그렇게 어려워할 거면 하지 말던가?"

준영의 말에 민재가 이마 위로 생기는 땀을 살짝 닦으며 아주 낮은 목소리로 물었다.

"저, 제가 형님을 알고 지낸 지가 몇 십 년인데, 한 번도 그런 식으로 여자를 집으로 들이지는 않았잖습니까? 그것도 2년씩이나."

민재의 말에 순식간에 준영의 얼굴이 찡그려졌다.

"자네가 알고 싶은 것이 아니라 휘란이 옆에서 부추겼겠지."

"하하하, 형님은 무슨 말씀을."

“그럼 아닌가?”

“아하하.”

어색하게 웃는 민재의 모습을 째려보던 준영도 미소를 지었다. 그토록 차갑기로 소문난 민재의 이런 모습들은 아직까지도 준영에게는 충격으로 다가왔다.

“언제 한 번 물어보고 싶은 말이었지만, 사실 입이 떨어지지가 않았죠.”

“그런데 갑자기 이렇게 입이 떨어진 이유는 뭐지?”

“후후, 형님도 참. 잘 아시면서?”

싱긋 웃던 민재가 자신의 말을 잘 듣기 위해서 귀를 쫑긋 세우는 모습에 준영은 피식 웃음이 나와버렸다.

기회가 될 때마다 집으로 찾아오려던 휘란을 겨우 막은 경우가 세 번이었다. 그런 준영의 거절에 화가 난 휘란이 다시는 오빠 집에 발을 들여놓지 않겠다는 엄포를 하고는 정말로 오지 않는 것이었다. 휘란이 더 이상 궁금증을 참지 못했는지 민재를 앞세워 정보를 캐려는 모습에 웃지 않을 수가 없었다.

“근데, 정말 정부일 뿐입니까? 요즘은 어디를 가나 형님 이야기만 하는 것 아시죠? 어디를 가나 그 여자분과 함께하시니 더 그럴 수밖에요. 완전히 사람들의 입방아에 올라버리셨어요.”

정말 궁금해 죽겠다는 표정으로 물어오는 민재의 모습에 준영은 시선을 외면했다.

“정부라면 너무 오래 곁에 두지 마세요. 어느 선까지는 좋지만, 그 선을 넘어버리면 문제가 되는 게 정부이니까요.”

민재의 진지한 말에 준영이 고개를 돌려 그를 쳐다보았다.

“선이라……..”

“형님께서 알아서 잘 하시겠지만, 혹시나 하는 노파심에서 이런 말씀을 드린 거예요.”

갑자기 진지해져버린 준영의 모습에 민재의 두 눈이 번뜩거리기 시작했다.

노크 소리와 함께 직원들이 깔끔하게 마련된 음식들을 한 상 가득 차려놓았다.

이 한식집에서 가장 유명한 매화주를 반주 삼아서 마시는 민재의 모습을 준영이 물끄러미 보면서 물었다.

"근데 매제는 회사에 들어가야 하지 않나?"

"회사요? 그냥 하루 좀 쉬죠 뭐! 사람이 매일같이 일만 하면서 살 수는 없잖아요. 그렇게 살면 일찍 죽어요."

처음 보았을 때보다 많이 달라진 민재의 모습에 준영은 할 말을 잃어버렸다.

"사실 말이 나왔으니 말인데요. 어떻게 형님 같은 남자의 성격을 맞춰가면서 2년 동안 살았는지 정말 궁금해서 미칠 것 같아요."

그 말에 준영의 두 눈썹이 심하게 꿈틀거렸지만, 민재는 말을 멈추지 않고 계속 이어갔다.

"만나면 꼭 물어보고 싶은 말이에요."

술잔을 드는 준영의 얼굴이 표가 나게 일그러지고 있었지만, 민재는 상관이 없는지 계속 종알거리고 있었다.

"이참에요, 휘란이랑 서로 감정을 푸는 의미에서, 우리 한 번 형님 댁에 가면 어떨까요? 그럼 자연스럽게 화해도 할 수 있잖아요."

민재의 물음에 준영이 굳어진 얼굴을 간신히 펴고 골똘히 생각에 잠겼다.

"한번 생각해보지."

"굳이 생각할 것까지 있으세요. 그냥 그렇게 할게요. 지금처럼 괜히 시간만 끌면 서로가 더욱더 멀어질 뿐이에요. 이제야 겨우 서로를 바라봐주기 시작했는데, 여기서 어긋나버리면 안 되잖아요."

민재의 설득력 있는 말에 준영은 혹시나 그럴까 싶어 불안해졌다.

“그럴 수도 있겠군.”

“그런 태평한 소리하지도 마시고요, 토요일 날 가도록 할게요. 알았죠?”

적극적으로 나오는 민재의 태도에 준영은 자신도 모르게 허락을 하고 있었다.

“어, 그렇게 하지.”

준영의 허락에 민재는 환한 미소를 지으며 열심히 음식을 먹기 시작했다. 자신이 맡은 임무는 끝났다는 후련함에 목구멍으로 절로 음식이 넘어가고 있었다.

그렇게 두 사람은 이런저런 이야기를 하면서 술잔을 주고받았다. 그만 일어나자는 민재의 제안에 준영도 흔쾌히 자리에서 일어났다.

“형님! 차 놓고 가실 거죠?”

“응.”

“어디로 가실 건데요?”

“그건 왜?”

“그냥요. 괜히 한 잔 하시고 방황하다가, 무슨 일이라도 생기면 안 되잖아요.”

“꼭 일이 생기라는 사람 같군.”

“무슨 그런 말씀을.”

“그냥 오랜만에 나도 좀 쉴까 생각중이야. 거리도 좀 돌아다녀 보고 말이야.”

“음! 그렇구나. 그럼 조심해서 다니도록 하세요. 저는 그만 가볼게요.”

“그래.”

준영의 인사를 받으며 택시에 탄 민재는 차가 움직이자, 부리나케 휴대폰을 꺼내 단축번호를 꾹 눌렀다.

“나야!”

“응. 헤어졌어?”

"그래. 근데 꼭 그곳에 들른다는 보장은 없잖아."

민재의 걱정스러운 말에 휘란이 웃음을 터뜨렸다.

"밑져봐야 본전이지 뭐. 하지만 꼭 그곳에 들를 거야. 내 정보통은 확실하거든."

휘란의 자신만만한 목소리에 민재는 한숨을 내쉬었다.

"알았어. 내 임무는 끝났으니까 이젠 당신이 알아서 해."

"응, 자기야! 정말 수고했어."

민재가 전화를 끊고 한숨을 내쉬고는 편안하게 의자에 기대며 눈을 감았다.

* * *

몇 년 만에 처음으로 준영은 일반 사람들처럼 도로 가를 걷기 시작했다. 많은 사람들을 지나치면서 그들 속에 있는 자신을 볼 수 있었다.

'오랜만이구나! 이런 느낌, 참으로 오랜만에 느껴본다.'

거리를 걷는 준영의 눈 속으로 젊은 연인들이 속속 들어오고 있었다. 자연스럽게 팔짱을 끼면서 웃는 그들의 모습을 바라보면서 부럽다는 생각이 든 준영은 입가에 미소를 그리며 웃었다. 그도 저들과 같은 때가 있었지만, 너무 오래 전의 일이라 이제 그런 느낌을 가졌다는 사실조차도 알 수가 없을 정도였다.

한참을 거리를 돌아다니던 준영의 눈에 꽃집이 보였다. 가지각색의 꽃들이 장식되어져 있는 가게를 보자, 오전에 비서가 했던 말이 생각나 준영은 머뭇거리는 발걸음으로 그곳으로 향했다.

"어서 오세요."

"아, 네."

머뭇거리는 준영을 본 아가씨가 미소를 지으며 다시 질문을 던졌다.

"찾는 꽃이 있으신가요?"

“아니요.”

“그럼 무슨 일로 꽃을 찾으시는데요?”

“그냥 선물을 하고 싶어서…….”

“아, 애인한테요. 아니면 부인한테…….”

살짝 미소 짓는 준영의 모습에 눈치 빠른 아가씨가 꽃들이 진열된 곳으로 안내해주었다.

“아무래도 화사한 장미가 좋을 것 같아요. 아니면 개량종인 국화도 예쁘고요.”

“음!”

“편하게 장미로 하세요. 아무래도 처음이시니 장미가 가장 무난할 거예요.”

“그럼 장미로 주세요.”

“바구니로 만들어드릴까요?”

“아, 네.”

상냥한 미소와 함께 냉장고 문을 열고는 여러 가지 색깔로 장미를 골라 예쁜 바구니에 꽂기 시작하는 아가씨를 준영이 물끄러미 보고 있었다.

“오빠! 난 이 세상에서 장미가 제일 좋더라.”

유아의 생글거리는 얼굴을 바라보면서 준영도 행복한 미소를 지었다.

“왜? 우리 공주!”

“음! 예쁘잖아. 그리고 만개할 때는 정말 아름답잖아. 또 꽃말이 다양해서 너무 좋아!”

“그래? 장미 꽃말이 그렇게 다양해?”

“응, 정말 다양해. 우리가 많이 찾는 붉은 장미는 ‘정열의 장미’고, 노란 장미는 ‘질투의 장미’. 더 말해줘?”

“됐어. 난 우리 유아만 있으면 되니까 그런 꽃말은 필요 없어.”

얼굴 가득 웃음을 띤 준영이 유아를 번쩍 안아들었다.

“사랑한다, 유아야!”

　입술에 살짝 입을 맞추는 준영의 부드러움에 유아도 목덜미에 얼굴을 살포시 묻었다.

　"나도 오빠를 사랑해. 내 하나밖에 없는 심장은 영원히 오빠가 가져도 돼."

　"고맙다."

　예쁘게 포장되어가고 있는 장미를 바라보면서 준영은 문득 예전 생각이 나 눈이 따끔거리며 아파왔다. 마음을 다스리기 위해서 크게 심호흡을 하자, 포장을 하던 아가씨가 고개를 들어 바라보며 물었다.

　"어디 아프세요?"

　"아닙니다."

　"안색이 좀 창백하신 것 같아서……. 근데 이런 선물은 처음이신가 봐요. 엄청 부끄러워하시네요."

　아가씨의 말에 준영이 아무런 말도 하지 않고 어깨만 한 번 으쓱하자, 분위기가 침울해졌다.

　"저는 꽃이 좋아서 이 일을 시작했어요. 원래는 저희 남편이 하던 거였는데, 일찍 제 곁을 떠나는 바람에 제가 하게 되었지요."

　아가씨의 말에 준영이 놀란 표정으로 다시 한 번 그녀를 쳐다보았지만, 아무리 보아도 어린 나이인 것 같았다. 그런 준영의 모습에 아가씨의 얼굴에 쓸쓸한 미소가 피어올랐다.

　"후후, 많은 분들이 놀라세요. 제가 너무 어려 보여서 믿을 수 없다고요. 하긴, 고등학교 졸업하면서 신랑을 만났거든요. 어린 열정에 물불 안 가리고 사랑하고 결혼도 했어요. 결혼만 하면 무조건 행복할 줄 알았는데, 세상살이가 만만치 않더군요. 티격태격 싸우면서도 행복했었는데……. 새벽에 꽃을 사러 가던 신랑의 차를 중앙선을 침범한 덤프트럭이 박아버렸죠. 행복했던 시간은 1년이었고요, 아픈 시간은 3년이었죠. 남편이 제 곁을 떠난 지 3년 되었거든요."

　노련한 솜씨로 장미 송이를 이리저리 재보며 꽂는 그녀를 준영이 아무런 말도 없이 바라볼 뿐이었다. 자신이 위로를 할 수 있는 입장도 아니었기에.

마지막으로 예쁜 포장지로 바구니를 포장하고는 아가씨가 꼼꼼한 눈길로 이곳저곳을 확인한 후에 고개를 들었다.

"자, 다 되었습니다."

환한 미소와 함께 바구니를 보여주는 그녀를 준영은 손도 내밀지 않고 멍하니 보고 있었다.

"왜 그러세요?"

그녀의 질문에 준영이 처음으로 질문을 던졌다.

"후회되지 않나요?"

"가끔은 정말 후회가 돼서 미쳐버릴 것 같지만, 제 목숨보다 더 사랑했던 사람이니까요. 후회보다는 아쉬움이 더 많아요."

"그렇게 사랑하셨는데……, 다른 사랑이 온다면 그 사랑을 주저 없이 잡을 수 있습니까?"

진지한 물음에 그녀가 고개를 들어 그와 시선을 맞추었다.

"전요, 사랑은 물처럼 흘러가는 거라고 생각해요. 한곳에 계속 머물러 있으면 썩어버리는 것처럼. 지나간 사랑에 목메면서 다가오는 사랑을 뿌리치며 사는 건 바보들이나 하는 짓이죠. 전 그 바보들 틈에 끼고 싶지는 않아요. 저 또한 그 당시는 죽을 만큼 신랑을 사랑했지만, 다음 사랑이 찾아온다면 두려움 없이 잡을 거예요. 그 사랑을 잡는다고 해서 제가 신랑을 사랑하지 않았다는 것은 아니잖아요. 그 또한 사랑이고, 지금 또한 사랑인 걸요. 오히려 죽은 신랑은 제가 행복하게 사는 모습을 더 보고 싶어할 거예요. 사랑이라는 게 그렇잖아요. 자신보다 사랑하는 상대가 더 행복해하는 모습을 보면서 기뻐하는 것. 그게 진정한 사랑이 아닐까요? 제가 신랑과 함께한 사랑 때문에 다가온 사랑을 뿌리친다면, 아마도 신랑은 바보 같은 저 때문에 하늘나라에서 울 거예요. 그러니 꼭 잡아야지요."

그녀의 말이 사무치도록 가슴에 와 닿자 준영의 눈가가 뜨거워졌다. 그가 잔잔한 미소를 눈가에 지으며 한없이 크게 보이는 여인을 다정하게 바라보며 말했다.

"나도 모르게 이곳으로 발길이 닿아 들어왔는데……, 오늘 참으로 많은 것을 느끼고 가는군요. 그럼 다음에 다시 오겠습니다."

"이 꽃으로 점수 많이 따세요."

"네."

커다란 꽃바구니를 들고 나가는 준영의 뒷모습을 꽃집 아가씨가 미소를 가득 담은 눈길로 바라보았다. 준영의 모습이 완전히 사라지자, 또 한 명의 여인이 다른 문에서 나왔다. 상당히 큰 키에, 우아한 몸짓으로 나온 그녀가 꽃집 아가씨를 바라보면서 미소를 지었다.

"고맙다, 동생아!"

그녀의 말에 꽃집 아가씨가 짜증스러운 눈빛을 날렸다.

"이런 일 한 번만 더 시키면, 정말 언니를 미워할 거야! 이제 겨우 스물네 살인데, 과부가 뭐냐? 우라질!"

오만상을 찌푸리며 짜증내는 동생을 보면서 휘란은 미소를 지었다.

"정말 미안하다. 우리 오빠를 위해서 어쩔 수가 없었어. 그리고 내가 이 가게 낼 때 많이 도와줬던 건 잊었나 보지?"

"또 저 소리, 정말 짜증난다, 언니!"

"헤헤헤, 이해해라. 저렇게 불쌍한 모습으로 돌아다니는 우리 오빠가 불쌍하지도 않냐? 나는 아주 가슴이 메어진다, 메어져."

"하여튼 저 능청은 나이를 먹어도 없어지지를 않아요. 어떻게 언니들이 다 각양각색인지 참……. 알다가도 모르겠다."

혜주의 핀잔에 휘란이 애교를 부리며 자신보다 작은 그녀를 와락 껴안고 얼굴을 비비적거렸다.

"혜주야! 난 혜경이보다 혜주를 더 사랑하고 있었단다. 비록 무서운 혜경이 때문에 말을 하지 못했을 뿐이지."

“아이고, 말이나 못하면.”

“어, 나 너무 구박하면 절대로 용서하지 않겠어.”

휘란의 장난기 가득한 행동을 보면서 혜주는 함박웃음을 터뜨렸다. 요란하게 웃고 있는 두 사람의 뒤로 다른 여자의 목소리가 들려왔다.

“아주 놀고들 있구나!”

그들이 웃음을 멈추고, 빈정거리며 가게로 들어오는 혜경을 바라보았다.

“어라, 오늘은 무지하게 바쁘다면서?”

“생각보다 일이 일찍 끝나서 와봤지. 근데 무슨 일로 그렇게 웃고 있었던 거야?”

“방금 전에 휘란 언니의 오빠가 다녀갔거든.”

“그래?”

“응. 장미꽃도 무지하게 많이 사갔어.”

“야! 너희 얼음 오빠가 어쩐 일이야.”

혜경의 외침에 휘란이 눈을 흘겼다.

“너무 그러지 마. 그래도 우리 오빠란 말이야.”

“알았다, 알았어. 기집애는 오빠라면 사족을 못 써요.”

두 손을 들면서 항복하는 혜경을 바라보는 휘란의 눈빛이 우울하게 변했다.

“왜 그런지 너도 알잖아.”

“알아. 내가 괜한 말을 해서…….”

“괜찮아.”

“야! 오랜만에 보육원이나 갈래?”

혜경의 말에 휘란이 얼른 자리에서 일어나 고개를 끄덕였다.

“그럴까? 오랜만에 예쁜 것들 좀 봐야겠다. 미란이도 오라고 할까?”

“그러지 뭐. 너 보면 동생들이 좋아서 죽으려고 할 거다.”

“하긴, 내가 좀 인기가 있지.”

고개를 뒤로 젖히며 빼기는 휘란의 모습에 혜경은 눈물까지 흘리며 웃었다.

활기찬 혜경의 모습을 보는 휘란의 눈가에 잔잔한 미소가 생겨났다. 두 사람의 아름다운 우정을 곁에서 보고 있던 혜주까지도 가슴속이 포근해져오는 것을 느끼며 고개를 돌렸다.

*　　*　　*

차를 놓고 온 준영은 택시에 몸을 실었다.

오랜만에 택시를 타자 어색함이 밀려와 준영은 지나가는 풍경을 두리번거리며 바라볼 뿐이었다. 어느덧 낯익은 풍경들이 눈 속으로 들어오자, 차를 몰고 갈 때와는 사뭇 다른 느낌으로 다가왔다.

택시가 집 대문 앞에 멈추어 서자 요금을 지불하고 그가 큰 대문을 한 번 바라보고는 벨을 눌렀다. 잠시 후 익숙한 화진의 목소리가 들려왔다.

"어머!"

놀란 그녀의 목소리가 들려오고 바로 대문이 열렸다.

어색하게 꽃바구니를 들고 안으로 걸어 들어간 준영은 현관문을 열고 나오는 화진을 보았다. 많이 놀랐는지 조금은 창백한 얼굴로 나오는 그녀의 모습이 뚜렷하게 준영의 시선에 잡혔다.

"어떻게 이 시간에……."

"그냥."

"차는요?"

"매제랑 술 한 잔 했거든."

"또 술?"

놀란 화진의 말에 준영이 고개를 끄덕였다. 살짝 미간을 찌푸리는 화진의 모습이 보이자, 준영은 찌푸려져 있는 그녀의 미간을 펴주고 싶은 충동이 일었다.

"그냥 반주로."

"어서 들어오세요, 날도 더운데."

"그러지. 그리고 이것……."

머뭇거리며 준영이 들고 있던 꽃을 앞으로 내밀었다.

생각지도 못한 선물에 놀라워하는 표정으로 꼼짝도 않고 서 있는 화진의 모습에 준영은 그동안 자신이 얼마나 그녀에게 소홀했는지 또다시 깨달아야 했다. 믿을 수 없는 눈길로 자신과 꽃바구니를 번갈아 바라보는 그녀의 시선에 더욱더 민망해진 준영의 광대뼈 주위로 조금씩 홍조가 드리워졌다.

"빨, 빨리 받지 않고 뭐 해."

소리치는 준영의 말에 정신을 차린 화진이 아주 어색하게 팔을 뻗어 꽃을 들었다.

"고마워요."

"천만에. 사오려고 산 것이 아니라, 오는데 꽃이 보이기에 산 것뿐이야."

"그렇군요. 아무튼 고마워요."

"알았다니까."

화진은 집 안으로 들어가는 준영의 뒷모습을 멍하니 바라보고만 있었다. 뒤따라오지 않는 화진을 의식한 준영이 가던 길을 멈추고 다시 소리쳤다.

"빨리 따라와. 밖에서 너무 오래 있으면 일사병 걸려."

"아, 네."

화진이 서둘러 준영을 따라 집 안으로 들어갔다.

조금씩 달라져가는 준영의 모습에 화진은 내심 좋아서 죽을 것 같았다. 행복한 표정을 지으며 꽃바구니를 들고 들어온 그녀는 안방으로 사라진 준영을 바라보고는 고개를 숙여 꽃향기를 맡아보았다. 남자에게 꽃 선물을 처음 받아보았기에 가슴이 팔딱팔딱 뛰었다.

“우와! 정말 예쁘다. 어머! 이 꽃봉오리 좀 봐. 우와! 색깔도 너무 예쁜데.”

행복한 표정으로 꽃을 보고 있던 화진은 놀란 듯 고개를 들어 안방을 바라보았다. 아무런 기척도 느껴지지 않자 안도의 한숨을 내쉬면서 다시 조심스럽게 고개를 숙였다.

‘칫, 이런 것도 진작 좀 해주지. 바보!’

화진이 소파 옆 테이블 위에 꽃을 올려놓고는 서둘러 안방으로 들어갔다. 혼자 알아서 옷을 벗어놓은 것을 보고 또다시 고개를 갸웃거렸다.

“어쩐 일이야. 생전 하지 않던 짓을 오늘따라 두 번이나 하고.”

화진이 옷들을 정리하기 위해서 분주하게 움직이고 있자 그가 욕실 문을 열고 나왔다.

“대충 해.”

“무슨 일 있어요? 갑자기 왜 그래요?”

눈을 동그랗게 뜨고 바라보는 화진의 시선에 준영은 너무나 머쓱해서 얼른 고개를 돌려버렸다. 그런 준영의 모습에 화진은 더욱더 빤히 바라볼 뿐이었다.

“무슨……”

“왜 지금까지 안하던 행동을 하고 그래요? 괜히 사람 불안하게요. 갑자기 안하던 행동을 하면 죽는다고 하던데……”

“말을 해도 꼭 그런 식으로 하나? 오늘 아침에 괜히 당신한테 신경질을 낸 것 같아서 그러지.”

“아하! 그러셨구나. 온종일 마음에 걸리셨구나.”

생글생글 웃으며 말하는 화진이 오늘따라 너무 얄미워 보이는 것을 느끼며 준영은 눈을 비볐다.

“왜 그렇게 웃는 거야?”

“그냥요. 당신이 좀 이상해 보여서요? 지금까지 함께 살면서 당신이 직접 나한테 선물을 사준 적이 없었잖아요. 특별한 날에도 비서를 시켜서 보내고, 당신이 직접 뭘 들고 온 적은 없었잖아요. 그런데 오늘은 저렇게 꽃을 들고 들어오니까 놀랄 수밖에요."

그 말을 들으면서 준영은 자신이 참으로 그녀에게 무심했다는 사실을 뼛속까지 느껴야 했다. 언제나 곁에 있는 사람이라는 생각에 신경을 쓰지 못한 것은 사실이었다. 그 생각이 들자 미안함 때문에 고개를 들 수가 없었다.

"내가 그랬군."

"네, 2년 동안 한결같이 그랬어요."

조금은 서운함이 묻어 있는 대답에 준영은 고개를 돌려 새삼스럽게 그녀를 바라보았다.

"많, 많이 야위었군."

"그런가요?"

"좀."

자상한 준영의 말투에 순식간에 그녀의 심장이 뛰기 시작했다. 그런 자신의 속마음을 들킬세라 그녀는 얼굴을 붉히며 고개를 숙였다.

"그럼 좀 쉬세요."

나가려는 화진의 모습에 놀란 준영이 급하게 팔을 낚아챘다.

"어디 가는 거지?"

"당신이 쉬려면 제가 비켜줘야 하잖아요. 우리가 언제 한 번이라도 같은 공간에서 지낸 적이 있었나요? 당신과 하는 섹스 외에."

"여화진!"

준영의 고함소리에도 화진은 눈도 깜박하지 않고 쳐다보고 있었다. 너무 달라진 화진의 모습에 준영은 혼란스러웠다.

"갑자기 이러는 이유가 뭐야? 이렇게 사람이 변한 이유가 뭐냐고?"

"헤어져야 할 시간이 다가오는데 미련을 두고 싶지는 않아요. 당신이 이렇게 따뜻하게 대한다면 전 당신을 놓아드릴 수가 없어요. 제 마음은 당신에게 향해 있기 때문에 이렇게라도 무리하게 마음을 다잡지 않으면 약속한 날짜에 내 발로 걸어 나가지 못할 거예요.”

“화진아!”

준영의 감미로운 목소리에 화진은 아파오는 눈가를 두드리며 소리쳤
다.

“그렇게 다정하게 부르지 마세요. 그런 눈빛으로, 그런 표정으로 절 바
라보면 전 당신이라는 남자한테 제 자신을 주고 싶어진다고요.”

화살에 맞아 상처 입은 사슴 같은 눈빛으로 소리치는 화진의 애절한
몸짓에 준영은 지금 느끼는 감정을 인정하기 시작했다. 모든 것을 다 삼
켜버릴 것 같은 애절함으로 화진을 끌어안으며 눈물을 흘리지 않기 위해
서 애쓰는 그녀의 입술을 쓰다듬어주었다.

“내 곁에 있도록 해.”

“뭐라고요?”

“내, 내 곁에 있으라고.”

홍조를 드리우며 더듬거리는 준영의 모습에 어리둥절한 표정을 지은
화진이 그와 시선을 맞추었다. 믿을 수 없는 눈빛으로 자신을 뚫어지게
바라보는 화진을 보자 그의 얼굴이 더욱더 벌게졌다.

“다, 다시 말해줄래요?”

혹시나 잘못 들은 건 아닌가 싶어 그녀가 떨리는 목소리로 재차 묻자,
부끄러운지 고개를 숙이며 소리치는 그의 말을 똑똑히 들을 수 있었다.

“내 곁에 있으면 좋겠다고.”

“준, 준영 씨.”

꿈이 깨버릴까 봐 겁이 난 화진은 눈만 깜박거리고 움직이지 않았다.
지난 2년 동안 그의 곁에 있으면서 상처받은 일들이 생각나자 눈시울이
뜨거워졌다.

자신을 차마 쳐다보지도 못하고 눈물을 글썽거리는 화진을 보면서 준
영은 가슴이 내려앉는 것만 같았다. 자신이 상처 주는 말을 해도 해맑은
미소와 다정함을 잃지 않고 한결같은 모습으로 지난 2년 동안 곁에 있어

270

준 화진의 용기에 준영은 스스로가 어리석은 남자 같아서 고개를 들 수가 없었다. 지난 사랑에 묻혀서 다가오려고 온갖 노력을 다한 화진의 사랑을 외면한 것을 느낀 준영은 죄여오는 듯한 아픔에 그녀를 더 힘껏 품으로 당겨 안았다.

"달라지도록 노력할게. 더 이상 내 마음속에서 외쳐대는 말들을 무시하지 않고, 있는 그대로 받아들이도록 노력할게. 무조건 차갑게 내치지 않고 당신을 따뜻하게 안아줄게. 그러니까 한 번만 더 속는 셈치고 믿어줬으면 좋겠어. 그랬으면 좋겠어."

귓가에 속삭이는 준영의 말에 화진은 눈물을 떨어뜨리고 말았다. 언제나 눈만 감으면 꿈꾸곤 하던 일이 현실로 일어나자, 그 감동과 기쁨에 믿을 수가 없었다. 재차 확인하기 위해서 그에게서 듣고 또 듣고 나서야 화진은 기쁨의 눈물을 마음껏 흘릴 수 있었다. 소중한 사람을 대하듯이 정성어린 준영의 손길을 느끼며 화진은 천국으로 발을 들여놓았다.

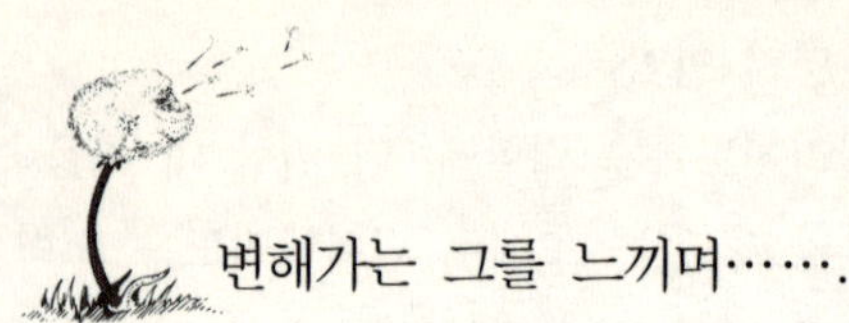

변해가는 그를 느끼며……

편안한 표정으로 잠들어 있는 준영을 바라보는 화진의 얼굴에 미소가 피어났다.

"홋, 꿈 꾸고 있는 것 같아서 두려워요. 당신이 잠에서 깨어나면 다시 차갑게 변할까 봐 너무 무서워요. 나한테 한 발자국씩 다가올 거라는 당신 말에 심장이 터지는 줄 알았어요. 사랑해요, 준영 씨. 당신을 정말 사랑해요."

살짝 그의 입술에 입을 맞추고 침대에서 내려온 화진은 간단하게 샤워를 하고 저녁을 준비하기 위해서 부엌으로 향했다.

수진이 완쾌되었다는 말에 그나마 마음이 놓였다. 워낙에 깔끔한 그이기에 다른 가정부는 마음이 놓이지 않았기 때문이었다. 다시 돌아와 달라는 화진의 말에 수진은 흔쾌히 승낙을 해주었다. 하지만 자신이 나가버리면 많이 썰렁해질 이곳 때문에 마음이 가볍지만은 않았다.

화진은 오랜만에 즐거운 마음으로 준영이 좋아하는 음식을 만들기 시작했다. 워낙에 담백한 것만 좋아하는 그였기 때문에 오늘도 역시나 채소

272

가 많았다.

미리 준비해놓은 떡갈비를 프라이팬에 굽고는 어제 사온 산나물을 꺼내서 무쳤다. 향긋한 내음이 부엌에 가득 퍼졌다. 이것저것 조금씩 만들어 예쁜 접시에 담아서 식탁에 올렸다. 마지막으로 달래를 넣어 끓인 된장국을 식탁에 올리고, 한 번 쭉 훑어보았다.

"음! 다 됐네."

화진이 젖은 손을 앞치마에 닦으면서 그를 깨우기 위해 안방으로 들어갔다.

'후후후, 진짜 부부 같다.'

잠들어 있는 준영을 바라보는 화진의 입가에 미소가 걸렸다.

"준영 씨."

살짝 어깨를 흔들어 깨우자, 그가 눈을 번쩍 뜨는 바람에 화진도 놀라 뒤로 몸을 뺐다.

"어머!"

"어, 미안."

"놀랐잖아요?"

"미안해. 당신이 깨우는 바람에 나도 좀 놀래서 깼어."

"아침인 줄 알았구나."

"그, 그래."

"후후후, 식사하세요."

화사하게 웃는 화진의 모습에 준영이 얼굴을 살짝 붉히면서 시선을 내리깔았다. 거세게 뛰는 심장 소리가 제발 그녀에게 들리지 않기를 바라면서.

"식사해요."

"응."

화진이 먼저 나가자, 준영은 그제야 천천히 일어났다. 아직까지도 콩닥거리는 심장 때문에 얼굴이 벌게졌다.

‘이런.’

간편하게 옷을 걸치고 밖으로 나가자 부엌에서 분주하게 움직이는 화진을 볼 수 있었다. 준영이 따뜻한 눈빛으로 그녀의 모습을 쳐다보았다. 무엇을 준비하는지 이리저리 움직이는 예쁜 몸짓에 절로 미소가 생겨났다.

헛기침 소리와 함께 부엌으로 들어간 그는 상큼한 미소를 얼굴 가득 지으며 자신을 바라보는 화진을 보면서 바로 이런 게 행복이라는 걸 다시 한 번 실감할 수 있었다.

“앉으세요. 마침 산나물이 나왔기에 조금 무쳤어요.”

“맛있겠네.”

맛있게 끓인 된장국을 떠먹으면서 준영은 화진의 타고난 음식 솜씨에 감탄할 수밖에 없었다. 많은 가정부들이 준영의 까다로운 식성 때문에 오래 머물지 못했음에도 불구하고 화진은 겨우 몇 달 만에 완전히 그의 식성을 파악하고는 맞추어준 것이었다. 음식 쓰레기를 남기지 않고 딱 맞는 양만큼 요리를 하는 화진의 모습에 준영도 혀를 내둘러야 했다.

입맛에 맞는 음식을 먹자 준영은 식욕이 당기기 시작했다. 밥 한 그릇을 다 비우고 빈 밥그릇을 내밀자 화진이 놀란 표정을 지었다.

“네?”

“더 달라고.”

“네.”

당황스러운 표정을 지으며 일어난 그녀가 얼른 밥솥을 열어 밥을 푸기 시작했다. 혹시나 싶어 반 그릇만 퍼서는 준영에게 내밀었다.

“갑자기 너무 많이 먹으면 탈나요.”

“괜찮아.”

아주 맛있게 먹는 준영의 모습에 화진은 너무나 흐뭇한 마음을 감출 수가 없었다. 자꾸만 얼굴로 나타나는 행복한 미소를 감추기 위해서 안간힘을 써야만 했다.

"저녁에 뭘 할 거지?"

"아무것도요."

"그래?"

"네."

"음! 그럼 우리 영화나 볼까?"

의외의 말에 화진은 놀란 눈으로 그를 쳐다보았다. 그런 그녀의 시선에 그의 광대뼈 근처가 살짝 붉어졌다.

"저, 영화 별로 안 좋아하는데요?"

"그래……? 그럼, 산책이라도 할까?"

많이 노력하는 준영의 모습에 화진은 웃지 않기 위해서 입술을 깨물었다. 그런 그녀의 표정에 준영의 얼굴이 살짝 찡그려졌다.

"그냥 당신이 좋아하는 수영이나 하죠?"

"수영?"

"네. 날도 더운데 좋잖아요. 요즘은 수영도 하지 않는 것 같던데……."

세심한 배려에 준영의 얼굴이 더욱더 붉어지기 시작했다. 화진이 얼른 자리에서 일어나는 그를 바라보고 있었다.

"그, 그러지."

"그럼 전 설거지 좀 해놓고 나갈게요. 먼저 수영하고 계세요."

"알았어."

허둥지둥 나가는 준영의 모습에 화진은 참고 있던 웃음을 터뜨렸다.

'후후후, 힘들겠죠. 지금까지 갖고 있던 습관들을 바꾸기가 참으로 힘들겠죠. 하지만 나, 당신 많이 괴롭혀줄 거예요. 지난 2년 동안 날 많이 아프게 한 만큼 저도 당신을 조금만 괴롭혀줄 거예요.'

서둘러 식기 세척기에 그릇을 넣고는 화진도 앞치마를 벗었다.

화진이 예전에 준비해놓은 비키니 수영복을 꺼내들고는 미소를 지었다. 친구인 승미와 함께 백화점을 쇼핑하다가 세일한다는 말에 두 여자가 덥석 사버린 물건이었다. 워낙에 어디든 잘 다니지 않는 화진으로서는 딱히 입어볼 일도 없었다.

혹시나 하는 생각에 넣어왔던 비키니를 꺼내어 바라보고 있던 화진이 옷을 벗고 알몸 위에 손바닥만한 비키니를 걸쳤다. 가슴도 그렇고, 처음 살 때보다는 조금 살이 찐 탓에 많이 야해 보였다. 얼마 가려지지 않는 가슴을 보면서 화진이 입고 나갈 것인지를 고민하기 시작했다.

"뭐 어때? 다른 사람이 있는 것도 아니고 둘만 있을 건데."

용기를 내서 비키니를 입은 화진이 그 위에 살짝 가운을 걸치고는 밖으로 나갔다.

넓은 풀장을 가르며 준영이 수영을 즐기고 있었다. 매끄러운 그의 몸이 물결을 가르고 있는 모습을 화진은 몽롱한 시선으로 보았다.

'어쩜 저리도 멋질까? 나이가 들어도 멋지다.'

풀장 옆에 마련되어져 있는 의자에 앉아서 한참을 바라보고 있자, 그런 화진의 시선을 느낀 준영이 물속에서 불쑥 튀어나왔다.

"들어오지."

"그럴까요?"

"수영은 할 줄 알아?"

"조금요."

"그럼 들어와."

풀장 안에서 소리치는 그를 살짝 보고는 그녀가 바로 앞에서 가운을 벗어버리자, 놀란 준영이 급하게 숨을 들이마시는 소리가 들려왔다.

"왜요?"

화진은 낭창한 눈빛으로 당황해하고 있는 준영의 모습을 은근히 즐기고 있었다.

"어, 그냥."

"나 좀 잡아줘요."

"그, 그러지."

화진이 한쪽 팔을 내미는 그의 손을 잡고는 조심스럽게 난간을 내려갔다. 차가운 물이 몸에 닿자, 상쾌함과 동시에 몸에 소름이 쫙 돋아났다.

"어머! 차갑네."

"후후후, 아무리 여름이라도 좀 차갑지."

"음!"

그녀가 좀더 아래로 내려가 완전히 물속에 몸을 담갔다. 몸에 힘을 빼고 천천히 수영장을 왕복하기 시작하자, 준영도 어느새 그녀 곁으로 다가와 보조를 맞춰주었다. 얼마 하지도 않았는데 피곤해지는 몸을 느끼며 화진이 한쪽 벽에 부착되어져 있는 난간으로 나갔다.

"어휴, 힘들다. 수영도 안하다가 하니까 힘드네."

"왜, 더 하지?"

"힘들어요."

"이런, 얼마나 했다고 힘들다고 하는 거야?"

"그래도 힘들어요. 당신이나 더 하세요."

"그럼 잠시만 기다려줘."

활짝 웃는 그의 미소에 화진도 환한 미소로 답례했다.

다시 풀장 중앙으로 헤엄쳐 가는 준영을 보고는 화진은 난간을 붙잡고 밖으로 나왔다. 후들거리는 다리로 간신히 의자로 걸어가 휴식을 취했다.

"운동을 해야겠구나."

그 생각을 하며 화진은 지칠 줄 모르고 헤엄치고 있는 준영을 부러운 눈빛으로 바라보았다. 한참을 보고 있자, 그도 힘든지 밖으로 나왔다. 운동으로 다져진 몸에 수영복 하나만 걸쳐진 그를 보고 있자, 온몸에 전율이 흘렀다.

"힘든가?"

"조금요. 운동을 좀 해야겠어요?"

"좀 해야겠군. 나이도 어린데 그렇게 체력이 약해서야 쓰나?"

"후후후, 제가 어린 건 알고 있군요."

화진의 말에 준영이 미간을 찡그리면서 투덜거렸다.

"표현하지 않았을 뿐이지, 당신에 관해서는 대충 알고 있어."

"풋, 그런가요? 그럼 이제부터는 표현할 생각인가 보죠?"

계속적으로 물어오는 화진의 말에 준영이 고개를 돌렸다.

"당신이 처음에 말했죠? 자신의 시선을 피하지 말라고. 이젠 제가 그렇게 말해야겠네요. 우리 서로 대화를 할 때는 시선을 피하지 말도록 해요. 저도 당신의 눈을 보면서 말하고 싶단 말이에요."

입을 씰룩거리며 말하는 화진의 귀여운 모습에 준영의 눈가에 잔잔한 미소가 번져갔다. 오리 입처럼 튀어나온 그녀의 입술을 매만지던 준영이 살포시 입을 겹쳐왔다. 가벼운 키스처럼, 다가왔던 입술이 바로 떨어지자 아쉬운 마음에 입맛을 다시는 화진을 보면서 웃지 않을 수가 없었다.

준영의 호탕한 웃음소리를 듣고 있던 화진은 가슴까지 그대로 떨림이 전해져왔다.

"그런 눈빛으로 계속 날 쳐다본다면 다시 덮치고 말겠어."

욕정으로 번뜩거리는 눈빛을 휘날리며 다가오는 준영의 저돌적인 모습에 화진의 심장이 쿵쾅거리며 뛰기 시작했다. 요란하게 뛰는 심장 소리에 당황한 화진이 뒷걸음질쳤지만, 준영의 손에 바로 잡혀버렸다. 손을 잡아 자신의 왼쪽 가슴에 올려놓고는 가만히 눈을 감는 준영을 보면서 화진도 살포시 눈을 감았다.

"15년 전에 내 심장은 멈춰버렸다고 생각했어. 오직 한 여자만을 담는다는 맹세와 함께, 그 여인을 잃어버린 내 심장은 그대로 멈춰버렸지. 섹시한 여자를 만나도, 아름다운 여자를 만나도 내 심장은 다시 뛰지 않았어. 그렇게 살아온 나야. 차가운 가면을 쓰고, 오직 성공하기 위해서 발버둥치면서 살아온 나였어. 그런 나에게 당신이 다가오자, 멈췄다고 생각했던 내 심장이 다시 뛰는 걸 느낄 수 있었어. 처음에는 이런 내 감정을 거부하고 무시했지만, 시간이 지날수록 거세게 뛰는 심장 때문에 더 이상은 당신을 무심하게 대할 수 없다는 걸 깨달았어. 그래서 난 마음이 소리치는 소리를 그대로 받아들이기로 했어. 당신한테 느끼는 이 감정을 인정하기로 했어. 아직은 이게 사랑인지 잘 모르겠지만, 내 마음에 충실하기로 결심한 이상 당신이라는 여자를 마음껏 느끼고 싶어.”

준영의 고백을 들은 화진은 가슴이 터져버릴 것 같은 행복감에 어쩔 줄 몰라 했다. 그의 목덜미를 껴안고는 꿈같은 현실에 목이 메어왔다.

“흑흑흑!”

아무런 말도 하지 못하고 눈물만 흘리고 있는 화진을 꽉 껴안고는 그녀의 심장 소리를 듣기 위해서 준영도 고개를 숙였다. 가슴 위에 귀를 갖다 대자, 요란하게 뛰는 화진의 심장 소리에 준영의 얼굴이 활짝 펴졌다.

“당신 심장도 요란하게 뛰네.”

“흑흑! 당, 당연하죠. 지난 세월, 당신만을 바라보고 살며 제가 얼마나 아파했는지를 알면, 당신은 절 업고 다녀도 시원찮을 걸요.”

투정어린 화진의 말에 미소를 짓는 준영의 얼굴이 문득 10년은 더 젊어 보이는 것 같았다. 활짝 핀 장미처럼 빛이 나는 준영을 보면서 가만히 그의 얼굴을 쓸어내렸다.

“조금씩 다가갈게. 내 마음 확인하면서 당신한테 다가갈게.”

“네, 기다릴게요. 당신이 변해가는 모습을 바라보며 즐거운 마음으로 기다릴게요. 몇 년이 걸린다고 해도, 몇 십 년이 걸린다고 해도 나한테만 돌아와 줘요.”

“고, 고마워.”

화진이 그의 어깨에 얼굴을 묻으며 뜨거운 눈물을 흘렸다. 서로의 체온을 느끼며 안겨 있던 두 사람은 어색하게 미소를 지으며 떨어졌다.

“흠! 그, 그만 들어가지. 날, 날이 좀 춥네.”

홍당무처럼 붉어져 있는 준영의 얼굴을 보면서 화진은 웃지 않기 위해서 입술을 깨물었지만, 꺽꺽거리는 희귀한 소리가 입술 사이로 새어나와 버렸다. 눈가를 찌푸리는 준영을 본 화진이 재빨리 입을 틀어막았지만, 이미 눈치 챈 그를 느끼며 손을 떼고는 마음껏 웃어버렸다.

“여화진!”

"호호호, 미안해요, 준영 씨! 하지만 준영 씨가 얼굴 붉히는 모습, 쉽게 볼 수 있는 건 아니잖아요. 얼마나 귀한데."

"정말!"

"헤헤헤, 너무 그러지 마세요. 자주자주 얼굴도 붉혀주면 제가 신기해서 웃을 일도 없어요."

애교스럽게 싱긋 웃으며 화진이 준영의 팔을 잡고 아양을 떨었다. 그러자 화를 내기 위해서 굳어진 준영이 바로 풀어지는 것을 보면서 화진의 입가에 미소가 걸렸다.

서로의 맨살이 부딪치자, 준영의 눈빛이 욕정으로 반짝거리기 시작했다. 준영이 노출한 화진의 모습을 그윽한 눈빛으로 쳐다보며 손을 뻗어왔다.

"준영 씨."

"내 앞에서만 이런 옷 입도록 해."

질투어린 말에 그녀가 미소를 짓자, 준영이 맹렬한 기세로 그녀를 덮쳤다.

"가만히 있어. 이대로 잡아먹어 버릴 테니까."

"준영 씨."

"쉿."

"하, 하지만……."

"쉿."

귓가를 이로 자근자근 깨물던 준영이 걸치고 있던 수영복을 벗어버렸다. 완전히 알몸이 되어버린 준영은 그녀에게 몸을 비비면서 그녀를 달아오르게 만들었다.

"준영 씨, 하아!"

화진이 내뱉는 신음소리를 들으며 준영은 의자 위에서 뜨겁게 화진을 안아버렸다. 절대로 떨어지면 안 될 사람들처럼 두 사람은 한 치의 틈도 없이 서로의 몸을 껴안으며 몇 번의 긴 정사를 치렀다.

완전히 탈진한 화진이 손가락 하나도 움직이지 못할 정도로 지쳐서 의자 위에 늘어져 있자, 준영이 싱긋 웃고는 번쩍 안아 올렸다.

"아무래도 운동을 해야겠군. 이렇게 할 때마다 맥을 못 춰서 어떻게 하지?"

"몰라요."

목덜미까지 벌게지는 화진을 보면서 준영이 호탕하게 웃었다.

"풋, 하하하."

집 안으로 들어온 준영이 조심스러운 손길로 거실 소파에 그녀를 내려주었다.

"안방보다는 나을 것 같아서. 오랜만에 편안하게 지내보도록 하자고."

그가 한쪽 벽에 설치된 텔레비전을 켜고는 소파에 비스듬히 누웠다. 가운만 입은 두 사람은 부끄러움도 잊어버리고 편안하게 서로에게 몸을 의지하며 느긋한 한때를 보냈다.

한참 드라마에 열중하고 있는 화진을 뚫어지게 쳐다보고 있던 준영이 넌지시 물어왔다.

"이곳에 있을 거지?"

조금은 불안한 듯한 준영의 떨리는 음성에 화진은 비스듬하게 누워 있던 몸을 바로 세우며 준영의 눈을 쳐다보았다.

"서로의 마음을 알았다고 해도, 이곳에 머물지는 않을 거예요."

화진의 그 한마디에 밝게 웃던 준영의 얼굴에 먹구름이 잔뜩 드리워졌다. 굳어진 표정과 함께 차갑게 변한 준영의 목소리에 화진은 고개를 저었다.

"당신을 떠난다는 것이 아니라 이 집에서 나간다는 말이에요. 처음 당신한테 온 동기가 좋지 않았잖아요. 그래서 좀 떨어져서 서로의 마음을 다져갔으면 좋겠어요. 무엇보다 당신 앞에 당당하게 서고 싶은 마음도 있고요."

"당당함이라……. 그게 그렇게 중요한 건가?"

“네, 저한테는 정말 중요해요. 당신한테 부족한 여자가 아니라는 것을 느끼고 싶어요.”

그 말에 준영의 눈동자가 심하게 흔들렸다. 그동안 자신이 얼마나 화진을 아프게 했는지를 알 수 있는 말에 심장이 아파왔다.

“그동안 미안했어.”

보드라운 얼굴을 쓰다듬으며 준영이 속삭이자 화진이 활짝 웃는 얼굴로 그를 바라보았다.

“알면 됐어요.”

“훗, 숨기고 있던 발톱이 너무 무서워서 몸서리쳐지는데?”

자신을 놀리는 말에 화진이 그의 가슴을 두드리며 코맹맹이 소리로 그의 이름을 소리쳐 부르자, 그 모습도 귀여워 죽겠는지 준영이 미소를 지으며 안아주었다.

“준영 씨.”

부드러운 화진의 속삭임에 준영의 얼굴이 순간 굳어졌다가 다시 풀렸다.

“음!”

“더 이상 차가워지지 말아요. 저는 당신이 따뜻한 사람이라는 것을 알아요. 그러니 더 이상 차가운 가면을 쓰려고 애쓰지 말아요.”

“그렇게 보였나?”

“네. 차가운 모습을 하고 있었지만, 한 번씩 보여주는 태도에서 느낄 수 있었어요. 무엇보다 아이들을 바라보는 당신의 눈빛에 확신이 들었죠.”

벌거벗은 가슴을 애무하며 속삭이는 화진의 목소리에 자극을 받은 준영이 다시 그녀를 뜨겁게 안아버렸다. 지칠 줄 모르는 그의 성욕에 고개를 흔들던 화진 또한 뜨겁게 그를 맞아주었다. 무서운 기세로 온 밤을 꼬박 세워가며 그녀를 괴롭히던 준영은 여명이 밝아오는 것을 보고는 잠 속으로 빠져 들어갔다.

*　　*　　*

늘 정확한 시간에 일어나던 그녀였지만, 새벽까지 자신을 놓아주지 않던 준영 때문에 늦잠을 자고 말았다. 두들겨 맞은 것 같은 통증으로 흐느적거리며 몸을 일으킨 화진은 탁상용 시계 바늘이 가리키는 숫자를 보고는 놀라서 곁에 자고 있던 준영을 급하게 흔들어 깨웠다.

"준영 씨, 일어나요."

"음! 조금만……."

"준영 씨."

아무리 흔들어도 깨어나지 않는 준영 때문에 당혹감을 감추지 못한 화진이 허둥대며 침대 가로 내려섰지만, 다리에 힘이 들어가지 않아 바닥에 주저앉아버렸다.

"헉! 다리가 풀려버렸네."

울상이 되어버린 얼굴로 팔을 휘저으며 몸을 일으키려던 화진의 귀에 우렁차게 울리는 인터폰 소리가 들려왔다. 정 실장이 기다리다 지쳐서 인터폰을 누른다는 생각에 초인적인 힘으로 자리에서 일어난 화진이 가운을 여미고는 뛰어나갔다. 인터폰 화면도 보지 않고 바로 수화기를 들고는 헐떡거리는 숨결로 소리쳤다.

"정, 정 실장님?"

"이런, 난 정 실장이 아닌데요?"

웃는 목소리가 들려오자, 놀란 화진이 그제야 인터폰 화면을 유심히 바라보았다. 누구인지 잘 알고 있던 화진은 뻣뻣한 목을 쓰다듬으며 입을 열었다.

"아, 동생분이시군요."

"어머! 저를 알아보시네요."

"네. 잠시만요."

대문을 여는 버튼을 누르고 화진은 황급히 옷매무새를 가다듬고는 밖으로 나갔다. 당당한 걸음걸이로 집 안으로 들어서는 그녀를 볼 수 있었다.

"안녕하세요."

휘란은 아주 밝은 미소를 지으며 먼저 고개를 숙였다. 친근하게 다가와 인사를 건네는 휘란의 태도에 화진도 엉겁결에 고개를 숙였다.

"아, 네."

"이런, 놀라셨구나! 하긴 지금까지 손님이 온 적이 없던 곳이니…….오늘 이렇게 갑자기 왔으니 놀랄 만도 하겠다. 호호호."

혼자 질문하고 혼자 답하는 휘란을 보면서 화진은 그 상큼함에 절로 미소가 지어졌다.

"날씨도 더운데 이렇게 밖에 서 있지 말고 안으로 들어갔으면 좋겠는데요."

"어머! 죄송해요."

"괜찮아요."

집 안으로 들어서면서 휘란이 그녀에게 물었다.

"근데, 오빠는 출근했어요?"

"네?"

그녀가 얼마나 놀라는지 휘란은 질문을 던진 자신이 더 민망할 정도였다. 그런 휘란의 표정을 본 화진은 얼굴을 붉히면서 고개를 떨어뜨렸다.

"아니요. 지금 자고 있어요."

"어머! 어쩐 일이야, 그 일벌레가?"

호들갑을 떨면서 자리에서 일어나는 휘란의 모습에 화진도 엉거주춤 몸을 일으켰다. 말릴 사이도 없이 총알같이 침실로 들어서는 휘란을 멍하니 바라보고만 있었다.

늘 일찌감치 출근을 하던 사람이 편안한 모습으로 침대에서 자고 있자, 휘란의 얼굴에 사악한 미소가 걸렸다.

"오빠!"

휘란의 고함소리에 놀란 준영이 몸을 일으켰다. 하지만 완전히 알몸인 준영의 모습을 본 휘란은 얼른 손을 들어올려 얼굴을 가렸다.

"어머! 옷이라도 입고 잘 것이지."

"어."

시간이 조금 흐르자 그제야 문 앞에 서 있는 사람이 준영의 눈에 들어왔다. 화진일 거라 생각하고 본 준영의 두 눈이 점점 커져갔다.

"뭘 그렇게 놀라는데?"

능글거리는 휘란의 모습이 두 눈에 들어오자 준영은 당황스러운 몸짓으로 가운을 찾기 시작했다. 휘란이 침대에서 나오지도 못하고 허둥대는 자신의 오빠를 바라보면서 고개까지 뒤로 젖혀가며 웃었다.

"뭘 그렇게 부끄러워하는 거지?"

자신 때문에 선뜻 침대에서 나오지 못한다는 사실을 알고 있으면서도 휘란은 모른 척하며 나가지 않고 있었다.

"흠! 좀 나가주지."

"싫은데? 이런 기회가 잘 없잖아. 이왕 이렇게 된 거, 오빠 몸매가 어떤지 한번 감상해볼까? 호호호."

"최휘란!"

정색을 하며 소리치는 그를 보면서 휘란이 더 큰소리로 웃기 시작했다.

"호호호, 이런, 얼굴까지 붉어지셨네. 이런 모습을 다른 사람들이 봐야 하는데 너무 아깝다. 우와! 점점 더 붉어지는데?"

계속되는 휘란의 놀림에 준영이 화가 나 소리치려고 했지만, 다시 휘란이 삐칠 것 같아 그럴 수도 없었다.

"오호라, 이제는 제법 참을 줄도 아는군. 아주 좋은 자세야. 그렇지 않아도 민재 씨가 오빠가 많이 후회하고 있다고 말해서 이렇게 마음 접고 온 거야. 그러니까 나한테 잘해. 알았지?"

뻔뻔스러운 자신의 동생을 보면서 준영은 어이가 없었다.

"알았다. 그때는 정말 미안했다. 이제 좀 나가주겠니?"

“음! 그렇게 부탁하는데 나가야겠지. 하지만 조금은 아쉽군. 쩝!”

입맛까지 다시는 휘란의 모습에 준영이 황당한 표정으로 바라보고 있자, 화진이 얼른 들어와 그에게 가운을 내밀었다.

“이거 입으세요.”

“어, 고마워.”

“근데 오빠! 오늘은 왜 출근하지 않은 거야?”

“그냥.”

“어머! 어머! 어쩐 일이야. 우리 일벌레께서 놀기도 하고 말이지. 오늘 아침에 해가 안 뜨는 이유가 있었구나!”

“그만해라.”

“그나마 이렇게 동생이 마음이 넓어서 먼저 찾아왔다는 사실을 명심하길.”

아주 당당한 눈빛을 두 사람에게 날리고는 몸을 돌려 밖으로 나가는 휘란의 모습에 준영은 어이없는 시선을 보냈다. 어찌 된 일인지 날이 갈수록 점점 더 뻔뻔해지는 휘란의 모습에 이제는 고개가 절로 흔들어졌다.

“미안해요. 준영 씨.”

“뭐가?”

“제가 깨우지 못해서요.”

“아, 잠들기 전에 정 실장한테 미리 연락했어.”

“어머! 그런 말을 지금 하면 어떻게 해요? 진작 말해줬으면 걱정을 덜 했잖아요.”

“이런, 그럴 줄 알았으면 나중에 말할 걸 그랬다, 더 걱정하고 있게.”

준영의 장난스러운 말에 화진은 웃지 않을 수가 없었다. 한순간에 서로에게 다가선 두 사람은 누가 먼저랄 것도 없이 마음의 문을 열기 시작했다.

얼굴 가득 미소를 지으며 밖으로 나간 화진은 거실 소파에 아주 느긋하게 앉아서 어디론가 전화를 걸고 있는 휘란을 볼 수 있었다. 얼마나 간

드러지게 속삭이는지 소름이 쫙 돋아날 정도였다.

"그렇다니까."

―정말이야? 정말 형님께서 회사에 출근하지 않았다고?

믿을 수 없다는 민재의 말에 휘란이 다시 속삭였다.

"정말이야. 내가 이 두 눈으로 똑똑히 보고 있다니까 그러네. 정 믿지 못하겠으면 당신이 지금 와서 보던가? 어떻게 된 것이 날이 가면 갈수록 아내 말을 믿지 못하는 거야?"

―내가 무슨! 그럼 나도 지금 가야겠다. 자기야! 그곳에서 우리 맛있는 거 얻어먹으면서 오늘 종일 빈대 붙자.

"호호호, 그래야지. 아주 온 김에 뿌리를 뽑아버려야지. 그럼 자기야! 빨리 와. 내가 목놓아 기다리고 있을게."

애정이 듬뿍 담겨 있는 휘란의 말을 곁에서 듣고 있던 화진은 너무 부러워서 눈가가 떨려왔다.

'좋겠다. 아주 사랑하고 있다는 표시를 팍팍 내잖아.'

―알았어. 내가 총알같이 달려갈 테니까 혹시라도 형님께서 당신을 구박하면 나한테 말해. 알았지?

"응, 여보야! 당신만 믿고 있을게. 사랑해."

―나도 자기를 너무 사랑해.

"호호호, 타이어에 불나도록 빨리 와."

수화기에 열심히 뽀뽀를 하고 휘란이 고개를 들자, 한심스럽다는 듯한 준영의 눈빛과 마주쳤다.

"아주 갈수록 지능이 낮아지는구나."

"이런 식으로 나오면 안 되지. 종일 나한테 굽혀야 되는 거 알지?"

"정말!"

짜증스럽게 준영이 말하자, 또다시 휘란의 날카로운 눈빛이 날아왔다.

"칫, 오빠가 그렇게 무뚝뚝하니까 여자가 자꾸 떨어져 나가지. 민재 씨처럼 제발 좀 부드럽게 사람을 대해봐. 그럼 여자들이 줄줄이 오빠한테 달라붙을 거다."

"아서라, 너 하나 보고 있는 것만으로도 속이 울렁거린다."

"아이고, 어지간하겠수."

"저, 식사는 어떻게?"

"당연히 이곳에서 먹어야죠. 정말 죄송한데요, 우리들 밥도 좀 해주시면 안 될까요? 저는 나가서 먹는 밥은 싫거든요."

슬픈 표정을 지으며 말하는 휘란의 모습에 화진은 미소를 지었다. 어찌나 귀엽게 구는지 보고만 있어도 미소가 절로 나오게 만드는 사람이었다.

"나가서 먹자고."

"싫어."

투정부리는 휘란을 준영이 째려보았지만, 통하지 않았다. 능청스러운 휘란은 그저 편안하게 누워 텔레비전만 보고 있을 뿐이었다.

"제가 식사를 준비하도록 할게요. 지금 바로 준비하면 점심시간에 맞춰서 먹을 수 있거든요."

"그래 주면 저는 좋고요."

"그럼 잠시만 기다려주세요."

꾸벅 인사를 하고는 서둘러 부엌으로 들어가는 화진의 모습을 준영은 안타깝게 쳐다보고 있었다. 거들어줄 수도 없는 입장인 자신의 처지가 짜증이 났다.

더운 날씨라 거실에는 에어컨을 틀었지만, 불 앞에서 음식을 만들고 있는 그녀에게까지는 시원함이 미치지 못하고 있었다. 이것저것 준비를 한다고 혼자서 이리 뛰고 저리 뛰는 그녀의 모습을 똥 마려운 강아지처럼 바라보는 준영의 모습에 휘란이 미소를 머금었다.

'훗, 오빠 드디어 잡혔어.'

더 이상 보고만 있을 수가 없었던 준영이 직접 부엌으로 들어가 분주하게 움직이는 화진을 바라보며 낮게 속삭였다.

“뭐 도와줄까?”

그녀를 도와준 적이 없던 그였기 때문에 화진은 준영의 말에 충격적일 수밖에 없었다. 놀라 벌어진 입을 황급히 다물면서 고개를 저었다.

“아, 아니요.”

“필요한 것 있으면 말해? 혼자서 끙끙거리지 말고. 내가 불편하면 휘란이 보고 도와주라고 하면 되니까.”

“정말 괜찮아요. 그래도 집에 오신 손님인데 그러면 안 되죠.”

화진의 말에 준영은 콧방귀를 뀌면서 투덜거렸다.

“손님은 무슨! 동생도 손님인 사람은 이곳밖에 없을 거다. 대충 하도록 해. 날도 더워 죽겠구만 무슨 요리들을 그렇게 많이 해? 대충 해.”

자신을 생각해주는 준영의 말에 화진의 얼굴에는 행복한 미소가 피어올랐다.

처음보다 더 열심히 음식을 만들기 시작하는 화진을 보고는 준영이 소파에 느긋하게 앉아서 휴식을 취하고 있는 휘란을 죽일 듯이 노려보았다. 그런 오빠의 시선을 알면서도 휘란은 아주 태연하게 소파에 앉아서 채널을 돌려대고 있었다.

‘호호호, 아주 속이 타는구만. 그렇게 똥 마려운 강아지처럼 굴 거면서 어떻게 저분을 떠나보낼 수 있다는 건지 알 수가 없군.’

자신은 놀고 있고 화진은 열심히 음식을 만들고 있는 상황이 되자, 준영의 눈빛이 더욱더 험악해져가기 시작했다. 열심히 도와주라는 눈치를 보냈건만, 휘란은 그의 간절한 눈빛을 무참히 짓밟아버렸다. 보이지 않는 두 사람의 신경전이 벌어지고 있는 가운데 벨소리가 울려 퍼지더니 민재가 보였다. 두고 보자는 눈빛을 휘란에게 휘날리며 문을 열어준 준영은 현관문을 열고 들어서는 민재를 노려보며 소리쳤다.

“매제는 일도 하지 않나 보지?”

민재가 무슨 일이냐는 듯한 눈빛으로 휘란을 바라보았지만, 그녀는 그저 어깨만 으쓱할 뿐이었다.

“아, 오늘 주말인데요. 그리고 제가 없어도 잘 돌아가는…….”

“어떻게 그런 무책임한 말을 할 수가 있지? 수백 명의 생계를 책임지고 있는 사람의 입에서 나올 말이 아니지 않나? 그런 나태한 정신으로 뭘 할 수가 있겠어? 자신의 직책을 생각한다면 이렇게 빈둥거리며 놀고 있으면 안 되지.”

계속되는 준영의 잔소리에 휘란은 열심히 귀를 파고 있었다. 난데없는 준영의 비난에 민재는 어떻게 해야 할지 몰라 휘란에게 도움을 요청했다. 민재의 간절한 눈빛에 휘란이 알았다는 듯이 고개를 끄덕였다.

“그만 좀 해. 오빠도 피차 그런 말할 처지는 아닌 걸로 아는데 말이야. 그렇게 우리 자기를 몰아세워서 좋을 게 하나도 없을 텐데…….”

말끝을 흐리면서 부엌 쪽으로 시선을 주는 휘란의 모습에 준영은 뱉으려고 목구멍까지 올라온 말을 간신히 삼켜야 했다.

“통성명이나 시켜줘. 영원히 안 볼 사이가 아니라면 말이지.”

“기다려.”

불만이 가득한 얼굴로 부엌으로 가버리는 준영의 뒤에서 두 사람은 웃기 시작했다. 최대한 웃음소리가 입 밖으로 새어나가지 않기 위해서 두 손으로 열심히 입을 막고 있었다.

“너무 웃기지?”

휘란의 말에 민재가 조용히 고개를 끄덕였다.

투덜거리며 부엌으로 들어간 준영이 땀을 뻘뻘 흘리며 음식을 차리는 화진을 보고는 퉁명스럽게 소리쳤다.

“잠깐 나가지.”

“아, 네.”

그녀가 앞치마에 손을 닦고는 준영을 따라 거실로 나가자, 민재가 휘란의 입술에 살짝 입을 맞추고 있는 모습이 보였다.

“아주 가지가지 하는구나.”

준영의 핀잔에도 조금의 부끄러움 없이 자신을 바라보는 그들의 모습에 화진은 놀라지 않을 수 없었다.

"부러우면 오빠도 해. 괜히 노총각 히스테리나 부리지 말고. 저러니 사람들이 빨리 장가가라고 성화를 하지."

"그만해. 형님도 저렇게 살고 싶겠어? 아직까지 형님의 비위를 맞춰줄 수 있는 여자가 없으니까 그렇지."

"괜찮은 여자가 왜 없어? 저번에도 어떤 여자랑 밥 먹고 쇼핑하고 있는 모습을 우리가 봤잖아."

휘란의 말에 순식간에 얼굴이 창백해진 화진이 곁에 서 있는 준영을 싸늘하게 노려보자, 준영의 얼굴이 잿빛으로 변해갔다.

"하긴. 그날도 우리가 형님을 봤는데도 모른 척하는 걸 느낄 수 있었지."

준영은 야단치는 시어머니보다 말리는 척하는 시누이가 더 밉다는 말을 새삼 깨달았다. 그들의 계속되는 말에 화진의 얼굴은 새하얗게 변했다가 붉어지기를 반복하고 있었다. 굳어진 입매로 노려보던 화진의 매서운 눈길에 준영은 머리가 지끈거리며 아파왔다.

"서, 서로 인사하지."

얼음이 뚝뚝 떨어질 것 같은 준영의 목소리에도 두 사람은 전혀 반응하지 않았다. 그저 실실 웃는 얼굴로 화진을 바라보고 있을 뿐이었다.

"이쪽은 내 동생, 한 번 본 적이 있지? 그리고 이쪽은 매제."

"반가워요. 여화진입니다."

그녀가 공손하게 허리까지 굽혀가며 인사를 하자, 민재도 얼른 자리에서 일어나 접대용 미소를 지어 보였다.

"저도 처음 뵙겠습니다. 상당한 미인이시군요."

민재의 미소에 화진이 수줍은 듯 살짝 얼굴을 붉히자, 그 모습을 본 준영의 눈매가 가늘어졌다.

"감사합니다. 그럼 식사라도 하시죠. 준비는 다 되었는데……."

머뭇거리는 목소리로 화진이 속삭이자, 민재와 휘란이 아이들처럼 좋아하며 자리에서 일어났다. 식탁에 맛깔스러워 보이는 음식들이 가득 차려져 있자 놀란 표정으로 서로를 바라보았다.

"우와! 대단한데."

"그러게 말이야. 당신도 이 정도는 아니더라도 반만이라도 좀 해봐."

휘란이 입을 삐죽 내밀자 민재가 살짝 입을 맞추었다.

쪽!

"민재 씨."

"사랑스럽잖아."

두 사람의 애정행각에 준영의 얼굴 또한 조금씩 붉어져갔다.

"허험! 식사나 하지."

준영이 어색하게 젓가락을 들고 이것저것 먹기 시작했다. 옆에 앉은 민재와 휘란은 서로 먹여주겠다고 수선을 떨고 있었다. 그런 두 사람의 행복한 모습을 부러운 눈빛으로 쳐다보고 있는 화진의 표정이 준영의 시야에 잡혔다.

'부러운 건가? 저런 모습들이.'

"민재 씨, 이것도 좀 먹어봐라. 우와! 정말 맛있다."

"그러게. 너무 맛있어서 목구멍으로 저절로 넘어간다."

"참, 화진 씨. 우리 물 좀 주세요."

"아, 네."

은근히 그녀를 부려먹고 있는 동생 때문에 준영은 밥이 목구멍으로 넘어가는지도 알 수가 없었다. 하기 싫은 표정을 지으면 될 텐데도 바보 같은 그녀는 싱긋이 웃으며 다 하고 있었다. 그런 화진의 모습에 화가 치밀어오른 준영이 더 이상 참지 못하고 죽일 듯이 휘란을 노려보며 조용히 불렀다.

"최휘란!"

"왜?"

"매제는 손가락이 없니? 매제는 팔이 부러졌어? 꼭 그렇게 달라붙어서 밥을 먹여줘야겠어? 다른 사람들도 있는데 생각을 해줘야지."

"왜 그래야 하지?"

반문하는 휘란의 말에 오히려 준영이 당황한 표정으로 그녀를 쳐다보았다.

"뭐라고!"

"왜 내가 남들의 시선을 신경 써야 하냐고? 난 내 사랑을 열심히 표현할 뿐이야. 지난 세월 동안 하지 못했던 일을 하고 있을 뿐이라고. 그런데 왜 내가 남들의 시선까지 신경을 쓰고 살아야 해. 더 이상은 그렇게 살고 싶지 않아."

"휘란아!"

"그만해. 짜증나."

다시 열심히 음식을 먹는 휘란의 모습을 보고 있던 준영도 조용히 식사를 마쳤다.

화진은 빈 그릇들을 정리하고, 예쁘게 모양을 낸 과일을 접시에 담아 거실로 내갔다.

"정말 감사합니다."

"아니에요."

"화진 씨 덕분에 정말 잘 먹었어요. 호호호."

"네."

자리에서 일어나려는 화진을 준영이 잡아서 다시 자리에 앉혔다.

"앉아 있어."

"네."

"이런, 이상한 분위기네. 안 되겠다. 자기야! 우리는 수영이나 하러 가자."

휘란의 애교스러운 말투에 민재가 웃으며 고개를 끄덕였다.

"근데, 수영복이 없는데……."

"자기는 무슨! 사람도 없는데 수영복이 뭐가 필요해. 그냥 벌거벗고 하면 되지.”

그 말에 놀라 화진이 숨을 들이켜자, 세 사람의 시선이 일제히 그녀에게로 쏠렸다.

“푸하하하, 화진 씨 얼굴이 온통 벌게졌네. 완전히 홍당무야, 홍당무.”

손가락으로 자신을 가리키면서 웃는 휘란의 모습에 화진은 민망해서 고개를 들 수가 없었다. 이곳에 온 이유가 꼭 화진을 괴롭히기 위해서 온 사람처럼 구는 휘란의 모습에 준영은 짜증이 밀려왔다.

“그만해.”

“왜?”

눈가에 맺힌 눈물을 닦아내면서 묻는 휘란의 뻔뻔스러움에 준영도 혀를 내둘렀다.

“어느 정도껏 해야지. 지금 네가 하는 행동은 초등학생이 친구들을 괴롭히는 행동밖에 되지 않잖아.”

두 사람의 신경전에 화진이 머뭇거리며 다가와 준영의 팔을 살짝 잡아왔다.

“준영 씨.”

“왜?”

“동생분한테 너무 그렇게 말하지 말아요.”

“화진 씨의 말이 맞아. 나한테 너무 하는 것 아니야? 지난 2년 동안 내가 오빠한테 얼마나 섭섭했는데. 이러면 안 되지.”

“정말…….”

“흥, 이런 식이면 삐쳐서 영원히 오빠를 보지 않을 수도 있다?”

휘란의 협박 아닌 협박에 준영은 어이가 없는 표정으로 쳐다보았다.

그런 두 사람의 모습에 화진은 웃을 수밖에 없었다. 아이같이 싸우는 모습이 어찌나 귀여운지 몰랐다. 황급히 고개를 숙이고 웃음을 감추는 화진의 모습을 준영이 못마땅한 시선으로 쳐다보았다.

“어휴, 정말.”

"홍이다. 민재 씨, 어서 수영하러 가자."

"어, 그러지 뭐."

민재가 어색하게 자리에서 일어나는 모습을 본 준영이 황급히 손을 들어올렸다.

"잠시만 기다려. 내 수영복 줄 테니까."

"그냥 할게요."

"됐어. 줄 테니까 잠시만 기다리고 있어."

결벽증이 있는 오빠가 수영복을 빌려준다는 소리에 휘란은 웃지 않을 수가 없었다. 휘란의 웃음소리에 준영이 가던 길을 멈추고 매섭게 그녀를 노려보았다.

"그럼 그냥 할까?"

웃음 섞인 휘란의 말에 준영은 어쩔 수 없이 침실로 들어갔다. 초스피드로 나온 그의 손에 작은 수영복 하나가 들려져 있었다. 준영이 던지다시피 민재에게 주고는 몸을 돌려버렸다.

"감사히 받겠습니다. 하하하."

"어서 가요."

팔짱을 끼고 즐거운 듯 걸어가는 두 사람의 모습을 화진은 멍한 시선으로 바라보고 있었다. 그런 그녀의 허리를 준영이 살짝 감았다.

"우리도 수영이나 할까?"

그윽한 준영의 속삭임에 화진의 얼굴이 붉어졌다가 원상태로 돌아왔다.

"지난번에 함께 간 여자나 불러서 수영하시죠."

질투심으로 이성이 마비된 화진이 톡 쏘아대고는 침실로 들어가 버렸다. 침대에 앉아서도 휘란이 했던 말들이 귓가에 왱왱거렸다.

"아, 짜증나."

화진은 다른 여자와 함께 쇼핑을 했을 그를 상상하자, 불쾌감으로 속이 뒤틀렸다. 신경질적인 손놀림으로 가방을 챙겨 한쪽 구석에 놓고는 궁금한 마음에 화진이 거실로 나갔다.

부엌 창문 너머로 수영장을 바라보고 있자 문득 묘한 기분과 함께 우울한 마음이 들었다. 남편의 넘치는 사랑을 받고 있는 휘란의 행복한 미소에 화진의 눈빛이 부러움으로 반짝거렸다.

혹시나 화진이 나오지 않을까 곁눈질로 부엌으로 통하는 문을 쳐다보고 있던 준영은 그녀가 보이자 얼른 자리에서 일어나 그곳으로 걸어갔다. 멍한 시선으로, 장난치고 있는 휘란과 민재의 모습에 빠져 있던 화진은 다가오는 그를 느낄 수 없었다.

"저런 모습이 그렇게 부러워?"

코앞까지 다가와 속삭이는 준영의 숨결을 느끼며 화진이 뒤로 조금 몸을 뺐다.

"너무 부러워서 심술이 날 정도인데요?"

"훗, 그렇게 부럽단 말이지?"

"네, 동생분의 저런 미소가 부러워 죽겠어요. 두 사람의 사랑이 너무 부러워서 샘이 나요."

화진의 솔직한 말에 준영이 가까이 다가와 허리를 휘감으며 자신 쪽으로 당겨 안았다. 화진이 따뜻한 그의 가슴에 얼굴을 묻자, 거세게 뛰는 심장 소리까지 들을 수 있었다.

"나도 저렇게 되도록 노력해볼게."

의외의 말에 화진이 놀란 듯한 표정을 지으며 고개를 들었지만, 준영의 강한 손아귀 힘에 얼굴이 제자리로 돌아가 버렸다.

"흐흠! 쳐, 쳐다보지는 말고."

낯간지러운 말에 쑥스러운지 얼굴을 붉히는 준영을 보면서 화진은 눈꼬리를 밑으로 내리며 웃었다. 킥킥거리는 소리가 입술 사이로 새어나와 버리자, 놀란 그녀가 얼른 입술을 꼭 깨물었지만, 이미 준영은 듣고 말았다.

"미, 미안해요. 호호호!"

"당신!"

화난 준영의 눈길에도 한 번 터진 웃음을 바로 멈추지 않고 한참 후에야 멈출 수 있었다. 화진은 눈가에 맺힌 눈물을 닦아내고는 불쾌한지 투덜거리고 있는 준영의 목덜미를 꼭 안았다.

"지금의 당신 모습도 좋아요. 그러니까 너무 무리하게 변하려고 하지는 마세요. 알았죠?"

"기분이 나쁘군."

삐친 듯 눈길을 외면하는 준영의 귀여운 모습에 다시 화진의 입가에 미소가 맴돌았다.

"조금씩 서로의 마음속으로 들어가자고요. 갑자기 너무 변해버리면 오히려 어색할 것 같아요."

"훗, 그러지."

그의 목을 껴안고 있던 화진은, 지치지도 않는지 한 시간이 넘도록 수영장에서 놀고 있는 그들의 모습에 절레절레 고개를 흔들었다. 어린아이 같은 두 사람의 천진한 모습에 포근함이 가슴으로 밀려들어 왔다.

"온종일 당신을 부려먹었는데 나도 가만히 있을 수 없지."

굳은 결심을 한 준영이 화진을 의자에 내려놓고는 그들에게로 성큼성큼 다가갔다. 수영장 가에 앉아 물장난을 치느라 정신이 팔려 있던 두 사람은 준영이 다가오는지도 모르고 있었다.

민재가 물속에서 휘란의 발을 마사지하고 있었다. 휘란이 무슨 말인가를 하자 웃음을 지으며 사랑스러워 죽겠다는 표정으로 올려다보는 민재의 모습에 준영은 속으로 혀를 찼다. 살금살금 다가선 준영이 바닥에 앉아서 물속으로 발을 넣고 있던 휘란의 등을 세차게 밀어버렸다.

"아악!"

무방비 상태로 앉아 있던 휘란은 비명소리와 함께 물속으로 풍덩 빠져버렸고, 그런 휘란의 모습을 민재가 창백한 얼굴로 쳐다보았다.

준영이 생각보다 심각해진 분위기를 느끼며 민재를 바라보았다. 민재의 노려보는 시선을 느낀 준영은 과잉반응에 불안감이 엄습해왔다.

급히 다가선 민재가 떨리는 손으로 휘란을 꼭 껴안으며 물 밖으로 나왔다. 휘란을 반듯하게 바닥에 눕히고 가만히 상태를 지켜보고 있는 민재의 모습에 준영의 얼굴도 굳어져갔다.

"괜찮아? 휘란!"

장난임에도 불구하고 두 사람의 심각한 분위기 때문에 준영이 쭈뼛거리며 서 있자, 민재가 날카롭게 소리쳤다.

"지, 지금 임신 중이란 말이에요."

민재의 원망하는 듯한 고함소리에 의자에 앉아 있던 화진도 놀란 몸을 일으켜 그들에게로 뛰어갔다.

많이 놀랐는지 거친 숨을 몰아쉬는 휘란의 모습에 민재는 눈물을 글썽거리기 시작했다. 창백한 얼굴로 한참을 내려다보고 있던 민재가 휘란을 안아들기 위해서 몸을 구부렸지만, 휘란의 저지로 멈춰야 했다.

"병, 병원에 가자."

"나, 괜찮아요."

"그래도 병원에 가야 해."

"정말 괜찮다니까. 그냥 놀래서 그런 것뿐이야. 어차피 내일 정기 검진 받으러 가야 하니까 참았다가 내일 가요."

휘란이 달래는 손길로 민재의 창백한 얼굴을 쓰다듬고는 정말 괜찮다는 표정을 지으며 웃자, 그제야 한숨을 내쉰 민재가 어색한 미소를 지으며 고개를 들었다.

"휘란아!"

놀란 준영이 바닥에 누워 있는 휘란 곁으로 다가와 고개를 숙였다.

"정말 미안해. 난 그냥 장난으로 그런 건데……."

"후후후, 괜찮아. 오빠도 내가 임신한 줄 몰랐잖아. 그러니까 그런 거겠지."

"우선은 집 안으로 옮기고 따뜻한 곳에 누워 있는 게 좋을 것 같아요."

정신을 못 차리고 허둥대는 두 남자들에게 화진이 소리치자, 그제야 휘란이 누워 있는 곳이 차가운 바닥이라는 생각이 든 민재가 휘란을 안 아들고는 집 안으로 빠르게 들어갔다. 화진의 안내로 손님 방 침대에 휘란을 눕히고는 요란을 떨어대는 민재를 그곳에 두고 준영이 나와버렸다.

세 시간이 마치 몇 년은 된 것 같은 시간을 보내고 있자, 민재가 휘란과 함께 방을 나왔다.

처음보다 혈색이 좋아 보이는 휘란의 안색에 준영이 속으로 감사 기도를 하고는 자리에서 일어났다.

"휘란아! 정말 괜찮아? 아니면 내가 박사님께 왕진 좀 와달라고 할게."

걱정스러운 준영의 말에 휘란이 미소를 지으며 대답했다.

"괜찮아. 나만 아기 갖는 것도 아니고, 너무 요란 떨면서 살고 싶지는 않아. 이제 진정도 된 것 같으니까 괜찮아."

"정말 다행이다."

휘란의 손을 덥석 잡으며 안도의 미소를 짓는 준영을 민재가 싸늘하게 노려보고 있었다. 그런 민재의 시선에 준영이 미간을 찌푸리자, 더 심하게 인상을 구기는 그였다.

"형님께서는 저한테 백 번 사죄해야 하는 입장입니다. 어떻게 임산부한테 그런 장난을 칠 수 있습니까?"

단단히 별렀는지 준영을 거침없이 몰아세우는 민재를 보면서 휘란은 고소한 웃음을 얼굴 가득 지었다. 죄인처럼, 민재가 닦달해도 아무런 말도 하지 못하고 고개를 푹 숙이고 사과하는 말을 중얼거리는 준영의 비참한 모습에 화진은 웃지 않기 위해서 고개를 돌렸다.

수없이 준영이 민재에게 사과를 한 끝에 겨우 화를 푼 민재가 휘란을 부축하고는 집으로 돌아갔다. 시끌벅적하던 집이 한순간에 다시 고요해져버렸다.

준영은 화진의 마음이 자신에게로 향하고 있다는 것을 알고 있었지만, 막상 2년 동안 함께하던 그녀가 자신의 곁을 떠난다는 생각에 허전함과 외로움이 물밀듯이 밀려오는 것을 느끼며 고개를 떨어뜨렸다.

그렇게 두 사람은 서로 다른 생각에 빠져들며 밤을 꼬박 새웠다.

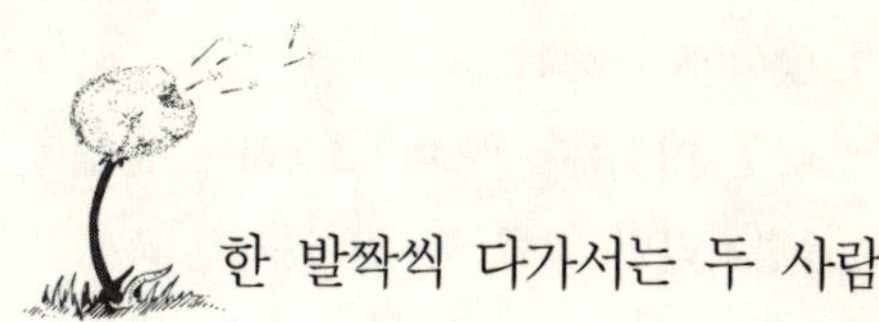

한 발짝씩 다가서는 두 사람

침실 문을 열고 나오는 준영의 모습을 눈 속에 가득 담아두기 위해서 화진은 뚫어지게 그를 바라보았다.

"무슨 생각을 하고 있지?"

가까이 다가온 준영이 미소를 지으며 화진의 뺨에 살포시 입을 맞추었다.

"그냥요."

"집에 가니까 너무 감격스러워서 그래?"

부드러운 준영의 말에 화진은 얼굴이 붉어져오는 것을 느낄 수 있었다. 그런 화진의 모습이 너무 귀엽게 보였던 준영은 그녀를 품안으로 끌어당겨 안으며 목덜미에 입술을 묻었다.

"여화진! 죽을 때까지 얼굴 붉히는 모습은 간직하길 바래. 너무 예쁘다."

"준영 씨도 참."

그녀가 몸을 비틀어 품에서 빠져나오려고 했지만, 그러면 그럴수록 그는 더욱더 힘껏 그녀를 껴안을 뿐이었다.

"우리 더 이상 도망치지 말자. 이제 나도 더 이상 내 감정에게서 도망치지 않을 거야. 당신을 내 마음에 넣은 이상 최선을 다하고 싶어. 그러니 나 많이 사랑해줘."

쑥스러운 미소를 지으며 고백하는 준영을 보면서 화진은 행복감에 눈물을 글썽거리며 그를 꼭 안아주었다.

"지금보다 더 많이 표현할게요."

"자주 찾아가도록 하지. 혹시라도 내가 전화했을 때, 안 받으면 절대로 용서하지 않을 거다."

준영의 말에 화진은 미소를 지었다.

"당신도 참. 당신이 전화하면 새벽이라도 꼭 받을게요."

"좋았어."

적극적인 준영의 태도에 화진은 뭉클해지는 기분을 느끼며 그의 입술에 살포시 입을 맞추었다. 사뿐히 닿았다가 떨어지는 화진의 입술이 아쉬웠는지 그의 손이 목덜미를 잡아채며 깊숙하게 키스했다. 뜨거운 준영의 입술이 삼켜버릴 듯이 맹렬한 기세로 키스해오자, 두 사람의 타액이 서로 섞여갔다. 한참동안 서로에게 빠져 있던 준영이 아쉬운 신음소리와 함께 그녀에게서 떨어져 나갔다.

"출근하기 싫다."

"오늘 중요한 미팅이 있다고 했잖아요."

"음! 화진아, 공항까지 데려다줄까?"

귓가에 속삭이는 준영의 그윽한 목소리에 온몸이 짜릿해졌다. 발끝까지 떨림이 전해진 화진이 그의 얼굴을 조금 밀어내며 미소를 지었다.

"혼자 가고 싶어요."

간절한 화진의 눈빛에 준영이 고개를 끄덕였다.

"그럼 그렇게 하도록 해."

"고마웠어요, 준영 씨."

"그런 표현은 싫은데?"

준영이 섹시한 미소를 지으며 의자에 앉았다. 마지막으로 해주는 화진의 아침이었기 때문에 다른 날보다 많은 양을 먹었다. 현관까지 가방을 들어다주는 화진의 다정한 모습에 준영은 새삼 그녀의 소중함을 느낄 수 있었다. 언제나 말없이 뒤에서 내조한 그녀의 존재를.

"조심해서 출근하세요."

"응."

"준영 씨, 당신과 함께한 지난 세월이 고통스럽지만은 않았어요."

슬픈 화진의 모습에 준영은 가방을 내려놓고, 다시 한 번 더 그녀를 꼭 안아주었다.

"그렇게 말해줘서 너무 고마워."

"고마웠어요."

"그런 표현은 싫다고 했을 텐데. 난 당신과 절대로 헤어지지 않아. 그러니 그런 표정과 눈빛으로 날 보지는 말아줘. 집에 조심해서 들어가도록 하고, 나중에 전화할게."

"네."

준영은 떨어지지 않는 발을 겨우 떼어 미리 대기하고 있는 차에 몸을 실었다. 현관에서 손을 흔들고 있는 화진의 모습을 뚫어지게 바라보고 있는 준영의 모습에 정 실장이 고개를 갸웃거렸다.

'무슨 일이지. 분위기가 상당히 달라 보이는데……'

차를 출발시키고도 화진의 모습이 보이지 않을 때까지 뒤를 바라보는 준영의 모습에 정 실장이 도저히 참지 못하고 한마디를 던졌다.

"무슨 일 있는 거야?"

"그래."

"무슨 일?"

"그냥."

얼굴을 살짝 붉히는 준영의 모습에 정 실장이 더욱더 집요하게 물고

늘어지기 시작했다.

"무슨 일?"

"그냥."

"최준영! 무슨 일인데?"

"결심했거든. 절대로 화진이를 놓아주지 않겠다고."

준영의 말에 정 실장의 얼굴에 미소가 가득 생겨났다. 함박웃음을 지으며 열심히 고개를 끄덕였다.

"그래, 잘 생각했다. 세상을 샅샅이 뒤져봐라, 화진 씨 같은 여자가 있는가. 정말 잘 생각했다."

너무나 기뻐하는 정 실장의 모습에 준영이 눈살을 찌푸리며 소리쳤다.

"근데, 왜 네가 당사자인 나보다 더 기뻐하냐?"

"하하하, 친구니까 그렇지. 아무튼 축하한다. 제발 쓸데없는 자존심은 버리고 화진 씨를 잡도록 해. 그만한 여자, 정말 없다. 2년 동안 네가 가하는 냉대를 받으면서도 싫은 내색 한 번 하지 않은 여자 아니냐? 무엇보다 결벽증 있는 너 같은 놈의 비위를 맞춰줄 수 있는 여자는 화진 씨밖에 없다. 다른 여자는 너 하는 것 보면 모두들 꽁지 빠지게 도망가기 바쁠 거다."

"말하는 것하고는. 네가 내 친구인 거야 아니면 화진이 친구인 거야?"

"하하하, 나? 나는 중립."

그의 호탕한 웃음소리에 준영도 함께 웃어버렸다. 이렇게 가슴이 홀가분할 줄 알았다면 진작 털어버릴 걸 그랬다는 생각이 들었다.

준영이 싱글거리며 사무실 안으로 들어서자, 비서들이 일제히 정 실장을 바라보면서 묻는 듯한 시선을 보냈다.

"뭘 그렇게 쳐다보는데?"

"무슨 일 있으세요? 네?"

"나도 모르는데."

"정 실장님!"

두 여자의 애교스러운 목소리에 녹아버린 정 실장이 웃음을 터뜨리며 낮게 속삭였다.

"조만간 국수 먹게 될 거야."

"정말요?"

"그럼. 그러니 기다려 봐."

"어머! 그럼 우리를 덜 괴롭히시겠네요?"

박 비서의 말에 정 실장은 큰소리로 웃고 말았다.

*　　*　　*

화진은 미리 싸놓은 가방을 들고, 그동안 정이 든 집을 둘러보았다. 마침 수진이 들어오는 모습을 본 화진은 미소를 지으며 다가갔다.

"어서 오세요. 몸은 괜찮으세요?"

"당연하죠. 무리하지 말라고 병원에서 당부는 했지만……."

"후후후, 괜히 다시 일하셔서 도지면 어떻게 해요?"

걱정이 가득한 화진의 눈빛에 수진이 미소를 지었다.

"대충 하죠, 뭐!"

"호호호, 아주머니도 참."

"화진 양, 많이 밝아지셨네요."

그 말에, 웃고 있던 화진이 가만히 수진을 바라보았다.

"이곳에 들어올 때는 참 막막하고 힘들었는데……. 사람이라는 동물은 환경에 빨리 적응하나 봐요. 어느새 이곳 환경에 적응해 있는 절 느끼니까요."

"훗, 그렇죠."

"이제 이곳을 떠난다고 생각하니까 너무 섭섭하고 가슴이 아파요."

화진의 슬픈 눈빛에 수진이 다가와 가만히 안아주었다.

"다시 돌아오실 거예요. 그때는 정말 당당하게 이 집으로 들어오시길 바랄게요."

"그럼 다음에 뵙도록 해요. 그동안 정말 감사했습니다."

정중하게 인사한 화진이 현관 앞에 도착한 택시에 올라탔다.

공항으로 가기 전에 미리 일선에게 연락을 하자, 기뻐하는 그의 목소리를 들을 수 있었다.

"지금 출발하면 언제쯤 도착하니?"

빨리 보고 싶어서 미치겠다는 일선의 말투에 화진이 웃음 섞인 목소리로 시계를 보고는 속으로 계산하기 시작했다.

"음! 비행기 타는 시간도 있고, 그리고 공항에서 택시를 타고 그곳으로 간다고 해도 한 시간은 넘게 걸리니까…… 오후 2시쯤 되어야 도착하겠는데요."

"하긴 이곳이 좀 멀지. 그럼 어서 오려무나, 기다리고 있을 테니."

"네, 아버지. 정말 보고 싶어요."

울먹거리는 화진의 말에 일선의 목소리 또한 떨려왔다.

"고생했다."

"무슨 말씀을요. 아버지가 그곳에 내려가신 후로 많이 좋아지신 것 같아서 마음이 가벼웠어요."

"후후후, 역시 공기 좋고, 좋은 친구랑 함께 사니까 좋긴 하구나. 어서 오너라."

"네."

기대감과 함께 설레는 기분으로 폴더를 닫은 화진은 대구에 내려가자마자 자신과 준영의 관계를 부친에게 고백할 생각에 절로 입가에 미소가 걸렸다.

택시가 공항 입구로 들어가려고 신호를 받고 서자, 화진은 무심코 밖으로 시선을 돌렸다. 리어카에서 팔고 있는 많은 인형들 중에 유독 한 인형이 눈에 들어오자, 본능적으로 택시에서 내려버렸다.

준영을 꼭 닮은, 도깨비 뿔이 두 개 달린 인형을 화진이 가슴에 끌어안고는 다음에 만날 때 놀릴 생각에 웃음이 먼저 터져 나오고 있었다.

들뜬 기분으로 횡단보도 앞에 서서 신호등과 인형을 번갈아 바라보며 미소 짓던 화진은 신호등이 바뀐 것을 보고는 발을 내려놓았다. 가까워지는 비행시간 때문에 급하게 횡단보도로 내려선 화진은 빠르게 앞으로 달려나갔다.

중간쯤 걷고 있던 화진이 귓가로 들려오는 사람들의 비명소리에 놀라 고개를 돌린 그 순간 몸이 굳어져버렸다. 좌우로 흔들리며 무서운 속도로 달려오는 자동차를 보면서 피해야 한다는 생각이 머릿속을 지배했지만, 두려움에 갇혀버린 몸은 마음대로 움직여주지 않았다. 정확하게 자신을 향해서 비틀거리며 달려오는 차를 느끼며 놀란 몸을 겨우 움직였지만, 이미 때가 늦어버렸다.

함께 걷던 사람들의 비명소리와 함께 둔탁한 아픔이 온몸을 엄습해오는 것을 느끼며, 몸이 공중으로 붕 뜨는 것을 끝으로 화진은 서서히 의식을 잃어갔다. 바닥으로 추락하기 전에 머리만은 안 다치게 하려고 끊어질 듯이 아픈 팔로 머리를 감싸고는 차가운 바닥에 내동댕이쳐졌다. 사람들의 웅성대는 소리가 메아리치는 것을 느끼며 화진은 눈을 감았다.

"여보세요! 여보세요!"

한 젊은 총각이 사고를 당한 세 사람들의 상태를 일일이 확인하기 시작했고, 주위에 있던 사람들이 119에 전화를 걸고 있었다.

'준영 씨! 살려줘! 나 살고 싶어, 준영 씨!'

희미한 의식 속에서 울부짖던 화진은 암흑 속으로 천천히 빨려 들어가고 말았다.

*　　*　　*

갑자기 몸이 오싹해진 준영은 불안한 마음에 시계만 뚫어져라 보고 있었다.

2년 전에 자신과 화진에게 치욕을 준 그놈을 짓밟아버리기 위해서 뒤를 캐고, 그놈이 운영하고 있는 회사의 주식을 사 모은 끝에 2년 만에 복수할 황금 같은 기회가 온 것이었다. 3일 전부터 그가 사들인 주식들이 시장에 대량으로 뿌려지자, 순식간에 주가가 바닥을 치기 시작했다. 때를 맞춰 준영이 거액을 주고 매수한 상대편 회사의 간부들의 입에서 나온 유언비어에 동요한 주주들이, 너나할 것 없이 주식을 팔기 위해 내놓는 바람에 상대편은 심각한 위기까지 느껴야 할 정도로 휘청거리고 있었다. 그런 모습들을 바라보는 준영의 입가에 비릿한 웃음이 감돌았다.

'훗, 도움 받을 아버지도 이제 없으니 얼마나 속이 타겠나. 영원히 일어서지 못하게 짓밟아버리겠어. 단단히 각오하고 있으라고, 이성환!'

이를 갈고 있던 준영은 정 실장의 다급한 외침에 자리에서 벌떡 일어났다. 허둥대며 문을 열고 들어오는 정 실장의 모습에 또다시 불안감이 엄습해왔다. 창백한 얼굴로 뛰어온 정 실장이 떨리는 몸을 추스르지 못하고 준영 앞에 섰다.

"준, 준영아!"

공과 사를 확실하게 구별하는 그가 떨리는 목소리로 준영의 이름을 부르자 준영이 인상을 찌푸렸다.

"병, 병원으로 가봐야 할 것 같다."

정 실장의 말에 무슨 일이냐는 듯한 표정을 지은 준영이 날카롭게 소리쳤다.

"지금 중요한 시점인 거 몰라? 몇 시간만 있으면 결과를 내 눈으로 확인할 수 있단 말이야."

"가, 가야 해. 화, 화진 씨가……."

더듬거리는 정 실장의 말에 준영이 책상을 돌아 나왔다.

"화진이가 왜?"

"병원으로 가면서 이야기하자. 어서……."

재촉하는 정 실장의 손길에 준영도 뛰기 시작했다. 주차장으로 함께 내려온 두 사람은 놀라운 속도로 공항 근처에 있는 종합병원으로 향했다. 굳어져 있는 정 실장을 바라보는 준영의 눈빛이 심하게 흔들리고 있었다.

목숨보다 더 사랑한 사람을 어떻게 잃었는지 잘 알고 있는 정 실장은 차마 그녀가 사고를 당했다는 말을 하지 못하고 있었다. 입을 꽉 다물고 있는 친구를 보면서 준영이 낮게 속삭였다.

"무슨 일이야? 화진이에게 무슨 일이 일어난 거야?"

제발 별일이 아니라고 말해달라는 표정으로 물어오는 준영을 보면서 정 실장이 고개를 끄덕였다.

"공항에서 사고가……. 심장 발작을 일으킨 운전기사 때문에 생긴 사고였어. 아는 놈이 마침 그곳을 지나가다가 화진 씨를 알아본 모양이야. 그래서 나한테 연락이 왔어."

믿을 수 없다는 표정으로 쳐다보는 준영의 모습에 정 실장은 이를 악물었다.

"거짓말이라고 해줘. 제발 거짓말이라고 해줘."

자신의 머리를 붙잡고 소리치는 준영을 보면서 정 실장은 떨려오는 손길 때문에 핸들을 힘껏 움켜잡고 더 세게 가속 페달을 밟았다.

놀라운 속도로 병원에 도착한 정 실장은 대충 주차를 해놓고는 쓰러질 듯이 뛰어가는 준영의 뒤를 따랐다.

응급실이라는 간판이 보이는 곳을 걸어가는 준영의 시야가 흐릿해지면서 오래 전의 영상들이 머릿속을 지배하기 시작했다.

"유아야!"

비틀거리는 걸음으로 걸어가던 준영은 사방에 온통 피투성이인 모습으로 누워 있는 사람들의 모습에 울컥 토기가 올라와 황급히 손으로 입을 틀어막았다. 그런 준영의 어깨를 정 실장이 다가와 꽉 잡아주었다.

"정신 차려!"

휘청거리는 그가 쓰러져버릴까 봐 걱정이 된 정 실장이 싸늘하게 소리치자, 그제야 준영도 흐릿한 시선을 들며 이를 악물었다.

"정신 차려! 지금 네가 이렇게 정신을 못 차리면, 예전처럼 화진 씨를 구하지 못해. 그러니까 정신 똑바로 차리고 상황을 판단하도록 해."

자신보다 더 아픈 눈길로 매섭게 소리치는 친구의 모습에 준영은 흘러내리는 눈물을 훔치며 고개를 끄덕였다.

"만수야! 미안하지만, 좀 들어가서 확인 좀 해줘."

덜덜 떨며 속삭이는 준영의 초라한 모습에 정 실장은 고개를 끄덕이며 안으로 들어갔다. 두리번거리며 화진을 찾았지만 어디에도 보이지 않았다. 다급한 마음에 그가 지나가는 간호사를 붙잡고 물어본 후에야 화진이 있는 곳을 알 수 있었다.

"준영아! 중환자실로 갔단다. 어서 가야지."

정 실장이 일어서지도 못하고 있는 준영의 어깨를 부축하고 서둘러 중환자실 앞으로 갔다. 반투명한 창문 너머로 보이는 곳을 시린 눈으로 쳐다보는 준영의 모습에 정 실장은 고개를 숙였다. 마침 의사 가운을 입은 남자가 문을 열고 나오자, 정 실장이 다가와 그를 붙잡았다.

"저, 여화진 환자 보호자 됩니다."

정 실장이 꾸벅 인사를 하며 큰소리로 소리치자, 의사가 바로 알아듣고는 그를 쭉 훑어보았다.

"아! 그렇지 않아도 연락이 되지 않아서 걱정하고 있던 참이었습니다."

"상, 상태는?"

떨리는 마음을 다스리며 물어본 정 실장의 눈빛을 의사가 조용히 외면하고는 자신을 따라오라는 말을 전했다. 정 실장이 창문에서 떨어지지 않는 준영을 붙잡고 의사를 따라갔다.

자리에 앉은 의사의 안색이 굳어져 있는 모습에 준영의 얼굴이 심하게 일그러지고 있었다.

"관계가 어떻게 되십니까?"

물음을 던지자 갈라진 입술을 조금씩 달싹이는 준영을 보면서 의사가 조용히 고개를 끄덕였다.

"2시간 전에 우리 병원으로 환자가 이송되어 왔습니다. 총 세 명의 사람들이 사고를 당했지만, 그중에서 이 환자가 가장 많이 다친 것 같습니다. 아직까지 경찰 측에서는 아무 말이 없지만, 아무래도 차가 정확하게 환자의 몸을 들이박고 지나간 것 같습니다. 다행히도 바닥에 떨어지면서 본능적으로 팔로 머리를 감쌌는지, 그곳만은 상처를 입지 않았습니다. 잠깐 엑스레이를 봐주시길 바랍니다."

엑스레이 사진을 걸기 시작한 의사가 부러진 곳과 금이 간 곳들을 가리키고 있었다. 멍하게 그가 하는 말을 듣고 있던 준영은 고개를 숙이고 말았다.

"차에 다리가 먼저 부딪친 모양인지 왼쪽 다리가 부러졌으며, 그 다음으로 갈비뼈 세 개에 금이 갔습니다. 팔과 그 외의 상처들도 피부가 많이 벗겨진 상태이기 때문에 아무래도 성형수술을 해야 할 것 같습니다."

의사의 말이 끝나자, 고개를 숙이고 있던 준영이 의사를 뚫어지게 쳐다보았다.

"지금이라도 다른 병원으로 옮길 수 있습니까?"

약간 쉰 그의 목소리에 의사가 고개를 흔들었다.

"지금 상태로는 위험합니다. 아직까지 환자가 의식도 차리지 못한 상태이기 때문에 다른 병원으로 이송하는 것은 기름을 안고 불구덩이 속으로 뛰어드는 것과 같습니다."

"그렇군요."

"의식이 돌아오면 정확한 진단을 위해서 정밀 검사가 필요하지만, 우선은 환자가 의식이 돌아와야겠죠."

후들거리는 다리로 겨우 자리에서 일어난 준영은 울지 않기 위해서 이를 악물고 있었다. 다시 중환자실로 돌아온 준영은 간호사에게 위생복을 받고는 화진에게 갈 수 있었다.

핏자국이 더덕더덕 묻어 있는 얼굴과 몸을 바라보던 준영은 그 자리에 주저앉고 말았다. 산소마스크와 링거가 잔뜩 꽂혀 있는 화진의 손을 잡으며 눈물을 떨어뜨렸다.

"화진아! 불과 몇 시간 전만 해도 웃던 네가 이게 무슨 꼴이니. 제, 제
발 정신 좀 차려, 화진아!"

믿을 수 없는 현실에 절망해버린 준영은 체면이고 뭐고 상관하지 않고
화진의 손을 잡고 울고 말았다. 그토록 사랑했던 유아도 그렇게 보내고
또다시 화진까지 사고를 당하자, 머릿속이 새하얗게 변해버렸다.

전혀 온기가 느껴지지 않는 화진의 손을 꼭 잡으며 눈물을 흘리는 그
의 모습이 애절해서 주위에 있던 간호사들의 눈가도 젖어들고 있었다. 면
회 시간이 정해져 있는 중환자실이었지만, 준영의 애달픈 모습에 간호사
들이 조용히 시간을 더 주고 있었다.

한 시간이 넘게 울던 준영이 창백한 얼굴로 화진의 얼굴을 쓰다듬었다.

"절대로 죽게 내버려두지 않을 거야. 최고의 의사들을 동원하는 한이
있더라도 널 살릴게. 그러니까 죽지는 말아줘. 날 두고 죽지 마. 이제 겨
우 내 마음을 인정하고, 널 내 심장에 넣었는데…… 이렇게 내 곁을 떠
나버리면 어떻게 해. 난 어떻게 하냐고. 제…… 발 살아다오 날 위해서
라도 제발 살아줘."

울분을 토하던 준영은 간호사들의 요청에 의해서 이제는 나가야 했다.
비틀거리며 나가는 준영의 뒷모습에 간호사들의 눈빛이 어두워졌다.

"준영아!"

정 실장이 안타까운 눈빛으로 쳐다보자, 힘겨운 듯한 미소를 짓는 그
를 볼 수 있었다.

"내, 내가 정신을 차려야지. 내가 정신을 차려야 우리 화진이를 살리던
가 하지. 절대로 두 번 다시는 유아처럼 죽게 하지 않을 거야. 무슨 짓을
해서든지 살리고 말 거야."

애처로울 만큼 떨리는 얼굴로 소리치는 준영의 모습에 정 실장이 다가
와 그를 안아주었다.

"힘내. 제수씨처럼 그렇게 네 곁을 떠나지 않을 거야. 그러니까 마음

단단히 먹고 힘내."

"그, 그래. 손놓고 있지만은 않을 거야."

피가 나올 정도로 입술을 깨물고 있던 준영은 정 실장의 손을 거두며 중환자실의 유리에 이마를 대고는 안을 들여다보기 시작했다. 그런 준영의 모습을 뒤로하고 정 실장은 회사로 가 준영을 대신해 스케줄을 조정하기 시작했다.

하루가 지나고 이틀이 지나도 의식을 차리지 못하는 화진의 모습에 준영은 피가 마르는 고통을 느끼고 있었다. 하루가 다르게 말라가는 준영의 모습에 휘란이 눈물을 흘리고 말았다.

"오빠!"

"넌 병원에 오지 마."

차가운 준영의 속삭임에 휘란이 고개를 저었지만, 그의 싸늘한 눈빛 때문에 어쩔 수 없이 알았다는 대답을 하고는 자리에서 일어났다.

"뭐라도 좀 챙겨먹고 그래. 얼, 얼굴이 말이 아니란 말이야."

"괜찮아."

"제발……."

"난 괜찮아."

"그러지 마. 오빠에게 화진 씨도 중요하고, 목숨보다 더 사랑하는 사람이지만, 나도 오빠가 중요해. 더 이상 사랑하는 사람을 잃고 싶지 않아. 그러니까 뭐라도 먹고 정신을 차렸으면 해. 이렇게 부탁할게, 오빠."

간절한 목소리로 말하는 휘란을 바라보던 준영의 뺨으로 눈물이 흘러내리자, 휘란이 다가가 그를 꼭 안아주었다.

"더 이상 오빠에게 슬픔이 없었으면 했어. 마음의 문을 닫아버리고 사는 오빠를 보면서 가슴이 얼마나 아팠는지 오빠는 모를 거야. 그런 오빠가 화진 씨를 만나고 달라지는 모습을 보면서 내심 기뻐하고 좋아했었는데……. 왜 오빠에게 이런 고통이 찾아오는지 모르겠어. 우리에게 왜 이런 시련을 주는지 정말 모르겠어. 오빠나 나나 그동안 많은 고통을 받으면서 살아온 사람들이잖아. 이제는 행복이라는 것도 느껴봐야 할 사람들이잖아. 그런데 왜……, 왜 이렇게 고통만 느끼게 하는지……. 흑흑흑!”

“정말 잃고 싶지 않다. 정말 그녀를 잃고 싶지 않아.”

“오빠!”

“흑흑흑!”

준영의 통곡하는 울음소리를 듣고 있던 휘란도 그의 어깨에 얼굴을 묻으며 함께 눈물을 토해냈다. 언제나 강한 모습만 보여주던 오빠가 비참하게 무너지는 모습을 보자 휘란은 생살이 찢어지는 것 같은 아픔을 느꼈다.

‘화진 씨! 제발 일어나 주세요. 정말 오빠를 사랑한다면 이제 그만 잠에서 깨어나 주세요. 당신 때문에 우리 오빠가 슬퍼하잖아요. 그러니까 일어나 주세요.’

서로 부둥켜안고 울고 있던 두 사람은 민재의 손길에 의해서 떨어져야 했다.

“힘드신 줄 알지만, 휘란이도 안정을 취해야 한다고 했거든요. 계속적으로 불안해해서 그런지 병원에서 안정을 취해야 한다고 했어요.”

우울한 표정을 짓고 있던 민재가 마음을 모질게 먹고 말을 내뱉자, 준영이 알았다는 표정을 지으며 손을 놓아주었다. 그런 이기적인 민재의 행동에 휘란이 화난 눈초리로 노려보았지만, 준영이 손을 들어올려 저지했다.

“홀몸도 아니잖아. 그러니까 조심해야지.”

“오빠!”

“이제 병원에는 오지 마. 괜히 너에게 이상이라도 생긴다면 난 죽어서라도 그 죄를 씻을 수가 없을 거다. 그러니까 너무 아파하지 말고, 내가 자주자주 연락할게.”

말라버린 입술로 준영이 말을 많이 하자 어느새 새어나온 피로 입술이 번들거렸다. 그런 준영의 안타까운 모습에 휘란은 고개를 숙여버렸다. 보지 않기 위해서, 아파하는 오빠의 눈을 더 이상 볼 수가 없어서 민재의 가슴에 얼굴을 묻으며 병원을 나와버렸다. 하염없이 우는 휘란의 어깨를 따뜻하게 감싸준 민재가 애절하게 속삭였다.

"미안하다. 힘들어하는 형님께 힘은 되어주지 못할망정 모진 말을 해서 미안해. 하지만 나도 힘들어. 누구보다 형님의 마음을 잘 이해하는 나이기 때문에 너무 힘들지만, 나도 널 두 번 다시는 잃고 싶지 않아."

비슷한 경험이 있었기에 민재가 예민한 반응을 보여도 휘란은 이해할 수 있었다. 힘겹게 고개를 끄덕이고는 정문을 나가는 두 사람의 눈에, 눈물을 떨어뜨리며 달려가는 한 중년 사내를 볼 수 있었다.

일선은 눈물로 시야가 흐릿해졌지만 상관하지 않고 절뚝거리며 중환자실로 뛰어갔다. 내려온다던 화진이 저녁이 다 되어가도 오지 않자 불안한 마음으로 발만 동동거리던 일선은 설마 하는 심정으로 하루하루를 보내며 속만 태우고 있었다. 3일째 되는 날, 정 실장이라는 사람에게서 듣게 된 말에 일선은 마른하늘에 날벼락을 맞은 기분이 들어 한동안 멍하게 앉아만 있었다.

친구의 충고에 정신을 차린 일선은 미친 듯이 차를 타고 서울로 올라왔다. 믿을 수 없는 현실에 눈물을 흘리면서 제발 다른 사람과 착각했다는 말을 기대하며 중환자실로 뛰어온 일선은 아픈 다리를 더 심하게 절뚝거렸다. 거친 숨결을 진정시키지도 않고 중환자실 옆에 있는 안내계로 달려가 딸아이의 이름을 말하자, 간호사의 상냥한 목소리가 들려왔다.

"관계가 어떻게 되십니까?"

설마 했던 마음이 현실로 되자 일선이 그 자리에 주저앉아버리고 말았다. 떨리는 다리에 힘이 들어가지 않고, 멍하게 앉아 있는 일선의 팔을 잡아 젊은 사내가 일으켜주었다.

"괜찮습니까?"

자신보다 더 창백한 안색과, 밥도 제대로 먹지 못했는지 홀쭉한 젊은 사내의 얼굴을 멍하게 바라보고 있던 일선의 뺨으로 눈물이 흘러내리고 말았다.

"내, 내 딸아이가……. 내가 일어나야 하는데……."

정신 나간 사람처럼 허둥대며 말도 제대로 하지 못하는 일선의 모습을 보면서 준영은 입술을 꼭 깨물었다. 사진으로 많이 봐왔기에 중환자실로 뛰어올 때부터 그가 누구인지 알고 있었다. 안내계로 다가간 그가 간호사의 물음에 바로 바닥으로 쓰러질 듯이 주저앉아버리자, 놀란 준영이 다가선 것이었다.

"화진 씨의 아버님 되시죠?"

"누, 누구?"

"최준영이라고 합니다."

준영의 이름을 듣고 싸늘하게 얼굴이 굳은 일선이 벌떡 몸을 일으키고는 놀라운 힘으로 준영의 가슴을 때리기 시작했다.

"더러운 놈, 네놈 때문이야. 우리 화진이가 저렇게 된 게 네놈 때문이라고. 웃으면서 내려온다고 했는데……. 나와 함께 산다고 했는데……. 지난 세월을 내가 어떤 심정으로 살았는데……. 이 못난 아비 때문에 네놈한테 내 목숨보다 더 소중한 딸아이를 주고, 내가 어떤 심정으로 지난 세월을 속죄하며 살았는데……. 흑흑흑! 어서 살려내. 어서 살려달라고."

일선이 휘두르는 주먹을 고스란히 맞고 있던 준영 또한 눈물을 흘리자, 일선이 때리던 손을 멈추었다.

"왜 울어, 네놈이 왜 우냐고! 우리 딸 살려달라고! 제발 살려달라고!"

차가운 바닥에 엎드리며 통곡하는 일선을 보고 있던 준영도 바닥에 무릎을 꿇었다.

"죄송합니다. 정말 죄송합니다. 제가 데려다줬어야 했는데…… 혼자 가겠다고 우겨도 데려다주고 왔어야 했는데……. 정말 죄송합니다."

울고 있는 일선 앞에 무릎을 꿇은 준영이 머리까지 바닥에 박으며 사죄하자, 일선이 놀란 표정을 지으며 고개를 들었다. 눈물과 콧물로 범벅이 된 모습으로 울고 있는 준영을 멍하게 바라보고만 있었다. 두 사람의

소란스러움에 놀란 의사와 간호사들이 달려왔고, 의사의 질책을 들어야
했다.

어느 정도 진정이 된 두 사람은 멍하게 의자에 앉아서 서로를 외면하
고 있었다.

간호사가 면회 시간임을 알리자 일선이 자리에서 일어나 위생복을 입
고는 중환자실로 떨리는 마음을 억누르며 들어섰다. 여기저기 소독약 냄
새와 기계음 소리, 그리고 죽을 것 같은 고요함이 일선을 덮쳐오자 불안
감에 두 손이 떨려왔다.

딸아이까지 사고를 당하자, 일선은 죽고 싶은 마음뿐이었다. 천천히 의
식도 없는 딸아이의 모습을 내려다보고 있던 일선의 뺨으로 굵은 눈물
줄기가 떨어져 내렸다. 일선은 산소마스크에 의지해 있는 화진을 보면서
고개를 숙였다.

"화진아! 내 딸! 어서 정신을 차리고 일어나야지. 이 아비가 너한테 잘
못한 죄를 갚을 수 있게 일어나야지. 이렇게 누워만 있으면 내가 어떻게
살 수 있겠니? 내가 그 죄를 어떻게 갚겠니? 제발 일어나다오, 화진아!
여보! 이 아이만은 데려가지 마오. 제발 데려가지 마."

간호사가 다가와 흐느껴 울고 있는 일선의 어깨를 두드리며 울지 말라
는 의사 표시를 하고 갔다.

일선이 화진의 손을 잡아 자신의 뺨에 갖다 대고는 살며시 비벼주었다.

"빨리 돌아와다오. 사랑한단다, 내 딸!"

살며시 화진의 손등에 입을 맞추고 있던 일선은 다가오는 인기척에 뒤
를 돌아보았다. 준영이 얼마나 아파했는지, 지금 그가 얼마나 아파하는지
를 볼 수 있었던 일선은 준영에게 자리를 내주었다. 그런 일선의 배려에
살짝 미소를 지은 준영이 화진의 손을 꼭 잡으며 3일 동안 해왔던 일을
하기 시작했다.

"난 오늘도 당신을 보며 행복해하고 있어. 내 곁을 떠나지 않고 열심히
버텨주는 당신의 노력에 감사할 뿐이야. 지금처럼 이렇게 이겨내는 걸로

알고 있을게. 날 위해서, 그리고 당신을 위해서 말이야. 당신이 내 곁을 떠나지 않게 해달라고 기도하고 있어. 생전 기도라는 것을 해본 적이 없는 내가 이렇게 기도하고 있어. 그러니까 일어나줘. 언제나 날 보며 웃던 그 미소를 다시 나한테 보여줘. 불쌍한 놈 살려주는 셈치고 깨어나 줘. 사랑한다, 화진아!"

뺨에 입을 맞추는 준영의 모습을 물끄러미 바라보고 있던 일선은 준영이 자신의 딸을 열렬하게 사랑하고 있는 것을 느끼며 고개를 돌려 외면했다.

한 시간의 면회가 끝나고 돌아서는 발걸음이 한없이 무거웠지만, 어쩔 수 없이 문을 열고 나온 두 남자는 힘겨운 한숨을 내쉬며 의자에 앉았다. 한참동안 서로 말없이 앉아 있던 일선이 먼저 입을 열었다.

"어떻게 된 건지 물어봐도 되겠소?"

"데려다준다고 했지만, 화진이가 거절했습니다. 혼자 가고 싶다기에 알았다는 말을 하고 저는 출근을 했지요. 그런데 공항으로 가던 화진이가 무슨 이유에서인지 공항 입구에 내려서 횡단보도를 건넌 모양입니다. 갑자기 심장마비가 온 운전사 때문에 횡단보도를 걷고 있던 화진이가 그 차에 치였습니다. 여러 명이 다쳤는데……, 유독 화진이만 많이 다쳐서……."

더 이상 말을 잇지 못하고 괴로운 표정으로 고개를 숙이는 준영을 보면서 일선도 조용히 눈을 감아버렸다.

*　　*　　*

희미한 의식 속에서 들려오는 부드러운 목소리에 화진은 미소를 지었다. 누구일까 궁금해하며 두리번거리는 자신을 인자하게 바라보고 있던 한 여인의 모습에 화진이 고개를 갸웃거렸다.

밝은 빛이 여인의 주위를 감싸고 있는 모습을 보면서, 다가가기 위해 움직이던 화진은 날카로운 여인의 외침에 앞으로 내딛으려던 발을 멈추었다. 돌아가라는 말을 하는 여인을 보면서 눈만 깜박거리고 있자, 슬픈 여인의 얼굴이 또렷하게 시선 속으로 들어왔다. 금방이라도 울 것 같은 표정으로 제발 돌아가라고 소리치는 그 여인의 애절함에 화진은 고개를 끄덕일 수밖에 없었다. 그녀가 알았다고, 제발 울지 말라고 소리치며 한 발짝씩 뒤로 물러서자, 그제야 여인의 얼굴에 미소가 드리워지는 것을 볼 수 있었다.

'오빠와 행복하게 사세요. 전, 오빠가 영원히 행복했으면 좋겠어요. 우리 오빠를 행복하게 해주세요.'

그제야 화진은 여인이 누구인지 알 수 있었다. 준영이 사랑했던 여인이라는 생각에 자신도 모르게 뺨을 적시고 있는 눈물을 느끼며 손을 뻗으려고 내밀었지만, 돌아오는 것은 차가운 감촉뿐이었다. 서서히 사라져 가는 여인의 모습에 화진이 조금만 더 기다려달라는 말을 하기 위해 소리를 질렀지만 소용이 없었다.

완전히 눈앞에서 사라진 여인 때문에 목이 터져라 소리친 화진은 귓가에 들려오는 사람들 소리에 조금씩 정신을 차릴 수 있었다. 다급한 발걸음 소리와 고함소리, 그리고 익숙한 한 남자의 애절한 목소리에 화진이 손을 들어올렸다.

"화진아! 화진아! 화진아!"

"깨어났어. 어서 선생님 오시라고 해. 어서!"

다급하게 소리치는 수간호사의 외침에 간호사 한 명이 벨을 꾹 누르며 의사를 호출했다. 간호사들이 분주하게 움직이기 시작했고, 특별히 들어오도록 허락을 받은 준영이 허공으로 손을 내뻗는 화진의 손을 꼭 잡아주었다.

"정신 차려! 화진아, 화진아 제발 정신 차려!"

혹시라도 그녀가 자신을 떠나지는 않을까 불안한 마음에 소리친 준영이 처음보다 더 힘껏 화진의 손을 움켜잡았다. 뭐라고 하는지 산소마스크

속에서 움직이는 화진의 입술을 보면서도, 그녀에게 힘이 되어주지 못하는 무능함에 준영이 눈물을 흘렸다.

담당 의사가 급하게 뛰어들어왔고, 여러 명의 의사들이 제각기 일들을 하기 시작했다. 서서히 떠지는 눈꺼풀을 여러 시선들이 조용히 바라보고 있었다.

5일 만에 깨어난 화진은 쉽사리 눈을 뜰 수가 없어 인상을 조금 찌푸렸다.

"지금은 눈을 뜨지 마세요. 무리하게 눈을 뜨면 안 좋을 수도 있으니까 천천히 뜨도록 하세요."

부드럽게 속삭이는 다른 남자의 목소리에 안정감을 찾은 화진이 다시 눈을 감고는 잠 속으로 빠져들자, 놀란 준영이 다급하게 고개를 들어 의사를 쳐다보았다.

"지금은 수면을 취한 겁니다."

"하지만……."

"이제 의식이 돌아왔으니 한시름 놓아도 되겠군요."

의사가 화진의 몸 이곳저곳을 살펴보고 미소를 짓자 그제야 준영도 떨리고 있던 몸을 풀어버렸다. 바닥에 쓰러질 듯 주저앉아 있는 준영에게 의자를 갖다준 간호사가 미소를 지어 보였다.

"조금 쉬세요. 이제부터 시작인 걸요. 환자를 돌보기 위해서는 보호자의 체력이 우선이에요. 그러니 몸 좀 추스르세요."

"고맙습니다."

"제 일인 걸요."

만일의 경우를 대비해 간호사 하나가 눈을 떼지 못하고 화진 곁에 서서 지키고 있었다.

의식이 돌아온 화진은 몇 시간 동안 숙면을 취한 후에 다시 깨어났다. 살며시 눈꺼풀을 떠서 주위를 돌아보던 화진은 준영의 앞에서 눈동자의 움직임을 멈추었다.

320

“준, 준영 씨!”

목이 잠겼는지 입 밖으로 말이 되어 나오지 않자, 준영이 자리에서 일어나 따뜻한 물에 적신 수건을 가지고 와 말라 있는 화진의 입술을 닦아주었다.

“말하지 마. 지금은 이렇게 깨어나 준 것만으로도 너무 감사할 뿐이야. 정말 고맙다, 정말 고마워.”

울고 있는 그의 얼굴을 보면서 화진은 미소를 지었다. 몸에 힘이 들어가지 않아 그의 얼굴을 매만져줄 수가 없어 한숨이 절로 나왔다.

의식을 차린 화진은 이틀 후 중환자실을 나와 특실로 옮겨졌다.

이틀 동안 진통제 때문에 비몽사몽 잠에 취해 있던 화진은 3일이 지나고 나서야 정신을 바로 차릴 수 있었다. 그런 자신의 손을 잡으며 울던 일선의 모습에 화진 또한 눈물을 떨어뜨려야 했다. 어찌나 서럽게 우는지 보는 이가 다 가슴이 메어질 정도였다. 몸 안에 있는 수분을 모두 눈물로 쏟아낸 일선은 더 이상 쏟아낼 눈물이 없자 고개를 들어 화진의 수척한 얼굴을 쓰다듬었다.

“아버지!”

“아프지 마. 나를 두고 아프지는 말아다오.”

“아버지, 죄송해요.”

얼굴 또한 상처를 입어서인지 생각대로 근육이 움직여주지 않았다. 어색한 미소가 얼굴에 걸리자 일선이 다정한 손길로 화진의 이마를 만져주었다.

“노력하지 말고 울어도 된단다. 네가 이렇게 깨어나 준 것만으로도 얼마나 감사한지…….”

목이 메는지 울먹거리는 목소리가 나오자, 고개를 떨어뜨리는 일선의 손을 화진이 꽉 잡아주었다.

“사랑해요, 아버지!”

“그래. 나도 너를 사랑한단다.”

“울지 마세요.”

“울긴.”

벌게진 눈시울이 울었다는 것을 입증하고 있는데도 울지 않았다고 잡아떼는 아버지를 보면서 화진이 미소를 지었다. 두 부녀의 모습을 준영도 흐뭇하게 바라보고 있었다. 화진이 조심스럽게 아픈 목을 움직여 준영의 손도 잡아주자, 준영이 곁으로 다가와 무릎을 꿇고 곁에 앉았다.

“깨어나서 고마워.”

“준영 씨!”

“당신이 떠날까 봐 죽을 만큼 두렵고 아팠지만, 정신을 똑바로 차리고 있었어. 예전처럼…… 예전처럼 손놓고 당신을 보내고 싶지는 않았거든. 그래서 이를 악물고 당신 손을 잡고 있었어. 당신이 깨어나지 않던 5일이 몇 십 년을 산 것보다 더 힘들고 아팠어. 그러니 이제는 내 곁을 떠나지 마. 알았지?”

자신 때문에 얼마나 아파했는지를 짐작할 수 있는 그의 야윈 얼굴에 화진은 고개를 끄덕였다. 그런 화진의 대답에 흡족한 미소를 지은 준영이 잠깐 자리를 비우겠다고 말하고 병실을 나갔다. 일선의 눈동자에 호기심이 어렸다.

“어떻게 된 거니?”

“나중에 말씀드릴게요.”

“흐흠! 맞다. 아픈 사람 두고 내가 뭐 하는 건지. 몸은 아프지 않고?”

“네.”

“전화 받고 얼마나 놀랐는지 아직도 가슴이 뗀다.”

“죄송해요.”

왜 사고를 당하게 되었는지를 묻는 듯한 일선의 눈빛을 본 화진은 붉어지는 얼굴을 추스르기 시작했다. 인형 하나를 사기 위해서 그곳에 내렸다는 말을 할 수가 없어 고개를 돌리며 괴로운 표정으로 사태를 무마시켜버렸다. 화진이 피곤하다는 말을 슬쩍 하자, 일선이 당황해하며 자리에서 일어나는 것을 볼 수 있었다.

"그럼 쉬도록 해라. 이렇게 깨어나고, 최고의 치료를 받고 있는 걸 보니까 안심이 되는구나. 나도 오늘은 그만 내려가 봐야겠다."

"저 때문에 아버지께서 힘드셨겠네요."

"힘은 무슨! 딸내미가 사고를 당했는데 세상 어느 아비가 가만히 있겠니. 그래도 최준영 회장님이 아주 고생했다. 네 곁에서 잠시도 떨어지지 않고 간병하더라."

"아, 네."

"그럼 몸 건강하고, 혹시라도 무슨 일 생기면 재깍 연락하고. 알았지?"

"네, 아버지."

"조만간 또 올라오마."

아파오는 다리 때문에 더 이상 병원에 있을 수 없던 일선은 미소를 지으며 병실을 나왔다. 일주일 전의 일이 몇 년 전의 일처럼 아득해지는 것을 느끼며 문에 몸을 기대고 아픈 가슴을 달랬다. 일선이 천천히 몸을 일으키자, 일선의 모습을 바라보고 있던 준영이 그를 불렀다.

"아버님!"

"아, 회장님!"

"이제 말을 놓으셔도 됩니다. 그간은 제가 정신이 없어서 아버님과 제대로 된 대화도 하지 못했습니다. 정말 죄송합니다."

정중하게 고개를 숙이며 사죄하는 준영의 모습에 일선의 얼굴이 조금씩 펴지고 있었다. 자신이 생각했던 것과는 사뭇 다른 그의 모습에 안도감이 밀려왔다.

'우리 딸, 많이 아프지는 않았겠구나. 많이 비참하지는 않았겠구나.'

자신을 바라보는 일선의 잔잔한 눈길에 준영도 미소를 지으며 답례했다.

일선이 먼저 입을 열었다.

"잠시 앉아서 이야기하겠소. 이놈의 다리가 말을 듣지 않아서 말이야."

그 말에 놀란 준영이 그의 겨드랑이 안쪽으로 손을 넣어 부축해주었다. 병원 정문 옆에 있는 매점으로 들어간 두 사람은 따뜻한 차를 시키고는 말없이 서로를 바라보고 있었다.

"흠! 우리 화진이를 많이 사랑하고 있는가 보오."

"네, 아버님. 그러니까 말을 놔주십시오."

"그럼 그렇게 하겠네."

"네. 제가 정신이 없어서 정중하게 인사도 드리지 못했습니다."

준영의 예의 바른 모습에 일선이 따뜻한 눈빛을 그에게 보냈다.

"그건 서로 마찬가지 아닌가? 나도 자네만을 탓한 잘못도 있지. 그러니까 그런 일로 마음 쓰지는 말게."

"정말 죄송합니다."

"2년 동안 많은 생각을 하며 살았네. 무능한 아비를 둔 죄로 우리 딸을 자네에게 팔았다는 생각에 하늘을 우러러 볼 수가 없을 정도였지. 그런 내 자신을 비관하며 한동안 정신을 차리지 못한 나였는데……. 친구라는 것이 좋더군. 그놈 때문에 정신도 차리고 건강도 되찾을 수 있었네."

일선의 말을 듣고 있던 준영이 고개를 숙이며 조용히 그에게 지난 일을 말하기 시작했다.

"처음에 불타오르는 눈빛으로 저를 쳐다보며 무슨 짓이든 하겠다고 소리치는 화진이의 모습에 저도 모르게 거래를 해버렸습니다. 그렇게 시작된 2년 간의 동거가 저를 변하게 만들었습니다. 지금까지 살면서 저는 부모님의 사랑을 받아본 적이 없습니다. 요양원에 계시는 아버지는 저를 오직 후계자로만 생각할 뿐 사랑을 주는 존재로 생각해주지 않았습니다. 어머니 또한 다른 남자를 사랑한다는 이유로 저를 봐주지 않았습니다. 그런 생활 속에서, 처음으로 사랑했던 여인을 잃은 저에게 남은 것은 아무것도 없었습니다. 오직 회사를 발전시키고, 이익을 남기는 일만 생각하며 살아가던 제가 화진이를 만나고부터는 조금씩 목표가 변해갔습니다. 차갑게 대하고 무시해도 해맑은 미소로 저를 대해주는 그녀를 보면서 조금씩 얼

어 있던 심장이 녹기 시작했습니다. 그녀는 제게 있어 태양이자 산소 같
은 존재로 자리하고 말았습니다. 나쁜 동기로 시작은 되었지만, 저는 정
말 화진이를 사랑하고 있습니다. 그녀에게 상처 준 만큼, 차갑게 대한 세
월만큼 살아가면서 꼭 갚겠다는 맹세를 아버님 앞에 하겠습니다.”

자신처럼 보잘것없는 늙은이에게 고개를 숙이며 애원하는 준영의 모습
에 일선의 눈가가 떨려왔다. 어느 누구에게도 고개 숙인 적이 없는 듯한
준영이 자신 앞에 한없이 작아진 모습으로 무릎에 두 손을 올리고 고개
를 숙이고 있는 모습에 일선은 떨리는 손을 테이블 위로 올려 준영에게
로 손을 뻗었다.

“내 손 좀 잡아주게.”

부드러운 일선의 목소리에 그제야 붉어진 눈시울로 고개를 들어 그의
손을 잡는 준영의 모습에 일선이 따뜻한 미소를 지어 보였다.

“오히려 내가 자네에게 고마워해야 하지 않을까? 비록 내 딸아이를 자
네에게 보냈지만, 이렇게 사랑해주고 아껴주는 자네에게 오히려 내가 고
마워해야지. 그러니 보잘것없는 나한테 고개까지 숙이지는 말게.”

“아버님! 정말 감사합니다.”

“처음에는 자네가 미웠네. 내 딸아이를 자네에게 보낸 것도 가슴을 치
며 울분을 토했는데……. 사고까지 당했다고 하니까 눈앞에 아무것도 보
이지 않더군. 그런데 조금씩 그런 생각들이 사라지기 시작했어. 중환자실
에서 자네가 보여준 사랑에 사실은 놀라고 말았지. 아비인 나도 그렇게까
지 절실하게 화진이를 살리기 위해서 노력하지는 못했을 거야. 부드러운
목소리로, 사랑이 듬뿍 담긴 손길로 내 딸아이를 어루만지며 대화를 나누
던 자네의 모습에 많이 감동 받았네. 자네는 얼마든지 화진이의 사랑을
받을 자격이 있는 사람이네. 나중에 화진이가 좋아지면 함께 결혼 허락
받으러 오게.”

살짝 웃으며 농담을 던지는 일선의 말에 준영이 환한 미소를 지으며
연방 고개를 숙였다.

일선이 대구로 내려간다고 말하자 준영은 정 실장에게 연락을 해서 그를 차로 태워 보냈다. 극구 그의 차를 타고 가지 않겠다고 버티던 일선도 그의 애절한 눈빛에는 이길 수 없었는지 연방 헛기침을 하고는 어색하게 차에 올랐다. 그 모습을 뒤로하고 준영도 병실로 돌아왔다.

혼자 외롭게 누워 있던 화진은 늦게 들어온 준영을 보면서 입술을 실룩거렸다.

"뭐 하다가 이제 와요?"

투덜거리는 그녀의 모습이 마냥 귀여워 준영이 재빠르게 다가가 입술에 키스를 했다. 그러자 바로 화를 푸는 그녀를 보며 그가 웃음을 터뜨렸다.

"만수에게 아버님 좀 대구까지 모셔다드리고 오라고 했어."

"정말요?"

"그럼. 장차 장인어른이 되시는데 당연히 모셔다드려야지."

생각지도 못한 준영의 속 깊은 배려에 감동이 밀려와 눈시울이 뜨거워지자, 그런 화진을 보고 있던 준영이 가볍게 안아주었다.

"사랑한다, 여화진!"

"뭐라고요!"

혹시라도 잘못 들은 게 아닌가 싶어 화진이 뚫어지게 준영을 바라보며 재차 묻자, 준영이 벌게진 얼굴로 고개를 돌려버렸다.

"못, 못 들었으면 그만이야. 나, 나는 절대로 두 번 말하지 않을 거야."

"준영 씨!"

감격에 겨워 목이 멘 화진은 놀란 눈으로 황급히 자신을 내려다보는 준영을 느끼며 그의 목을 꼭 안았다.

"나도 당신을 사랑하고 있어요. 내 목숨보다 더 많이 사랑한답니다."

화진의 고백에 준영은 떨리는 손을 들어 그녀를 꼭 안았다. 사랑하는 사람에게 듣는 고백이 얼마나 행복한지를 오랜만에 느낀 그의 얼굴에 평온한 미소가 드리워져갔다. 한참을 끌어안고 있던 준영은 화진의 나직한 소리에 얼른 몸을 뗐다.

"아파요!"

"많, 많이 아파?"

"조금."

"미안해. 너무 감격스러워서 나도 모르게 팔에 힘이 들어가버렸나 봐."

"괜찮아요. 근데 이대로 얼마나 병원에 있어야 해요?"

생기어린 얼굴로 물어보는 자신을 그가 어이없다는 눈빛으로 쳐다보고만 있자, 화진이 투덜거리며 다시 물었다.

"언제까지 있어야 하냐고요?"

"오랫동안 있어야 해. 보기에는 멀쩡해 보여도 많이 다쳤어. 얼굴도 그렇고, 금이 간 갈비뼈도 완치되려면 시간이 걸리는 법이고, 특히 부러진 다리 붙으려면 오래 걸리지."

준영의 말에 화진이 깁스를 한 다리를 보면서 이맛살을 찡그렸다.

"보기에 좀 흉측하겠다."

"절대로 흉측하지 않아. 얼마나 예쁜데."

"흥, 예쁘기는 무슨. 샤워도 하지 않아서 몸에서 냄새나는 것 같은데……."

여기저기를 킁킁거리며 냄새를 맡는 화진을 보면서 준영은 웃음을 참기 위해서 이를 악물고 있었다. 고개를 푹 숙이고 있는 준영을 보자, 자책감에 또 고개를 숙이고 있는 줄로 착각한 화진이 준영의 어깨에 손을 올려놓으며 부드럽게 속삭였다.

"준영 씨의 말이 맞는 것 같아요. 씻지 않는다고 해서 그 미모가 어디로 가겠어요? 호호호! 그러니까 너무 기죽지 말아요."

"응―."

일그러지는 안면 근육을 겨우 진정시키며 준영이 힘겹게 대답을 하자, 화진이 따뜻하게 목덜미를 감아왔다.

"사랑해요, 준영 씨."

"사고가 났다는 말을 듣는 순간 정신이 아득해지더군. 당신을 사랑하고 있다는 걸 느꼈지만, 그 순간만큼 애절하게 느낀 적은 없었던 것 같아. 또다시 사랑하는 여인을 잃을 것 같은 불안감 때문에 정신을 차릴 수가 없을 정도였지. 제발 사고를 당한 여자가 당신이 아니길 바라면서 병원으로 달려왔지만, 침상에 누워 있는 싸늘한 당신의 모습을 본 순간 하늘이 노래지더군. 겨우 내 심장에 당신을 담았는데……. 그런 당신을 잃을 수는 없었어. 예전처럼 손놓고 당신을 보낼 수는 없었어."

"알아요. 당신의 마음 알아요. 의식을 놓으려고 할 때 한 여인을 봤어요. 다가가려고 하자 돌아가라며 간절하게 애원하는 그녀의 모습에 나도 모르게 멈춰 섰어요. 울며 애원하는 그녀의 모습을 본 순간 당신이 사랑했던 여인이라는 걸 느낄 수 있었어요. 애절한 눈빛으로, 안타까운 눈빛으로 나를 쳐다보며 행복하라는 말을 했던 것 같아요. 돌아가서 오빠를 행복하게 해달라는 말을 했던 것 같아요."

눈물이 볼을 타고 흘러내리자, 준영이 살며시 닦아주었다.

"두 번 다시 눈물 따위는 흘리게 만들지 않아."

"네."

"그분 이야기 좀 해줘요. 꼭 듣고 싶어요."

화진의 말에 준영이 머뭇거리며 입을 열었다.

"당신도 조금은 알겠지만, 우리 부모는 자식들에게 사랑이라는 것을 준 적이 없어. 아버지는 날 후계자로 키울 뿐, 사랑을 줘야 한다는 사실도 느끼지 못하는 사람처럼 행동했지. 자신의 뜻대로 하지 않으면 돌아오는 건 무서운 체벌뿐이었으니까. 그런 삶을 살던 내게 다가온 여인이 유아였어. 당신처럼 그녀도 따뜻했지. 내가 외로움에 몸서리칠 때면 그 따뜻한 손으로 나를 감싸주곤 했으니까. 유아에게만은 온갖 투정도 다 부렸지. 무슨 짓을 해도 믿어주고, 바람에 쓰러져버릴 것 같은 외모를 가졌지만 절대로 쓰러지지 않는 유아였어. 그녀와 함께 있으면 슬픈 일 따위는 생기지도 않을 것 같았지. 살아가는 하루하루가 믿을 수 없을 만큼 행복했어. 그래서 결심했지. 모든 것을 다 포기하는 일이 있더라도 유아와 함께할 거라고. 그녀와 함께라면 아무리 힘든 일도 잘 헤쳐나갈 수 있을 거라고 생각하며 처음으로 아버지한테 대항했었지. 하지만 내 오만 때문에 난 그녀를 잃고 말았어. 아버지가 어떤 사람이라는 것을 잠시 잊은 대가지. 더 이상 애를 낳을 수 없었던 아버지는 나를 포기할 수가 없었겠지. 유아가 부유한 집안의 딸이었다면 아마 흔쾌히 승낙을 했겠지만, 불행하게도 사업에는 하나도 도움이 되지 못하는 가난한 딸이었거든. 크게 싸우고 나온 나는 아버지의 구타로 병원에 입원하게 되었고, 그 계기로 아버지와 인연도 끊었다고 생각했었지. 병원에 입원해 있는 나에게 유아가 수줍은 미소를 지으며 고백하더군. 자기 뱃속에 내 생명이 자라고 있다고 말이야. 그 말을 듣는 순간 얼마나 행복하던지……. 후후후!"

그때를 회상하는지 준영의 얼굴에 말로 표현할 수 없는 빛이 나기 시작하자, 화진은 조금 질투가 피어올라 왔다.

"세 사람이 행복하게 살자는 다짐을 하고 퇴원하던 날, 아버지가 고용한 사람에 의해서 유아가 교통사고를 당하게 됐어. 택시를 기다리고 있던 유아의 몸을 누군가가 밀었고, 도로 가로 몸이 밀려나간 그녀의 몸을 차가 무서운 속력으로 달려와 들이받고 말았지. 살려달라고 친구한테 애원을 했지만…… 내 영혼을 파는 한이 있더라도 제발 살려달라고 엎드려 빌었지만…… 소용이 없었어. 그렇게 난 내 사랑을 가슴에 묻었어."

화진은 입술을 꼭 깨물며 고개를 숙이는 준영을 보면서 그 아픔이 고스란히 가슴속으로 들어오는 것을 느끼며 눈물을 흘렸다. 화진의 흐느낌 소리에 고개를 든 준영이 환한 미소를 지으며 화진의 볼에 입을 맞추었다.

"이제는 웃으면서 이런 말도 할 수 있어. 당신이라는 여자를 만난 후로는 조금은 담담해져가고 있어. 당신이 유아를 잊으라면 잊을 수도 있어. 그러니까 나 때문에 울지는 말아줘."

"바보! 절대로 잊지 말아요. 조금은 질투가 나고 속상하지만, 당신한테

잊으라는 말은 하고 싶지 않아요. 그분 또한 당신의 사랑이기 때문에 잊
으라는 말은 할 수가 없어요. 단, 내가 질투하지 않게 가슴에서 꺼내지는
말아요. 알았죠?"

울고 있는 눈으로 웃는 화진을 보면서 준영은 처음으로 편안하게 웃을
수 있었다. 가슴 한구석에 있던 무거운 짐들이 내려지는 편안함을 느끼며
그녀의 가슴에 얼굴을 묻었다.

"고마워, 그리고 사랑해."

그를 사다

5개월 후.

지겨운 병원 생활을 오늘로 청산하게 된 화진은 날아갈 듯한 기분으로 창밖을 바라보고 있었다.

금이 간 갈비뼈는 정상으로 돌아온 지 오래 전이었지만, 준영의 성화 때문에 집으로 돌아가지도 못하고 병원에 처박혀 있어야 했다. 다른 일에서는 자신의 말을 다 들어주던 그가 퇴원하는 문제에서만은 조금도 물러서지 않았다. 그래서 어쩔 수 없이 한 달 더 병원에서 지내야만 했다.

깁스한 다리는 시간이 많이 걸려서인지 얼마 전에 풀었지만, 성형이 필요했던 얼굴과 팔은 병원에 들어온 지 얼마 되지 않아서 성형수술을 하는 바람에 지금은 자세히 보지 않으면 모를 정도로 깔끔하게 나아 있었다. 워낙에 극성스러운 준영 때문에 간호사나 의사들도 퇴원을 권했지만, 완강한 준영의 태도 때문에 눈물을 머금고 물러나야 했다. 퇴근하면 바로 병원으로 온 준영이 종일 화진에게 애정을 과시하는 바람에 간호사들의 민원이 끊이지 않았다.

평상복으로 갈아입고, 준영이 데리러오기만을 손꼽아 기다리고 있던 화진은 열한 시에 온다던 그가 오지 않자, 짜증스럽게 수화기를 들어올려 번호를 꾹꾹 눌렀다. 신호음이 들리기도 전에 다급한 목소리로 전화를 받는지 헐떡거리는 그의 숨소리가 들려왔다.

“어디예요?”

“지금 병원 앞이야. 바로 들어갈게.”

“빨리 와요. 일찍 온다고 해서 기다리고 있었더니만……. 이렇게 늦게 올 거면 나 혼자 집에 갈 거예요.”

짜증스럽게 투덜거리는 화진의 목소리에 준영이 비굴하게 사과했다.

“정말 미안해. 갑자기 손님이 오는 바람에 어쩔 수 없이 늦게 됐어.”

“아, 됐어요. 빨리 올라오기나 해요.”

“어! 금방 갈게.”

헉헉거리는 그의 숨결을 뒤로하고, 수화기를 내려놓는 화진의 얼굴 위로 사악한 미소가 번져나갔다. 병원에 입원해 있을 때도 그동안 준영에게 당한 것을 복수라도 하듯이 사소한 것에도 부려먹었지만, 군말 없이 척척 하는 준영을 보면서 혀를 내둘렀다. 이거 사와라, 저거 사와라 시켜도 알았다는 말만 하고는 싫은 기색 하나 없이 사오는 그를 보면서 어느새 화진은 심술꾸러기가 되어 있었다.

벌컥 열리는 병실 문을 바라보며 화진이 몸을 돌리자, 땀을 뻘뻘 흘리며 뛰어온 준영이 숨을 몰아쉬며 화진의 앞에 섰다.

“미안해.”

“뭐, 한 번은 봐줄게요.”

“고, 헉헉! 고마워.”

“천만에요.”

새치름한 표정을 지은 화진이 눈짓으로 가방을 가리키자, 준영이 알았다는 표정을 지으며 그녀의 가방을 들고는 병실 문을 나섰다. 자신과 함께할 때는 정 실장을 부르지 말라는 그녀의 말이 있은 후로는 두 사람이 어디에 갈 때는 그를 대동하지 않았다.

주차장에 세워둔 차를 끌고 와 화진을 태운 준영이 집 방향으로 가지 않고 다른 쪽으로 가자, 화진이 동그래진 눈으로 그를 쳐다보았다.

"아! 아버님 먼저 뵈어야지. 그렇지 않아도 기다리고 계신다고."

"어머! 난 그 생각도 못했네."

화진이 싱긋 웃으며 준영의 배려에 감사의 뜻으로 뺨에 살짝 입을 맞추자, 준영의 웃음소리가 차 안에 메아리쳤다.

"못할 만도 하지. 그동안 나 괴롭힌다고 심하게 잔머리 굴리느라 어디 생각할 틈이라도 있었어?"

준영의 말에 놀란 표정을 짓지 않기 위해서 무던히도 노력한 화진은 도저히 참을 수가 없어 커진 눈으로 그를 쳐다보았다. 그러자 또다시 그가 웃었다.

"하하하, 내가 그런 것쯤 모를 줄 알았어? 이래봬도 한 기업을 이끌어가고 있는 회장이야."

"칫, 알면서 당한 거예요."

"훗, 당연하지. 그동안 내가 당신한테 많이 상처 줬잖아. 그런 식으로 조금이라도 위안이 된다면 얼마든지 할 수 있어."

"피, 빤히 알고 당하면 재미없는데……."

"그래도 나 힘들었어. 당신이 무엇을 먹고 싶다고 입을 열면, 등 뒤로 식은땀이 쭉 흐를 정도로 긴장했다니까."

"호호호!"

솔직한 준영의 말을 들으며 화진은 아버지를 만나러 가는 일이 설레고 행복했다.

처음으로 가보는 거라 그녀의 얼굴이 기대감으로 반짝반짝 빛을 발했다. 편안한 미소를 지으며 좌석에 몸을 묻었다. 준영 또한 운전하는 내내 곁눈질로 화진의 안색을 살피고 있었다. 바로 퇴원해서 장거리 길이라 조금 걱정이 되는 것도 사실이었지만, 일선에 대한 생각 때문에 내려올 수밖에 없었다.

능숙하게 운전하는 그를 보고 있던 화진은 졸음이 밀려오자 살포시 눈을 감았다. 따뜻한 햇살이 얼굴 위로 쏟아지자, 입가에 미소를 그리워 누워 있는 화진의 모습에 준영의 눈가가 부드럽게 휘어졌다.

과수원 길로 들어선 준영은 도착해도 깨지 않는 화진을 보면서 조금 더 차 안에 앉아 있었다. 한참 만에 깬 화진이 주위를 두리번거리자 준영이 고갯짓으로 집을 가리켰다.

"어머! 내가 그렇게 많이 잤어요?"

"응, 들어가자."

"네."

트렁크에 실어둔 짐을 가지고 준영이 화진의 손을 잡고 집 안으로 들어서자, 일선이 감격스러운 미소를 지으며 두 사람을 맞아주었다.

친구라며 소개해주는 분과 차례로 인사를 한 화진과 준영은 오랜만에 행복한 분위기 속에서 이런저런 대화를 나누며 얼큰하게 취하고 있었다.

"그럼 내가 알아보고 날을 잡아주겠네. 아무래도 이번 달 안으로 했으면 좋겠는데…… 괜찮겠나?"

일선의 말에 기쁜 표정을 드러내면서 찬성하는 준영의 모습을 화진이 살짝 노려보자, 일선의 날카로운 시선이 그녀에게 날아왔다.

"그럼 필요한 것은 제가 준비하겠습니다."

"알았네. 나도 우리 쪽에서 필요한 것을 준비하도록 하지."

"감사합니다, 아버님!"

벌게진 얼굴로 바닥으로 고개를 떨어뜨리며 좋아하는 준영을 보자 화진 또한 기분이 좋아졌다.

"무슨. 아무쪼록 부족한 우리 딸을 잘 부탁하네."

"정말 최선을 다하겠습니다."

몇 번을 허리까지 굽혀가며 인사하는 준영을 빤히 바라보면서 일선이 머뭇거리는 목소리로 물었다.

“자네.”

“네, 아버님.”

“몇 살인가?”

“서른일곱입니다.”

그의 말에 짐작은 하고 있었지만, 나이 차가 많이 난다는 사실에 놀랐는지 곁에 앉아 있는 화진을 쳐다보는 일선의 당황한 시선에 화진이 어색하게 웃었다.

“물론……, 초혼이겠지?”

일선의 말에 준영이 당황한 표정으로 말을 하지 못하고 있자, 화진이 얼른 끼어들었다.

“아버지는 당연한 걸 물어보고 그러세요. 당연히 초혼이죠. 호호호.”

“음! 그럼 다행이고. 근데 생각한 것보다 상당히 나이 차이가 많이 나네.”

심각하게 고민을 하는지 턱을 괴고 있는 일선의 모습에 화진이 어색하게 웃으며 그의 잔에 술을 가득 따라주었다.

“아버지, 어서 한 잔 드세요.”

“어, 그러지.”

무심결에 다시 술을 받아 마신 일선은 한 잔을 쭉 들이켜고는 다시 준영을 묘하게 바라보았다. 그 눈빛에 화진이 다시 술잔에 술을 채워주자, 일선이 쭉 들이켰다.

“아무래도 나이가……. 그래서 어디 힘이라도 제대로 쓰겠나? 남자는 자고로, 밤일을 잘해야 부인한테 소박맞지 않는데 말이야. 나이가 많으니…….”

“하하하, 자네도 참. 남자는 문지방 넘을 힘만 있으면 다 한다고. 무슨 걱정이 그리도 많아.”

그 말에 귀까지 벌게지는 준영과 화진을 보지 못했는지 일선과 친구는 계속 속닥거렸다. 두 사람의 말에 그들은 고개를 푹 숙이고 말았다.

“저, 그럼 이 사람과 잠깐만…….”

어색한 미소를 지으며 속삭이는 화진을 바라보고 있던 일선이 알았다는 표정으로 고개를 끄덕였다.

“그럼 둘이서 이야기하도록 해. 나는 오랜만에 친구랑 더 마시고 잘 테니까.”

제법 취기가 돌아 기분이 좋은지 허허 웃으며 말하는 일선의 모습에 화진도 미소를 지으며 고개를 끄덕였다.

아버지의 친구분이 알려준 방으로 들어서자, 꼼꼼하게 펴져 있는 이부자리를 보고 화진은 얼굴을 붉히고 말았다. 고개를 푹 숙이며 들어온 화진이 옷을 벗고, 머뭇거리며 이불 속으로 쏙 들어가자, 준영도 따라 들어와 그녀를 가슴에 꼭 품었다.

“뭐예요.”

붕어처럼 양 볼을 부풀리면서 화진이 투덜거렸다.

“뭐가?”

“제대로 된 프러포즈도 하지 않고 결혼하겠다는 사람이 어디 있어요?”

“할 생각이었어.”

“흥, 생각은 무슨. 그냥 어부지리로 먹겠다는 심보지.”

계속 투덜거리고 있는 화진의 모습이 귀여워 준영이 부풀려져 있는 양 볼을 잡아당기면서 웃었다.

“정말 귀엽다. 이래서 어린 여자랑 결혼하나 보다. 아주 귀여워서 깨물어버리고 싶은데.”

“뭐예요! 정말!”

준영이 아프지 않게 자신의 가슴을 때리는 화진의 손을 덥석 잡았다. 진지한 그의 눈빛에 화진이 부끄러워 고개를 숙였다.

“사랑해. 정말 내 가슴이 타들어 가도록 사랑한다.”

“준영 씨.”

“행복하게 해줄게. 더 이상 눈물 흘리지 않게 해줄게. 언제나 미소 짓고, 언제나 행복한 웃음만 지을 수 있게 만들어줄게. 내 모든 것을 다 바쳐서 당신만을 사랑할게. 그러니 이제 그만 나한테로 와줄래?”

벗어놓은 옷을 뒤지던 그가 작은 상자 하나를 그녀에게 내밀었다.

“내 마음이야. 이거 구한다고 내가 얼마나 많은 곳을 뒤졌는지 몰라. 그중에서 가장 마음에 와 닿더라고. 당신과 너무 잘 어울릴 것 같아서 이렇게 준비해 왔지.”

그녀가 벨벳으로 둘러진 상자를 조심스러운 손길로 열자, 아름답게 빛나는 에메랄드 반지가 한가운데 자리 잡고 있었다. 너무 아름다워서 절로 감탄이 새어나왔다.

“준영 씨.”

“내 마음이야.”

“너무 예뻐요.”

“그럼 나와 결혼해줄 거지?”

벌떡 일어선 준영이 한쪽 무릎을 굽히면서 손을 내밀자, 그런 준영의 감동적인 모습에 눈물을 글썽거리던 화진이 고개를 끄덕이며 그의 손을 잡았다. 빛나는 반지가 손에 껴지자, 행복함에 그녀의 눈에서 절로 눈물이 흘러내렸다. 지난 2년 동안 그와 함께했던 일들, 그가 보여준 차가운 행동들과, 상처받은 일들이 주마등처럼 머릿속을 스치고 지나갔다.

“사랑한다.”

“저도 당신을 사랑해요.”

“지난 2년 동안 흘린 눈물만큼 내가 살면서 다 갚도록 할게. 내 마음에 이렇게 들어와 줘서 정말 고맙다. 이렇게 행복이라는 걸 나에게 선사해 줘서 정말 고맙다. 영원히 이 감정으로 당신만을 사랑하면서 살게.”

따뜻한 그의 가슴에 안기면서 화진은 눈물을 흘렸다.

“고마워요.”

“말라버린 내 심장을 이렇게 뛰게 만들어준 당신에게 정말 감사해. 정말 사랑한다, 여화진!”

　뜨거운 그의 시선을 받으며 화진은 행복함에 눈을 감아버렸다. 그의 부드러운 손길과 감미로운 속삭임에 모든 것이 꿈만 같았다. 혹시나 하는 마음에 살며시 눈을 뜨자, 환한 미소를 짓는 그가 자신의 눈앞에 있었다. 두 사람의 가슴속 가득 사랑이 밀려와 아팠던 상처와 기억들을 집어삼켜 버렸다.

　잔잔히 미소를 짓는 준영의 모습을 보고 있던 화진의 얼굴에 왠지 모를 미소가 맴돌았다. 그런 화진의 미소에 준영이 고개를 갸웃거렸다. 조금씩 그에게서 몸을 떼던 화진이 그를 바라보면서 속삭였다.

　"흠! 나도 오늘 말할 생각은 아니었지만, 이왕 이렇게 된 거 말해야겠다."

　"무슨 말인데?"

　"이번에는 당신을 제가 사고 싶은데요?"

　뜬금없는 화진의 말에 준영의 두 눈이 동그랗게 변해갔다.

　"뭘!"

　"제가 당신을 사겠다고요."

　영문을 모르겠다는 표정으로 자신을 쳐다보고 있는 준영을 지나친 그녀가 작은 가방 속을 뒤지더니 흑백사진 같은 걸 꺼내들고 와 자리에 앉았다.

　"음! 저는 돈은 없고요, 다른 것으로 당신을 살게요. 그것도 평생 동안이요. 어때요? 구미가 당기죠?"

　"도대체 무슨 말이야?"

　궁금해 죽겠다는 준영의 모습을 보는 화진의 입가에 미소가 번져갔다.

　"훗, 어떻게 할래요? 나한테 당신을 팔래요?"

　"갑자기 무슨……."

　"대답부터 듣고 난 후에 증거를 보여줄게요."

　당당한 눈빛을 보내는 화진의 모습에 준영은 영문도 모르고 그저 고개를 끄덕였다.

"그럼 죽을 때까지 나한테 봉사하면서 살아야 해요? 오늘부터 내가 당신을 산 거니까요. 알았죠?"

아무 대답도 하지 않는 준영을 한 번 바라보고는 화진이 대답할 것을 재촉했다.

"대답을 해야죠."

"뭘 제시할 건지 알아야 나를 팔던가 하지. 이래봬도 나, 무지하게 비싼 놈이야."

"그럼 뭐! 이게 당신 몸값이에요. 이걸로 당신을 영원히 사고 싶어요."

화진의 말에 준영이 황당한 표정으로, 이부자리에 놓인 사진을 물끄러미 바라보았다. 자세히 쳐다보고 있던 그의 눈이 점점 커지기 시작했다.

"여화진!"

준영의 고함소리에 화진의 얼굴에 미소가 번지고 있었다.

"이게 무슨……. 그럼 이런 상태였으면서 그동안 나한테 한마디 말도 하지 않은 거야?"

"후후후, 기다렸죠. 정말 입이 간질거려서 죽을 뻔했지만, 꾹 참고 기다렸죠. 당신을 사기 위해서요."

"당신……."

두 눈이 붉어진 준영이 갑자기 화진을 끌어당겨 품안에 꼭 안았다.

"정말 너무 사랑스러워서 할 말이 없죠?"

"그래, 너무 사랑스러워서 할 말이 없다."

"어떻게 할래요? 이걸로 당신이라는 남자를 평생 살 수 있겠죠?"

"그래, 이걸로 당신에게 평생 팔릴 수 있겠다. 고마워."

"저도요."

그들이 뜨거운 입맞춤을 나누고 있는 사이에 침대 위에는 초음파 사진이 덩그러니 놓여져 있었다. 사진 속에는 이제 5주가 지난 태아의 작은 심장이 보이고 있었다.

<끝>

에필로그

"준영 씨!"

화진의 고함소리에 준영은 자리에서 일어나 부엌으로 뛰어왔다.

"왜?"

"이게 뭐예요!"

화진이 싱크대 밑에 있는 쓰레기들을 들어올리면서 그에게 인상을 찌푸렸다. 그런 화진의 모습에 준영은 아무렇지도 않는 표정으로 말했다.

"쓰레기네."

"누가 쓰레기인 줄 몰라서 묻는 줄 알아요? 어제 분명히 싱크대 밑도 청소하라고 했잖아요. 당신, 이런 식으로 나오면 나도 생각이 있어요."

그 말에 얼른 곁으로 다가와 청소하는 척하는 준영의 모습을 보고 화진은 웃지 않을 수 없었다.

"정말!"

"하면 되잖아. 뭘 그렇게 사람을 노려보고 그래. 치우면 되지."

터져버릴 것 같은 배로 화진이 준영을 밀어붙였다. 코너로 몰리고 마는 그를 보면서 화진이 연방 코를 씰룩거렸다.

"계속 이러면 나도 생각이 있어요. 그렇지 않아도 요즘 몸이 너무 무거워서 움직이기도 힘든데."

그 말에 바로 안색이 바뀐 준영이 부드러운 손길로 그녀를 안아왔다.

"왜, 몸이 이상해?"

걱정스러운 눈길로 자신을 보는 준영 때문에 화진은 얼른 고개를 흔들었다.

"아니요. 그냥 그렇다는 말이지."

"휴, 그럼 다행이고. 근데 어떻게 된 게 예정일이 일주일이나 지났는데도 나올 생각을 하지 않는 거야."

"그러게 말이에요."

"언제 병원에 가?"

"내일요. 내일 가서 초음파 한 번 더 보고 이야기하자고 그러던데요."

걱정스러운 눈빛으로 화진의 얼굴과 몸을 보던 준영이 대뜸 화진에게 중얼거렸다.

"그냥 사람들 오지 말라고 할까?"

"왜요?"

"당신 몸도 불편한데 사람들 신경 쓰느라 피곤할 수도 있잖아."

"괜찮아요. 오랜만에 보는데 다들 만나야죠. 저도 그게 좋고요."

"정말 괜찮겠어?"

"네, 정말 괜찮아요. 많이 힘들면 언제든지 당신한테 말할게요."

"알았어. 그럼 재깍 말해야 해."

"알았어요."

준영이 흐뭇한 미소를 지으며 화진의 양 뺨에 입을 맞추었다.

두 사람의 애정어린 모습을 보고 있던 휘란이 뒤에서 헛기침을 했다.

"험! 나 왔어."

놀란 준영이 얼른 뒤를 돌아보았다.

"뭐야! 벨을 눌러야 할 거 아니야? 여기가 네 집이야 뭐야!"

준영의 고함소리에 휘란이 얼굴을 찡그렸다. 그런 준영의 팔을 화진이 살짝 잡아서 말렸다.

"그만해요, 준영 씨."

"그래, 좀 그만해라. 아주 눈 뜨고 볼 수가 없다. 사람이 눈 뜨고 볼 수 있는 정도까지만 해야지, 이거야 원."

휘란의 투덜거림에 화진이 미소를 지으며 속으로 중얼거렸다.

'자기들도 그러면서.'

또다시 현관문이 열리면서 민재와 함께 두 아이들이 들어왔다.

"삼춍! 숙뽀!"

아직은 어려서 조카의 발음이 불분명하자, 그 모습도 귀여운지 준영이 환한 미소를 지으며 달려오는 조카를 번쩍 안아주었다.

"오랜만이구나."

"네."

애정이 듬뿍 묻어나는 시선으로 아이를 바라보던 준영이 고개를 들어 휘란을 쳐다보았다.

"쯧쯧, 넌 매제한테 애를 맡기고 이렇게 혼자 들어오는 거야?"

"원래 내가 성질이 급하잖수. 어차피 알아서 잘 들어올 텐데 뭐!"

"하여튼."

"어, 오늘 잔소리 들으려고 온 거 아니다. 언니가 우리를 초대해서 온 거지. 그렇죠, 언니?"

휘란의 화사한 미소를 보면서 화진이 고개를 끄덕였다.

"봤지? 그러니 제발 그놈의 잔소리는 그만 좀 해주라. 아주 귀에 딱지가 앉으려고 한다."

"풋, 알았다."

"매제도 어서 와."

"이제야 저를 봐주시는군요."

민재의 서운해하는 목소리에 세 사람은 웃음을 터뜨렸다.

정원에 마련된 바비큐 판에 남자들이 고기를 굽고, 여자들은 앉아서 먹고 있었다. 부러운 시선으로, 혼자 잘도 뛰어 놀고 있는 아이를 바라보고 있는 화진을 본 휘란이 한마디 던졌다.

"뭘 그렇게 부러워하세요? 조금 있으면 언니의 애도 나올 텐데."

"하지만 부러운 건 어쩔 수가 없네요. 아가씨도 알다시피 제가 혼자서 자라서인지 애들이 한없이 예뻐 보여요."

"후후후, 저도 그랬어요. 언제나 화목한 미소를 지으며 식사하는 가족들이 정말로 부러웠거든요. 그들처럼 살 수 없는 내가 너무 초라해 보였어요. 그래서 애들도 많이 낳을 생각이고요."

휘란의 말에 화진이 잔잔한 미소를 지으며 그녀를 쳐다보았다.

"제가 언니한테 얼마나 고마워하는지 아시죠?"

"모르겠는데요."

화진의 농담에 휘란은 아주 썰렁한 시선으로 바라보았다. 그런 그녀의 시선에 화진이 얼굴을 붉히며 고개를 숙였다.

"호호호, 그러게 나한테 그런 농담은 통하지 않는다니까 그러네."

"그렇군요."

"오빠가 저렇게 행복해져서 너무 좋아요. 언제나 가슴 한구석에 납덩어리가 놓여져 있는 느낌으로 살았거든요. 아무리 반쪽짜리 핏줄이라 해도 같은 혈육이라는 사실에 신경이 많이 쓰였거든요."

휘란의 말에 화진이 가만히 고개를 끄덕였다. 준영은 화진과 결혼을 하면서 집안의 모든 내막을 설명해주었다. 특히 휘란의 출생에 관해서 화진에게 하나도 숨김없이 솔직하게 이야기했다. 그렇기 때문에 지금 화진은 담담하게 휘란의 말을 듣고 있는 것이었다. 요양원에 계시는 아버님을 한 번 뵙고 돌아오는 길에 화진은 참으로 많이 울어버렸다. 지금까지 준영이 얼마나 아프게 살았을지를 생각하자 가슴이 무너지는 것 같았기 때문이었다. 요양원에 있으면서도 그동안 자신이 저지른 일들을 당연하게 생각하는 영하의 모습에 화진은 아무런 말도 할 수가 없었다. 그렇게 돌아서 오는 길이 너무나 멀고 힘들었다.

생각에 잠겨 있는 화진의 몸을 휘란이 살짝 건드렸다.

"언니!"

"어머! 죄송해요."

"무슨 생각을 그렇게 하세요? 불러도 대답도 없고."

"미안해요."

"뭘 그런 걸 가지고. 근데 아직까지 이놈은 소식이 없는 거예요? 벌써 예정일이 많이 지났잖아요."

"그러게요. 작은 편도 아닌데 이상해요."

걱정스러운 화진의 모습에 휘란이 미소를 지으며 위로했다.

"이놈이 언니 몸속에서 나오기 싫은가 봐요. 벌써부터 편한 걸 아네."

"후후후, 그런가? 이런, 이제는 우리가 고기를 좀 구워요. 남자들도 먹어야 하잖아요."

"좋아요. 주부 경력 8년의 솜씨를 보여주겠어요. 호호호."

"아가씨도 참."

휘란이 먼저 자리에서 일어나고, 화진이 뒤따라 자리에서 일어났다. 갑자기 몸을 일으킨 화진은 배가 당기듯이 아파오기 시작했다.

"아앗!"

자신도 모르게 신음소리가 밖으로 새어나가 버리자, 놀란 휘란의 눈이 시야 속에 들어왔다.

"언니!"

"아앗!"

그녀가 다시 허리를 펴기 위해서 몸을 들자, 처음보다 더 큰 통증이 밀려왔다. 도저히 허리를 펼 수가 없어 의자를 잡고 숨을 몰아쉬었다.

"언니! 어떻게 아파요?"

휘란의 말에 화진이 어색한 미소를 지어 보였다.

“언니! 지금 미소나 지을 때가 아니잖아요. 어떻게 아파요?”

“저, 그냥 아픈데요.”

이마 위로 땀방울이 생기면서 천천히 얼굴 아래로 떨어지기 시작했다. 그런 화진의 모습에 휘란이 큰소리로 준영을 불렀다.

“여보!”

놀란 준영이 달려와 허리를 펴지도 못하고 있는 화진을 부축하기 위해서 몸을 숙였다.

“많이 아파?”

“그냥. 아앗!”

화진이 조금 몸을 움직이자, 다시 통증이 밀려왔다.

“어서 병원으로 가보자, 민재 씨.”

“응.”

“애들이랑 이곳에 있어요. 내가 운전해서 언니랑 오빠랑 갈 테니까.”

“알았어.”

신속하게 휘란이 움직이고 있었다. 주차해놓은 차를 정원까지 몰고 오더니 뒷자리에 준영과 화진을 태워서 총알같이 병원으로 달리기 시작했다. 얼마나 난폭하게 운전을 하는지 정작 통증보다 그녀의 무서운 속력에 화진은 더 겁이 났다.

현란한 운전 솜씨를 자랑하듯이 휘란이 종합병원 응급실 앞에 정확하게 차를 세웠다. 미리 연락을 취한 상태라 두 사람이 차에서 내리자, 의사와 간호사들이 입구에서 대기하고 있었다. 화진은 바로 침대에 누워 분만실로 들어갔다.

“산모님! 제가 내진을 좀 하겠습니다. 잠시만 힘을 빼고 참으세요.”

의사의 말에 화진이 숨을 몰아쉬면서 고개를 끄덕였다.

몇 번을 진찰하면서 심장 소리를 듣던 의사와 간호사들이 자기들끼리 뭐라고 속닥거리기 시작했다. 그런 그들의 모습을 화진이 불안한 시선으로 바라보고 있자 위생복으로 갈아입은 준영이 들어왔다.

“괜찮아?”

자신보다 더 힘들어하는 표정을 하고 있는 준영을 보면서 화진은 괜찮다는 듯이 힘차게 고개를 끄덕였다.

몇 번 더 진통이 시작되었지만, 좀체 자궁 문이 열리지 않았다. 화진은 걱정스러워하는 준영이 의사를 만나기 위해 밖으로 나가는 모습을 흐릿한 시선으로 보고 있었다. 그렇게 반나절을 고생하고 있었지만, 아이가 나올 생각도, 자궁 문이 열릴 생각도 없이 진통만 계속 오고 있었다.

“산모님!”

간호사의 나직한 목소리에 화진은 고개를 들어 그녀를 보았다.

“아무래도 수술하는 편이 좋을 것 같습니다. 이 상태로 계속 진행된다면 산모님과 태아, 둘 다 위험하거든요.”

“저, 남편은…….”

그녀가 말라버린 입술을 떼고는 속삭이자, 간호사가 상냥한 미소로 대답했다.

“지금 담당 의사 선생님과 말씀 나누고 계십니다.”

“네.”

“조금만 참으세요. 금방 괜찮아진답니다.”

손을 꼭 잡아주는 간호사의 친절한 배려에 화진은 미소를 지었다. 식은땀까지 뻘뻘 흘리며 들어온 준영이 화진의 손을 잡으며 낮게 속삭였다.

“수술하기로 했어. 아무리 이렇게 버티고 있어도 자궁 문은 열리지 않는다고 하더라. 그래서 수술하기로 했어.”

“준영 씨.”

“그만 수술하자. 나도 당신 몸에 칼 대는 거 싫지만, 이것보다는 나은 것 같다. 알았지?”

“네.”

두 사람의 동의가 떨어지자, 간호사들이 분주하게 움직였다. 너무 아파서 움직일 수도 없는 화진을 부축해서 수술대 위에 눕히고는 그녀의 입에 산소마스크를 씌웠다. 아득한 세계로 떠나는 순간까지 의식을 잃지 않기 위해서 노력했지만 소용이 없었다. 아기의 울음소리도 들어보지 못한다는 사실이 못내 아쉬워 눈을 감는 순간까지도 귀는 열어두었지만 아무것도 들려오지 않았다.

"최준영 씨."

"네."

"잘생긴 아들입니다. 와서 확인해보세요."

간호사의 말에 준영이 떨리는 두 다리를 움직이면서 다가갔다.

금방 씻겨서 나온 아기는 천사같이 너무나도 예뻤다.

"만지시면 안 되고요. 우선 눈으로 확인하세요. 두 손가락, 두 발가락 모두 정상입니다. 그리고 몸무게, 3.8킬로그램의 건강한 사내아이입니다."

간호사의 말을 들으며 준영은 감격스러워 자신도 모르게 두 눈에 눈물이 가득 고였다. 만져보고 싶은 충동을 겨우 억누르고는 간호사가 데리고 가는 것을 멍하니 바라보고 있었다. 회복실에서 나온 화진은 특실로 옮겨졌다. 한 시간 가량 지나자 정신을 차린 화진에게 다가간 준영이 부드러운 손길로 가만히 얼굴을 쓰다듬어주었다.

"고맙다, 화진아! 이런 못난 놈한테 너무 많은 걸 선사해줘서 정말 고맙다."

준영은 뺨으로 떨어지는 눈물을 얼른 닦으며, 적셔놓은 수건으로 화진의 얼굴을 열심히 닦아주었다.

극진한 준영의 간호를 받으며 화진은 일주일 동안 병원에서 편안하게 지낼 수 있었다. 이틀 후에는 간호사의 배려로 직접 아기를 안아볼 수도 있었다. 뽀송뽀송한 작은 분신을 팔에 안고 화진은 너무나도 감격스러운 눈물을 흘리고 말았다.

"준영 씨, 너무 귀엽다."

"그렇지? 나도 그래. 보고 또 봐도 얼마나 귀엽고 예쁜지 말로 표현할 수가 없다.”

“참, 아들한테 예쁘다는 표현은 좀 그렇다.”

“그래도 예쁜걸.”

“후후후, 준영 씨도 참.”

“화진아! 정말 예쁘게 키우자. 그리고 정말 고맙다.”

“그 말, 참으로 지겹도록 듣네요.”

“평생 동안 해도 부족한 말이니까. 세상에서 가장 소중한 것을 선사해 준 당신에게 너무 고마우니까. 정말 사랑한다, 여화진!”

“준영 씨.”

눈물이 가득 고인 눈으로 자신을 바라보는 화진의 모습이 너무 예뻐서 준영은 아이와 함께 그녀를 살짝 끌어안았다.

“이놈 하나로 끝내자. 또다시 이렇게 아파하는 당신 모습은 두 번 다시는 보고 싶지 않다. 아니 볼 수가 없어.”

준영의 말에 환한 미소를 짓던 화진이 조용한 목소리로 속삭였다.

“정말 그렇게 될까요?”

“당연하지. 나는 한다면 하는 놈이야.”

호언장담하던 준영이었지만, 결국은 그의 말처럼 되지 않았다. 2년 후 두 사람은 첫째 아들인 호준이보다 더 앙증맞고 귀여운 딸아이를 낳았다.

처음으로 이 글을 쓴 것이 1년 전인 것 같습니다. 그만큼 세월이 참으로 빨리 흐른 것 같아서 새삼 돌아보는 계기가 되었네요.

'몸값', 제목만 듣고 사창가 이야기이겠거니 생각하셨을 줄로 압니다. 제 주변분들도 그런 식으로 말씀하시더라고요. "어머! 이거 몸 파는 여자 이야기야!"라고 말하시는 분들을 보면서 잠시 제목을 바꿀까도 생각해보았지만, 제 소신대로 가고 싶다는 마음에 이 제목으로 선택했지요. 괜한 고집일 수도 있지만요.

준영과 화진.

부친의 탐욕으로 희생당하며 살아온 준영의 삶을 더 보여주고 싶었지만, 이 글 또한 전편인 '짱 길들이기'와 시리즈이고 보니 겹치는 부분이 많아 준영에 대한 이야기를 더 보여주고자 했습니다. 아픈 상처를 가진 남자이지만, 다른 사랑이 찾아왔을 때는 한없이 다른 모습으로 변할 수 있다는 사실을 부각하고 싶었습니다. 잘 표현되었는지는 독자분들의 몫이겠지요. 그리고 우리 화진 양! 사채 빚 때문에 벼랑 끝에 선 아버지를 위해 그녀의 인생 중에 2년을 담보로, 돈을 빌리게 된 우리 화진 양! 그래서 제목이 '몸값'입니다. 그녀의 몸값 2억!

진부적일 수 있는 로맨스 소설의 요소들은 다 갖춘 글이라 생각할 수 있습니다. '뻔한 소재를 가지고 쓴 글이네'라고 생각할 수도 있겠습니다. 그러나 그 뻔한 소재로 저만의 색깔을 내기 위해서 머리를 굴리고 몇 번이나 지우고 쓰면서 고심했습니다. 심판대에 오른 지금, 여러분들께서 어떤 식으로 평가해주실지 조금은 두렵네요.

아픔을 가진 사람은 그 아픔을 잊기 위해서 스스로와 싸워야 한다고 생각합니다. 그래야 그 껍질을 깨고 나올 수 있다고 저는 믿어요. 또한 가장 소중한 사람이 손을 내밀어주는 것도 좋은 방법이지요. 그 손을 잡고 단단한 껍질 속에서 나올 수 있으니까요. 화진으로 인해 준영도 아픈 상처를 잊고, 행복한 한 남자로 살기를 바라는 마음으로 글을 써내려간 것 같습니다. 더욱더 멋진 남자로 거듭나기를 마음속으로 빌었습니다.

많이 미흡할 수 있으나, '처음보다는 조금씩 발전하네'라는 여러분들의 말을 듣고자 부단히 노력하며 스스로와 싸우는 작가가 되고 싶네요.

제가 힘들 때, 아파서 그만두고 싶을 때 저에게 말벗이 되고 용기를 준 친언니 같은 존재인 연숙 언니!

매번 책이 나올 때마다 감사를 전하지만 오늘도 변함없이 언니에게 고마움을 전할게. 애들 속에 파묻혀 어떨 때는 내 자신이 내가 아닌 것 같아 외롭고 힘들 때, 내 곁에서 웃어주고, 힘을 내게 해주는 원동력이 되어주는 언니가 있어 얼마나 기쁘고 든든한지 언니는 알까? 하루라도 목소리를 듣지 않으면 섭섭하고 허전한 이 마음을 언니가 알아줬으면 좋겠어. 고맙고, 언니와 인연을 맺을 수 있었던 것이 내 생애 가장 큰 축복이자 행복인 것 같아. 많이 사랑해, 언니야!

현재 인터넷 카페에서 함께 동고동락하고 있는 크티 언니!

사람이기 때문에 홀로 살 수 없고, 사람이기 때문에 외로움을 이길 수 없는 것 같아. 그런 나에게 든든한 힘이 되어주고, 고민이 있으면 언제든 상담해주며 다독여주는 언니를 만난 건 행운이야. 고맙고 언제나 함께했으면 좋겠어. 내 마음 알지?

Only You & 천공 가족님들!

정말 감사합니다. 제가 머물 수 있는 보금자리가 있어 힘을 낼 수도 위로를 받을 수도 있는 것 같습니다. 우리 가족님들, 정말정말 고마워하고 있어요. 항상 오타 잡아주시는 프린스님! 고맙다는 말도 제대로 전하지 못해서 죄송해요. 그리고 매번 멋진 영상물을 만들어주시는 토파즈님! 제가 고마워한다는 거 아시죠? 다연님! 바쁜 와중에도 오타 잡아주시고 의견 주셔서 고맙습니다. 포근님! 힘든 저를 위해서 책도 보내주시고…….우리 애들이 저보다 그 책을 더 좋아합니다. 정말 고마워요. 쵸이슨님! 함께 한 지가 벌써 1년이 넘어서고 있네요. 행복합니다.

항상 제 곁에 머물러주신 가족님들께 다시 한 번 고개 숙여 감사의 인사 올립니다.

우리 새 언니!

친정이 가까워서 문턱이 닳도록 가도 싫은 내색 한 번 하지 않고 반겨주는 새 언니! 친오빠보다 더 좋고, 친언니보다 더 가까운 우리 새 언니! 비록 성격이 무뚝뚝해서 말로 잘 표현하지는 않지만, 언니에게 항상 고마워하고 있어. 언니! 애들 봐주고 좋아해줘서 너무 고마워. 내가 앞으로 아주 잘할게.

마지막으로 사랑하는 우리 두 아이들, 현아와 현민.

아직은 너희들이 어려서 글자를 읽을 수 없지만, 그래도 사랑한다고 지면으로 남기고 싶다. 속 썩일 때가 귀여울 때보다 더 많고, 속 터지게 할 때가 더 많은 내 아이들이지만, 그래도 엄마는 너희들을 무척이나 사랑한단다.

내 곁에서 말썽꾸러기 아이들 봐주고, 수정한답시고 내가 신경질 부리고 짜증내도 다 받아주는 남편, 형수 씨!

다혈질이라 제 풀에 지쳐서 울고, 스스로의 화에 못 이겨 아픈 곳도 많은 나를 만나서 고생하는 남편. 그래도 행복하다고 말해줘서 얼마나 고마운지……. 내 마음 알죠? 나도 당신을 정말 사랑한답니다. 함께한 시간이 벌써 7년을 넘어섰지만, 순간순간이 행복하고 기쁘답니다. 사랑해요, 형수 씨!

끝으로 미흡하고 오타 많은 글을 눈 빠지게 봤을 큰나무 출판사 편집자님! 벌써 알게 된 지가 반년이 넘어서고 있네요. 좀더 나은 책을 만들고자 노력해주시고 힘써주셔서 고마울 뿐입니다. 큰나무 출판사 관계자 분들께도 감사의 인사를 올리고 싶네요. 멋진 책으로 만든다고 수고하신 여러분! 정말 고맙습니다.

가을 문턱이 다가오는 길목에서
휘란투투 올림.